차라리 피고인이 되고 싶다

차라리 피고인이 되고 싶다

초판 1쇄 발행 2019년 6월 28일
초판 2쇄 발행 2019년 12월 6일

지 은 이 유중원
펴 낸 이 최종숙
펴 낸 곳 글누림출판사
책임편집 이태곤
편   집 문선희 권분옥 백초혜
디 자 인 안혜진 최선주 김주화
마 케 팅 박태훈 안현진

주 소 서울시 서초구 동광로46길 6-6 문창빌딩 2층(우 06589)
전 화 02-3409-2055(대표), 2058(영업), 2060(편집)
팩 스 02-3409-2059
전자메일 nurim3888@hanmail.net
홈페이지 www.geulnurim.co.kr
블 로 그 blog.naver.com/geulnurim
북트레블러 post.naver.com/geulnurim

등록번호 제303—2005—000038호.(2005.10.5)

정 가 15,000원
ISBN 978-89-6327-565-9 03810

* 이 도서의 국립중앙도서관 출판예정도서목록(CIP)은 서지정보유통지원시스템 홈페이지(http://seoji.nl.go.kr)와
  국가자료공동목록시스템(http://www.nl.go.kr/kolisnet)에서 이용하실 수 있습니다.(CIP제어번호: CIP2019023335)

유 중 원
중편소설

차라리
피고인이
되고 싶다

글누림

차 례

차라리 피고인이
되고 싶다

차라리 피고인이 되고 싶다

姜信玉 변호사님 법정모욕 사건

좀 오래전 일이지만, 한 여론조사기관에서 전국 5대 도시에 근무하는 법관 357명을 상대로 '현직 판사들이 가장 부끄럽게 생각하는 사법부 관련 사건'을 조사한 바 있었는데, 유신정권에서 나왔던 인민혁명당 사건 등 긴급조치 사건 판결들이 수치스러운 판결 제1위로 나타났다. 제2위는 행정부에 의한 법관의 인사 조치, 제3위는 1980년 봄 '김대중 내란 음모 사건'의 순서였다.

그렇지만 70년대와 80년대에 태어난 사람들에게는 이 사건은 아버지 때의 일이고, 90년대에 태어난 요즘의 젊은이들에게는 할아버지 때의 일이므로 멀고 먼 희미해진 역사적인 사건에 불과하다. 그들이 새삼스럽게 기억해야만 할 가치가 있을까? 결국은 '역사란 무엇인가'에 관한 문제가 될 것이다.

1. 1974년 4월 3일

대통령 긴급조치 4호
민청학련은 반국가단체

박정희 정권은 1974년 4월 3일 밤 10시를 기해서 긴급조치 4호를 선포한다. 대통령 긴급조치 1호만 가지고는 국민의 반유신

항쟁을 막을 수 없게 되자 학생 세력을 일망타진하기 위한 특단의 조치로 긴급조치 4호를 발동한 것이다.

내용인즉 '전국민주청년학생총연맹'(약칭 민청학련)과 이에 관련되는 단체를 조직하거나 이에 가입, 고무 찬양하는 일체의 행위를 최고 사형에까지 처하겠다는 것이었다. 비단 민청학련에 관련된 행위가 아니더라도 학생의 '정당한 사유 없는 결석이나 시험거부 행위'에 대해서도 5년 이상의 징역에 최고 사형까지 선고할 수 있게 되어 있었다.

박정희 대통령의 영구집권을 노린 유신헌법, 이것을 반대하거나 개정만 주장해도 15년 징역에 처한다는 대통령 긴급조치 1호.

그 황당무계한 초현실적인 조치로도 유신독재 반대의 불길은 잡을 수가 없었다. 이때 출현한 또 하나의 초강수가 바로 '긴급조치 4호'였다.

긴급조치 4호가 나오기 직전(같은 날인 1974년 4월 3일 오전) 전국민주청년학생연맹의 이름으로 된 '민중·민족·민주 선언'이 발표된다. 그 성명은 '바야흐로 민권 승리의 새 날이 밝아오고 있다. 공포와 착취, 결핍과 빈곤에 허덕이던 민중은 이제 절망과 압제의 사슬을 끊고 또다시 거리로 나섰다'로 시작된다. 그리고 '이에 우리는 반민주적·반민중적·반민족적 집단을 분쇄하기 위하여 숭고한 민족·민주 전열의 선두에 서서 우리의 육신을 바치려 한다'로 끝맺고 있다.

유인태가 그 당시를 회상했다.

4월 14일, 나와 이철은 여정남의 신설동 하숙집에서 점심을 먹고 있었다. 그때 정오 뉴스를 듣던 나는 숟가락을 놓으며 중얼거렸다.

"아니, 2백만 원이라니!"

얼마 전까지 현상금이 50만 원인 줄 알고 있었는데 라디오에서 2백만원이라는 것이었다. 말이 2백만 원이지, 그 돈을 지금 시세로 환산하면 대충 4천만 원은 될 것이다.

"셋(이철, 강구철, 나)이 합쳐 2백만 원이겠지! 간첩 현상금이 30만 원인데"

이철이 대답했다.

"아니야. 네가 잘못 들었어. 아무러면 우리가 무슨 죄를 지었다고 간첩 몇에 해당하는 현상금을 걸겠냐."

이 다툼은 1시 뉴스에서 해결되었다. 각각 2백만 원의 현상금이 붙었던 것이다. 이철은 나보다 태평한 것 같았다. 그는 어차피 잡힐 것이니까 아는 사람에게 신고케 해서 그 현상금의 절반만이라도 어려운 가정에 보탬이 되게 했으면 좋겠다고 농담반 진담반으로 말했다. 어쨌든 더욱 불안을 느낀 우리는 밖에 나간 여정남이 돌아오기만 기다렸다. 어둑어둑해질 무렵에야 밖에서 돌아온 여 선배는 숨찬 목소리로 대뜸 말을 꺼냈다.

"우리 셋이 같이 있는 것은 자멸 행위인 것같소. 일단 헤어집시다."

"지금 이 마당에 갈 데가 막연한데요."

내가 불안스레 말했으나 여 선배는 도저히 같이 있어서는 안 된다는 것이었다.

"그렇더라도 헤어지는 게 위험이 분산될 것이오. 잡히지 않으면 모레 저녁 6시 어린이 대공원 후문에서 만납시다."

4월 25일, **신직수** 중앙정보부장은 소위 '민청학련 사건'의 중간 수사 결과를 발표했다.

'민청학련은 공산계 불법단체인 인혁당 재건위와 재일 조총련계 및 일본 공산당, 국내 좌파, 혁신계 인사가 복합적으로 작용, 1974년 4월 3일을 기해 현정부를 전복하려 한 불순세력으로, 이들은 북괴의 통일전선 형성 공작과 동일한 4단계 혁명을 통해 노동자·농민에 의한 정권 수립을 목표로 한 과도적 정치기구로 민족지도부의 결성을 획책하였다'고 했다.

중앙정보부는 관련자 1,204명을 조사한 끝에 그중 745명을 훈방하고 253명을 비상군법회의에 송치하였으며, 군 검찰부는 그중 180명을 기소하였다.

5월 27일 일본인 2명을 포함하여 민청학련 관련자 54명이 1차로 기소된 것을 비롯하여 모두 180명이 재판에 회부되었다.

1974년 5월 27일, 비상군법회의 검찰부는 "전국민주청년학생총연맹이 주동이 된 국가 변란 기도 사건의 주모자급에 대한 수사를 마치고 우선 그중 54명에 대해 대통령 긴급조치 제4호, 제1호, 국가보안법, 반공법 위반, 내란예비 음모, 내란 선동 죄명으로 비상보통군법회의에 구속·기소했다. 긴급조치 4호가 선포된 이후 이 조치 위반으로 수사한 인원은 모두 1,024명이며, 그중 자진 신고자가 266명, 검거자가 732명이며, 죄상이 무거운 253명을 군법회의에 송치했다."고 발표했다.

민청학련 사건에 대한 비상군법회의 검찰부 발표문을 요약하면 다음과 같다.

민청학련 사건은 이철, 유인태 등 평소부터 공산주의 사상을 가지고 있던 몇몇 불순 학생이 핵심이 되어 작년 12월 경부터 폭력으로 정부를 전복하기 위한 전국적 봉기를 획책하여 오면서 그 과정에서 1) 서도원, 도예종 등을 중심으로 한 인민혁명당계 지하 공산세력, 2) 재일 조선인총연맹(조총련) 계열, 3) 과거 불순 학생 운동으로 처벌받은 조영래 등 용공 불순세력, 4) 일부 종교인 등 국내의 반정부적 인사, 5) 기독교인 중 일부의 반정부세력 등 여러 세력과 결탁하여 이들과 반정부 연합전선을 형성한 후 국내외의 반정부 역량을 총집결, 전국에 걸친 유혈 폭력혁명으로 일거에 정부를 전복하고 임시, 과도의 연립정부를 거쳐 궁극적으로는 공산정권을 수립코자 했던 국가 변란 기도 사건이다.

서도원, 도예종 등은 인민혁명당, 민주민족청년동맹 등 사건으로 피체되어 복역하고 출소한 뒤에도 1969년 경부터 지하에 흩어져 있는 인혁당 등의 잔재 세력을 규합, 인민혁명당을 재건하고, 경북대학교 여정남을 학원 담당책으로 하여 1973년 12월 하순 여정남에게 재경 각 대학교의 반정부 학생과 접선하여 이들에게 폭력에 의한 정부 전복을 선동하고 그 방법을 교시하여 자금을 지원하는 등으로 전국적인 대학생 조직을 만들도록 지령했다. (중략) 이철, 유인태 등은 평소 현 사회체제에 대하여 불만을 품고

13

있으면서 이를 시정하는 길은 폭력혁명으로 정부를 전복하고 노동자, 농민의 공산정권을 수립하는 방법밖에 없다고 생각하여 오던 자들로서 1973년 11월 초부터 수십 차에 걸쳐 동년 10월 초의 학원 소요의 주동자이며, '민청학련'이라는 반국가단체의 지도부 요원이 된 황인성, 정문화, 김병곤, 나병식, 서중석, 정윤광, 이근성, 강구철 등과 수시로 회합하면서 각 대학이 개학을 하게 될 3~4월 중 유리한 시기를 틈타 일제 봉기할 수 있도록 각자가 임무를 분담하여 전국적 대학생 연합체의 조직에 착수, 폭력 봉기를 선동, 일제 봉기의 시기가 되면 전국적으로 행동을 통일키로 함으로써 폭력혁명 주체의 저변 조직을 형성하게 된 것이다.

이들의 계획대로 폭동이 성공하여 정부가 전복된 후에는 임시 과도정부로서 '민족지도부' '10인협의회'라는 연립정부를 세우고 궁극적으로는 공산주의 정권을 세워 북괴와 야합하여 적화통일할 것을 획책했음이 밝혀졌다.

학생들이 4월 3일을 기해 동시에 시위를 전개하기로 한 것은 사실이었다. 그러나 이것은 어디까지나 유신헌법의 폐지와 유신 정권의 퇴진을 기대한 것이었지 주동 학생들이 공산주의 사상을 가졌거나 폭력혁명을 시도했다는 증거는 어디에도 없다.

유일한 증거는 고문에 의한 허위 자백뿐이었다.

'전국민주청년학생총연맹'이라는 명칭도 시위에 사용될 전단을 아무 명의 없이 낼 수는 없어서 편의상 작명한 것일 뿐이다. 단체로 규정하는 데 반드시 적시해야 할 가입절차, 정관, 기구, 조직

규정 등이 없어 조직이라기보다 연락체계 수준이었다.

이날 발표는 중간수사 발표와 달리 '조직도'에서 '인혁당 재건위'가 중심에 있었다. '민청학련'은 여정남이 지휘하는 그 하부기관인 것처럼 묘사했다. 공소장 요약 발표문의 절반도 인혁당 관련자에 대한 것이었다. 이는 오로지 여정남이라는 한 인물을 매개로 이 두 단체를 억지로 연결짓고자 한 것이다.

수사 당국은 사람들의 관심이 덜한 인혁당 관련자들을 완전히 공산주의자들로 날조한 뒤에 학생들도 마치 공산주의자인 것처럼 착각하도록 하는 술책을 사용한 것이다.

민청학련 구성원의 활동에서는 어떠한 용공·반국가적 혐의를 입증할 만한 부분이 없었기 때문이다. 인혁당 관련자 누구도 민청학련 관련자에게 직접 지시하거나 데모의 목적을 전달한 자가 없을뿐더러, 민청학련 관련자 누구도 인혁당 관련자와 사상 노선을 함께한 자가 없었다. 오로지 경북대 졸업생 여정남이 "인혁당 관련자에게 지시를 받았다"는 진술과, "이철과 유인태 2명에게 그 내용을 전달했다"는 허위 진술서만이 있을 뿐이다. 물론 '인혁당 재건위'라는 것조차도 완전히 조작된 것이다.

실체 없는 인혁당

인민혁명당, 이른바 인혁당이 처음으로 등장한 것은 1964년 8월 **김형욱** 중앙정보부장이 "국가 변란을 기도한 대규모 지하조직인 인혁당을 적발했다"고 발표하면서부터였다.

1964년 박정희 정부가 굴욕적 한일회담을 체결하려 하자 민주

인사들과 학생들은 일본의 제대로 된 사죄와 배상이 없는 한일회
담이라고 격렬히 반대했다. 반대 시위가 극에 달해 전국의 대학
생들이 연일 거리로 나와 시위와 성토를 벌이던 6월 3일, 박정희
정부는 서울 전역에 비상계엄령을 선포했다.

일체의 옥내외 집회·시위를 금지하고 언론 보도를 사전 검열
하도록 했다. 계엄을 두 달 가까이 지속하면서 전국 대학에 휴교
령을 내렸다. 무장군인들이 대학을 장악하고, 시민들에게는 밤 9
시부터 통행을 금지시켰다.

그리고 학생 168명, 민간인 173명, 언론인 7명을 구속하고 대
학생 352명을 제적시켰다. 대통령에 당선된 지 1년도 안 되어 내
린 이런 초강압적 진압 조치로 한일회담 반대 시위는 잠재웠으나
국민들의 마음속 반대 의견까지 잠재우지는 못했다.

박정희 정부는 반대 여론마저 잠재우기 위해 한일회담 반대를
주장하던 사람들의 동기에 불순한 의도가 있었다고 보여주기로
했다. 학생 시위의 배후에 공산주의 세력이 있고 이들이 정부 전
복을 위해 학생들로 하여금 회담 반대 투쟁을 하도록 선동했음을
증명한다면 국민들을 조용하게 만들 수 있을 것이라고 판단한 것
이다.

이런 상황에서 55일간의 계엄령이 해제된 지 보름 정도 지난
1964년 8월 14일, 김형욱 정보부장이 느닷없이 기자회견을 열어,
"북괴 지령을 받고 국가 변란을 기도한 대규모 지하조직 '인혁당'
을 적발하여 관련자 57명 중 41명을 구속하고 16명을 수배했다"
고 발표한 것이다. (이것이 제1차 인혁당 사건이다.)

관련자들은 도예종, 이재문, 박중기, 박현채 등 혁신계 인사와 김중태, 김정강, 서정복, 현승일, 김정남, 김도현, 김승균 등 학생들이었다. 이들이 북괴 노동당 강령을 토대로 대한민국을 전복하고 공산정권을 수립하려고 한일회담 반대 시위를 배후 조종했음이 드러났다고 밝혔다.

이 사건은 8월 18일 서울지검에 송치되었다. 당시 **신직수** 검찰총장은 중정의 압력에 굴복하여 수사에 전혀 참여하지도 않았던 검사들에게 기소를 지시했다. 그러나 중앙정보부로부터 사건을 송치받은 검사들은 크게 반발했다. 이 사건을 담당한 서울지방검찰청 공안부 **이용훈** 부장검사와 **김병리**, **장원찬** 검사는 사건 관련자들이 중정의 조사 과정에서 전기고문, 물고문 등 심한 고문을 당했음을 밝혀내고, "증거가 없어 공소 유지가 불가능하며, 양심상 도저히 기소할 수 없다"는 이유로 기소를 거부하였다.

한일회담을 반대한다는 주장 말고는 간첩과 접선한 흔적이 없고 불온 단체를 조직했다거나 정부 전복을 기도했다고 볼 증거를 발견할 수 없었던 것이다. 이들은 관련자들을 기소하라는 상부의 압력이 계속되자 이에 항의하여 사표를 내고 말았다. 대한민국 검찰 사상 전무후무한 일이었다.

그러자 박정희 대통령이 사단장을 할 때 그 밑에서 법무참모를 했던 충복인 신직수 검찰총장은 당직 검사 **정명래**를 시켜 관련자 26명을 반국가단체 찬양, 고무 등의 반공법 위반 혐의로 기소하도록 지시했다. 이때의 검찰총장이 10년 뒤에는 중앙정보부장이 되어 제2차 인혁당 사건 조작을 지휘했다.

그러나 이마저도 다음 해 1965년 1월 선고 공판에서 도예종 등 2명에게 각각 징역 3년, 2년을 선고했을 뿐 나머지 10명에게는 전원 무죄판결이 내려졌다. 57명의 대규모 지하조직을 적발했다고 큰일 난 듯이 발표했는데, 결론은 2명만 북한 찬양죄로 유죄판결을 받았을 뿐, 국가 변란 혐의는 전원 무죄였다.

이는 57명으로 구성된 공산계 대규모 지하조직, 즉 인혁당이 실체가 없음을 사법부가 입증한 것이었다.

이 무렵은 시위 학생들의 영장을 기각한 데 불만을 품고 나중에 대통령 경호실장이 되는 차지철의 사주를 받은 공수특전단 군인 20여 명이 총과 칼로 무장하고 한밤중에 법원과 판사의 집에 난입하여 협박을 하던 때였다. 그런 야만적인 시대였는데도 이러한 판결이 나왔던 것은 인혁당 사건이 얼마나 터무니없는 조작이었는지를 말해준다. 이처럼 1964년 8월에 있었던 인혁당 사건은 완전히 사기극이었다. 따라서 이들이 '인혁당을 재건'하려고 했다고 하는 발표는 언어도단이다. 인혁당은 아예 존재한 적이 없었기 때문이다.

1964년 9월 5일 오후, 중앙정보부 부장실.

인혁당 사건을 담당하고 있는 제5국 대공과장 이용택이 숨가쁘게 말했다.

"부장님! 이거 큰일 났습니다."

"뭐가 또 그리 큰일이오"

"인혁당 관계자들이 기소가 되지 않을 것 같습니다."

"그건 웬일이오? 우리가 그들을 검찰로 넘겨준 게 언젠데. 구속 마감일이 가까워 오지 않았나?"

"바로 오늘입니다. 저희가 지난달 18일에 검찰로 넘겨주었는데 그 뒤 만 18일을 서울지검 공안부에서 행사하고 있어서요."

"담당 검사가 누구였더라?"

"이용훈 부장검사 지휘 아래 최대현, 김병리, 장원찬 등 세 검사입니다."

"이거 봐요, 이 과장!"

"네, 부장님"

"당신 왜 그리 일을 덤비오 학생들까지 잡아넣어 가지고 말이오 검사들이 오죽했으면 기소를 못하겠다고 나왔겠느냐 말이야. 조사를 너무 엉성하게 했단 말이오!"

"죄송합니다. 심증은 뚜렷하나 물증이 약하고, 또 그자들이 워낙 노회하여 입을 열지 않습니다."

"그게 틀렸다는 거요 그들이 빨갱이라는 심증은 나에게도 있단 말이야. 허나 물적 증거가 없으면 일이 안 되는 거라고! 어떻게 심증만 가지고 처벌할 수가 있나. 당신은 증거 없이는 처벌하지 못하고, 심증은 증거로 채택될 수 없으며, 사색은 처벌받지 아니한다는 죄형법정주의도 모르고 있나?"

"죄송합니다, 부장님."

"죄송하고 자시고 지금 와서 떠들면 무슨 소용이 있어? 당신들이 그따위로 일을 해서 나를 망신주려고 결심한 것 아니야?"

"면목 없습니다. 부장님."

"잔소리 말고 최대현 검사에게 전화를 거시오. 내가 말할 테니까."

최대현은 서울지검 공안부에서 나의 심복처럼 움직이던 젊고 유능한 검사였다.

"안녕하십니까. 저 최대현입니다."

"최 검사."

"네, 말씀하십시오."

"당신 어떻게 사건을 처리하고 있는 거요? 중앙정보부를 그렇게 망신을 주어야만 되겠나?"

"죄송합니다, 부장님. 저는 기소할 만한 요건이 충분하다고 계속 주장해왔습니다만 이용훈 부장검사께서 이를 완강하게 반대하고 있습니다. 그가 현재 이 사건에 있어서는 저희 세 검사들의 상급자임에는 분명하니까요."

"이용훈이는 무슨 마음을 먹고 그렇게 세게 나오지?"

"반공도 좋고 빨갱이를 타도하는 것도 좋지만 증거가 부족하다는 겁니다. 검사의 양심상 도저히 기소할 수가 없다는 것입니다. 그래서 저와 김병리, 장원창 검사 등은 이용훈 부장검사의 뜻에 동의하지 않는다는 뜻에서 사의를 표명하기까지 했습니다."

"사의를 표명하는 것만이 잘하는 일은 아니야. 문제를 해결해야 할 것 아니냐 말이야."

"알겠습니다."

"서울지검 검사장에게 내 말을 전하시오. 재판 결과야 어떻게 나든 간에 단 한 명이라도 기소는 해야 할 것 아니오! 중앙정보부를 어떻게 보는 거요?"

"알겠습니다, 부장님. 말씀을 단단히 전하겠습니다. 그러나 한 말씀 더 드리자면 중정 측의 조사가 너무 소홀한 것 같았습니다."

"알겠소. 좋아. 그럼 수고하도록."

"또 연락드리겠습니다."

전화는 끊어졌다.

"이게 무슨 망신이람!"

나는 옆에 있던 이용택에게 들으라는 듯이 투덜대며 전화기를 꽝하고 내려놓았다.

하지만 1974년 4월 25일과 5월 27일 두 차례에 걸쳐 또 다시 인혁당 재건위 사건이 발표된다. 그 내용은 "민청학련의 배후에는 과거 공산주의 불법 단체인 인혁당 조직과 재일 조총련계와 일본 공산당 등이 개입되어 있으며 (중략) 이들은 공산주의 비밀 지하조직을 결성하여 학생 데모를 조종하여 폭동을 야기하고 이를 통해 공산주의 국가를 건설하려 했다"는 것이었다.

민청학련의 배후 조종으로 조작·기소된 도예종 등 인혁당 관련자 22명은 대부분 사형이나 무기징역이란 중형을 받고 다음해 4월 8일 대법원에서 상고기각된 직후, 만 하루도 되기 전에 그중 8명에게 사형을 집행하였다.

한승헌 변호사가 말했다.

여정남은 인혁당과의 관련을 정면 부인했으나 결국 대법원에서

사형이 확정된 지 하루 만에 인혁당사건 피고인들과 함께 처형되고 말았다. 변호를 맡았던 피고인 중 유일하게 그가 사형을 당할 때, 나 역시 서울구치소에 갇혀 있었다. 1975년 4월 9일 새벽 그가 형장으로 끌려가던 그 시각에 그의 변호인이던 나는 같은 감옥의 감방에서 잠을 자고 있었던 것이다.

박정희 군사독재정권이 저지른 최악의 사법살인이었다.

그런데 30년 뒤 공개된 한 문서에 의해 해괴망측한 일이 하나 더 밝혀졌다. 2005년 국정원 과거사위원회는 중앙정보부가 1964년 8월 20일 작성한 내부 문건 '김상한에 대한 북파 공작 상황 보고'를 공개하면서, 인혁당을 조직했다는 김영춘은 김상한이 본명이며 그는 북한에서 내려온 간첩이 아니라 중앙정보부에 소속된 북파 공작원이라고 밝힌 것이다.

1964년 8월 14일 김형욱 중앙정보부장은 인혁당 적발 기자회견에서 "북괴 간첩 김영춘이 인민혁명당의 조직 확대 공작을 도예종에 맡기고 월북했다"고 발표했다. 그러나 과거사위원회는 "인혁당 발표문에 나오는 김영춘과 중정이 내부 문건으로 작성한 '인혁당 조직체계' 등의 문서에 나오는 김상한이 동일한 행적을 한 것으로 보아 김영춘과 김상한은 동일인"이라고 하면서, "김상한은 남파 간첩이 아니라 북파 공작원이 확실하므로 '인혁당'이 '북괴의 지령'에 의해 조직되었다는 것은 사실과 다르다"고 결론 지었다.

국정원 과거사위원회가 공개한 중앙정보부 작성, '김상한에 대한 북파공작 상황보고' 문건 내용은 이러하다.

김상한은 경남 고성 출신으로 1962년 육군 첩보부대의 북파 공작원으로 선발돼 훈련을 받은 후 북파된 것으로 기록되어 있다. 그런데 중앙정보부는 그를 남파 간첩으로 둔갑시키고 이름을 김영춘으로 바꾸어 인혁당을 조직했다고 발표한 것이다. 중정은 1974년 제2차 인혁당 재건위 사건 때에도 그를 등장시켰다.

2. 중앙정보부 남산 지하실

중앙정보부 제6국은 '특별국'으로 박정희 정권의 특명을 처리하는 특공대였다. **이용택** 국장은 정보부장 신직수를 건너뛰고 박정희 대통령에게 직접 수사 상황을 보고했다. 그리고 제5국은 원래 간첩사건을 전담해서 조사하는 부서였다. 하지만 그 당시 제5국과 제6국은 모두 민청학련 사건과 인혁당 사건에 동원되어 지하실 방에서 수사를 하면서 온갖 종류의 고문을 자행하였다.

야전침대에서 뺀 봉으로 사람을 두들겨 패는 몽둥이 찜질은 가장 기본적인 고문이었다. 고문을 하다가 피의자의 비명소리가 크게 나면 입에다 솜을 집어넣고 구타했다. 피의자들은 하도 심하게 맞아 온 몸이 시퍼렇게 변할 정도였다. 나중에는 피부가 새카맣게 탄 것 같았다.

물고문은 이른바 통닭구이 고문과 병행되는 것이 보통이다. 우선 고문 흔적을 남기지 않으려고 철봉에 붕대를 감는다. 그러지 않으면 고문당한 사람 피부에 찰과상이 나서 고문 사실이 쉽게 드러나기 때문이다. 그런 다음 통닭처럼 대롱대롱 매달린다. 그리고는 물수건을 얼굴에 씌운 다음 고춧가루가 섞인 물을 주전자로 서서히 얼굴에 붓는다. 이 고문을 당하면 호흡이 매우 어렵고 숨을 쉰다 해도 고춧가루가 섞인 물이 들어와 폐가 손상되는 경우가 많다.

전기고문은 엄지손가락이나 발가락에 코일을 붙인 다음 군인들이 사용하는 야전용 전화기에 달린 손잡이를 돌리는 방법을 쓴다. 고문을 당해본 사람에 따르면 이로 인한 고통은 마치 번갯불로 온몸을 지지는 것과 같은 충격을 받는다고 한다.

전기고문은 보통 물고문이 끝난 후 하는데 경우에 따라 한 쪽 눈을 실명케 하고 발뒤꿈치가 사라지게하고 손톱과 발톱이 모두 뽑히고 또는 발가락을 영구히 마비시키거나 사람을 실신시켜 사망 직전에 이르게 하는데, 이때 살아나도 그 후유증 때문에 평생을 반신불수로 고생해야 한다.

고문은 수사 초기 중정에서부터 검찰 조사를 받을 때까지 수시로 자행됐다. 수사관들이 고문을 가한 이유는 증거가 없었기 때문이다. 누구나 객관적으로 인정할 수 있는 증거가 있다면 고문을 할 필요가 없다. 이 사건의 경우에도 피의자들의 혐의점을 밝히기 위한 수사보다는 원하는 답변을 얻기 위한 고문이 중점적으로 자행됐다.

유인태가 그 당시 고문 상황을 증언했다.

3월 28일, 29일 등 최초로 검거된 학생들은 특히 많은 고문을 당해야 했다. 수배자들도 체포하고 배후도 만들기 위해서였다. 밤낮으로 신발을 벗겨 얼굴과 머리를 때리거나 몽둥이 찜질과 볼펜을 손가락 사이에 끼우기, 몽둥이를 다리 사이에 끼우고 뭉개대는 고문을 해댔다. 몇날 며칠이고 잠을 못 자게 하고 흰 벽을 쳐다보게 하는 고문도 있었다.

물론 물고문도 있었다. 발가벗긴 뒤 나무 사이에 묶어 대롱대롱 매달리게 한 다음 수건을 얼굴에 씌우고 주전자로 물을 붓는 것이었다. 숨이 콱콱 막혀 오두발광을 할 때면 "너 군대에 있을 때 북한에 갔다왔지?" 하는 것이었다. 견디다 못해 그렇다고 끄덕이면 물붓기를 중단하고 진술서를 쓰라고 했다. 거부하면 또 물고문…….

지하실에서 로프로 사정없이 등짝을 후려갈기기도 하고 사정없는 몽둥이 찜질에 손이 살갗에 조금만 닿아도 소스라칠 듯 아파 맞을 때보다 더 고통이었다. 며칠 지나면 친절하게 안티프라민 같은 것을 발라주고 위로도 해주었다.

수사관들은 공포심을 불어넣기 위한 방법도 많이 썼다. 어떤 수사관은 소리를 엄청나게 크게 지르는 역할을 주로 맡은 것 같다. 밤새 내내 고문으로 신음하는 소리가 들리는데, 실제 고문당하는 상황인지 녹음기 소리인지 구별이 어려웠다.

이렇게 하루도 빠짐없이 고문당하던 몇몇이 4월 15일 경에야 서대문구치소에 넘겨졌을 때, 그래서 서대문구치소의 솜이 여기저기 삐져나온 푸르딩딩한 이불을 둘러쓰고 잠을 잘 수 있게 되었을 때, 정말 천국이나 특급 호텔의 특실에 온 기분이었다는 것이다.

'민주화운동기념사업회'가 2003년 펴낸 '기억과 전망' 봄호에는 '인민혁명당 사건을 통해서 본 인권의 문제'라는 제목의 글이 실려 있는데 당시 사건 관련자들이 얼마나 혹독한 고문을 받았는지 기술되어있다.

고문은 주로 중정 6국 지하실에서 이뤄졌다. 수사관들은 전기고문과 물고문을 일삼았고, 지하실 사무실 등 장소를 가리지 않고 몽둥이질을 했으며, 피의자들에게 일주일 이상 잠을 안 재우기도 했다. **하재완**은 폐농양증에 걸려 입에서 피를 토했고, 장이 항문으로 빠져나와 똑바로 앉거나 걷지 못했다. **박중기**는 전기고문을 받는 도중 실신했다. **이수병**은 소나 돼지도 그렇게 맞으면 죽을 정도로 몽둥이질을 당했다고 한다. 당시 피의자들 대부분은 물고문과 전기고문으로 반 실신하는 경험을 했고, 몽둥이질 후유증으로 부축을 받으면서야 겨우 계단을 올라 다닐 수 있었다. 서울 구치소 안에서도 철창을 붙잡고 몸을 뒤척이면서 겨우 교도관들과 대화를 나눌 수 있었다.

김지하 시인은 1975년 2월 '동아일보'에 제6국에서의 체험을 이렇게 쓰고 있다.

저 기이한 빛깔의 방들, 악몽에서 막 깨어나 눈부신 흰 벽을 바라봤을 때의 그 기이한 느낌을 언제나 느끼고 있도록 만드는 저

음산하고 무뚝뚝한 빛깔의 방들. 그 어떤 감미로운 추억도, 빛 밝은 희망도 불가능하게 만드는 그 무서운 빛깔의 방들. 아득한 옛날 잔혹한 고문에 의해 입을 벌리고 죽은 메마른 시체가 그대로 벽에 걸린 채 수백 년을 부패해가고 있는 듯한 환각을 일으켜주는 그 소름끼치는 빛깔의 방들. 낮인지 밤인지를 분간할 수 없는, 언제나 흐린 전등이 켜져 있는, 똑같은 크기로 된, 아무 장식도 없는 그 네모난 방들. 그 방들 속에 갇힌 채 우리는 열흘, 보름 그리고 한 달 동안을 내내 매순간 순간마다 끝없이 몸부림치며 생사를 결단하고 있었다.

중정에서 작성한 피의자신문조서는 법률적 관점에서 보면 아주 엉성하였다. 그래서 이 불완전한 피의자 조서를 완벽하게 만들어 기소하는 임무는 검사에게 넘겨졌다.

이철은 그 당시를 회상하였다.

(이철이 마지막으로 잡혀들어온 4월 24일에는 이미 민청학련 사건의 윤곽과 배후 세력이 제6국의 각본에 따라 확정돼 있었다.)

그는 조사 엿새째 되는 날 잠깐 눈을 붙였다. 그런데 밤중에 갑자기 헌병들이 발로 차면서 깨웠다. 처음 보는 수사관과 헌병들이 양쪽에서 팔을 끼고 수사관이 앞장서서 다른 건물로 데려갔다. 숲길을 거쳐 들어간 건물 입구에서 지하로 한참을 내려갔다. 복도 입구에 철창이 있고, 벽과 천장은 모두 흰색 방음벽으로 가로막혀 있었다.

철창 앞 경비병에게 수사관이 자신의 신분증을 내주었다 받으니 문이 열렸다. 그들은 그렇게 또 한참을 가다가 한 방으로 이철을 집어넣었다. 제법 넓은 방에 회의 테이블 같은 긴 철제 책상과 의자 몇 개만 덩그러니 놓여 있었다. 그것만으로도 숨이 턱턱 막혔다. 바로 5국 지하실이었다. 5국은 진짜 간첩들을 고문하는 곳이라 그런지 공기부터 살벌했다.

바닥에는 전기선이 어지러이 놓여 있었다. 이철은 '여기가 전기고문 하는 곳인가 보다. 아, 이제 죽겠구나' 하는 생각이 들었다. 그러나 그가 할 수 있는 건 아무것도 없었다. 잔뜩 긴장한 채 적막함 속에서 초조한 시간이 30여 분 흘렀을까. 갑자기 건장한 사내 서너 명이 우르르 몰려왔고 사람 하나 누울 만한 크기의 판자를 들고 들어왔다. 그중 한 사람이 외쳤다.

"눕혀!"

이제부터 소문으로만 들었던 물고문과 전기고문을 할 차례인데 그러면 죽었다 싶었다. 그때 다시 문이 열리면서 누군가 들어왔다.

"저놈 바로 보내란다."

"지금 막 시작하려는데 어떤 놈이 지랄이야!"

"하여튼 빨리 보내래!"

진짜 고문을 시작하려던 건지 겁주려고 쇼를 한 건지 알 수가 없었다. 이철은 다시 수갑을 차고 다른 방으로 끌려갔다. 좀 작은 방이었는데, 여기도 방음벽으로 사방이 가로막힌 채 철제 책상과 의자만 덩그러니 놓여 있었다. 그곳에 몸집이 작은 한 남자가 앉아 있었다. 그가 야비한 웃음을 띠면서 말했다.

"너, 빨갱이로 죽게 됐으니 영광이지?"

그 소리에 이철도 악이 받쳐 반말로 대꾸했다.

"당신 누군지 내 모르겠는데. 전쟁 나면 당신 같은 놈들은 배 타고 다 도망가도 총 들고 싸우는 건 우리야!"

그러자 그가 표정을 바꾸면서 말했다.

"수갑 답답하지?"

그가 수갑을 풀어주었다.

"담배 한 대 피울래?"

담배를 주면서 다시 말했다.

"나 송종의 검사야."

그가 바로 **송종의** 검사였다. 기소를 위한 검찰 조서를 작성하는데 검찰로 부르지 않고 직접 중앙정보부 지하실로 출장을 나온 것이다. 이철은 이는 이전에 작성한 피의자신문조서와 다른 말을 하지 못하도록 공포 분위기 속에서 조서를 완성하려는 술책임을 순간적으로 알아차렸다.

(송종의는 나중에 김영삼 정부에서 검찰총장에 내정되었지만, 당시 국회의원이었던 이철 등 야당 의원들이 민청학련 고문 조작 사건의 주범이라고 결사 반대해서 낙마시켰다. 그 대신 법제처장이 되었다. 악랄한 고문 검사가 세상이 바뀌어도 법을 만드는 국가 기관인 법제처의 장관이 된 것이다. 아! 대한민국!)

이철이 체포된 것은 이미 중앙정보부의 각본에 따라 많은 사람들이 억지 진술서를 써버린 뒤로 이철이 그것을 부인하는 것도 부질없는 짓이 되어버린 터였다.

송종의는 우선 이철과 유인태가 인터뷰한 일본인 기자 다치카와로부터 공산주의 폭력혁명을 지시받았다는 자백을 완벽히 받아

내려고 설득하기 시작했다.

"다치카와가 공산혁명을 선동한 게 맞지?"

"아무리 우리가 학생이고 사회를 모른다 해도 난생 처음 보는 일본 놈 기자가 와서 뭘 하란다고 덥썩 할 만큼 바보는 아닙니다. 말도 안 되는 이야기 좀 하지 마시오."

"하야카와가 일본 공산당원인 건 알고 있었나? 아무 목적도 없이 너희를 만나 공작금을 주었겠나!"

공작금이란 인터뷰가 끝난 뒤 취재비로 7,500원을 준 것을 말한다. 지금 돈으로 30~40만 원쯤 될 터인데. 무슨 혁명 공작금을 보내는데 3~4억도 아니고 30만 원인가. 말도 안 되는 억지였다.

"공작금은 턱도 없는 소리고 인터뷰 사례비를 받은 것입니다. 하야카와는 정식으로 한국에 유학 와 서울대 대학원에 적을 두고 있는 사람인데, 공산주의 문제가 있는 인물이면 당신들 정보 당국의 책임이지 우리가 누가 누군 줄 어떻게 압니까? 누구도 그런 지시를 받거나 배후 조종을 받은 사람은 없어요."

5박 6일 동안 이철은 송종의 검사로부터, 유인태는 문호철 검사로부터 각각 이러한 자백을 강요받았다. 이들이 끝까지 버티자 검사들은 새로운 논법으로 설득하기 시작했다. 나중에는 유인태와 이철을 한방에 같이 놓고서 말도 안 되는 애국론까지 들먹이며 궤변을 늘어놓았다.

"일본 놈 둘을 구속했다고 일본에서 지금 난리다. 죄도 없는 자기네 국민을, 취재 활동 중인 기자를 잡아다 고문했다고 항의가 엄청나. 지금 저 두 놈이 죄가 없다고 되어버리면 말이야.

우리는 완전히 골로 가는 거야. 일본 놈들 앞에서 앞으론 고개
도 못 들어. 저자세로 가야 돼.

대한민국 국민으로서 공연히 일본 놈들한테 꿀리게 되는 것만
은 막아야 되지 않겠어?

내가 검사로서 약속하는데 이 부분은 외교적으로만 사용하고
국내 재판에는 사용하지 않을 거니까 대충 걔들이 그렇게 말했다
고, 그렇다고 써버려.

너희도 한국 사람이고 애국자인 걸 믿으니까. 애국적 견지에서
일본의 공세는 막아야 하지 않겠냐?"

이철은 두려웠다. 검사들의 달콤한 애국론을 받아들이지 않으
면 수사가 끝나지 않을 것 같았다. 아무리 부정해도 어차피 종국
에는 그들의 요구대로 써줘야만 이 지옥 같은 수사가 끝날 것이
기 때문이다.

거한처럼 덩치가 크고 눈이 왕방울만 한 문호철 검사도 같은
내용의 회유를 유인태에게 반복하고 있었다.

결국 유인태와 이철은 진술서에 본의 아니게 서명하고 말았다.
이철은 이 회유를 이기지 못한 것을 두고두고 후회했다. 그는 석
방되자마자 기자회견에서 일본 기자들이 폭력혁명을 사주했다는
내용은 검사들의 강압으로 허위 자백한 것이며, 그런 사실이 전
혀 없다고 밝혔다.

3. 1974년 6월 15일

비상군법회의 제1심판부
비상보통군법회의 법정

재판장 중장 박희동, 심판관 소장 신현두, 심판관 부장검사 김태원, 심판관 부장판사 박천식, 법무사 중령 김영범.
검찰관 송종의, 최명부, 강철선, 문호철, 이규명.

민청학련 사건의 재판은 사건 관련자를 공동심리하지 않고 몇 개의 그룹으로 나누어 분리 심리했다. 민청학련 사건은 제1심판부가, 인혁당 재건위 사건은 제2심판부(재판장 육군 중장 박현식)가, 일본인 기자들은 제3심판부에서 별도로 비공개 심리를 거쳤다. 다만 인혁당 관련자들 중 여정남은 민청학련 피고인들과 함께 재판을 받았다. 배후 세력으로 분류된 윤보선 전 대통령, 함석헌 선생 등도 별도 재판을 받았다.

피고인들이 워낙 방대한 숫자이기도 했지만 서로 진행 과정을 알 수 없게 하기 위해서였다. 자기들이 억지로 짜 맞춘 각본이 탄로날까봐 검찰관들은 전전긍긍하고 있었다. 법정 출입문 부근에는 헌병이 일렬로 늘어서 있었다. 살풍경한 풍경이었다.

피고인들은 손과 허리를 밧줄에 칭칭 동여매인 채 굴비 엮이듯 엮여 한 줄로 길게 늘어선 채 법정으로 들어갔다. 넓지도 않은 법정은 말 그대로 초만원이었다.

6월 15일, 국방부 비상보통군법회의 법정에 끌려나온 학생운동지도자급 34명 중에는 이철, 유인태, 여정남, 황인성, 나병식, 윤한봉, 안재웅, 나상기, 서경석 등과 함께 한국기독학생총연맹(KSCF) 총무인 이직형의 얼굴도 보였다.

가건물로 된 군사법정 안은 찌는 듯한 무더위가 계속되고 있었다. 선풍기 혜택을 받는 법대 위 심판관들이나 손 부채에 의지하는 방청객들, 그리고 장승처럼 늘어서서 방청석 구석구석을 살피고 있는 헌병들 모두 후줄근히 젖은 모습이었다.

비상보통군법회의 법정은 서울 삼각지 국방부 청사 뒤에 설치되어 있었다. 재판석 가운데 재판장 박희동 육군 중장이 정복을 하고 굳은 표정으로 앉아 있었고 양옆으로는 신현수 육군 소장, 박천식 부장판사, 김태원 부장검사와 법무사인 김영범 대령이 앉았다.

방청은 엄격히 제한되었다. 일반인의 방청은 금지되었고, 가족도 피고인 1인당 직계존비속 1명에게만 출입비표를 제공했다. 가족이 한 명도 참석하지 못하는 경우도 많았다. 연락이 안 되거나 정문에서 신원 확인에 문제가 있으면 차단했기 때문이다.

언론사 기자도 소수로 제한했을 뿐 아니라 취재한 것을 보도할 수가 없었기 때문에 수첩에 메모하는 모습도 볼 수 없었다. 긴급조치 위반 행위를 보도하는 것도 긴급조치 위반으로 처벌받았기 때문이다. 기자들은 재판 뒤 군법회의에서 배부하는 보도자료를 그대로 베낄 뿐이었다.

그 당시 재판은 심지어 피고인들의 수갑도 풀지 않은 채 인정신문이 시작되었는데도 심판관 중에 끼여 있는 현직 판사조차 이에 대해 아무 말도 하지 않았다. 변호인석에서 "법대로 수갑을 풀고 재판해달라"고 요구하면 그때서야 마지못해 수갑을 풀어주었다.

32명의 피고인에 대한 공소장 549쪽을 읽는 데만 하루 종일 걸렸다. 찌는 듯한 무더운 날씨에 송종의 검사는 몇 번이나 읽기를 멈추고 연신 땀을 닦아가며 냉수를 들이키고는 다시 읽기를 계속하였다.

검찰이 제시한 증거물이라곤 선언문, 유인물, 김지하의 시 '오적', 일본어 서적, 그리고 트랜지스터 라디오 몇 개와 피의자신문조서뿐이었다. 그러므로 조서를 빼면 결정적인 증거라 할 만한 것이 없었다. 예상했던 대로 재판은 형식적인 절차에 불과했다.

재판부는 검찰이 제시한 증거 외에는 어떠한 증인이나 증거도 채택하지 않았다. 피고인들은 모두 수사기관과 검찰에서 자백과 진술은 고문에 의한 허위 자백이라고 주장했다. 그러나 재판부는 이를 인정하지 않고 검찰이 제시한 피의자신문조서를 모두 증거로 채택했다.

종전 제3공화국 헌법에서는 '피고인의 자백이 유일한 증거'이거나 '피고인의 자백이 자의로 진술된 것'이 아닐 때는 이를 유죄의 증거로 삼을 수 없다고 규정하고 있었다. 그런데 미증유의 유신독재헌법은 이 조항 전체를 아예 삭제해버렸다. 과거 같으면 증거로 인정받지 못할 자백을 증거로 인정하고, 무죄가 되어야 할 피고인에게 유죄를 선고할 수 있게 된 것이다.

검찰 신문에서 피고인들은 시위 사실 자체는 인정했다. 그러나 사회주의 폭력혁명 운운에 대해서는 한결같이 극력 부인했다.

피고인들은 "자신들은 평화적인 데모를 위하여 서로 연락만 했을 뿐 반국가단체를 구성한 사실도 없고 폭력에 의하여 정부를 전복하거나 공산주의 국가 건설을 꾀한 사실은 전혀 없다"고 진술하였지만, 조사 과정에서 검찰관들이 "자신들의 답변을 전혀 무시하고 그들 마음대로 적어 넣은 뒤 무인을 강요하여 날인하였다"고 주장하였다.

피고인들은 한발 더 나아가 유신체제의 부당성을 당당하게 비판하고 나섰다. 학생들은 검찰이 묻는 대로 '예, 아니오'라고 수동적으로 대답하는 데 머물지 않고 적극적으로 자신들의 주장을 펼쳐나갔다. 재판장은 유신헌법 비판을 금지한 긴급조치 1호를 위반하는 행위가 법정에서 발생하자 당황했다. 중단하라는 고함과 함께 퇴장시키겠다고 협박했으나 학생들은 따르지 않았다. 법정은 시간이 갈수록 소란스러워졌다. 재판은 경고, 발언 저지, 퇴정 명령, 항의와 휴정으로 얼룩졌다.

전체적인 재판 진행은 일괄해서 중앙정보부가 통제했다. 중간중간 정장을 입은 중정 요원이 단상 뒤 재판부 출입문을 통해 들락날락하면서 재판장에게 은밀하게 쪽지를 전달하거나 귓속말을 하는 모습이 빈번했다.

박정희 군사독재정권은 긴급조치 제2호 제10항에서 "중앙정보부장은 비상군법회의 관할 사건의 정보, 수사 및 보안 업무를 조정·감독한다"고 규정해 놓았다. 그러나 비단 '수사 및 보안 업무의 조정·감독'만이 아니라 실은 재판 전체를 통제하고 있었다.

그것이 민간재판이 아닌 군사재판을 택한 이유였다. 중앙정보부는 국가 정보기관이 아니라 정권 보위를 위한 컨트롤 타워였으며 공작 본부였다.

인혁당 관련자 재판은 민청학련 관련자 재판보다 이틀 늦은 6월 17일부터 서울 필동 헌병사령부 법정에서 시작되었다. 나중에 밝혀진 바에 의하면 인혁당 관련자 공판에서는 피고들이 "아니오"라고 한 대답을 "예"로 바꾸어 제멋대로 기록했다.

검찰의 사실 심리가 시작되면서 유인태는 일본인 기자와 인터뷰에서 폭력혁명을 교시 받은 사실을 추궁당했다.

검사가 신문했다.

"1973년 12월 26일부터 2회에 걸쳐 일본인 기자 다치카와와 인터뷰라는 명문으로 만나서 그로부터 공작자금을 받고 폭력혁명 방법을 교시 받은 사실이 있지요?"

유인태가 진술했다.

"인터뷰만 했을 뿐 폭력혁명을 이야기한 적이 없습니다."

"여기 검찰 피의자신문조서에 서명 날인한 사실은 있지요? 그때 검사로부터 폭행이나 협박을 당한 사실이 있습니까?"

"아닙니다. 폭행은 없었지만, 문호철 검사가 '너희가 공산주의자가 아닌 것은 나도 잘 안다. 그러나 일본과 외교 문제가 걸려 있으니 국가적 이익을 위해 일본인 관계는 공소대로 시인해달라. 이건 외교 관계에서만 쓰고 재판에는 쓰지 않는다고 검사 명예를 걸고 약속하겠다'고 해놓고 인간적 배신을 했습니다.

공소 항목마다 국가 변란, 정부 전복 같은 말이 끼어 있는데 이해할 수 없는 일입니다. 이번 데모도 작년 10·2 데모와 전혀 다를 바 없습니다. 유신 당국의 각성과 시정을 촉구하는 학생운동이었을 뿐입니다."

황인성은 민청학련이란 명칭은 유인물의 주체로 썼을 뿐 조직이 아니라고 진술했다.

"민청학련이라는 조직은 존재하지 않았고, 그 조직을 통해 폭력혁명을 기도했다는 것도 전혀 사실이 아닙니다.

유인물에 민청학련이라는 명칭을 쓴 것뿐인데 그것은 3월 말경 유인물을 만들 때 아무 단체도 쓰지 않고 백지로 낸다는 것이 학생운동 통례상 없었던 일이라 그 당시 즉석에서 제가 구상, 제안한 겁니다.

그것이 학생의 입장에서 가장 학구적이고 민주적이라고 판단되어 결정된 것이라고 기억합니다. 그리고 여기 있는 사람들도 유인물이 나온 후에야 비로소 안 사람들도 있고 중정에서 조사받을 때 처음 안 사람도 많습니다."

정문화도 정부 전복이란 표현은 수사기관에서 처음 들었다고 진술했다.

"중정 수사 과정에서 '너희들이 반정부 데모를 벌여 정부를 전복하고 궁극에 가서 노동정권을 수립하려 했으니 인정하라'고 강요를 받았으나 그런 사실이 전혀 없어 부인했으며, 검찰에서도 강력하게 부인했음에도 도대체 그런 말이 왜 자꾸 나오는지 알 수가 없습니다."

검사가 **김효순**을 추궁했다.

"피고인은 1974년 3월 23일 18시경 주거지에서 상 피고인 이근성과 투쟁 정신을 불러일으키고 시민과 노동자, 농민을 선동시킬 수 있는 노래를 가르쳐달라는 요청을 받고 이를 쾌히 수락하여 피고인이 평소 애창하고, 혁명 정신으로 피의 항쟁을 고취하고 노동자의 투쟁을 선동하는 북괴의 '혁명가'와 '우리들은 노동한다' '학원수호가' '탄아탄아' '붉은 태양 솟아오르는' '스텐카라친' 등 별지 제6호의 내용과 같은 도합 13곡의 가사를 대학 노트 2매에 수록, 제공한 적이 있지요?"

김효순이 진술했다.

"검사님이 북괴의 혁명가라고 하는 '날아가는 까마귀야'라는 노래는 북괴의 혁명가가 아니라 3·1 운동 무렵 만주 독립군들이 항일운동을 하면서 부르던 독립군가입니다. 이는 '사상계' 1970년 3월호 '회상의 항하'라는 글에도 소개되어 있었습니다.

'스텐카라친'은 러시아 농민들의 민요이고, '학원수요가'나 '탄아탄아, 우리들은 뿌리파다' 같은 것은 대학 데모때 늘 부르던 노래일 뿐입니다.

이제 와서 갑자기 북괴의 노래로 둔갑시킨 이유를 모르겠습니다."

검사는 **이근성**에게 북한 대남방송을 들은 사실을 추궁했다.

"피고인은 12월 27일 21시경 주거지에서 피고인들이 결성한 조직을 중심으로 전개되는 정부 전복을 위한 활동 상황에 대한 북괴의 평가와 국내 불순 세력의 동향을 확인하기 위하여 라디오로 북괴의 위장 대남방송인 '통일혁명당' 목소리 방송을 통하여 '남반부 주부 여러분, 물가고에 얼마나 고생이 많으십니까'라는 제목의 선동 방송을 청취한 적이 있지요?"

이근성이 진술했다.

"저는 북한 대남방송을 들은 사실이 전혀 없습니다. 저는 중정에 가기 전부터 몸을 가눌 수 없을 정도로 심한 구타를 당해 그후 온전한 정신상태에서 정상적으로 진술할 수가 없었습니다. 중정에서 이북방송을 들은 것으로 하라고 하도 강요하기에 내가 12월 말경 서울 집에서 들은 것으로 했는데. 사실 그때는 서울에 있지도 않았고 시골에 내려가 있었습니다. 확인해 보시면 바로 알수 있습니다."

나병식은 검찰관이 조사 과정에서 "농민·노동자를 사랑하지 않느냐?"는 식의 질문을 해서 "그렇다"고 대답했을 뿐인데 나중에 이를 구실로 공소장에 "노농정권 수립을 획책했다"는 식으로 억지를 썼다고 주장했다.

이현배에게는 공산주의 계열 불온서적을 소지한 사실이 있느냐고 추궁했다.

"저는 대학원에서 역사를 전공하는 사람입니다. 군인은 총으로 국가를 지키고 학자는 학문으로 국가를 지킵니다. 열심히 공부하는 게 학자의 의무라고 생각하기 때문에 전공과 관계되는 자료를 넓게 구하여 읽고 있었습니다.

그렇다고 불법으로 구한 자료는 하나도 없습니다. 이 책도 문화공보부 장관의 승인을 받은 종로1가 유명 해외서적 센터에서 정식으로 수입 허가를 받아 판매하는 책을 구입한 것입니다.

이게 불온서적이라면 그런 책을 살 수 있게 수입 허가를 내준 당국의 책임이지 모르고 산 저의 책임은 아니라고 생각합니다."

검사가 말했다.

"피고인, 설사 당국이 실수로 불온서적 수입을 허가했더라도 불온서적을 발견하면 신고하는 게 당연하겠지요? 피고는 북괴의 불온 삐라를 습득하면 이걸 막지 못한 당국 탓만 하고 신고 안 합니까?"

이현배가 말했다.

"불온서적을 입수하고도 신고 안 한 것도 죄라 하는데, 공산주의 선전 유인물이라면 당연히 그래야지요.

저 자신도 신고한 적이 있습니다.

그런데 이 책은 정식 수입하여 판매한 것인데 어떻게 불온서적인 줄 알겠습니까?

그런 책을 살 수 있게 한 것은 수입 허가를 내준 당국의 책임이지 모르고 산 저의 책임은 아니라고 생각합니다."

이게 이현배가 반공법 4조 1항에 걸린 이유였다. 학생 신분이 아니면서 반공법에 걸린 자는 석방에서 제외되는 바람에 그는 이 책 한 권으로 징역을 3년 6개월 더 살게 되었다.

사정이야 어떻든 사람들이 꽉 들어찬 여름의 재판정은 한마디로 찜통 속을 방불케 했다. 헌병의 호위로 꼼짝도 못하고 앉아 있는 피고인들뿐만 아니라 모두가 땀을 비오듯 흘렸다.

6월 중순의 초여름 날씨는 재판정의 열띤 설전과 공방으로 한

여름의 폭염으로 변해갔다. 공판이 진행될수록 학생들의 투쟁에 대한 정당성 주장과 검찰관의 유신정권 옹호론이 서로 충돌하여 점입가경이었다.

검사가 질문을 하였다.

"학생들에게 극한 투쟁을 하라고 선동한 사실이 있느냐?"

김지하가 대답했다.

"학생 운동은 사회를 위한 학생들의 순수한 기여 방법입니다. 데모는 학생 운동의 전부는 아니고 학생 운동의 한 방법일 뿐입니다. 학생 운동 모두를 철없는, 불순한 행동으로 매도하지 말기 바랍니다.

우리가 말하는 극한 투쟁이란 정부를 전복시킨다는 말이 아닙니다. 학생 데모로 정부가 전복된다고 학생들도 생각하지 않고, 누구도 그렇게 생각하지 않습니다.

이 자리에 우리가 잡혀 와 모여 앉아 있는 이것이 우리의 운동 방법이고 우리의 극한 투쟁입니다. 이 점 잘 이해해두시기 바랍니다."

학생들은 법정에서 자신들의 정당한 이론을 당당하게 역설했다. 불꽃 튀는 설전과 공방전으로 검사가 오히려 궁지에 몰린 적이 한두 번이 아니었다. 그러나 재판 자체는 그들의 의도에 따라 빠르고 신속하게 진행되었다. 군사정권이 잘 사용하던 '속전속결'이라는 구호를 그대로 실천하는 듯했다.

그런가 하면 서울대 문리대 학생회장 곽성문은 검찰이 신청한 증인으로 나와서 송종의 검사의 질문에 답변했다.

"국사학과 선배 황인범과 4 · 19 직후 통일운동에 대해 이야기를 나눌 때 황인범이 북한의 대남 적화와 통일전략에 찬동하는 말을 하는 걸 들은 사실이 있지요?"

"네, 있습니다."

곽성문은 이런 식으로 검찰의 질문에 대해서 모두 시인했다.

담당 경찰관이 말했었다.

"바보 같은 소리 작작하게! 네 친구들도 속 차릴 놈은 다 차리더라. 학생회장이라는 녀석과 친구들이 지들은 살겠다고 다 불고 갔는데. 개네들이 정보부에서 자기들을 쭉 주시하고 있다는 것을 알고는 걱정이 돼서. 그 애들 중에 5국장과 친척되는 친구가 있다데. 5국장한테 제 발로 찾아와서 다 불고 갔다는 거야. 개들이 불어서 한강 절두산 밑에 가서 한 놈 잡아 오기도 했는데 뭘."

통방

김지하 시인이 말했다.

감방의 뒤편 변기 바깥쪽 창문으로 다른 감방의 벗들과 소통하는 것이 통방이다. 감방에서의 유일한 낙은 면회, 즉 접견과 통방일 터이다. 아직 선고가 나오지 않았을 때, 왼쪽으로 한 방 건너 지금은 목사님이 된 서울대 법대의 김경남 아우, 그 곁에 기독교 사회운동의 맹장 황인성 아우, 오른쪽으로 한 방 건너 한때 지하철노조위원장을 하다 지금은 녹색교통을 시작한 정윤광 아우, 그 곁에 지금 국회의원인 장영달 아우, 아래층 왼쪽으로 두 방 건너 지금 '조선일보' 주필인 유근일 선배, 오른쪽으로 두 방 건너 인

혁당 하재완 씨 등이 살고 있어 좋은 통방 이웃을 이루었으니 매일같이 통방, 통방, 통방이었다.

혹간 가다 구치소 간부에게라도 걸리면 다시는 안하겠다고 약속한 뒤 돌아서자 마자 그일을 가지고 또 통방! 그렇다. 통방으로 해가 떠서 통방으로 해가 지는 통방 징역이었다.

통방! 그것은 유신시절의 매스컴이었던 '유비통신'(유언비어를 그렇게 불렀다)처럼 우리의 '서대문통신'이었다. 각자의 집안 소식, 친구 소식에서부터 정세 분석과 철학 강좌까지 별의별 섹션이 다 갖추어진 거의 완벽한 매스컴이었으니 누가 이것을 녹음이라도 했다가 풀어 CD로 내거나 출판했다면 틀림없는 떼돈감이었다.

그러나 그 통방도 사형을 선고 받자마자 그날로 잡범들과 합방시켜버려 자취를 감췄다. 1.75평의 좁은 공간, 더운 초여름 날씨에 8명씩 들어앉아 있자니 그보다 더한 지옥은 없는 성싶었다.

내 생전 '생태학적 필요공간'이라는 말을 처음 실감했을 때다. 사람과 사람 사이가 전선줄에 늘어앉은 참새와 참새 사이보다 더 좁아서 맨살이라도 살짝 닿는 날이면 "개새끼! 소새끼!"하며 말싸움이 벌어지기 일쑤고, 서로 눈길이 마주치기라도 하는 날이면 "씹할 놈아! 뼉할 놈아!" 하고 대판 주먹질이 오가기 십상이었다.

나는 어엿한 감방장으로서 치국평천하의 책임을 져야 했다. 참으로 궁리에 궁리를 거듭하다 하도 안 풀려 천하태평의 도를 공모했다. 세 사람 입에서 한 마디가 동시에 터져나왔다. "강아지!"

그렇다. 강아지만이 태평의 도였다. 강아지란 담배의 은어이다.

43

나는 그 날로 청소 담당 기결수와 담배거래를 시작했다. 내 영치금에서 그 값을 빼내가는 순 왕도둑 장사, 엄청나게 비싼 장사였다. 그러나 강아지가 한 모금씩 돌고 나면 8명의 나팔들이 일시에 빙긋이 미소지으며 눈을 게슴츠레하니 뜨고 일대 평화와 정적의 낙원으로 들어갔던 것이니, 범법임을 뻔히 알면서도 강아지 거래를 끊을 수 없었다.

그러다 한번은 간부에게 걸려 보안과까지 가서 시말서를 썼다. 그러나 돌아오자 마자 계속되었으니 아아! 평화란 얼마나 값지고 고귀한 것인가! 체호프의 '담배의 해독에 관하여'를 압도하는 '담배의 미덕에 관하여'를 언젠가는 집필하리라는 꿈마저도 꿀 정도였다.

잿빛 하늘 나직이 비 뿌리는 어느 날 누군가 가래 끓는 목소리가 내 이름을 부르더군요. 나는 뺑끼통(감방 속의 변소)으로 들어가 창에 붙어서서 나를 부르는 사람이 누구냐고 큰 소리로 물었죠. 목소리는 대답하더군요.

"하재완입니다."

"하재완이 누굽니까" 하고 나는 물었죠.

"인혁당입니다" 하고 목소리는 대답하더군요.

"아항, 그래요!"

4상 15방에 있던 나와 4하 17방에 있던 **하재완** 씨 사이의 '통방'이 시작되었죠. "인혁당 그것 진짜입니까" 하고 나는 물었죠. "물론 가짜입니다" 하고 하씨는 대답하더군요. "그런데 왜 거기간혀 계슈" 하고 나는 물었죠 "고문 때문이지러" 하고 하씨는 대답하더군요 "고문을 많이 당했습니까" 하고 나는 물었죠 "말 마이소! 창자가 다 빠져나와버리고 부서져버리고 엉망진창입니다" 하고 하씨는 대답하더군요 "저런 쯧쯧" 하고 내가 혀를 차는데, "즈그들도 나보고 정치문제니께로 쬐끔만 참아달라고 합디다" 하고 하씨는 덧붙이더군요

"아항, 그래요!"

그 뒤 7월 언젠가 '진찰' (구치소내의 의무과 의사가 재소자들을 감방에서 꺼내어 줄줄이 관구실 앞에 앉혀놓고 진찰하는 일과) 받으러 나가 차례를 기다리며 쭈그리고 앉았는데, 근처 딴 줄에 앉아 있던 키가 작고 양 다리 사이가 벌어지고, 약간 고수머리에 얼굴에 칼자국이 나 있고, 왕년에 주먹께나 썼을 것같은 사람이 나를 툭치며 "김지하 씨지예" 하고 묻더군요 "그렇소만 댁은 뉘시유" 하고 내가 묻자. 그 사람은 "지가 하재완입니더" 하고 오른손 엄지로 자기 가슴을 가리키지 않겠어요

"아항, 그래요!"

이렇게 해서 잠깐 만난 실물 하재완 씨는 지난번 통방 때와 똑같은 내용의 얘기를 교도관 눈치 열심히 보아가며 낮고 빠른 소리로 내게 말해주더군요

마치 지옥에서 백년지기를 만난 듯 내 어깨를 꽉 끌어안고 그러나 내귀에는 마치 한이 맺힌 귀곡성처럼 무시무시하게 들리는 그 가래 끓는 숨소리와 함께 열심히, 열심히.

또 그 무렵 어느날인가 출정하다 한 사람이 나에게 "김지하 씨

지요" 하고 묻더군요. "네. 그렇습니다만…" 하고 대답하자 "나 이수병이오" 하고 말합디다.

"아하, 그 '만적론'을 쓰신 이수병 씨요?"

"네."

"어떻게 된 겁니까."

"정말 창피하군요. 이거 아무 일도 나라 위해 해보지도 못한 채 이리 끌려들어와 슬기로운 학생운동 똥칠하는 데 어거지 부역이나 하고 있으니…. 정말 미안합니다."

"아항, 그래요!"

나는 법정에서 경북대학교 학생 이강철의 그 또렷또렷한 목소리로 분명하게 "나는 인혁당의 '인'자도 들어보지 못했는데 그것을 잘 아는 것으로 시인하지 않는다고 검사 입회하에 전기고문을 수 차례나 받았습니다"라는 말을 듣고 소위 인혁당이라는 것이 조작극이며 고문으로 이루어지는 저들의 전가비도傳家秘刀의 결과였다는 것을 확인할 수 있었죠.

그뒤 어느날, 나는 감방벽에 기대 앉았어요. 한없는 괴로움에 시달리고 있었어요. 끝없는 분노에 몸을 떨고 있었어요.

내 피를 부른다
거절하라고
그 어떤 거짓도 거절하라고

거절하라고? 그래요. 거절이죠. 어둠 속에 감추어진 진실을 빛

속에 드러내라고? 거짓을 거절하라고? 그래요. 횔덜린의 시에 있어서의 그 빛의 수수께끼. 그것은 바로 이 거절이었어요. 정말 그래요.

김지하는 계속 도망다니다가 1974년 4월 25일 흑산도의 예리 여관에서 체포되었다. 그는 흑산 파출소 소속 경찰을 따라 배에 올랐다. 수갑에 묶인 그의 손은 목포에 도착한 내내 선장실 쇠창살에 걸려있었다. 그리고 상경하여 끌려간 곳은 그 무시무시하다는 중앙정보부 제6국 지하실이었다.

긴급조치 4호 선포 며칠 뒤인 4월 19일 맏아들이 태어났지만 그는 이 소식을 뒤늦게 감옥에서 들었다.

4. 1974년 7월 9일, 결심 공판

첫 공판을 시작한 지 24일 만인 7월 9일, 이철, 유인태 등 32명에 대한 결심 공판이 열렸다.

듣기만 해도 무시무시한 죄였다. 당시 대한민국에서 적용할 수 있는 가장 강력한 법규는 모조리 갖다 붙인 것이다. 그중에서도 가장 형량이 무거운 조항만 골라 적용시켰다. 그때 김일성을 잡아다 재판을 했다고 해도 그 이상의 죄목은 더 달지 못했으리라.

검사가 구형을 하였다.

"피고인들은 4월 3일 전국 각 대학과 연합하여 일시 다발적으로 봉기하여, 유혈사태를 유발하여 폭동화시킨 후 폭력혁명을 하기로 모의하는 등 국헌을 문란케 하고 국가 변란을 기도했으므로

비록 대부분이 학업 도상에 있는 자들이나 죄질이 극악하므로 엄중히 처벌하고, 특히 그중 수괴에 종사한 자들에 대해서는 극형에 처하여 자유 민주 사회에서 영구히 제거하는 게 마땅하다고 사료되는 바입니다.

피고인 이철, 유인태, 동 여정남, 동 김영일, 동 김병곤, 동 나병식, 동 이현배를 사형에 처해주십시오"

잠시 법정 안은 시간이 영원히 정지한 듯 누구도 움직이지 않고 정적만이 흘렀다.

"피고인 정문화, 황인성, 서중석, 안양로, 이근성, 김효순, 유근일을 무기징역형에, 피고인 정윤광, 강구철, 이강철, 정화영, 임규영, 김영준, 송무호, 정상복, 이직형, 나상기, 서경석, 이광일을 징역 20년 자격정지 15년형에, 피고인 구충서, 김정길, 이강, 윤한봉, 김수길, 안재웅을 징역 15년 자격정지 15년형에 처해주십시오"

검사의 입에서 사형, 무기징역 등 무시무시한 말이 떨어지자 예상했다는 듯이 담담한 학생도 있었고, 설마 했다가 충격을 받은 학생도 있었다. 피식하고 웃는 학생도 있었다.

사형 구형에 가장 어이없어했던 것은 김지하와 이현배였다. 실제 민청학련 사건과 관련해 한 일이 거의 없는 데다가 후배들 몇 번 만난 게 전부였기 때문이었다. 본인들 뿐만 아니라 주변에서도 놀랐다. 아마도 민청학련의 배후 조종 세력으로 4·19세대와

6·3세대를 상징하는 두 사람을 사형 명단에 넣어 구색을 갖추려는 정권의 무리한 시도가 아닐까 짐작할 뿐이었다.

(이미 그 전날 같은 시각 필동의 제2심판부 법정에서는 제2차 인혁당 사건의 판결 선고가 있었다. 검찰관이 구형한 그대로, 사건 관련자 21명 중 서도원, 도예종 등 8명에게는 사형을, 김한덕 등 7명에게는 무기징역을, 나머지 피고인 6명에게는 징역 20년을 선고하였다. 이 천인공노할 판결은 그 후 바뀌지 않았고, 당사자들은 비극적 종말을 맞이하게 된다.)

학생들이 예상보다 엄청난 구형을 받자 이 믿을 수 없는 현실 앞에서 변호인들은 피고인보다 더 당황하고 충격을 받은 표정이었다. 그들은 충격을 가라앉히고 피고인들을 구하고자 있는 힘을 다해 발언했다. **황인철** 변호사는 끝까지 감정을 억누르고 차분하게 논리적으로 최후 변론을 했다. 홍성우 변호사의 목소리는 점차 격앙되어 떨렸다.

세 번째로 변론을 시작한 **강신옥** 변호사는 먼저 피고인들이 고문을 당한 사실을 확인하고 피고인들의 진술서가 고문에 의해 강요된 것이니 증거로 채택되어서는 안 된다고 강력하게 주장했다.

"지금 검찰관들은 나라 일을 걱정하는 애국학생들을 내란죄나 국가보안법 위반, 반공법 위반, 대통령 긴급조치 위반 등을 걸어서 빨갱이로 몰아치고 사형이니 무기니 하는 중형을 구형하고 있습니다.

그러나 본 건 공소사실에 대하여는 증거가 있다면 검찰관이 작성한 각 피고인들에 대한 신문조서나 참고인 등에 대한 진술조서들과 같이 형식적 증거능력이 있는 것뿐인데 피고인들에 대한 피의자신문조서 등은 피고인들 전부가 당 법정에서 그들의 자의에 의해서 작성된 것이 아니라고 주장하고 있습니다.

그들은 수사기관의 강요에 의하여 작성된 신문조서와 의견서를 근거로 검찰이 일방적으로 작성하여 무인을 강요하므로 어쩔 수 없이 무인하였다고 항변하고 있고 동 피고인들은 전부가 대학 재학생이든지 기독교인들로서 법정에서 그들의 태도는 진실하였고 거짓이라고는 전연 보이지 않을뿐더러 변호인 각자가 맡은 피고인들 이외의 피고인신문조서에 대하여는 반대신문을 경유하지 않은 조서들이어서 증거능력마저 없는 것입니다.

또한 참고인 진술조서 역시 위 재판 과정을 설명할 때 말한 대로 반대신문을 허용치 않아서 이것 역시 증거능력이 없는 것이며 더욱 검사의 피고인들에 대한 신문조서 작성은 접견까지 금지된 상태에서 한 것으로서 그 신빙성이 더욱 의심스럽다고 할 수밖에 없습니다.

특히 여정남에 대하여 신청한 증인 신문은 인민혁명당 사건으로 이 법정에서 멀리 떨어지지도 않은 곳에서 재판받고 있는 피고인들인데도 이들에 대한 변호인의 증인 신청을 모조리 기각한 것은 이해할 수 없는 일입니다.

결국 이렇게 되면 피고인 등에 대한 재판은 피고인신문만을 마친 실정뿐이어서 형식만 재판일 뿐이지 실질적으로는 소송법상 소위 적법절차의 보장은 전연 무시한 것으로서 이와 같은 형식적인 절차로 피고인 등에 대해 사형까지 구형한다면 이것은 우리들의 기초적인 법 감정인 정의 이념에 너무나 동떨어진 재판이어서 결과적으로 검찰은 피고인을 형식적 재판을 통하여 법의 이름으로 처단하려는 사법살인의 비난을 면치 못할 것입니다."

"변호인"

순간 법무사가 일사천리로 진행되던 강신옥의 변론에 제동을 걸었다. 그러나 그는 잠시 숨을 몰아 쉰 뒤 변론을 계속했다.

"기성 세대가 무기력하여 민주헌정으로의 회복을 위해 아무런 행동도 취하지 않고 있어 학생들이 이와 같은 과감한 행동을 하지 않을 수 없었다는 것이 아닌가. 왜 학생들이 공부도 못하고 이런 일을 하고 있는가."

방청석 여기저기에서 신음소리와 함께 탄성이 터져 나오고 나른한 상태에서 졸고 있던 헌병들은 갑자기 정신이 번쩍 드는 듯 눈빛이 점점 날카로워지고 있었다.

사법을 빙자한 살인행위라는 주장은 무서운 말이었다. 재판장 박희동 중장이 강 변호사의 말을 제지했다.

"변론 중지하시오!"

그러나 강신옥 변호사는 계속했다. 법정에 있던 사람들은 이러다 강 변호사가 무사할 수 있을까 아연 긴장했다.

"극악무도한 일제 치하에서도, 3·1 운동 당시 정말 내란죄에 해당하는 경우에도 일본인들은 심판하면서 최고 12년에 머물렀습니다. 지금 법이라는 게 정치나 권력의 시녀가 아닌가 하는 느낌을 갖게 합니다.

본 변호인은 기성 세대이기 때문에, 그리고 직업상 이 자리에서 변호하고 있으나 그렇지 않다면 차라리 피고인들과 뜻을 같이 하여 피고인석에 앉고 싶은 심정이올시다.

악법은 지키지 않아도 좋으며 악법과 정당하지 못한 법에 대하여는 저항할 수 있고 투쟁할 수 있는 것이므로 학생들은 악법에 저항하여 일어난 것이니 이러한 애국학생들인 피고인들에게 그 악법을 적용하여 다루는 것은 역사적으로 후일에 문제가 될 것입니다.

예를 들어 나치정권 하에서 처가 남편과 이혼할 목적으로 남편이 나치에 저항하는 말을 했다고 당국에 허위로 고발해 형을 살게 한 일이 있었지만 정권이 무너진 후 남편이 풀려 나와 악법 하에서 자신을 고발했던 처를 고발해 처벌받게 한 사례가 있었는데 이것이 바로 '역사적 심판'에 해당됩니다."

방청석이 왁자지껄해지면서 여기저기에서 또 다시 박수소리가 들려왔다. 이런 저런 사연으로 군사법정에 들어와 앉은 후 숨도 크게 쉬지 못하고 있던 사람들이 참으로 오랜만에 가슴 뭉클한 위로를 받은 것 같았다.

4시가 넘고 있었지만 길고 긴 여름 해는 아직 중천에 머물고 있었다. 선배 변호사 이세중, 박승서가 다가와 저 치들 뜨끔했을 거라면서 이젠 수위를 좀 낮추라고 격려 겸 충고를 하고 갔다.

'나도 차라리 피고인석에 앉고 싶다'는 말은 긴급조치 위반자들에 동조한다고 해석될 만한 표현이었다. 그 한마디로 법정은 아수라장이 되었다. 재판장의 얼굴색이 붉으락푸르락 불안정하게 변화했다. 그러자 뒤편 출입문에서 쪽지를 들고 들락거리던 중정 요원이 다시 재판장의 뒤에 나타나 귓속말을 했다.

"중지하시오! 정리, 중지시키세요!"

"계속하게 둬!"

"변론을 막지 마라!"

"변호인들은 피고인에 동조하는 발언은 긴급조치 4호 위반이란 사실을 명심하시오! 휴정합니다."

재판장은, 법무사가 몇 번씩 제지를 해도 강신옥 변호사가 계속 변론을 해나가자 강 변호사의 변론을 강제 중지시키고 휴정을 선언했다. 30여 분이 지나 공판이 속개됐을 때, 강신옥은 "오적시를 쓴 김지하 피고인은 민족시인으로서 훌륭한 시인이며, 외국에서도 오적시는 훌륭한 시로서 높이 평가되고 있다"고 언급을 한 뒤 자리에 앉았다.

강신옥 변호사가 말했다.

74년 4월 3일 이른바 민청학련 사건이 발생해 20여 명의 학생, 청년이 긴급조치 위반으로 구속되었다. 이에, 나와 홍성우 변호사 등 몇 명이 이 사건의 변론을 맡게 됐는데, 당시 나는 김지하, 정상복, 여정남, 나병식 등 11명의 변론을 맡았다. 하지만 당시 정황이 연이어 긴급조치가 발동되는 등 워낙 분위기가 살벌해 대부분이 이 사건을 맡으려 하질 않았다. 게다가 사안이 정부와 첨예하게 대립하는 데다가, 군법회의하에서 재판을 해야 하는 탓에 결과도 뻔한 만큼 더더욱 그러했다. 그러나 나는 처음부터 이 사건이 학생들의 데모를 잠재우기 위한 충격요법의 일환으로 정부

가 만들어낸 조작극이라는 확신을 갖고 있었기에 주위의 만류에도 불구하고 변론을 맡게 되었다.

민청학련사건 피고인 중 경북대학생 여정남 군은 인혁당사건과의 '연결고리'로 꾸며져 기소되었다. 그의 변호를 맡고 있던 변호사가 도중에 나더러 대신 좀 맡아달라고 간청해서 나는 뒤늦게 그의 변호에 나서게 되었다.

그날이 그러니깐 74년 7월 9일이었다. 그날 나는 변론을 해야 할 줄 전혀 몰랐다. 이는 증거신청 등을 해놨던 까닭에 그날 결심을 하리라곤 전혀 예견치 못했기 때문이다. 따라서 사전에 변론요지를 준비해가지 못해 즉석변론을 해야만 했는데 평소의 소신대로 의견은 개진했다.

이같이 변론하자 몇 차례 발언을 제지당했으나 그래도 계속하자 끝내 휴정을 했다. 그리고 휴정 중에 재판부에서 사람을 보내 이제 할 만큼 했으니 그만 해달라고 해서 그 뜻을 받아들였다. 당시만 해도 변론 내용이 문제가 되리라곤 전혀 생각지 않았다. 다소 분위기가 삭막하긴 했으나 법에 정해진 변론의 면책특권이 보장되리라 굳게 믿고 있었기 때문이다.

다시 개정을 해 들어가 다른 변호사들의 변론을 다 듣고 피고인들의 최후진술을 듣기 바로 직전이었다. 갑자기 중앙정보부 요원들이 들이닥쳐 나와 홍성우 변호사를 연행해 갔다. 모두가 아연실색해 하는 가운데 말이다. 우리들은 웬 으슥한 방으로 끌려가 변론요지 및 그 동기 등을 조사받았는데 그날은 3시간 정도 하더니 돌려보내주었다.

다시 휴정이 선언되었는데 중앙정보부 요원인 듯한 청년 두 명이 다가왔다.

"이것, 변호사님 것이지요?"

그중 한 명이 강신옥의 가방을 집어들었다. 또 한 명의 요원은 홍성우 앞으로 다가갔다. 그 역시 강신옥보다 먼저 한 변론에서 군사법정의 탈법 절차를 강력히 규탄하여 법무사의 주의를 받은 바 있었다. 막 피고인들의 최후진술이 진행되고 있었다. 강신옥, 홍성우 두 변호인이 연행되고 나서 재판장은 공판을 속개했다.

재판장이 말했다.

"피고인들, 마지막으로 할 말이 있으면 진술하시오!"

이철이 먼저 일어났다.

"내 목숨을 바치는 것은 결코 아깝지 않습니다. 이 나라의 민주주의를 위해서라면 나는 기꺼이 목숨을 바칠 것입니다. 나는 유신체제는 끝까지 반대할 것입니다. 반민족적인 유신체제의 철폐를 위해서는 언제까지라도 싸우겠습니다. 하지만 반유신을 이유로 나에게 빨갱이라는 누명을 씌우지는 마십시오. 만약에 공산주의자로 터무니없이 몰아붙이지만 않는다면 나는 떳떳하게 죽음을 맞겠습니다. 반국가단체를 조직했다고 하나 단체의 구성 요건이 하나도 충족되어있지 않고 우리는 단체를 만든 적이 없습니다.

우리는 반정부는 했을지언정 반국가를 한 적은 없습니다.

세계 도처에서 학생 데모가 일어나고 있으나 어디에서도 이를 국가 변란이라고 말하지 않습니다.

국가와 민족을 위해서 활동하다가 죽는 것은 좋으나 공산주의

자라는 누명은 씌우지 말기 바랍니다."

그러나 여정남의 경우는 조금 달랐다. 그는 사형집행을 예상했는지 아주 절박한 심정으로 자신의 주장을 피력했다. 길고도 많은 이야기를 했지만 미처 정리되지 못한 부분이 많았다. 재판장이 중간에 연거푸 발언을 막는 바람에 여정남은 자기가 하고 싶은 말을 다하지도 못했다. 정부가 인혁당 관련자들을 기어이 사형에 처하리라는 것을 그는 예감하고 있었다.

여정남이 말했다.

"솜사탕처럼 확대된 것에 불과합니다. 경북대에서 3·21 데모때 사용한 구국선언문은 정화영으로부터 받은 것입니다. 수사 과정에서 과장된 것입니다."

정문화가 말했다.

"역사가 어떻게 평가할지 모르나 조국과 민족을 위해 싸우다가 이 법정에 선 것을 영광으로 생각합니다.

국가 전복이나 폭력혁명을 하려고 한 바 없고 애국적인 표현으로 데모를 한 것 외에는 아무것도 없습니다.

오로지 힘으로 누르려 하지 말고 민주적으로 요구를 받아들여서 해결하기를 바랍니다."

김병곤이 말했다.

"검찰관님, 감사합니다. 아무것도 한 일이 없는 저에게까지 기라성 같은 선배들과 어깨를 나란히 사형을 내려주겠다니 영광입니다.

사실 저는 유신 치하에서 생명을 잃고 삶의 길을 빼앗긴 이 땅의 민생들에게 아무것도 한 것이 없어 늘 부끄러운 마음뿐이었습니다.

이제 그들을 위해 이 젊은 목숨이라도 바칠 기회를 주시니 감사한 마음 이를 데가 없습니다. 사형을 구형해주셔서 감사합니다."

정윤광이 말했다.

"개인적 사정으로 힘껏 뛰지 못해서 이 법정에서 사형을 구형받지 못한 것이 부끄럽습니다. 후배들에게 부끄럽습니다."

강구철이 말했다.

"이 나라, 이 민족을 사랑합니다."

정화영이 말했다.

"여정남 선배에게 미안하고 죄송스럽습니다. 유신헌법 반대는 지금도 변함이 없습니다."

정화영은 기결수가 되었을 때 한 줄기 빛도 들어오지 않는 어두컴컴한 독방에 수감되었다. 독방에 혼자 있으면 늘 공상이 가득해져 그는 머릿속으로 기와집을 지었다가 부셨다가 또 지었다.

나는 포악한 박정희를 수십 번이나 죽였다. 나는 억울하게 죽은 여정남과 인혁당 선배들을 생각하면 울분을 참을 수 없었다. 몸을 땅에 파묻고 목만 내어놓은 상태에서 칼로 목을 치기도 하고 권총으로 머리를 두드려 죽이기도 했다. 어떻게 하면 저 잔인하고 야비한 인간 말종 박정희를 죽일 수 있을까…… 그 고문하던 놈들, 저 중앙정보부를 폭파시키는 방법이 뭘까……

김효순이 말했다.

"학생운동은 국민 총화를 위해 더 이루어져야 된다고 생각합니다. 자유민주주의를 사랑하는 선배들에게 상을 주어야 된다고 생각합니다."

"나는 살 만큼 살았고, 감옥도 이번에 처음이 아니니, 나를 죽인다니 할 말이나 실컷 해불고 죽고 싶소. 절대 내 말을 끊지 마시오, 재판장님. 자고로 이 땅에 생명이 생겨나고부터……."

김지하는 나머지 피고인 전부를 합친 것보다 더 길게, 생명사상에서 시작해서 동서고금 역사를 넘나들며 최후진술을 했지만 재판장은 제지하지 못하고 끝날 때까지 그대로 두었다. 그는 이렇게 끝맺었다.

"학생들이 다 폭력혁명이 아니고, 민주화운동을 한 것이라고들 말하고 있습니다. 국민의 비판을 받기 싫으면 세금도 쓰지 말아야 된다고 봅니다. 국민이 걷어준 세금과 잠시 맡겨둔 권력을 쓰면서 거꾸로 국민에게 가르치고 명령하려니 문제가 생깁니다. 비판하고 반대하는 것이 민주주의의 의무이며 올바른 주장이라고 생각합니다. 현 정권은 두 번 말할 것도 없이 철저한 독재정권입니다. 죽을지언정 굴하지는 않겠다는 생각입니다."

나상기가 말했다.

"존경하는 친구들의 신념에 탄복했습니다. 역사의 움직임의 내용을 하나님이 보실 때 흠 없는 것이 되기 바랍니다.

역사에 오점 없는 판단을 바랍니다."

한 학생이 말했다. "한때 수사 과정에서 겁이 나서 유신 반대를 부인했던 것을 참회합니다. 나는 유신에 분명히 반대합니다.”

5. 1974년 7월 13일

징역형 총 선고 형량, 1,650년에 달해

1974년 7월 13일.

섭씨 30도를 오르내리는 무더위 속 비상보통군법회의 제1심판부 공판정. 민청학련 관련자 32명에 대한 선고 공판이 열렸다.

번쩍이는 헌병들의 혁대 버클, 무거워 보이는 견장들이 죽 늘어서 있는 삼엄한 분위기 속에 공개재판의 흉내라도 내기위해서 피고인 가족을 한 명씩만 방청시켰다.

재판장 중장 박희동, 심판관 소장 신현두, 법무사 중령 김영범, 심판관 부장검사 김태원, 심판관 부장판사 박천식, 그 왼편의 검찰관석에는 검찰관 송종의, 최명부, 강철선, 문호철, 이규명 등이 앉아 있었다.

재판장 박희동의 판결문 낭독소리가 굳어버린 공판정의 공기를 뚫고 낮게 깔렸다.

재판장 박희동 중장은 판결문을 낭독하기 시작했다. (판결문이 423쪽이었는데 간단히 요약한 것만 떠듬떠듬 읽은 것이다)

“이철, 유인태 등은 평소 공산주의 서적을 탐독하면서 자본주의사회의 모순을 해결하기 위해 폭력에 의한 혁명을 해야 한다는 사회주의 이론에 공감하고 있던 바 국민 총화의 유신체제가 정비

되자 현 정부는 기본권을 말살하고 자본주의 병폐를 가중시킨다고 망상하고 노동계급에 의한 신정부 수립을 열망하던 중 3, 4월 위기설에 편승하여 (중략) 동료 대학생들과 수십 차례 회합을 가진 끝에 4월 3일 전국 각 대학과 연합하여 일시 다발적으로 봉기하여, 유혈사태를 유발하여 폭동화시킨 후 정부기관을 장악하여 사회주의 정권을 세우려고 폭력혁명을 하기로 모의하는 등 국헌을 문란케 하고 국가 변란을 기도했으므로, 비록 대부분이 학업 도상에 있는 자들이나 국가 내란음모, 선동, 국가보안법, 반공법, 긴급조치 1호·4호 위반죄를 적용하여 엄벌에 처함이 마땅할 것이다."

판결 이유 낭독에 이어 다음과 같이 선고했다.

이철, 유인태, 여정남, 김병곤, 나병식, 김영일, 이현배 7명에게 사형을, 정문화, 황인성, 서중석, 안양로, 이근성, 김효순, 유근일 등 7명에게 무기징역을, 정윤광, 강구철, 이강철, 정화영, 임규영, 김영준, 송무호, 정상복, 이직형, 나상기, 서경석, 이광일 등 12명에게 징역 20년 자격정지 15년을, 구충서, 김정길, 이강, 윤한봉, 김수길, 안재웅 등 6명에게 징역 15년 자격정지 15년을 선고했다.

판결문의 선고 이유와 형량은 군법회의 검찰관이 낸 공소장과 토씨 하나 틀리지 않고 똑같았다. 그러니까 중앙정보부가 정한 형량대로 검찰이 구형하고 법원에서는 이와 한 치의 오차 없이 판결했다. 그랬으니 심지어 공소장에 있는 오자가 그대로 판결문에 나오기도 했다. 판결문은 국화빵처럼 공소장을 글자 하나 틀리지 않게 옮겨놓았으며 구형한 그대로 형량이 선고되는 '정찰제

판결'이 계속 나왔다.

삼각지 언덕배기 군용 콘셋 내에서 열린 군법회의는 한낱 요식 행위에 지나지 않았다. "맨 앞줄은 사형, 그 다음 줄은 무기, 셋째 줄은 20년, 마지막 줄 15년……." 이렇게 앉은 순서(줄)에 따라 형이 정해진다고 비아냥거릴 정도의 각본 놀음이었다.

이리와 양

시냇가에서 새끼 양 한 마리가 물을 마시고 있는데 이리가 다가와 공연한 트집을 잡았다.

"너는 어째서 내가 마시려는 물을 흐려놓고 있느냐? 이놈!"

새끼 양은 겁에 질려 이렇게 대답했다.

"무슨 말씀입니까요? 저는 나리보다 훨씬 아래쪽에서 물을 마시고 있는데 어떻게 나리가 마실 물을 제가 흐려놓을 수가 있겠습니까?"

"그건 그렇다 치고 그럼 넌 작년 이맘때에 내 욕을 한 일이 있지?"

새끼 양은 또 한 번 가슴이 뛰고 두근거렸지만 정신을 가다듬고 또렷하게 대꾸했다.

"그때는 아직 제가 이 세상에 나오지도 않았는걸요. 전 지금 생후 여섯 달밖에 안 되었으니까요."

"생후 6개월이라고? 그럼 내 욕을 한 놈은 네 형이었던 게로군!"

"형이라구요? 저는 형이 없는데요."

새끼 양은 이제 터무니없는 혐의가 벗겨졌다고 안심을 했다. 그러나 이리는 물러서지 않았다.

"그래? 그렇다면 그건 너의 아비였을 거야. 좌우간 너의 식구들을 잡아먹히게 되어있어. 자, 따라와야 한다니깐."

이렇게 해서 새끼 양은 이리의 식욕의 제물이 되고 만다.

사형 선고를 받은 이들은 겉으로는 "못 죽인다. 겁주는 거다", "농담도 흉측하게 하고 있네"라고 아무렇지 않은 듯이 말했지만 속으로는 "죽일지도 몰라", "그래도 설마 죽이기야 하겠나"라면서 불안해했다. 그러다가 구치소에서 감방 안에서까지 수갑을 채우는 등 감시가 사형수와 같은 수준으로 강화되자 "이제 진짜 죽이려나 보다" 하고 사형 선고를 실감하기 시작했다.

그러나 일주일 뒤인 7월 20일 군법회의 관할관인 서종철 국방부장관의 확인서가 이들에게 도착했다. 확인 과정에서 사형 선고자 7명 중 이철, 유인태, 김병곤, 나병식, 김지하, 이현배 등 6명은 사형에서 무기징역으로 감형되었다. 그러나 여정남은 사형 그대로여서 불길한 감을 더욱 지울 수 없었다.

그날, 돌아오는 호송차 안, 피고인 일행은 사형선고를 받았으면서도 오히려 킥킥대며 웃고 있었다. 유인태, 김병곤, 여정남, 김지한 시인 등이 한 차를 타고 쭉 둘러앉아 있었다.

누군가 말문을 열었다.

"이 자식들 재수 없이 흉측한 농담을 하고 있네. 형편없는 놈들이야."

이철이 말을 받았다.

"사형이라니, 농담이 지나쳐도 아주 지나쳐."

모두들 픽픽 웃으며 사형선고를 화제 삼아 몇 마디씩 우스갯소리를 주고 받았다. 민청학련 사건에 관련돼 형을 선고받은 사람의 총형량은 사형 9명과 무기징역 21명을 제외하고도 140명의 피고인들에게 선고된 징역 형량은 1,650년에 이르는 엄청난 형량이었다.

김지하 시인도 한마디 했다.

"내가 나가서 '속 오적'을 쓸 때 저자들도 한 자리씩 끼워줘야겠어."

그러자 웃음이 더 크게 일었다.

그러나 (자신을 옥죄고 있는 불길한 운명을 예감하고 있던) 여정남은 웃지 않고 여전히 심각한 표정을 짓고 있었다. 그는 막다른 상황으로 몰려가고 있다는 것을 더욱 절감하는 듯했다. 여정남은 결국 풀려나지 못하고 다른 인혁당 관련자들과 함께 형장의 이슬로 사라졌다. 어처구니없는 죽음이었다.

그 무렵 구치소에서 마주친 유인태가 "아무리 독살스런 사람들이지만 설마 사형시키기야 하겠느냐"고 위로했다.

그러자 여정남은 "아냐. 박정희는 지금 몇 명을 죽이려고 하는 것 같아" 하고 대답했다.

실제 박 대통령은 1974년 4월 5일 군포 야산에서 식목일을 기념하는 오동나무를 심으면서, "민청학련 대학생 놈들은 보고를 들어보니 순 빨갱이들이야. 잡히기만 하면 모두 총살이야'라고 공언했다. 그 자리에는 그 당시 경기도 도지사와 수행 기자들이 있었기 때문에 모두 들었다. 모두가 들으란 듯이 말한 것인지, 아니면 무심코 나온 말인지 알 수 없지만. 하지만 청와대 보도 관제에 따라 보도될 수는 없었다.

그런데 사형수들은 사형 집행장에서 목에 굵은 밧줄이 걸려 죽었다. 정작 박 대통령 자신은 권총에서 발사된 총알에 의해 죽었다. 육영수 여사는 문세광이 쏜 탕! 탕! 두발의 총알에 의해서, 박 대통령은 장군이 쏜 탕! 탕! 두발의 총알에 의해.

그때 장군은 처음 한 발을 쏜 후 나중에 확인 사살을 위해 한 발을 더 쏘았다. 장군은 확인 사살을 한 이유에 대해서 "인간적 환멸 때문이었다고" 말했다. (우리들은 장군의 그 말에 동의할 수 있다. 그동안 검은 베일에 가려져 있었던 대통령의 추악한 행적이 재판 과정에서 어느 정도는 드러났기 때문이다.)

그런 혼란스러운 와중에 그들은 통방을 통해 재일 한국인 문세광에 의한 '육영수 여사 저격 사건' 소식을 들었다. 그 놀라운 소식은 입에서 입으로 빠르게 전파되었다.

1974년 8월 15일 오전 10시 남산 국립극장에서 광복 29주년 기념일 행사가 열렸다. 육영수 여사는 그때 박 대통령 대신 죽은 것이다. 문세광은 무대 쪽으로 뛰어가면서 두 발의 총알을 대통령을 향해 쏘았지만 대통령이 연설대 뒤로 몸을 숙였고 그러자 그는 연단 왼쪽에 꼿꼿이 앉아 있던 육 여사를 향해 두 발을 쏘았던 것이다. 박정희 대통령 개인에게 서서히 불행이 다가오고 있음을 알리는 일종의 전주곡이었다. 그는 5년 후인 **1979년 10월 26일** 초저녁 이른 시간 궁정동 안가에서 역시 분노에 찬 장군의 권총에서 발사된 총알을 가슴에 맞고 죽었다. 그는 권총의 차가운 금속성 촉감을 느끼면서 증오심과 함께 살기가 북받쳐 올라왔던 것이다.

그날 오후 4시 30분경 장군은 본관 2층 자신의 집무실 금고에 보관 중이던 독일제 32구경 발터 권총을 꺼냈다. 그는 권총의 금속성 차가운 촉감을 느낄 수 있었다. 노리쇠를 뒤로 후퇴시키고 격발 시험을 한 뒤 탄창에다가 일곱 발을 우겨 넣은 다음 탄창을 끼웠다. 그리고 총신을 뒤로 잡아당겼다가 앞으로 탁 밀자 약실에 실탄이 채워지는 소리가 경쾌하게 울렸다. 언제든지 방아쇠만 당기면 발사될 수 있도록 발사 준비를 마친 것이다.

장군이 '야수의 심정으로 유신의 심장을 쏘았다'고 말했을 때 유신의 심장은 박정희의 심장을 말한 것이었다. 그러니까 유신독재체제는 박정희 그 자체였다. 그가 홀연히 사라지자 그 체제도 바로 무너졌다. 모든 권력은 붕괴한다. 절대적 권력은 절대적으로 붕괴한다.

(그런데 70년 전인 1909년 10월 26일 안중근 의사는 민족의 원수인 이토 히로부미에게 총을 쏘았다. 장군이 그때 그날을 기억했는지는 확인할 수 없다. 그렇지만 그는 평소 안중근 의사를 숭앙했었다. 안중근 의사처럼 똑같이 촛불처럼 깜빡이는 민족의 운명 앞에서 분노했고 그래서 목숨을 걸고 결단을 내리지 않을 수 없었던 것이다. 막다른 골목에서 양심의 명령에 따라 자신을 희생할 수밖에 없었으므로 그는 더 이상 주저하지 않았다.

도무지 항거할 수 없는 숙명이 그를 불시에 찾아오리라고는 그 누구도 예상하지 못했지만 말이다.)

역사적으로 고찰하면, 현대에서도 독재는 여전히 일반적 현상이긴 하지만 독재는 극히 비정상적인 것으로 비꼬이고 뒤틀린 현상이다. 그러므로 독재의 주재자인 독재자는 정신적 도착자인 것이다. (비열하고 교활하며 잔꾀가 많은) 독재자는 모든 수단과 방법을 동원해서 권력을 추구하고, 권력을 집행하는 과정에서 인간을 억압하고 피를 흘리게 하면서 거기에서 말할 수 없는 쾌감을 느낀다. 그리고 그는 서서히 인격이 파탄나면서 인간성을 상실하게 된다.

하지만 스탈린 체제 만큼 가혹했던 유신독재체제는 그 무렵 절체절명의 한계 상황으로 내몰리고 있었다. 절망의 그림자가 어른거렸다. 이럴 경우 인간은 동물적이고 육체적인 생존 욕구만 꿈틀거리게 된다. 그러나 모든 일에는 순서가 있는 법인데 그때는 이미 늦었다. 단말마의 운명이 그를 기다리고 있었던 것이다.

그들의 생애에 걸친 오랜 인연과 만남은 운명적이었고 몇 달 간격으로 진행된 비극적 죽음 역시 처음 만나는 순간부터 보이지 않는 어떤 섭리에 의해 숙명적으로 예정되어 있었던 것이 아닐까, 그래서 장군은 혁명가의 열정으로 방아쇠를 당기는 순간 숙명으로 받아들였고 총알이 발사된 후에는 자신이 마치 존재하지 않은 것처럼 느끼게 되는 엑스타시의 상태에서 자신을 무화無化시켰던 것이 아닐까, 나는 그렇게 생각한다.

뫼비우스의 띠 같은 운명의 순환.

운명은 수레바퀴와 같이 돌고 돈다.

운명의 여신은 장님이다.

(박 대통령은 훗날 술에 만취하면 울면서 사형집행을 후회했다고 한다. 그렇다면 인혁당 재건위 사건의 기획과 집행은 박 대통령의 지휘, 감독에 의해 이루어진 것으로 그가 최종 책임자임을, 우리는 다시 한번 확인할 수 있다.)

그는 그 불행한 사건 이후 쓰디쓴 원한을 품고 복수의 일념에 사로잡혀 있을 수도 있다.

그는 암흑의 미로 속에서 불안했고 고독했으며 자기연민에 빠졌다. 숨가쁘게 밀려드는 긴장 속에서 일시적이긴 하지만 유일한 도피처는 더욱더 관능의 쾌락을 추구하는 것이었다. 하지만 그의 육체적 향락에는 수많은 희생양이 필요했다.

과연 그가 울었고 후회했을까. 믿을 수도 있고 못 믿을 수도 있다. 일말의 양심 때문이었을까. 나의 오랜 경험에 의하면 술에 많이 취하게 되면 멜랑콜리에 빠질 수도 있고, 센티멘탈리즘에 빠질 수도 있으니까, 그럴 수도 있지 않을까. 그때는 거의 무의식 상태에서 온갖 상념이 뒤죽박죽이 되어 엉키게 되는 것이다.

영국 작가 윌리엄 제임스는 말했다.

알코올이 인류를 지배하고 있는 이유는, 멀쩡할 때 냉엄한 현실과 준엄한 비평 정신에 의해 땅바닥에 짓눌렸던 인간의 신비적 측면의 기능이 알코올에 의해 자극받게 되는 데 있음에 틀림없다.

김재규 장군은 1980년 서울의 봄 당시 형장의 이슬로 사라졌다. 1980년 5월 20일 대법원 전원합의체는 10·26 사건 피고인들의 '내란 목적 살인죄' 등에 대해 상고기각 판결을 선고했다.

5월 24일 새벽 4시 장군은 어스름한 어둠 속에서 육군교도소 7호 특별 감방을 나와 서대문 영천의 서울구치소로 이감되었고 아침 7시 정각, (정확히 5년 전 인혁당 사건의 사형수들처럼) 같은 사형 집행장에서 교수형이 집행되었다.

그날 밤 장군은 한숨도 잘 수가 없었다. 구치소에 도착해서야 어느새 일출의 여린 광채가 회색 담벼락을 물들이며 날이 밝았다. 하얀 천으로 된 건이 그의 머리와 얼굴을 뒤덮고 굵은 밧줄이 목에 걸렸다. 그는 그 신성한 순간을 기다리고 있었다. 그 근엄한 인간은 거인적 풍모를 드러내며 자신의 죽음을 담담하게 받아들였다.

그는 그 운명적인 대결에서 자신의 절대적 의지를 관철시켰고, 정의가 불의를 굴복시켰으므로 궁극적인 승리자라고 할 수 있다.

그러니까 대법원 선고와 사형집행 과정 역시 인혁당 사건의 완전한 판박이었다.

인간의 일생은 덧없다. 나는 '대부분의 인간은 인간답게가 아니라 동물처럼 죽는다'라는 말이 떠오른다.

비상고등군법회의 법정
재판장 대장 이세호, 심판관 소장 윤성민, 심판관 소장 차규현, 심판관 판사 문영극, 심판관 판사 박천식, 검찰관 검사 백광현

1심 선고가 내려진 후 8월 22일 고등군법회의 첫 공판이 열렸다. 재판장은 이세호 육군대장이었다. 사실상 최종심인 재판은 한두 번 심리하고 일사천리로 진행되었다. 이 재판에서는 신문절차마저 거의 생략되었다. 그래서 금방 끝났다.

어차피 예정된 순서에 따라 항소기각이었다.

1974년 9월 7일, 비상고등군법회의 법정에서 선고 공판이 열렸다. 법정으로 재판장이 들어와 착석하자마자 피고인들이 합창으로 애국가를 불렀다. 그때는 방청석에 아무도 없었다.

그때는 교도관들이 피고인 하나에 한 명씩 붙어서 계호를 했다. 중범으로 취급해서 수갑을 채워놓은 채로 애국가를 부르니까 교도관들이 학생들의 입을 손으로 틀어막았다. 손으로 막고 밀치는 통에 법정은 아수라장이 되고 손을 피해가며 학생들이 애국가를 계속하자 재판장은 휴정을 하고 학생들 전원을 퇴정시킬 것을 명령했다.

그 뒤 정작 재판을 받아야 할 학생들은 모두 퇴정당하고, 방청하던 학생 가족들과 신문기자들마저 모두 퇴정당한 가운데 횅하니 빈 법정에서 7인의 심판관과 2인의 검사, 군법회의 직원이거나 수사기관원인 듯한 방청인 10여 명과 사방을 빙 둘러싼 헌병들, 그리고 유일하게 참석한 홍성우 변호사만 변호인석에 덩그러니 앉혀놓은 채 항소기각 판결을 선고한 것이다.

2심 재판장인 **이세호** 대장은 뒷날 1979년 10·26 사건 직후 합수부에 의해 부정 축재자로 몰려 이등병으로 강등되었다.

6. 공소 사실

피고인 강신옥은 원적지에서 망부 강태흥의 5남으로 출생하여 영주중학교를 거쳐 경북고등학교를 졸업한 후 1956. 3. 서울대학교 법과대학에 입학하여 1958. 9. 경 고등고시 제10회 행정과에 합격하고 동년 11월 경 육군에 입대하여 1959. 9. 제11회 고등고시 사법과에 합격한 후 1960. 4. 경 제대, 동년 9월 경 동 대학에 복학하여 1961. 9. 경 동 대학을 졸업과 동시 서울지방법원 사법관 10호로 발령을 받고 동 과정을 이수한 후 1962. 12. 경 서울지방법원 판사로 임명되어 근무하다가 1964. 9. 경 동직을 의원 사직하고 서울에서 변호사 개업을 하다가 1965. 6. 경 미 국무성 장학금으로 미국 예일대학 법과대학을 거쳐 조지 워싱턴 대학원에서 비교법학을 전공하여 동 대학원에서 법학 석사학위를 수여받고 1967. 9. 경 귀국하여 서울 중구 무교동 11번지에서 변호사업에 종사하여 오고 있던 중 1974. 6. 초순경 서울대학교 문리과대학 영문학 교수 백낙청으로부터 대통령 긴급조치 위반 등 피고사건으로 비상보통군법회의에 구속 기소된 공소에 김영일의 변호를 맡아달라는 요청을 받고 그 착수금 10만원으로 동인에 대한 변호를 수임하고, 동 년 6. 13. 경 한국교회협의회 총무 김관석으로부터 같은 피고 사건으로 같은 군법회의에 구속 기소된 동 나병식, 동 정문화, 동 황인성, 동 안재웅, 동 이직형, 동 정상복, 동 나상기, 동 서경석, 동 이광일 등 9명에 대한 변호를 맡아달라는 요청을 받고 착수금으로 도합금 50만원을 받아 동인 등에 대한 변호를 수임하고 그들에 대한 변호를 위하여 동 군법회의 법정에 출입하던 중 동 군법회의로부터 같은 피고사건 관련 피고인 중 고등학교 후배인 여정남이가, 변호인을 선임하고 있지 않으므로, 동인에 대한 국선변호인을 맡아달라는 요청을 수락함으로서, 전국 민주청년학생총연맹에 관련되어 동 군법회의에 구속 기소된 11명에 대한 변호를 수임한 자로서,

변천무쌍한 국제정세하에 북괴는 재침의 야욕을 버리지 못하고 적화통일을 위하여 광분하고 있는 이때 국가의 보위와 민주수호를 위하여 전 국민의 총화 단결이 요구되므로 국민의 정당한 의사에 기초를 둔 유신헌법으로서 평화 통일의 기틀을 마련하고, 일부 몰지각한 인사들이 국민 총화를 저해하며 국론의 분열을 조장하고 유신체제를 부정하는 경거망동을 발본색원하고 국가의 기본 질서와 안전보장을 위해서 헌법 제53조에 의하여 대통령 긴급조치가 선포되었는 바, 소수의 일부 불순학생들이 반 국가단체인 전국민주청년학생총연맹을 구성하여 북괴의 사주를 받은 국내의 공산주의자들과 연립전선을 형성하여 인민 민주주의 혁명의 노선에 의한 통일 전선 형성 공작에 따라 폭력혁명에 의한 공산주의 정권수립을 획책 한, 건국 초유의 대역 기도를 1974. 4. 3. 선포된 대통령 긴급조치에 의해 사전 예방되어 동 연맹을 구성하거나 그 구성을 사주한 자들이 일망 타진되어 백척간두에서 조국이 수호되었음에도, 유신헌법은 1인 독재체재를 형성하여 장기집권을 위한 악법이며 대통령긴급조치는 정권유지를 위한 수단으로서 국민의 기본권을 박탈하고 자유를 억압하기 위한 방법이라고 망상 오신하여 오던 중, 전시와 같이 동 연맹의 구성원들에 대한 변호를 수임하게 되자 동 군법의 법정에서 변호인의 변론을 하게됨을 기화로, 평소에 악법이라고 생각하던 긴급조치들을 반대 비방할 것

을 결의하고, 동 군법회의 재판을 위협할 목적으로 1974. 7. 9
17:20경 동 군법회의 법정에서 변호를 담당한 동 연맹의 전시 구
성원들에 대한 변론을 함에 있어서 '이러한 사건에 관계할 때마
다 법률 공부한 것이 후회가 되는데 그 이유는 본 변호인이 학교
에 다닐 적에 법이 권력의 시녀, 정치의 시녀라는 이야기를 들었
을 때, 그럴 리가 없다고 생각하였으나 이번 학생들 사건의 변호
를 맡으면서 법은 정치의 시녀, 권력의 시녀라고 단정하게 되었다.

　지금 검찰관들은 나랏일을 걱정하는 애국학생들을 내란죄니,
국가보안법 위반, 반공법 위반, 대통령 긴급조치 위반 등을 걸어
빨갱이로 몰아치고, 사형이니 무기니 하는 형을 구형하고 있으니,
이는 법을 악용하여 저지르는 사법살인 행위라 아니할 수 없고,
본 변호인은 기성세대이기 때문에, 그리고 직업상 이 자리에서
변호를 하고 있으나, 그렇지 않다면 차라리 피고인들과 같이 피
고인석에 앉아 있겠다. 악법을 지키지 않아도 좋으며 악법과 정
당하지 못한 법에 대해서는 저항할 수 있고 투쟁할 수도 있는 것
이므로 학생들은 악법에 저항하여 일어난 것이며 이러한 애국학
생들인 피고인들에게 그 악법을 적용하여 다루는 것은 역사적으
로 후일에 문제가 될 것이다. 예를 들면, 나치스 정권하에 한 부
부가 있었는데, 처가 남편과 이혼할 목적으로 남편이 나치스에게
저항하는 욕을 했다고 해서 나치스 당국에 고발하여 형을 살게
되었는데, 나치스 정권이 무너진 후, 남편이 풀려나와 악법하에서
자기를 고발하였던 처를 고발하여, 처에게 처벌을 받게 한 사실
이 있으며 또한 러시아인이 당시 러시아는 후진국이라고 말을 한

마디 한 관계로, 러시아 황제로부터 엄중한 처벌을 받은 바 있다.
오적시를 쓴 김영일 피고인은 민족시인으로서 훌륭한 시인이며
본 변호인 뿐만 아니라 외국에서도 훌륭한 시로서 높이 평가되고
있다고 발설함으로써 대통령 긴급조치 제1, 4호를 비방하는 한편
전국민주청년학생총연맹 구성원의 활동을 찬양 고무 동조함과 동
시에 위 법정을 모욕한 것이다.

7. 1974년 8월 30일

비상보통군법회의 제3심판부
사건: 74비보군형공 제59호 대통령긴급조치위반, 법정모욕
피고인: 강신옥 변호사
검찰관: 소령 이근일
변호인: 변호사 이병린 외 99명

주문
피고인을 징역 10년과 자격정지 10년에 처한다. 이 판결 선고
전 구금일수 중 50일을 위 징역형에 산입한다.
압수된 변론초안문 3매는 피고인으로부터 이를 몰수한다.

재판장: 육군중장 류병현
심판관: 육군소장 강신탁
심판관: 판사 신정철

심판관:　판사 송병철

법무사:　육군중령 황종태

"같이 좀 가시죠"

두 사람은 법정 바로 옆방으로 끌려갔다. 시계는 5시를 가리키고 있었다. 중앙정보부 제6국 소속 간부인 듯한 사내 두 명이 화난 얼굴로 두 사람을 맞았다.

자리에 앉자마자 강신옥을 맡은 사내는 조금 전 변론 내용을 확인하면서 그런 변론을 한 의도를 물었다. 강신옥은 흡사 구토를 하듯 어제부터 가슴속에서 일렁이고 있던 것을 속 시원하게 털어놓았다. 그러나 현재 진행되고 있는 군사법정의 소송절차 중 어떤 부분이 형사소송법과 군법회의법에 위반되고 있는지 조목조목 설명하는 그를 시큰둥한 표정으로 바라보고 있던 사내는 변론 내용을 다시 진술케 하여 그것만을 자세하게 적었다.

밤 8시쯤 일단 조사를 마치고 두 사람은 집으로 돌아갔다.

정신이 아뜩해지면서 참으로 긴 하루를 보냈구나 싶었다. 군사법정에서 오랏줄에 엮이고 수갑을 찬 학생들을 바라볼 때마다 느꼈던 그런 가슴 저림이 이젠 낭패감과 뒤섞이면서 마음을 어지럽히고 있었지만 강신옥은 심호흡으로 마음을 가다듬고 늦은 저녁식사를 마친 뒤 일찍 잠자리에 들었다.

그런데 1시쯤이었을까. 비몽사몽간에 그는 대문 두들기는 요란한 소리에 잠을 깼다. 저녁 내내 그를 옥죄고 있던 불안감의 실체는 역시 그들, 중앙정보부 요원이었다. 중앙정보부장이 잠깐 만나고 싶다는 것이었다. 침착하려고 마음을 다지며, 새파랗게 겁에 질린 아내의 등을 두드려주고 강신옥은 그들을 따라나섰다. 밤 기운이 전신을 감싸자 그는 비로소 섬뜩함과 함께 머릿속이 하얗게 변색되고 있음을 느꼈다.

행선지는 남산이었다. 평소 낭만으로 바라봤던 남산에 그토록 음산한 분위기를 풍기는 장소가 있었는가 싶도록 그곳은 입구부터 살벌했다. 검은 산등성이 아래 창백한 불빛과 어둠이 구획해내는 위협적인 건물의 윤곽에는 선입견 때문이었을까, 이 세상의 온갖 강압과 공포가 다 서려있는 것 같았다.

아니나 다를까 지하실의 어떤 방안에 들어서자마자 수사관이 야전침대 받침대를 빼내 들고 강신옥을 다짜고짜 내려치기 시작했다. 그는 몸을 잔뜩 웅크리고 그 몽둥이 찜질을 고스란히 맞았다. 이미 체념을 하고 있었지만 육체적인 고통이 야기하는 정신적 위축감을 견뎌내기는 여간 힘든게 아니었다. 얼마나 맞았을까.

"이게 무슨 짓이야."

문이 덜컹 열리면서 고함을 지르는 사람이 있었다. 한 순간 방 안에는 진공 상태처럼 모든 동작과 음향이 정지된 듯 했다.

"누가 사람을 때리라고 했나?"

고함은 어느새 점잖고 차분한 목소리가 되어 몽둥이를 든 청년을 타이르고 있었다.

"나가 있어."

청년이 밖으로 나가자 사내는 쓰러진 채 꼼짝도 하지 않고 있는 강신옥을 일으켜 세웠다.

"이거 정말 미안하게 됐습니다. 부장님 명령으로 몇 가지 조사할 게 있어서 모시고 오랬더니 애들이 지레 짐작으로 이런 무례를 범했군요. 용서하십시오.

경상도라 안심하고 있었는데 어찌 그럴 수가 있습니까. 우리는 믿는 도끼에 발등 찍힌 기분입니다. 어찌 배신감을 안 느낄 수 있겠습니까."

사내는 뻔한 거짓말을 능청스럽게 늘어놓고 있었다. 어쨌든 몽둥이를 피할 수 있어서 다행이란 생각에 강신옥은 고개를 들고 상대편 사내의 얼굴을 바라보았다. 그는 무슨 과장이라며 자신을 소개했다.

그날부터 사흘동안 강신옥은 정식으로 조사를 받기 시작했다. 홍성우도 같은 경로로 끌려와서 비슷한 신세가 된 것 같았다. 그들의 추궁은 '긴급조치에 위반한 학생들과 민청학련이란 이적단체에 동조했으니 그 변론 행위는 역시 긴급조치에 위반된다'는 것이었고, '군법회의를 모욕했으니 법정모욕죄가 성립한다'는 것이었다. '아직 민청학련이란 실체와 학생들의 행동에 대하여 법적 판단이 내리지 않은 상태에서 어떻게 그들을 변론한 행위가 긴급조치 위반이란 말인가?' 강신옥은 처음에는 이들을 이론적으로 설득해보려고 시도를 했으나 결국 체념을 하고 말았다. 쇠귀에 경 읽기 식인데다 위의 지시를 받고 그 틀에 끼워 넣기 위해 행하는 수작임을 느낄 수 있었기 때문이었다.

제6국은 조사를 마치더니 처음에는 그냥 풀어주었다. 하지만 조사가 끝나고 사흘 만에 석방된 강신옥은 1974년 7월 15일 오후

4시경 무교동 변호사 사무실에서 다시 중앙정보부에 연행된 후 바로 서울구치소에 수감되었다. 죄명은 법정모욕죄와 긴급조치 제4호 위반이었다.

그는 변론을 맡은 사건 관계자들을 만나러 사무실을 나서는 순간 수사관원들에게 끌려갔다. 당시 재미난 일화가 하나 있었는데, 때마침 손에 그 당시 싱가포르 수상인 **이광요**의 전기를 들고 있었다. 독재정권과 부단히 싸워온 그의 생애에 워낙 매료되었던 탓에 재독하던 중이었는데 수사관들에 두 팔을 잡히는 순간 '아차' 하는 생각이 들었다. 이 책을 갖고 끌려갔다간 또 무슨 빌미를 잡힐까 걱정돼서였다. 그래서 약속한 사람들에게 못 간다는 전화나 하고 가자고 사정해 간신히 사무실로 되돌아올 수 있었는데, 실상은 책을 놓고 가기 위한 핑계였다. 당시 상황이 얼마나 살벌했는가를 보여주는 예라 하겠다.

그 후 7개월간 서대문구치소에서 지냈다. 구치소에 들어가는 순간, 뭔가가 치밀어올라 가슴이 뭉클했다. 특히 그가 변론하던 학생들을 안에서 만날 기회가 있었는데 그 순간 자신도 모르는 사이에 눈물이 흘러나왔다. 그들도 강 변호사를 보더니 눈물을 흘렸다. 뭐라고 할까. 연대감 또는 현실에 대한 비통함 같은 것을 그 순간 다같이 느꼈기 때문이라고 할까……

안에서는 주로 책을 읽으며 소일을 했다. '전쟁과 평화' '레미제라블' 같은 고전들을 원문으로 읽으며 지냈는데, 감옥생활을 경험한 이들은 누구나 느끼는 기분이겠지만 마치 성인이라도 된 듯 편안했다. 그래서 석방된 후, NCC에서 마련한 축하 모임에 나가서 '도덕사우나'에 가서 세속의 때 벗기고 잘 지내다 왔다고 하니 모두가 웃었다.

강신옥은 8월 22일 법원에 기소되었다. 그리고 1974년 8월 30일 오후 3시 제1회 공판이 육군본부 법정에서 개정되었다.

동료 변호사들이 1심때엔 99명의 변호인단을 짜 변론을 해주었고, 2심 때에는 1백25명으로 늘어나 많은 정신적 도움을 주었다. 또 앰네스티같은 국제인권단체들도 석방을 위해 힘써주었다.

그 당시 법정은 변호사들이 완전히 주도했다. 검사는 기라성 같은 선배 법조인들 앞에서 뭐라고 할 말이 없었다. 법조 원로들이 주로 나서서 변론을 했다. 그 사건은 변론할 명분이 충분했다. 변호사가 변론하다가 법정에서 구속됐으니까. 그래서 김제형, 고재호와 같은 재야 법조계의 최고 변호사들이 나서서 변론을 한 것이다.

제1회 공판기일에서 인정신문이 있은 뒤 고재호 변호사가 모두진술과 함께 "변호인의 활동은 헌법 해석상 당연히 면책될 뿐만 아니라, 군법회의법 28조 소정의 면책조항에 비추어 본안 심리에 앞서 공소기각이 되어야한다"며 공소기각 신청을 했다.

하지만 이 신청은 즉각 기각이 되었고 심리에 들어가 검찰관의 신문과 박승서 변호사와 김동환 변호사의 반대신문이 끝난 후 강신옥이 자신의 소신을 밝혔다.

"형사 변호인은 수임사건의 범죄사실이 아무리 흉악한 것이라도 변호할 의무와 권리를 갖습니다. 영국의 저명한 변호사 헤스팅의 말과 같이 '변호사는 마치 택시운전사와 같습니다. 차비를 거절할 수도 없고 자기 피고인이 과연 무관한지, 죄인인지, 거짓말쟁이인지, 진실한 것인지를 판단할 권리가 없습니다. 다만 변호를 맡은 피고인의 주장 범위 내에서 자신의 능력의 최선을 다하여 피고인을 위해 투쟁할 뿐인 것'입니다."

강신옥은 당시의 변론 경위와 심정, 변호인의 책무, 저항권 이론에 대한 신념, 변론 활동의 면책성에 관한 소신을 밝혔다.

증거조사를 위하여 속행된 9월 2일 오후 공판기일에서는 변호사 김제형이 증거인부와 함께 이 사건 변론 당시 법무사였던 김영범 육군중령 등 증인 3명과 민청학련 사건기록 검증 등 증거신청을 했다. 그러나 법무사는 이 신청을 기각하고 검찰측 증인을 재정증인으로 신문한 후 바로 결심을 했다.

검찰은 강신옥에게 징역 15년과 자격정지 15년을 구형했다.

이병린, 박승서, 이재성, 조준희 순으로 변호인들은 약 3시간에 걸친 변론을 통해 "군법회의법 제28조 제2항은 변호인의 변호 행위의 절대적 면책특권을 규정한 것인데 이 사건 변론 내용은 변호인이 직무상 행한 변호 행위로서 위법성이 조각되며, 또한 이 사건 공소장의 공소사실이 어느 부분이 누구에 대하여 어떤 방법으로 모욕 행위를 하였는가를 구분하여 지적하지 아니하였으므로 법정모욕 부분에 대하여는 범죄가 되는 사실이 포함되지 아니한 것으로서 결정으로 공소를 기각하여야 하며 공소사실 전체도 공소제기 절차가 법률상 방식에 위반하여 무효인 것으로 공소를 기각하여야 한다"고 주장했다.

특히 변호인단은 변호사가 법정에서 변호 활동을 하다가 문제된 이 사건은 우리나라는 물론 자유민주주의 국가에서는 사상 유례가 없는 중대한 사건임을 강조하고 공소사실이 일부 변호사의 변론 내용을 사실과 다르게 왜곡시키고 있음을 지적하면서 변호인의 직무와 면책성, 자연법적 저항권 이론 등에 관한 진술을 했다.

강신옥은 최후 진술에서, "인간의 역사에 비추어 인간의 오류를 최소한으로 줄이려는 인간의 지혜로 재판 제도가 마련된 것이라고 생각되는데, 당사자주의를 취하고 있는 재판 제도 아래에서 한쪽 당사자가 자유롭지 않다면 재판 그 자체가 무의미하게 되는 것이고, 자신은 전인격과 양심에 비추어 마지막 변론의 기회에 그 책무를 다한 것입니다."라고 말했다.

9월 4일 선고공판.

심판관은 강신옥에게 징역 10년과 자격정지 10년을 선고했다.

8. 14년 만에 무죄판결

1975년 2월 15일 긴급조치 위반 구속자 석방 발표가 있었고 강신옥 변호사는 이틀 뒤 다른 구속자 148명과 함께 구속집행 정지로 풀려났다. 그런데 다시 1976년 6월 법무부에서 '긴급조치를 위반하여 변호사법 14조 소정의 변호사의 품위를 손상했다'며 강신옥을 변호사 징계위원회에 회부하고 징계 개시 신청을 하였다.

그러나 다행히 '대법원 판결까지는 무죄추정의 원칙에 따라 징계 절차가 정지되어야 한다'는 주장이 받아들여져 이 사건이 종결될 때까지 그는 14년간 변호사 업무를 계속할 수 있었다.

강신옥 변호사가 말했다.

1976년 6월에 다시 사무실을 열긴 했으나 본격적으로 시국 문제에 관여하기 시작한 것은 1979년 10월 26일 궁정동에서 총소리가 울린 10 ·26 사건 이후이다. 김재규 재판의 변론을 맡으면서부터인데, 김재규를 살려내야 유신잔재를 척결하고 민주화를 이룰 수 있다고 판단하면서 변론과 동시에 구명운동을 전개했다. 비록 5 ·17 사건이 터지는 바람에 무산되긴 했으나 당시 재야를 위시한 국민의 열기는 대단했다.

1980년 5월 17일 전두환 쿠테타 세력은 비상계엄령을 전국으로 확대하면서 국회를 폐쇄하고 계엄포고령 제10호를 발표해 정치활동 금지, 휴교령, 언론 검열 등의 조치를 취했다. 그 다음 날인 5월 18일 역사적인 광주항쟁이 일어났다. 그리고 사흘 후인 5월 20일 오전 10시 정각, 서울형사지방법원 대법정에서, 대법원 판사들은 김재규 사형 확정 판결을 내렸다.

그리고 그날로 나는 또다시 보안사 서빙고 분실로 연행돼 죄인 취급을 받으며 보름간 조사를 받아야 했는데, 예전에 갔을 때와는 비교가 안될 만큼 심하게 조사를 받았다. 죄목인즉 김재규 변론을 맡으면서 고 박정희 씨의 사생활을 파헤쳐 명예를 훼손시키고, 구명운동을 전개해 학생들을 선동했다는 것이었는데, 굳이 나를 구속해 문제를 확산시킬 필요가 없다고 판단해선지 풀어주었다.

강신옥의 법정모욕과 긴급조치 위반 사건은 당초 대법원 형사1부로 배당되었는데 빨리 결론을 내라는 정부 당국의 재촉에도 불구하고 사건기록을 캐비닛 속에 처박아둔 채로 판결을 차일피일 미루다가 10년 후인 1985년 1월 29일에서야 대법원 전원합의체 판결로 결론을 내렸다. (재판장 유태흥 대법원장, 주심 전상석 대법원 판사)

대법원 판결은 비상고등군법회의의 원심판결을 파기하고 사건을 서울고등법원으로 환송하였다.

그 파기사유 및 군법회의가 아닌 서울고등법원으로 환송한 이유에 대하여는, "1972년 12월 27일 제정된 구 헌법에 따라 이루어진 긴급조치는 1980년 10월 27일 제5공화국 헌법의 제정 공포에 따라 실효되었고, 구 헌법 제53조의 대통령 긴급조치권은 제5공화국의 국가이념이나 그 헌법정신에 위배됨이 명백하여 제5공화국 헌법 부칙 제9조에 규정된 그 계속 효 또는 잠정 효는 부인될 수밖에 없으며, 구 헌법에 따른 긴급조치가 실효된 이상 피고인은 면소의 판결을 받아야 할 뿐만아니라 군법의 피적용자도 아니고 현재 비상계엄 상태에 있지도 아니하므로 이 사건 재판 관할권은 일반 법원에 있다"라고 판시하였다.

결국, 위와 같은 우여곡절을 거쳐 서울고등법원이 1988년 3월 4일 강신옥 변호사에 대하여 최종적으로 무죄판결을 선고하기에 이른 것이다. (서울고등법원 제1항소부, 재판장 최공웅, 임승균, 손평업 판사)

재판부는 그 판결이유에서 법정모욕죄 부분에 관하여 "공정한 재판을 구하는 변호인의 변론 행위는 비록 변호사의 정당한 변호권의 범위를 일탈할지라도 명백하게 재판을 위협, 방해하기 위한 것임이 뚜렷한 고도의 모욕, 소동 행위를 수반하지 않는 한 법정 모욕죄를 구성하지 않는다"라고 전제한 다음, "피고인이 이 사건 공소 내용과 같은 변론을 할 당시의 구체적 상황에 비추어 피고인이 재판을 위협하거나 방해할 목적으로 그와 같은 내용의 변론을 하였다고 볼 아무런 자료가 없다"고 판시하였다.

대통령 긴급조치 위반 부분에 관하여는 대법원 전원합의체 판결 내용과 같이 긴급조치가 1980년 10월 27일 실효되어 형이 폐지되었으므로 이에 대하여 면소 판결을 하여야 할 것이다. 이와 상상적 경합범으로 기소된 법정모욕죄에 대하여 무죄를 선고하므로 이를 주문에서 별도로 내세우지 않는다고 하였다.

한편, 서울고등법원 제1형사부는 1988년 7월 15일 강 변호사가 무죄 확정 후 신청한 형사보상청구 사건에서 1974년 7월 15일부터 218일간에 걸친 미결구금에 대한 보상으로 국가는 금 327만 원을 지급하도록 결정했다.

강신옥 변호사가 말했다.

특별히 큰일을 해냈다든가 자랑스럽다는 생각은 들지 않는다. 당연히 해야 할 일을 했을 뿐이다.

이번 일로 보람을 느끼는 것이 있다면 앞으로 후배나 동료들이 아무런 두려움 없이 소신껏 변론을 펼 수 있는 선례를 남길 수 있었다는 사실이다. 이번 판결로 인해 다시는 변론내용을 이유로 변호인을 구속할 수 없으리라고 믿는다.

법정에서의 변론이 문제가 되어 변호사가 구속된 것은 우리 사법사상 처음 있는 일이었고 세계적으로 그 유래가 없었다.

에필로그

의문사진상규명위원회는 2001년 당시 민청학련 사건의 수사를 담당했던 그 당시 중앙정보부 수사관들을 상대로 진상 조사를 하였다. 조사 초기에 상당수 수사관들은 "이 사건은 재판을 통해 결론이 난 사건인데 무슨 일로 조사를 한다는 것이냐"며 응하지 않으려 했다. 심지어 자신은 이 사건과 아무 관련이 없다며 발뺌하는 수사관들도 있었다. 일부 수사관은 "나는 가해자라기보다는 오히려 피해자에 가까운 측면이 있다"고 호소하며 조사를 피하려 했다. 대부분 수사관은 진상이 백일하에 드러나기보다는 망각의 늪 속에 영원히 묻혀 있기를 바랐다.

수사관들은 가해자인 동시에 피해자였다. 즐기려는 마음에서 사람을 고문하는 사람은 드물다. 죄 없는 자를 식별하지 못하는 수사관도 드물다. 그래도 고문을 한 사람들은 일말의 양심 때문이 아니라 뒷일이 걱정되어서 어떠한 흔적도 남기지 않으려고 꽤 신경을 쓴다. 그러나 어찌 대명천지에서 흔적이 남지 않을 수 있겠는가.

예상했던 일이지만 본격적인 조사에 들어가자 대부분의 수사관들은 고문사실을 완강하게 부인했다. 조사를 받을 수 없다고 고함을 지르며 거품을 무는 사람, "정권이 바뀌면 당신부터 조사하겠다"고 협박하는 사람, "세상이 뒤집혔다. 빨갱이들에게 무슨 인권이 있느냐. 완전히 빨갱이 세상이 되었다"고 한탄하는 사람 등 다양한 반응이 있었다.

조사관의 첫 질문은 대개 "왜 고문을 하셨습니까. 이제 연세가 들고 나서 돌이켜 보면 후회가 되시죠"였다. 그 당시와 같은 상황이라면 지금 조사하고 있는 나라도 어쩔 수 없이 그랬을 거라는 말을 덧붙였다. 위와 같은 질문의 효과는 분명하게 나타난다. 아무리 수사관들 스스로 고문 사실에 대해 양심에 가책을 느끼고 있다고 해도 어쩌다 비위가 상하면 한 번쯤은 조사관과 맞붙어볼 요량으로 가슴 한 구석에 전의를 간직하고 있게 마련이다.

사실 조사관들은 그들을 조사하기 전에 언제 어디서 누가 어떻게 왜 고문을 했는가에 대하여 상당 정도를 파악하고 있었고 조사를 받으러 오는 수사관들도 반쯤은 체념하고 있었다. 그러나 자신이 자백의 선두 주자일 수는 없다는 생각 그리고 위원회에서 자신이 한 진술이 외부에 공개될 것이라는 근거 없는 추정 때문에 고문을 시인하지 못하는 수사관도 있었고, 그와는 다른 차원에서, 즉 자신이 저지른 끔찍한 고문을 차마 인정할 용기가 없어서 자백하지 못하는 이들도 있었다.

당시 수사관들은 "이 사건의 현장 수사지휘 책임자이던 중정의 윤○○로부터 '물건(조직사건)을 만들라'는 지시를 받았다"고 구체적으로 털어놓았다.

사건 조사가 마무리에 접어드는 시점에 윤○○가 세칭 1차 인혁당 사건 관련자료를 열심히 들여다보더니 느닷없이 이 사건을 인혁당 재건위라는 조직 사건으로 만들라고 지시했다는 것이다.

잔혹한 고문을 직접 했던 수사관들을 제외하고는 위와 같은 구체적 진술 앞에서 동료 수사관들의 고문 사실과 이유를 털어놓는 수사관이 나왔다. 그뿐 아니라, 고문한 수사관들조차도 이 사건이 중정에 의해 조작된 사건이라고 털어놓았다. 무엇보다 세칭 인혁당 재건위 관련자들이 민청학련을 배후 조종한 사실이 없기 때문이라는 얘기였다.

검찰과 중정은 먼저 가상의 사실을 유포한 후 인혁당 재건위를 만들어 냈다. 중정 요원들의 냉소적인 표현을 빌리면 '제품을 만들기도 전에 광고 컨셉을 기획하는 것과 같은 이치'였다. 증거의 유무와는 상관없이 자신들이 기획한 제품(공산주의 조직)을 만들어냈다는 이야기였다. 중정에서 사용한 '제품'의 제조기술은 다름 아닌 고문이었다.

피의자신문조서에는 조사 일시뿐만 아니라 장소도 허위로 기재되어 있었다. 국방부로부터 제출받은 공판기록을 분석하면, 이 사건 피의자들을 조사한 장소는 대부분 서울구치소, 서울 중부경찰서로 되어있다. 이 기록 역시 허위이다. 수사관들은 몇몇 조사를 제외하고는 대부분의 조서가 중앙정보부 제6국에서 진행됐다고 진술하고 있다.

이를 부인하는 수사관은 한 사람도 없다. 특히 한 수사관은 "중정 간부로 수사를 현장지휘했던 윤○ ○이 경찰에서 파견나온 수사관들에게 인혁당 재건위 사건은 모두 경찰이 조사한 것으로 만들라고 지시했다"고 증언했다.

조사 장소를 허위로 작성하게 한 이유 역시 증언을 통해 확인됐다. 1964년의 제1차 인혁당 사건으로 망신을 당한 중정 수사관들이, 10년이 지난 후 또다시 이 사건을 인혁당 재건위 사건으로 만들려는 상부 방침에 '무리한 수사'라고 심하게 반발하며 조서에 이름 남기기를 거부했다는 것이다. 퇴직한 한 중정 수사관은 "중정에서 수사관들이 상부 지시에 이렇게 반발한 것은 매우 드문 일"이라고 말했다.

그가 말했다. "사흘 매에 견디는 장사가 없다고 하지만 세 시간을 견디는 사람도 본 기억이 없다. 증거고 뭐고 소용없다. 일단 공산주의자로 도장을 박아놓으면 확실한 면죄부를 손에 쥔 것이다. 누구 하나 찍소리도 못하던 시절이었다."

이 사건으로 피의자들은 고문으로 정신과 육체가 피폐해진 상태에서도 마지막으로 재판부에 대한 기대를 버리지 않았다. 그러나 이러한 기대는 무참히 짓밟혔다. 재판은 사실상 비공개로 진행됐고 검찰은 물론 재판관들도 피고의 발언을 수시로 제지했다. 이 사건 피고인이었던 임구호 씨의 경우 재판관의 제지를 무시한 채 최후진술을 통해 "증거가 조작되었다"고 주장한 직후에 검찰관실로 불려가 문호철, 이규명 검사 등으로부터 폭행을 당했다.

더욱더 충격적인 사실은 공판조서 또한 허위로 작성됐다는 사실이다. 공판조서에는 이 사건 피고인들이 수사과정에 당한 고문에 대해서 단 한마디도 항변하지 않았고, 검찰에서 작성한 조서의 임의성을 인정한 것으로 돼 있으며, 지하 비밀당을 만들어서 국가를 변란시키고 정부를 전복하여 공산주의 국가를 건설하려

했다는 공소내용을 시인한 것으로 돼 있다.

이렇게 허위로 작성된 조서와 공판조서를 바탕으로 여덟 명은 사형을 당했고 나머지 피고인들도 무기징역에서 징역 15~20년형을 선고받았다. 특히 사형은 대법원 판결 바로 다음날인 1975년 4월 9일 새벽에 집행되었다. 사형집행은 확정 판결 후에도 상당 시간(보통 1~7년)이 경과한 다음에 집행되거나 혹은 감형조치되던 관례는 이 사건에는 적용되지 않았다.

인혁당 재건위 사건으로 사형을 당한 사람들에 대한 가해는 그것으로 그친 것이 아니다. 이들은 사형장에서 '적화통일 만세' '종교의식을 거부한다'는 등의 유언을 남긴 것으로 알려졌다. 그러나 당시 사형장면을 목격했던 교도관들과 군종 목사의 증언에 따르면 이와 같은 유언 역시 조작된 것이다. 당시 교도관 김ㅇ ㅇ, 안ㅇ ㅇ, 이ㅇ ㅇ에 의하면 도예종 씨는 "통일을 못 보고 죽는 것이 억울하다"는 한마디를 남겼으며 그 외에도 '적화통일'이란 표현은 사용한 사람이 없다. '종교의식을 거부한다'는 말 역시 듣지 못했다는 것. 당시 사형집행 명령부를 작성했던 교도관 이ㅇ ㅇ 역시 자신이 기록한 유언이 사실과 다를 수 있다는 점을 인정한다.

유가족들은 사형이 집행된 후 사체조차 뜻대로 수습할 수 없었다. 일부 사체는 경찰이 경계하는 가운데 응암동 성당으로 옮기려는 가족의 의사를 무시하고 바로 대구로 옮겨졌고, 송상진 씨의 경우에는 경찰들이 사체를 탈취한 뒤 가족의 동의 없이 화장한 후에 유골을 인계했다. (시체에는 발뒤꿈치가 사라지고 손톱과 발톱이 모두 뽑힌 고문 흔적이 남아있었기 때문에 심한 고문을 당했다는 사실이 폭로될까 두려웠던 것이다.)

유가족들은 '빨갱이의 가족'으로 낙인찍혀 사회에서 격리됐다. 이들은 끊임없이 이사를 다녀야 했고 어린 자식들은 '빨갱이 자식'이라는 놀림을 들으며 동네아이들의 전쟁놀이에서 나무에 묶인 채 수도 없이 총살을 당해야 했다. 이제야 이들의 무고함이 어느 정도 밝혀졌다고 하지만, 지난 세월 유신의 광기와 반공의 망령에 저당잡힌 인생은 무엇으로 보상받을 수 있을 것인가.

인물들

지금 되돌아보면, 군사독재정권의 충복으로 입신 출세해서 惡의 편에 섰던 인물들과 자신의 양심과 의지에 따라 온갖 고통과 불행을 무릅썼던 善의 편에 선 인물들이 선명하게 구별되는 것은 어쩔 수 없다.

그러므로 인물들은 명확하게 갈린다.

한쪽은 법기술자로 독재 정권의 하수인으로 복무했다. (스탈린 치하에서 살았던 유명한 작곡가 드미트리 쇼스타코비치는 독재자를 가리켜 '백정이고 강도'라고 하였고 그의 심복들은 '백정이나 강도의 졸개'가 된다고 하였다.)

'법과 양심' 또는 '정의'는 어디로 실종되었는가.

그들은 큰 권력으로부터 흘러나온 작은 권력을 휘두르면서 거기에 도취되었고, 관존민비라는 유구한 전통 속에서 입신출세하기 위해 법률가의 양심이 인격이 파탄날 정도로 마비되어도 수치스러움과 부끄러움을 느끼지 못 했다. 그들은 정신적이건 육체적이건 고문을 하고 싶어서 안달을 했다. 그래도 그들의 정신 수준은 도대체 죄책감을 느낄 수 없었다.

다른 한쪽은 극히 소수였다. 하지만 인간의 본성인 위대한 양심과 정의감 때문에 국가라는 거악에 맞서 외롭게 투쟁했고 결국 승리했다. 정의가 불의를 누르고 승리한 것이다. 그들은 당연한 일을 했다고 자각하고 있었으므로 유치하게 그 승리감에 도취되지는 않았지만 말이다.

한승헌 변호사님

1934년, 전라북도 진안에서 태어났다. 전북대 법정대학을 나왔다. 1957년 제8회 고등고시사법과에 합격한 후 군법무관을 거쳐 법무부 검찰국, 서울지검 등에서 검사로 근무했다. 1965년 변호사로 전신하여 작가 남정현의 '분지'필화 사건, 동백림 사건, 민청학련 사건 등 여러 정치적 탄압 사건을 변호하는 한편, 국제앰네스티 한국위원회 창립이사, 한국기독교교회협의회 인권위원 등으로 민주화운동에 참여했다.

1975년, 2년 반 전에 쓴 '어떤 조사弔辭'라는 수필 내용이 용공이라는 누명을 쓰고 반공법 위반으로 그는 전격 구속 기소되었다. (이 사건에 관해 상세한 것은 '한승헌 변호사 변론사건 실록' 제3권 참조) 그해 4월 서대문구치소에 구속되어있었는데 함께 구속되어있었던 그가 변호했던 여정남은 인혁당 사건 피고인들과 함께 4월 9일 새벽에 사형이 집행되었다.

홍성우 변호사님

1938년, 서울에서 태어났다. 서울대 법과대학을 졸업하고 1961년 고등고시 사법과에 합격, 해군 법무관을 마치고 1965년부터 6

년 동안 판사를 역임했다. 1971년 변호사로 개업했다. 1974년 민청학련 사건을 계기로 인권변론에 투신, 20여 년에 걸쳐 학생, 노동자, 민주인사, 조작간첩사건 등의 변론에 힘을 쏟았다.

이외에도 민주회복국민회의, 한국기독교교회협의회, 앰네스티, 가톨릭정의평화위원회 등에서 인권 신장을 위해 활동했다. 정법회 결성에 앞장섰으며 1987년을 전후하여 서울지방변호사회 인권위원장, 대한변협 인권위원으로 활약했다. 이후 민주사회를위한변호사모임 대표, 참여연대 초대 공동대표 등을 역임했다.

민청학련 사건과 관련해 그가 말했다.

민청학련 사건으로 구속되어 재판받은 사람이 수십 명이지만 이때 잡히지 않고 구속되지 않은 사람도 많습니다. 이 공소장에 "공소 외" 누구누구 이름만 나온 게 100명도 넘을 겁니다. 그 후에 그 친구들이 민주화운동에 관련된 활동을 열심히 했습니다.

이때 도망 못가고 잡혔으면 조영래도 피고인석 맨 앞줄에 나올 인물이지요. 이때부터 도망가서 1980년도에 자수한 겁니다. 오랫동안 도망 다니면서 그 동안 장가도 들고 애도 낳고 했지요. 김근태나 장기표도 그때 다 도망갔어요. 그 후에 조영래, 김근태, 장기표는 산발적으로 사건 만들고 기소되어 관련 재판이 이루어진 게 여러 건이에요.

민청학련에 빨갱이 색깔을 입혀야 했는데, 그때 잡힌 학생들은 일반국민들이 잘 모르니까 어려울 것이고요. 그래서 과거 사건에서 빨갱이로 낙인찍힌 이름 있는 사람들을 연결시키면 '아! 민청

학련은 그런 빨갱이 뭐와 한통속인 모양이다' 이런 연상을 자연스럽게 불러일으키려는 정치적 의도가 아닐까요.

아주 한여름에요. 그때 변론하면서 흥분은 되고 화는 나고 그래가지고 땀을 뻘뻘 흘리면서 했어요. 법정에서는 양복도 못 벗잖아요. 옷 저고리에 땀이 줄줄 흐르면서 재판하던 생각이 나데요. 그러다가 강신옥 변호사가 변론하다가 험한 꼴도 당하고⋯

내가 한 2,30분 했을 거예요. 변론을. 그 다음 황인철이 했어요. 황인철은 나와 평생 친구지만 묘한 재주가 있습니다. 얘기하는 건 과격한데 듣는 사람에게는 전혀 과격하게 들리지 않아요. 목소리도 낮고 목소리도 나긋나긋하고 성량 자체도 잘 안 들리고 표정도 부드럽고 목소리도 그렇고 표정도 그렇고 어투가 술술 부드럽게 하기 때문에 듣기에 거슬리지 않아요.

나는 싸우는 것 같이 덤비고 손해는 내가 보지요. 매도 내가 먼저 맞고 그러는데.

나는 인간적으로 강 변호사 참 좋아하고 지금도 가끔 만납니다. 대체로는 보수적, 혹은 자유민주주의 신봉자인 셈인데, 강 변호사의 보수주의적 입장에서도 이 재판은 참을 수 없는 것이었지요. 자유민주주의에 대한 신념이 있는 사람에게 유신정권의 행태라는 게 어쩌면 더 참을 수 없는 거였다고 봅니다. 그러니까 더 격렬하게 비판을 한 겁니다.

피고인 중에서 진짜 죽음의 위험 속에 가장 놓여 있었던 게 이철하고 여정남이었습니다. 우리는 제일 위험하다고 느꼈지요.

강 변호사님은 여정남을 변론했으니까. 여정남은 민청학련보다 사형의 위험성이 더 컸을 것이고, 그 때문에 강 변호사님은 더욱 절박한 심정이었을 것 같습니다. 강력한 경고성의 비유를 쏟아내니, 재판부로서는 더 이상 참을 수 없다는 느낌으로 제지했을 것 같고요. 더욱이 '사법살인'이란 말은, 이 재판에서 강 변호사님이 처음으로 쓴 용어 같은데, 실제로 사법살인으로 귀결되고 말았습니다.

민청학련 사건과 인혁당 사건은 별개로 재판을 했습니다. 그러니까 사건이 다릅니다. 나는 그래서 도예종이나 서도원이나, 이 사람들 얼굴을 모릅니다. 민청학련 사람과 인혁당 사람들 사이도 서로 몰라요. 나는 인혁당 법정에는 안 들어 갔어요. 다만 여정남이는 민청학련에도 이름이 올라 있으니까. 여정남만 양쪽 재판정에 다 섰지요. 내가 본 건 여정남뿐이지요.

정보부에 붙들여 가면 담당 계장은 지휘를 하고 계장 밑에 수사관이 있고, 수사관이 나를 조사를 합니다. 신문을 해서 조서를 썼는데, 수사관이 다른 방에 지시받으러 가고, 나는 잠시 숨 돌리고 그럴 때 있잖아요. 그럴 때 방에 날 혼자두지 않습니다. 절대 혼자 놔두질 않아요. 무슨 자해할 위험이 있다는 이유로, 그리고 수사보조원이 하나 있어요. 수사관이 나갈 때는 그 보조가 옆에서 나를 지킵니다.

둘이만 앉아 있으면 대화를 하게 되죠. 이런 저런 대화를 하던 중에 이 사람이 나한테 잘해줘요. 마음으로 잘해주는 건 금방 알 수 있잖아요. 어떻게든지 가능하면 날 편하게 위로해주고 안심시켜 주려고 그러고요. 이 사람 얘기하는 게, 참 빨리 잘되어 나가게 됐으면 좋겠다. 이런 취지의 얘기를 해요. 난 그 때까지만 해도 속에 좀 삐딱한 게 있었지요. "당신도 내가 나가는 걸 바라느냐" 그랬더니 "아니 변호사님 무슨 말씀을 그렇게 하시냐"고 하더군요. 자기는 사람 아니냐 그거지요. 그때 정색을 하면서 "사실은 제 형님이 최종길 교수입니다" 그러더라고요.

1975년 소위 2 · 15조치 때 이철을 비롯한 학생들은 나왔고, 김지하도 나왔고, 지학순 주교도 나왔고요. 강신옥 변호사도 석방되었습니다. 못 나온 게 유인태, 이현배, 그리고 이강철이도 못 나왔을 겁니다. 그게 참 얼마나 웃기는고 하니, 2 · 15조치로 석방하는 명분이 학생들은 석방한다는 것이에요. 재학생만. 하여간 이 철이는 이거할 때 학부 4학년이었어요. 민청학련 조직할 때 재학생이었고, 유인태는 미리 졸업을 했어요. 그러니까 유인태는 무직자란 거지요. 그렇다고 이 철은 아직 순진한 대학생이니까 석방이고, 유인태는 대학도 졸업한 무직이니 너는 풀어줄 수 없다… 그때 기준이 우습잖아요? 그래서 '무직자'인 이현배하고 유인태가 오래 살았어요.

민청학련 사건을 변론할 때 "양심범 변호", "정치범 변호",

"인권사건" 이런 식으로 불렀어요. 점잖게 부르면 "시국사건"이고 그 사건을 하다보니까, 아까 당시의 내 정신적 혼미에 대해 얘기했잖아요, '아 내가 앞으로 갈 길이 이거구나.' 꼭 그런 생각이 들었어요. 한마디로 변호사로서의 내 직업에 대한 보람을 거기서 찾은 겁니다.

고립무원한 정치범·양심범들의 편이 되어 준다는 것, 그들의 법률적인 입장이나 권익을 보호해 주고, 그들의 주장을 대변해주고 하는 것, 이게 지금 우리나라 상황에서 변호사가 할 수 있는, 또 해야 되는 일이 아니겠는가 절감한 거지요. 힘든 가운데서도 혼신의 힘을 다하게 되고 전력투구를 하게 되었어요. 나도 모르게 그렇게 되더라고요. 참 그런 사건에 초짜고 아마추어고, 그냥 흥분도 잘하고 그랬지만, 정말 열심히 했어요. 그때 내 나이 서른일곱이었어요.

이걸 맡으니까 다른 일을 하나도 못 하겠더라고요. 재판을 하루 걸이로 하고 그래요. 그러면 재판 안하는 날은 구치소에 가서 면회를 해야 해요. 서른 몇 명을 면회한다고 생각해봐요. 얼마나 대단한 일인가 그게. 재판 없는 날은 아침부터 저녁까지 면회 다니고, 재판하는 날은 육군본부 비상군법회의에 가서 하루 종일 재판하고 그렇게 이 사건에 빠져 지냈습니다. 그러니 다른 사건은, 사건이 잘 들어오지도 않았지만, 할 수도 없었어요. 완전히 이 사건에 전력을 쏟아 지냈는데…

1970년대 후반 학번인 제가 보거나 들은 바로는, 1970년대 학생시위에서 화염병이 등장한 적이 한 번도 없습니다. 화염병 제조 방법도 몰랐고, 실험한 적도 없고요. 화염병이 학생시위에 등장한 것은 1984년 정도인 것 같습니다.

강신옥 변호사님

1936년, 경상북도 영주에서 태어났다. 1956년 서울대 법대에 입학했다. 1958년 고등고시행정과에, 1959년 고등고시 사법과에 합격했다. 1962년 서울지방법원 판사로 임명되었지만 이듬해 변호사 일을 시작했다. 1968년도 통일혁명당 사건과 관련된 신영복 교수의 변호를 맡으며 시국사건 변호에 참여했으며 1974년 민청학련 사건과 관련된 9명에 대한 변호를 맡았다. 최종 변론 중 긴급조치를 비판하다가 구속되어 구금되었다가 1975년 2월에 석방되었으며 이후 1988년 무죄로 최종 확정되었다.

강신옥 변호사는 10·26 사건을 이렇게 평가했다.

김재규 장군이 10·26 혁명을 결행한 날은 안중근 의사가 하얼빈에서 이토 히로부미를 저격한 날과 같은 날입니다. 1909년 10월 26일, 그리고 70년 후인 1979년 10월 26일은 우연이라고 보기에는 너무 기막힌 우연입니다.

안중근 의사가 이토 히로부미를 저격한 것으로 자기 할 일을 다 한 것처럼 김재규 장군은 박정희를 죽인 것으로 자기 할 일을 다 한 것으로 봐야 합니다. 그 이후는 우리 국민들의 몫이었지요. 김재규에게 그 이상을 요구하면 안 됩니다. 당시 박정희의 권력이 얼마나 대단했습니까? 그런 박정희를 제거한다는 것은 대단한

용기가 필요한 거지요

황인철 변호사님

1940년, 충남 대덕에서 9남매의 장남으로 태어났다. 서울대 법대를 졸업했으며 제13회 고등고시 사법과에 합격했다. 서울형사지방법원과 서울민사지방법원 판사를 역임하다 1970년 변호사를 개업했다. 그가 변론을 맡은 주요 사건은 대부분 70, 80년대 시국사건으로, 그는 죽을 때까지 인권 변호사로서 독재 정권은 물론 세상의 불의와의 외로운 싸움을 계속했다.

그 무렵 그가 말했다.

"눈을 감고 귀를 막고 입을 다물고 고개를 숙이고 있으면서 어떻게 나라를 사랑한다고 말할 수 있겠습니까?"

이철이 회상했다.

황 변호사님은 섬세한 영혼을 가지신 분이셨다.

"이군, 정의와 진리는 그것을 '깨닫는 것' 그 자체가 고통스러운 짐이 될 수도 있는 게야. 그리고 그것이 역사성·사회성을 띠게 될 때에 그로 인해서 겪게 되는 고뇌와 아픔은 피할 수 없는 사실이야. 나는 처음부터 이 사건이 학생들의 데모를 잠재우기 위한 충격 요법의 일환으로 민중을 우매하다고 착각한 정부가 만들어낸 조작극이라는 확신을 갖고 있었네. 어린 자네에게 이런 말을 해야 하는 현실이 가슴 아프긴 하네만 힘들겠지만 우리들이 '민중을 위한 헌신의 의무'를 삶의 몫으로 받았다 생각하면 힘이 날 것이네."

그리고는 말없이 내 손을 굳게 잡아주셨다.

민복기(일본식 이름, 이와모토 후쿠키 岩本復基) 전 대법원장

제2차 인혁당 사건은 1974년 5월 27일 비상군법회의 검찰부에 의해 국보법, 반공법 위반, 내란예비음모, 내란선동 등의 혐의로 기소되었다. 6월 15일부터 시작된 재판은 비상보통군법회의, 비상고등군법회의를 거쳐 대법원 확정까지 10개월이 걸렸다. 3심을 거치는 동안 피고인등의 형량은 변함이 없었고, 특히 8인의 사형수들의 형량은 처음부터 끝까지 사형이었다.

1975년 4월 8일 오전 10시 재판장 민복기는 방청석에 몇몇 가족들만 띄엄띄엄 앉아 있는 썰렁한 법정에서 무표정한 얼굴에 건조한 목소리로 판결문을 10분 동안 읽은 뒤 상고기각을 선고하고 곧바로 퇴정했다.

(그는 1974년 12월 10일, 인권선언기념일에 축사를 하면서 '유신은 인권 보장의 첩경'이라고 주장했다. 그리고 2000년 자랑스러운 서울대인상을 수상했다.)

대법원 1975. 4. 8. 선고 74도3323 인혁당 및 민청학련 사건 전원합의체 판결에 참여한 대법원 판사들은, **민복기(재판장), 홍순엽, 이영섭, 주재황, 김영세, 민문기, 양병호, 이병호(주심), 한환진, 임향준, 안병수, 김윤행, 이일규**이다. 이들 중 유일하게 이일규 대법관이 반대의견을 냈다.

이일규 전 대법원 판사, 전 대법원장

그 당시 이일규 대법원 판사는 다음과 같이 반대의견을 냈다. 비상군법회의의 설치에 관한 대통령긴급조치 제2호는 2 「11」

에서 그 조치에 특별한 규정이 없는 한 군법회의법을 준용하고 있으므로 아래에서 단순히 법이라함은 군법회의법을 가리키면서 나의 의견을 기술하겠다. 군법회의의 항소심은 원칙적으로는 사후심의 성격을 띠고 있기 때문에 법 제415조, 제416조에서 변론의 방식이나 피고인의 출석에 관하여 제1심과 다른 규정을 들고 있으나 그렇다고 전혀 복심 내지 속심 즉 사실심으로서의 기능이 없는 것도 아니다. 법 제425조에 따르면 고등군법회의(따라서 비상고등군법회의)는 원심판결을 파기하는 경우에 그 소송기록과 원심군법회의 또는 고등군법회의에서 조사한 증거에 의하여 판결하기 충분하다고 인정한 때에는 피고사건에 대하여 직접 판결할 수 있다고 규정하고 있는바 이는 원심판결에 사실의 확정에 영향이 없는 법령적용에 잘못이 있는 경우와, 원심판결에 사실오인 또는 양형부당이 있는 경우를 포함하여 제1심에의 환송 또는 이송하는 번잡을 피하기 위하여 소송경제상 자판을 하도록 인정된 제도로서 후자의 경우 즉 사실인정을 다시 하거나 새로운 형의 양정을 할 때는 사실심으로 심판하여야 함은 의문의 여지가 없다고 할 것이다. 군법회의에서 판결은 특별한 규정이 없는한 구두변론에 의하여야함은 법 제71조에 명백히 규정되고 있는 바로서 항소심에 있어서도 법 제420조와 같은 특별규정이 없는한 판결은 반드시 변론을 거쳐서 하여야하며 여기서 말하는 변론을 거친다함은 군법회의의 면전에서 당사자가 공격방어한 소송자료에 터잡아서 하는 심리과정을 거쳐서 하는 직접심리주의(법 제349조)를 말하는 뜻이다. 그렇기 때문에 항소심이라 할지라도 다시 사실을 인정하고 새로운 양형을 할 때에는 위에서 말한 의미에서의 변론을 거치지 아니하고서는 본안판결을 할 수 없다 할 것이며 이는 소송경제때문에 직접심리주의가 변질될 수 없고 또 헌법 제24조에서 법률에 의한 재판을 받을 권리가 보장되어 있는 점에도 합당하기 때문이다.

그럼에도 불구하고 기록에 의하면 이 사건의 항소심인 원심판결은 검찰관의 공소사실의 진술도 없이 또 제1심에서의 신문과 중복된다하여 피고인의 신문을 생략한다하여 항소이유에 관한 변론만을 시행하여 결심하였는바 이는 공소사실에 대한 변론을 거쳤다고 할 수도 없음에도 불구하고 피고인 E, 같은 F, 같은 G, 같은 H, 같은 L, 같은 M, 같은 N, 같은 O, 같은 Q, 같은 R, 같은 임규명, 같은 C, 같은 D, 같은 T, 같은 U, 같은 AB, 같은 W에 관한 제1심의 양형이 부당하다하여 제1심판결을 파기하여 사실인정을 다시하고 양형을 달리하는 판결을 하였으니 이는 변론 즉 사실심리를 아니하고 재판을 한 재판절차에 위법이 있다고 아니할 수 없고, 이 위법은 재판의 결과에 영향을 미쳤다할 것이므로 이 부분 원심판결은 파기를 면할 수 없다고 본다. 그리고 당원 1963. 10.10. 선고 63도256 판결이 군법회의의 항소심에서 사실인정과 양형에 관한 자판을 하는 경우에 있어서도 직접심리를 아니하여도 위법이 아니라는 뜻이라면 폐기되어야 한다고 생각한다.

이일규 대법원장은 훗날 경향신문과의 인터뷰에서 이렇게 말했다. *"(인혁당 사건이) 내가 있던 3부로 배당됐다. 3부 구성원은 주심이 이병호 판사였고, 주재황 판사, 김영세 판사 그리고 나였다.*

나 혼자 소수의견을 내서 전원합의체로 갔다. 통상 막내 판사가 먼저 의견을 말하는데 내가 의견을 말하자 일순 침묵이 흘렀던 것으로 기억한다.

민복기 대법원장 주재로 다수결을 통해 2심 판결이 확정됐다. 피고인들의 '고문으로 그렇게 진술할 수 밖에 없었다'는 상고 이유에 대해 '그렇게 볼 만한 증거가 없다'는 이유로 상고기각했다."

"사형 확정판결이 내려질 때 '아이고, 이렇게 생명이 사라지는 구나' 싶었다. 안타까운 마음이었다."

"당시 우리 대법원이 군법회의가 내린 1심, 2심의 '잘못된 판결을 잘한 재판'으로 잘못 판단한 책임이 있다."

"내가 무슨 할 말이 있겠느냐."

"이미 지난 제도 아래서 내려진 판결이다. 이번 재심판결 역시 이번 제도 아래서 내려진 판결이다. 제도가 바뀌고 나서 판결이 달라졌다고 사과한다면, 제도 바뀐 때마다 예전 판결을 가지고 일일이 사과해야 하는가."

여정남

대구에서 태어났다. 1962년 경북대 정치외교학과에 입학했다. 1964년 한일회담 반대 시위, 1969년 3선개헌 반대 시위에 참가했다. 1971년 전국 대학생 학술 토론 대회에서 '반독재 구국 선언문'과 관련하여 구속되었다가 5개월 만에 석방되었고, 1972년 구국장교단의 반유신 유인물 배포 사건으로 강제연행되어 고문을 당해 한쪽 귀가 먹고, 포고령 위반으로 구속되어 징역 6월 집행유예 1년으로 풀려났다.

1973년 11월 5일 경북대의 대규모 반유신 시위를 주도적으로 지휘했다. 1973년 12월 서울대의 이철, 유인태를 만나 전국적 유신 반대 투쟁을 협의·연대하고, 1974년 민청학련의 반유신 투쟁의 일환으로 전개된 경북대 시위를 추진하였다. 그해 4월 체포되어 50일 동안 남산 지하실에서 혹독한 고문을 받았고, 인민혁명당 재건위의 학생 조직책으로 민청학련을 배후 조종한 혐의로 구속되었다. 1975년 4월 8일 대법원에서 다른 인혁당 관련자 7명과 함께 사형을 선고받고 바로 다음 날 새벽 사형이 집행되어 세상을 떠났다. 2007년 서울중앙지방법원에서 진행된 재심에서 무죄가 선고되었다.

스위스 제네바에 본부를 둔 국제법학자회(Internatinoal Commission of Jurists)는 사형이 집행된 1975년 4월 9일을 '사법사상 암흑의 날'로 선포했다.

김형욱은 회고록 '혁명과 우상'에서 말했다.

박정희와 이후락의 지령을 받은 신직수, 그리고 신직수의 심복 이용택은 10년 전에 문제됐다가 증거가 없어서 석방한 사람들을 다시 정부 전복음모 혐의로 잡아넣었다. 중정이 발표한 혐의사실로 보아서는 이용택이 새로운 혐의와 이를 뒷받침할 결정적인 증거를 확보하지 못한 것으로 판단되었다. 나는 단번에 그 사건이 조작된 것임에 분명하다고 직감했다.

2002년 9월 12일, 의문사진상규명위원회는 인혁당 사건이 중앙정보부의 조작이라고 발표했다.

박근혜가 말했다.

2004년 당시 한나라당 대표 박근혜에게 인혁당 사건 사과를 요구하자, "이미 충분히 사과했다. 헐뜯기에 불과하다. 법적으로 이미 끝난 일이다."라고 말했고, 그 후에는 "한마디의 가치도 없는 모함이다. 대통령과 코드가 있는 인사들이 모여 역사를 왜곡하고 헐뜯는 수작에 불과하다."라고 말했다.

(그런데 박근혜가 왜 그렇게 마음에도 없는 변명을 해야 했을까. 그녀가 그 사건에 관련되어 있다는 아무런 증거도 없는데 말이다. 그 사건은 아버지의 일이고 아버지와 딸은 별개의 존재가 아닌가. 존재는 개별적이고 그래서 고독하다. 그녀에게 책임을 묻는 것은 연좌제의 망령을 떠올린다.)

신직수 전 검찰총장, 전 중앙정보부장

1927년, 충청남도 서천군에서 태어났다. 종교는 천주교이며(아마 황사영 백서 사건 이래 가톨릭 교회가 드러내고 싶지 않은 흑역사의 대표적인 사례), 세례명은 요셉이다. 1946년 전주사범학교(현 전주교육대학교)와 한국대학(현 서경대학교, 과거 국제대학) 법과를 졸업하고(일부 포털에서는 한국외국어대학교를 졸업한 것으로 표기되어 있는데, 이는 한국대학의 오기로서 잘못된 정보이다.) 육군 법무장교로 임관하였다. 박정희가 5사단장일 때 참모장이 김재규였으며, 법무참모로 근무하기도 했고, 육군 소령으로 예편하였다.

박정희와의 인연으로 5.16 군사정변 후 국가재건최고회의 의장 법률비서관이 되고, 1961년 서울지방검찰청 검사, 1963년 7월 중앙정보부 차장이 되었으며, 그 해 12월 불과 36세의 나이로 검찰총장이 되어 1971년 6월까지 재직하였는데, 검사장들이 이에 반발하여 검찰총장 취임식에 불참하기도 하였지만, 군사정권 시절에 중앙정보부 차장까지 지낸 사람이 낙하산 인사로 내려오니 받아들일 수밖에 없었다. (고등고시 사법과 출신이 아닌 군법무관 시험 출신이 검찰총장이 된 유일무이한 사례) 그가 검찰총장 당시 제1차 인혁당 사건이 있었다.

1973년 12월 이후락의 뒤를 이어 제7대 중앙정보부장이 되었다. 그러면서 김재규가 중앙정보부 차장으로 임명되었다.

유신정권 기간 동안의 인권유린 문제에 있어 절대로 자유로울수 없는 인물. 그가 검찰총장과 중앙정보부장으로 재직하던 시절에 민청학련 사건과 인민혁명당 사건을 비롯한 수많은 간첩 조작 사건, 장준하 의문사 사건, 최종길 교수 의문사 사건 등이 일어났었다.

김형욱은 이렇게 평가했다.

……법무부 장관 등의 직을 거치는 동안 부패하기 시작해 끝내 유신체제를 앞장서 변호했으며 정보부장 취임 후에는 유신헌법 체제를 수호하는 데 누구보다 선두임을 자처했다. 10월 유신의 각본을 만든 장본인은 박정희와 이후락이었지만 이 각본을 사실상 연출한 것은 신직수였다. 그는 민주회복운동자들을 탄압하는 데도 앞장섰으며 필요하다면 박정희의 뜻을 받들어 그들의 목숨을 초개와 같이 잘라버리는 것도 불사할 만큼 표변했다. 그것은 변신 치고도 무서운 변신이었다. 아무리 인간의 심리와 태도가 사회 환경의 변화에 따라 돌변하는 가변적인 존재라고들 하지만 신직수의 변신을 나에게 현기증을 일으킬 만큼 놀라운 것이었다.

(김형욱 회고록 '혁명과 우상' 제4권, 216~217쪽 참조)

문호철 검사

1937년 출생. 남산 부활절 예배 내란 조작 사건을 담당했다. 1974년 민청학련·인혁당 고문·조작 사건의 신문 조서 작성을 담당한 검사들 중 중심적 역할을 했다. 민주화 운동가들에 의해 '공안사건의 저승사자'로 불리었다. 1978년에 사망했다.

송종의 검사

1941년 평안남도 출생. 1974년 민청학련·인혁당 고문·조작 사건 당시 중앙정보부 지하실로 직접 와 신문 조서를 작성한 검사로서, 문호철 검사와 함께 중심적 역할을 했다. 1992년 대검찰청 중앙수사부장, 1996년 법제처 처장을 역임했다.

이규명 검사

1934년 출생. 1971년 사법파동을 야기한 검사로 1974년 민청학련·인혁당 사건을 맡았고 1986년 구국학생연맹 및 자민투 사건으로 86명을 구속·기소했다. 1988년에 사망했다.

이용택

1930년 11월 29일 경상북도 달성군(현 대구광역시)에서 태어났다. 대구농림고등학교, 단국대학교 법학과를 졸업했다. 박정희 정권 때 중앙정보부에서 근무하였는데 1974년 중앙정보부 제6국장으로 있으면서 민청학련 사건과 인민혁명당 사건을 조작 기획하였다.

전 중앙정보부장 김형욱이 말했다.

이용택은 나를 매우 따르던 심복이었으나 한때 밀수와 관련된 부정이 말썽이 되어 나는 재임 후반기에 그를 잘랐다. 그는 실직자가 되어 있었는데 이후락이 중앙정보부장이 되자 그를 다시 채용했다. 이후락은 중앙정보부를 대폭 개편하여 제6국 총무국을 정치수사국으로 만들고 이용택을 책임자로 임명했다. 새로 만든 제6국은 북한의 정치보위국에 맞먹는 남한의 정치적 반대자를 탄압하는 정치 전위대였다.

참고 자료

벌써 반세기가 지나갔다. 우리 세대에, 나의 경우 20대 중반쯤 한참 젊은 시절에 일어난 대단히 중요한 사건임에도 벌써 까마득하게 잊어버리고 있었다. 내가 지금 이 시점에서 민청학련과 인혁당 사건을 재조명하거나 재평가할 위치에 있지는 않다. 그러나 늦긴 했지만 지금이라도 그 사건의 진상을 자세히 알지 않고 넘어갈 순 없었다.

나는 이 엄청난 역사적 사실을 재료로 하여 에세이를 쓸 수는 없었다. 삶과 죽음과 관련한 이런 난해한 단어들이 떠올라서 가슴이 꽉 막혀 버렸기 때문일까? 나는 에세이에서는 말할 수 없는 것들을 소설에서는 소설이니까 말할 수 있다고 생각했던 것일까? 그러면 이게 소설이라고 할 수 있을까?

백일몽을 꾸는 것처럼 혼란스러운 가운데 도저히 믿을 수 없는 사실들이 한낱 幻像일 뿐이라고 믿고 싶었다.

(사형선고와 교수형. 사법살인. 그들의 광기란!? 불안. 체념. 절망. 다시 체념. 설마? 설마?? 무고한 사람들을!!?? 천벌을 받으리라!! 일말의 양심이 있을 것이 아닌가!! 캄캄한 독방. 밤의 공포 불면증. 악몽. 신들은 불행하게도 인간처럼 자살을 할 수가 없다. 고독. 패배. 마지막 희망. 눈물과 냉소 운명 혹은 숙명. 순환. 죽음이 안겨줄 평화. 사랑. 이별.)

4월은 잔인한 달인가. 나는 그날 새벽의 뼛속 깊이 스며드는 한기를 느낀다.

나는 아래 참고자료 중에서 어떤 부분은 전부를 그대로 인용, 원용해서 이 논픽션 중편소설을 완성했다. 그렇다면 나는 사실주의 작가들이 강조한 관찰과 자료 조사를 하는 과정에서 부지불식간에 표절을 하였거나 절도를 했다고 할 수 있다. 하지만 나는 이 거대한 역사적 진실 앞에 숙연해질 수밖에 없었다. 내가 무슨 염치로 직접 경험하지 못한 사실을(작가의 발상의 근원이지만 작가의 편견, 고정관념, 가치관과 밀접하게 연관성을 가지고 있는) 상상력을 동원해서 첨가, 삭제, 수정, 재수정하거나 변주할 수 있을 것인가. 나는 역사적 진실에 관한 그들의 언어를 충실히 옮겼다. 그럴 수밖에 없었다.

하지만(아주 사소한 것도 포함해서) 전체 자료가 잘 정리 보관되어 있지는 않다. 특히 인혁당 사건의 경우가 그렇다. 이 중대한 사건에 대한 자료가 그렇게 허술하다니. 국방부 자료실에는 인혁당 사건의 공소장, 판결문, 소송기록 등이 먼지를 뒤집어 쓴 채로 창고에 처박혀 있을 것이고 그나마 조만간 보존기간 만료로 소멸

될 수도 있다. 대법원에는 판결문만 겨우 남아있을 것이다.

이 대명천지에 국방부는 이 역사적 사건의 기록 보존을 위해서, 특히 방대한 소송기록이 사라지지 않도록 특단의 대책을 마련해야할 것이다.

한승헌 변호사 '**변론사건실록**', 제2권, 제3권. 민청학련계승사업회 지음, (**영구집권을 꾀했던 박정희 정권에 온몸으로 맞선 청년학생들의 기록**) '**민청학련**'. 민청학련운동계승사업회, '민청학련운동 자료집: 비상보통군법회의 판결문집'. 전창일・강창덕・정화영・임규영・임구호 공저, '인혁당, 그 진실을 찾아서'. 법률신문사 발행, '법조 50년 야사'(상). 민주화운동기념사업회, 서울대학교 공익인권법센터 펴냄, 인권변론자료집 1 (1970년대). 허문명 저, '김지하와 그의 시대'. 천주교인권위원회 편 '사법살인—1975년 4월의 학살'. 김충식 지음, '남산의 부장들'. (타인에게 책임을 전가하면서 변명에 급급하지만 상당한 진실이 담겨있는)김형욱 회고록인 김경재 저, '혁명과 우상' 전 5권 중 제2권 및 제4권. 대담 한인섭, '**홍성우 변호사의 증언 인권변론 한 시대**'. 황인철 변호사 추모 문집 "'무죄다'라는 말 한마디". 김재홍 지음, '누가 박정희를 용서했는가'. 정병진 저, '궁정동의 총소리'. 문영심 지음, 김재규 평전 '바람 없는 천지에 꽃이 피겠나'. 의문사진상규명위원회의 자료. 국가정보원과거사건진실규명을통한발전위원회의 자료. 위키백과. 나무위키. 등

특히 "피고인 이철, 사형!"은 한승헌 저, 전게서 제2권 280~297쪽을, 김지하의 '타는 목마름으로 부른 민주주의 만세'는 전게서 제2권 362~393쪽을, 유인태의 '내가 겪은 민청학련 사건'은 전게서 제2권 319~346쪽을, 전 의문사진상규명위원회 조사관이었던 유봉인이 쓴 '인혁당 재건위 사건 추적기'는 전게서 제2권 520~538쪽을, '혁명과 우상' 제2권 267~269쪽을 그대로 옮기거나 참조하였다.

2019 즐거운 사라

2019 즐거운 사라

故 馬光洙 교수의 '즐거운 사라' 재판 이야기

> 나는 매일 매일 거울을 들여다봤지
> 그랬더니 늙고 못 생긴 내 얼굴도
> 아주 근사하게 보이는 거야
> 젊은 꽃미남으로, 잘생긴 플레이보이로
> 나는 더 뚫어져라 거울을 들여다봤지
> 정성을 들이고 애정을 담아……
> ― 마광수

1. 1992년 10월 29일

1992년 10월 29일 아침 일찍 누군가 마광수 교수의 아파트 문을 세게 두드렸다. 그가 잠에서 덜 깬 눈을 비비며 나가 보니 건장하게 생긴 세 명의 사내가 서 있었다. 그들은 다짜고짜 집안으로 몰려들어왔다.

마 교수가 말했다.

"누구시죠?"

일행 중 누군가 말했다.

"검찰에서 나온 수사관들이요."

"무슨 일로……"

"가보면 알겠지."

"죄명이 뭔가요?"

"가보면 알아…… 뭘 꼬치꼬치 물어……"

"그래도 알아야 될 거 아닌가요?

영장은 가져오셨습니까?"

"영장은 무슨…… 영장 좋아하시네."

"어떻게……?"

"잔말 말고 가시죠 시간이 없으니까.

그렇게 뻗대봤자 좋을게 하나도 없으니까."

"그렇지만……"

"긴급체포야."

"무슨 이유로 긴급체포를 한단 말입니까?"

"가보면 안다니까. 검찰청에 가면 기다리고 있는 사람들이 있다고 당신이 유명해질 수 있는 기회야."

그들은 긴급체포를 한다면서 막무가내로 마 교수를 양쪽에서 붙잡고 검은 차에 태워 검찰청으로 끌고 갔다. 그는 갑자기 당한 일이라 어안이 벙벙하고 몹시 곤혹스러웠다. 그 소설 '즐거운 사라' 출간 이후 일부 극렬 보수층의 비난이 쏟아져서 어렴풋이 불안한 예감을 느끼고는 있었지만 전례가 없던 일이었다. 그 시절이 노태우 정권 말기로 곧 문민정부가 들어설 시기였으므로 한창 민주화와 개방화가 외쳐지고 있는 때라서, 애써 낙관적인 기대감을 가지려고 노력했기 때문에 더욱 그랬다.

그러고 나서 수사관들에 이끌려 12층에 있는 김진태 검사의 검사실로 들어갔다. 잠시 후 그 소설을 출판한 '청하출판사'의 **장석주** 사장이 연행되어 끌려 들어왔다. 김 검사는 마 교수와 장 사장을 검사실 안쪽에 있는 방으로 데리고 가서 음료수를 대접했다. 그 검사는 애써 여유 있는 미소를 머금고 있었지만 그가 몹시 긴장하고 있다는 것을 느꼈다.

그리고 마 교수와 장 사장은 각각 다른 방으로 끌려가 신문을 받게 되었다. 조사를 받기 전에 한 수사관이 그들이 지니고 있던 소지품 일체와 넥타이 허리띠 등을 풀게 해서 조사가 끝날 때까지 따로 보관하겠다고 했다.

오전 9시부터 시작된 피의자 신문은 오후 늦게 대충 마무리되었고 그런 후 법원의 구속영장이 떨어졌다. 전격적인 긴급체포, 바로 당일 피의자신문조서 작성, 즉각적인 구속영장 발부 등 사건은 이례적으로 신속하게 진행되었다.

늦가을 저녁 어둠이 내려앉자 주위는 캄캄했다.

차가운 바람이 불었다.

저녁 8시 경 마 교수와 장 사장은 아침에 입고 갔던 옷 그대로 입고 검찰청사 현관에서 검찰에서 미리 각본을 짜놓은 대로 각 방송사, 신문사, 잡지사에서 몰려와 기다리고 있던 약 30명쯤 되는 기자들의 사진 촬영에 협조를 하였다. 그들이 우르르 달려들어 사진을 찍거나 TV 카메라를 들이댔다. 그는 침착함을 유지하면서 태연한 표정을 연기해 내기가 무척이나 힘들었다.

기자들이 하이에나처럼 몰려들어 그를 둘러싸고 마이크를 들이대며 자꾸 한마디 얘기해 보라고 채근했다.

"교수님! 한 말씀 해주세요"

"그 소설의 여파를 생각해 보셨나요"

"구속되었는데 기분이 어떠신가요?"

그는 할 말이 얼른 생각나지 않았다. 그래서 우물쭈물하고 있다가 간신히 입을 떼고 말했다.

"문학작품을 가지고 작가를 사법처리한다는 건 우리나라가 아직 문화적 후진국이라는 증거입니다."

그러고 나서 각기 두 명의 수사관과 함께 두 대의 승용차에 나눠 타고 서울구치소로 향했다.

(하지만 그때 함께 구속되었던 장석주 시인은 '<즐거운 사라> 재판, 그 탈억압의 끝없는 싸움'이라는 글에서 저녁 8시경으로 기억했고, 마 교수는 에세이 '나와 즐거운 사라'에서 그날 아침 검찰청 현관에 도착하니 검찰에서 미리 연락을 해 놓았는지 기자들이 몰려와 사진을 찍고 TV카메라를 들이댔다고, 기억하고 있다. 아침과 오후로 서로 어긋나는 것이다.)

2. "뭐, 연세대 교수라는 사람이 그런 야한 소설을 써!?"

그 소설의 내용을 요약하자면 '성에 대해 극히 보수적인 우리 사회에서, 프리섹스를 추구하는 자유로운 여대생 사라가 갑자기 등장해서 온갖 섹스를 즐기며 쾌락을 추구한다'는 내용이다. 하지만 실제 소설을 읽어보면 그 음란함은 당시 PC통신에서 돌아다니던 평범한 야설 수준과 거의 비슷하다.

그 당시 항간의 인식인즉, "뭐, 명문 사립대인 연세대 교수가 그런 야한 소설을 썼다고!? 세상이 말세야!? 세상이 망했구나!! 저런 작자가 다있어!!" 수준이었다.

그 당시 유력 보수일간지 등의 지면을 통하여 마광수를 처벌해야 한다고 주장한 지식인들이 꽤 있었다.

대표적으로 서울대학교 **손봉호** 교수는 "마광수 때문에 에이즈가 유행한다, 마광수는 교수가 아니라 마광수 씨로 불러야 한다" 등 극히 위험한 발언을 쏟아냈고, 서강대 **이태동** 교수는 "'즐거운 사라'에 나오는 여대생과 그를 가르치는 교수 사이에서 문란하고 변태적인 성관계가 성실한 노력의 상징인 학점의 흥정 대상이 된다는 것은 커다란 사회적인 문제가 되지 않을 수 없는 것입니다"라고 주장하면서 마광수 교수와 여제자 사이의 모종의 거래가 있었을 것이라는 터무니없는 인신공격을 하기도 했다.

그리고 소설가 **이문열**은 중앙일보에 그의 작품을 '구역질을 동반한다, 보잘 것 없다'며 노골적으로 비난했고, 마광수가 구속되자 10여 개의 종교단체와 합세하여 구속시킨 검찰의 조치를 적극적으로 환영하였다.

다시 말하지만 '즐거운 사라'는 그다지 야한 소설도 아니며, 당시 출판계를 봐도 그보다 훨씬 야한 일본 에로소설도 아무 문제 없이 버젓이 출판되던 시기였다.

마광수 교수 자신은, '즐거운 사라'만 그렇게 혹독한 처분을 받은 것은 일단 교수가 쓴 것이기 때문이고 주인공 '사라'가 방탕한 생활 끝에 불행해지거나 정신차리는 교훈적이거나 도덕적 결말이 아니기 때문이라고 생각하고 있었다.

그런데 단행본으로 나오기 전 '여성자신'이라는 잡지에 연재될

때는 그 누구도 문제 삼지 않았다. 사실 그 당시에도 이미 이보다 훨씬 야한 소설들은 즐비했지만 작품 그 자체의 외설성보다는 연세대 교수가 이런 야한 소설을 발표한 것을 용납하지 못한 것이다. 실제 이 소설의 음란성은 당대의 기준으로 보아도 그렇게 야한 것은 아니었기 때문이다.

이 사건이 발생한지 1년 후, 문화일보(1993년 11월 25일자)는 이 사건의 미심쩍은 배경과 과도한 법 집행에 대해서 검찰 관계자들의 말을 빌리는 식으로 하여 **현승종** 국무총리의 지시에 의해 갑자기 진행된 것이라는 내용의 기사를 실었다. 현승종은 6공화국 말 대통령 선거기간 중 구성된 이른바 중립내각을 맡은 사람인데 고려대학교 법대 교수 출신으로 전형적인 유교 윤리 신봉자였다.

(만약 그 보도가 사실이라면, 대통령 선거기간 중 여야 간 극심한 대립으로 말미암아 중립내각 총리가 해야할 일이 산적해 있을 터인데 일개 소설의 음란성 여부를 가지고 그렇게 한가하게 그런 지시를 내렸는지 알다가도 모를 일이다. 그것도 교수가 단지 괘씸하다는 이유로 말이다.)

그 소설은 발간되자마자 간행물윤리위원회의 제재를 받게 되는데, 검찰은 김진태 검사를 내세워 '시종일관 성도착적이고 퇴폐적인 성행위 장면을 노골적으로 묘사하고, 주인공 여대생의 괴팍스런 애정 행각을 바람직한 것으로 묘사해 보편적인 성 관념을 철저히 거부했다'는 혐의로 급기야 작가와 출판사 대표를 구속 기소했다.

이로 말미암아 마광수 교수는 당시 연세대학교 교수직에서 해임되었다가 1998년 사면 복권되면서 교수직에 복직하였으나 그 기간동안 마광수 본인은 말할 수 없는 고초를 겪었고 복직 후에도 다른 교수들 사이에서 철저하게 아웃사이더 취급을 받았다.

이 사건은 '즐거운 사라' 필화 사건이라고 불리고 있으며, 이현세 화백의 '천국의 신화'와 함께 예술과 외설의 경계가 과연 어디까지인가 하는 정답없는 논쟁을 일으키기도 하였다.

'즐거운 사라' 사건이 일어나자 검찰과 사법부의 구속 집행을 지지 또는 동조하는 글을 발표한 지식인은 손봉호·구중서·이태동 등 대여섯 명에 불과했고 (물론 그중에는 우리나라의 보수 문학을 대표한다는 소설가 이문열이 끼어 있었다. 공판 진행 중에 검사는 그가 마 교수를 비난한 글의 한 대목을 일종의 증거로 낭독하기도 했다), 고은·문덕수·김주영·하재봉·조세희·김수경 등 217명의 문인이 항의서에 서명을 했고, 그리고 최일남·임헌영·박범신·김병익·문형렬·신승철 등 40여 명의 작가, 비평가들이 이 사건을 현대판 마녀사냥으로 규정하며 작가를 구속하고 문학작품을 법으로 재판하는 행위를 비판하는 글을 썼다.

그중에서 한국외국어대학교 신문방송학과 **조종혁** 교수가 쓴 '마광수 교수의 도전과 수난'이라는 글은 이 사건의 문화사적 배경과 원인을 잘 지적하고 있다고 생각되기 때문에 한 부분을 여기 인용한다.

마광수 교수의 커뮤니케이션 행위는 지금까지 한국 사회가 지녀온 교육의 신화를 전면적으로 거부하는 것이었다. 신화의 거부

— 이것이 그에게 주어진 모든 지탄과 비난과 억압의 이유였다. 그러나 신화의 거부, 신화의 파괴는 언제나 새로운 의미의 장을 연다. 그것은 새로운 현실 구축의 가능성을, 새로운 출발점을 시사한다.

또한 작가 **장정일**은 '즐거운 사라'의 내용을 언급하며 검찰의 기소를 비난했는데 그가 쓴 '마광수 교수 구속은 전체주의적 발상'이라는 글의 한 부분을 여기 인용한다.

'즐거운 사라'의 여주인공은 한국의 사회통념상 금지된 사제 간의 애정행각을 통해 권위주의를 공격하고, 남성 중심의 성문화에 대한 하나의 대안으로 레즈비언을 시험하기도 한다. 또한 그룹섹스를 통해 순결과 성해방 이데올로기에 동시에 눌린 성적 이중구조를 풍자한다. 그 즐거운 혼란은 답답한 일상을 초월한 어느 높이에서 한 없이 낙관적이고 생의 긍정적인 유토피아를 열어 보인다. 이 점, 경건과 금욕으로 강제된 한국문학사에서 희귀하고 소중한 예에 속한다.

다음은 전북대학교 신문방송학과 **강준만** 교수가 쓴 '성 혁명과 마광수 교수 구속'의 한 부분이다.

마 교수의 소설 '즐거운 사라'가 문학이 아니라 음란물이라는 검찰의 견해엔 결코 동의할 수 없다. 마 교수의 문학세계는 총체적으로 파악되어야 한다. 그가 모 월간지에 정기적으로 기고해온 정치칼럼들은 마 교수가 사이비가 아닌 진정한 자유민주주의자라는 걸 잘 보여주고 있다. 그가 추구하는 성의 자유민주주의는 논란의 여지가 크지만 적어도 체계성과 철학적 기반을 갖고 있다. 그의 성애론은 그의 확고한 신념이지 결코 인기추구나 돈벌이의 수단이 아니다.

그렇지만, 그 당시 간행물윤리위원회 심의실장으로 있던 **박종렬**이 쓴 '마광수 신드롬을 척결하자'라는 글의 한 부분을 인용하지 않을 수 없다.

마광수 신드롬은 우리들 스스로의 위기관리 능력에 의해서 척결해야 한다. 5,000년 간 우리 선인들이 쌓아온 미풍양속과 문화를 수호하는 것은 우리 세대의 의무이며 차세대를 책임질 우리의 청소년에게 물려주어야 할 우리의 가장 소중한 유산이다.

3. 서울지방검찰청 특수2부 조사실

마 교수가 조사실에 들어가니까 창문이 보이지 않았다. 온통 회색벽으로 둘러싸인 완전히 밀폐된 방이었다. 방 안 한 쪽에는 욕조가 있는 화장실이 있었고 아무 장식이 없는 큰 침대가 하나 있었으며, 검사와 수사관이 사용하는 책상과 의자가 있었고 그 앞에 피의자용 의자가 덩그러니 놓여 있었다.

그래서 그는 섬뜩한 공포감을 느끼지 않을 수 없었다. 곧이어 김 검사가 들어왔다. 그 검사는 마 교수와 같은 또래의 남자였다. (실제 마 교수는 1951년 출생이고, 김 검사는 1952년 출생이다.)

그런데도 마 교수가 보기에 검사의 얼굴에서는 '70년대식 허무'가 풍겨 나오지 않고 있었다. 검사스럽게 너무나 의기양양하고 자족적인 표정이었다. 그래서 그는 참 이상하다고 생각했다.

검사가 질문을 하고 그가 대답을 하면 수사관이 타이프로 받아서 피의자신문조서를 작성하였다. 신문이 시작되자마자 검사의 얼굴 표정이 점점 경직되면서 바뀌었다. 어딘지 모르게 살기가 감돌고 몹시 위압적이었다.

그 사건은, 범죄행위라는 게 소설을 쓴 것이고, 죄목이라는 게 소설이 음란하다는 것인 만큼 아주 기이한 신문이 될 수 밖에 없었다. 증거조사도 있을 수 없고 뚜렷한 가해자나 피해자도 없었다. 롤랑 바르트가 말했듯이 그야말로 '내가 보면 예술, 남이 보면 외설'인 게 에로티시즘 예술에 대한 판단기준일 수 밖에 없는데, 검사가 자꾸 마 교수를 파렴치한 현행범처럼 몰아가니 정말 답답하고 암담한 기분이 들었다.

그러니 자연 문학적 논쟁을 벌일 수 밖에 없었는데, 검사의 문학관은 구태의연한 권선징악적 교훈주의에 머물러 있어 처음에는 도대체 제대로 된 대화가 이루어지지 않았다.

마치 벽에다 대고 말을 하는 것 같은 기분이었다. 외설이나 음란이라는 게 보는 사람에 따라 다른 것인데도, 검사가 음란하다고 보면 곧바로 죄가 되는 것이었다. 중세기의 그 혹독한 마녀재판이 연상되었다. 그는 그래도 혐의를 벗어나기 위해서 한껏 긴장한 체 설명을 해나가는 수 밖에 없었다. 같은 말을 두세 번 말하는 것조차 너무나 피곤했지만 말이다.

마 교수는 해야할 말은 해야겠다 싶어 신문 도중 검사에게 불쑥 물었다.

교수 : "현행범도 아닌데 이렇게 불시에 연행을 해도 되는 겁니까? 이렇게 해도 되는 겁니까? 저는 지금 대학에서 다섯 강좌나 강의를 하고 있는 교수입니다."

검사 : "사안이 그만큼 중대하기 때문이오. 당신의 소설이 미풍양속을 해칠 가능성이 크기 때문에 구속 수사를 하기로 방침을 정한 거요."

교수 : "아니 가능성이 어떻게 죄가 됩니까? 제가 뭘 알겠습니까만은…… 범죄라는 게 실제 현실화되서 피해가 발생해야 되는 거 아니겠습니까? 이 사건에서 누가 피해자인가요? 그 피해자는 어떤 피해를 입었다고 생각하십니까?"

검사는 그의 당연한 물음에 곧바로 대답하지 않고 굳어진 얼굴로 신문을 계속해나갔다.

검사 : "왜? 이 소설의 주인공 같은 방탕한 여자를 그렸소? 그게 도대체 말이 되는 겁니까. 낯 뜨거워서 그걸 어떻게 소설이라고 읽을 수 있겠소"

그는 하는 수 없이 그 나름대로 답변을 해나갈 수 밖에 없었다.

교수 : "저는 방탕한 여성을 그린 게 아니라 성에 자유로운 여

성을 그린 것입니다. 설사 이 소설의 주인공이 방탕한 여성이라고 해도, 그런 여성은 이 시대의 한 개인으로 적지 않게 실존하고 있는 인물들 중의 하나입니다.

저는 이 소설을 통해 한 젊은 여성이 봉건적 성윤리에 반항하면서, 성에 대한 학습 욕구를 실천해 보려고 애쓰는 과정을 그려보고 싶었어요."

검사 : "지금 학습 욕구라고 했습니까? 그게 학습 자료가 된다는 건가요?"

교수 : "그렇지요. 여성해방운동의 여파로 요즘 우리나라 젊은 여성들 사이에서는 성에 대한 학습 욕구가 더 커져가고 있고, 또 혼전순결 등 조선시대의 유교 이데올로기에 저항하는 면을 많이 보여주고 있지요.

이 소설의 여주인공처럼 행동으로까지 옮기지는 못한다 할지라도, 내면적으로는 프리섹스에 공감하고 있는 여성들이 상당히 많은 게 사실 아닙니까?"

검사 : "도대체 유구무언이라고 해야겠소. 누가 프리섹스에 공감한단 말입니까? 문학이란 게 독자에게 도덕적 감화를 줘야 하는 것 아니오? 이런 소설을 딸에게 읽힐 수 있겠소?"

교수 : "딸이라면 대체 몇 살 난 딸을 말씀하시는 겁니까? 서른

살 먹은 딸도 있을 수도 있고 다섯 살 먹은 딸도 있을 수 있어요

저는 법 집행이 합리적 이성에 따라 이루어져야 한다고 생각합니다. 그렇게 비합리적인 질문을 하시니 몹시 실망하게 되는군요

설사 미성년의 딸을 가리켜 말씀하신 거라고 해도 딸에게 어떤 책을 읽어라 말아라 강요할 수는 없어요 읽으래도 안 읽을 수가 있고 읽지 말래도 읽을 수가 있으니까요 또 비슷한 나이의 딸들이라 하더라도 독서 수준이나 독서 취향이 각각 다를 수 밖에 없지요

청소년을 핑계로 표현의 자유를 억압하는 건 말도 안되는 일입니다. 그럼 성인 문학은 존재할 수 없게 되니까요

그런 논리대로라면 청소년이 보면 안 되니까 어른들이 섹스를 해서도 안 되지 않겠습니까?

…… 그리고 왜 딸 걱정만 하고 아들 걱정은 안 하시는 겁니까? 이 책의 주인공이 여자가 아니라 남자였다면 시비가 한결 줄어들었을 겁니다."

그 말을 듣고 나더니 검사가 갑자기 벌컥 화를 냈다.

검사 : "그럼 당신이 쓴 책이 음란하지 않다고 생각한다는 말이오? 그게 교수라는 사람이 쓸 수 있는 소설이란 말이오?"

교수 : "보는 사람에 따라 다르겠지요 독자들 중엔 '너무 야하다'는 사람도 있었고 '너무 싱겁다'는 사람도 있었어요

법이란 명백한 기준과 형평성이 있어야 하는 것 아니겠습니까?

제 소설을 음란하다고 보시는 건 자유입니다만, 검사님도 역시 다양한 독자 중의 한 분일 뿐입니다.

그리고 소설이란 원래 허구적 상상의 산물인데 어떻게 상상을 단죄할 수 있습니까?

이 소설의 여주인공이 설사 현실 속의 인물이라고 해도 잡혀갈 이유가 하나도 없어요. 음란하든 안 하든 합의적으로 섹스를 하고 있으니까요.

소설 속에서 완전 범죄의 살인 묘사를 해도 아무런 문제를 삼지 않는데, 자유로운 성행위를 했다고 해서 작가를 처벌한다는 건 저로선 도무지 납득이 가지 않습니다.

다시 말씀드리면, 죄라는 게 살인이나 절도같이 명백한 가해 행위가 있어야 하고 또 피해자도 있어야 하는데, 단지 일부 독자에게 외설적인 느낌을 준다고 해서 작가를 처벌한다는 것은 더더욱 납득할 수 없는 일입니다."

검사는 가끔 말문이 막히면 더욱더 감정적으로 나왔다.

검사 : "난 당신 책을 보고 음란한 느낌 정도가 아니라 혐오감이 느껴집디다. 문제는 말이에요…… 교수 신분이 문제인거요. 그것도 명문 사립대 교수란 말입니다. 점잖은 교수께서 그런 야한 소설을 쓰다니…… 학생들 보기가 부끄럽지 않소?"

교수 : "교수 신분과 소설가는 그 위치가 다르지요. 저는 소설가 입장에서 소설을 쓴 것에 불과합니다."

검사 : "교수라면 말이지요 …… 스승으로써 학생들을 선도해야지 않겠습니까?"

교수 : "스승과 소설은 별개이지요 그리고 대학생들은 엄연한 성인이니까 어린애가 아니란 말입니다."

검사 : "교수가 연구와 교육에 전념해야지 그런 야한 소설이나 계속 쓰니까…… 한두 번도 아니고 말이죠 그래서 비난하는 거 아닙니까?"

교수 : "전 연구에도 소홀히 한 적이 없습니다."

검사 : "제가 조사해보니까 연구실적이 별로라는 거죠 그냥 소설이나 시집이니, 에세이집이니, 잡다한 것만 끄적거렸단 말입니다."

교수 : "저는 문학 전공 교수가 실제 시나 소설을 쓰는 것은 훌륭한 연구실적이라고 봅니다. 우리나라에서 저처럼 많이 쓴 교수가 있을 까요"

검사 : "전혀 별개의 문제에요 그런 야하디 야한 천박한 것들을 쓰면 안돼죠 어느 교수님이 지적했던데 여학생들과 성을 매개로 학점 등을 흥정한 일은 없었습니까?"

교수 : "그건 제 인격을 심하게 모독하는 것입니다. 어떻게 근거도 없이 그런 말을 할 수 있을까요? 명예훼손이라고 할 수 있습니다. 왜 검찰은 그런 인간은 처벌하지 않습니까?"

검사 : "그러니까 의심받을 일을 하면 안되는 거죠. 너무 심해요. 너무…… 욕지기가 나올 만큼 혐오스럽단 말입니다."

교수 : "혐오감을 준다고 처벌할 수 있습니까? 혐오스러운 것을 보여주는 것은 오히려 문학의 중요한 목표 중 하나입니다.
현대소설은 리얼리즘이라고 해서 특히 인간과 사회의 추악한 모습을 그대로 드러내는 경향이 많지요. 인간의 동물적 본성이나 사회의 밑바닥을 해부하다 보니 그로테스크한 묘사가 많이 나올 수 밖에 없는 거죠.
아름다운 것만 골라서 그린다면 사회나 인간의 실체를 파악할 수 없어요. 인간에게는 미와 추, 악과 선이 공존하고 있기 때문이죠.
그러므로 혐오스러운 것을 보여줬다고 해서 그것이 죄가 될 수는 없습니다. 오히려 아름답지 않은 것을 아름답게 포장하는 것이 위선이지요. 소설의 목적은 금지된 것을 파헤치는 것이고, 과거에 대한 끊임없는 회의요, 미래에 대한 끊임없는 꿈꾸기입니다."

검사 : "수업시간에도 음담패설, 욕설, 본인의 성적 경험담이 날아 다녀서, 학생들 특히 여학생들은 듣기가 민망했다고 하던데.
그런데 소설에까지 표현은 왜 그렇게 천박하게 했소? 문학이란

품위가 있어야 하는 것 아니오? 그 소설이 그렇게 천박한 언어로 섹스를 정면에서 노골적으로 취급하면 대중적으로 히트를 친다고 생각한 거요. 베스트셀러를 노리고 또는 주류 문학계에서 논쟁의 중심에 서려고…… 의도한 거 아닌가?"

교수 : "천박하다고 해서 죄가 된다는 것도 납득할 수 없는 발상입니다. 제 경우에는 의도적으로 천박하게 표현했어요. 이유 없이 그렇게 썼겠어요? 문학의 품위주의, 양반주의, 훈민주의, 이런 것들에 대한 반발이지요.

한국의 지식인들은 가벼움을 경박함이나 천박함으로 그릇 인식하는 경우가 많고, 설사 경박하다고 해도 그것이 의도된 경박성이라는 것을 아는 이가 드뭅니다.

소설 문장에 사용되는 단어가 일상어 또는 비속어일 경우에 흔히들 그런 인상을 받는 것 같아요.

우리나라에서는 예전부터 한문을 숭상하고 우리말을 폄하해서 보는 습관이 지식층에 형성돼 있기 때문에, 이를테면 '핥았다' '빨았다' 등 순 우리말을 구사한 표현은 쉽사리 조악하고 천박한 표현으로 간주되는 경향이 있지요.

그래서 특히 성희 묘사의 경우 대체로 빙 둘러 변죽만 울리고 한자어를 많이 쓰는 문장이 더 품위 있는 문장으로 간주되고, 직설적인 구어체 문장은 상스럽고 천박한 문장으로 간주되는 것이 보통이었습니다.

말하자면 아무리 야한 내용의 소설을 쓴다고 해도 어법이나 전체적 틀은 경건주의를 유지하려고 애쓰고, 결말 부분에 가서 권선징악을 하며 양다리를 걸치는 게 정석으로 되어있지요.

저는 그런 것에 대한 반발로 이 소설의 여주인공을 부각시키려고 했습니다. 우리나라 소설 어디에 이 소설의 여주인공 같은 여자가 있나요. 성에 조금 자유롭다 싶으면 다 자살하거나 반성하거나 그러지요.

그리고 대중적 성공을 바란 적은 없습니다. 이 고루한 사회와 비타협적으로 대결한다는 의미에서 보면 오히려 실험성이 강하다고 할 수 있습니다."

검사 : "잘도 둘러대는데, 그럼 대관절 당신의 문학관은 뭐요? 그렇게까지 위악적일 필요가 있었는지 설명해 보세요. 그 소설을 끝내고 나서 무기력과 자기기만 상태에서 혼란스러웠던 거 아닌가. 정말? 그리고 출판을 해야 하는지 고민해 보지 않았나요?"

교수 : "저는 문학이 상상적 대리 배설인 동시에 관습적 통념과 억압적 윤리에 대한 도전이어야 한다고 생각합니다. 말하자면 창조적 반항이 문학의 본질이라고 보는 거지요.

현 사회의 지배적인 가치가 정말 옳은 것인지 질문하는 것이 바로 작가가 해야 할 일입니다.

우리가 길들여져 있는 가치관과 윤리관에 대해 끊임없이 회의하면서, 우리가 진리라고 믿고 있는 것이 정말 진리인지 아닌지, 또 왜 그것을 믿어야 하는지를 집요하게 캐들어가는 것이 바로 작가의 사회적 책임이지요.

기성 윤리와 가치관을 추종하면서 스스로 점잖은 도덕 선생을 가장하는 것은 작가로서 가장 자질이 나쁜 자들이나 하는 짓입니다.

문학은 무식한 백성들을 가르쳐 길들이는 도덕 교과서가 돼서는 절대로 안 됩니다. 그런 문학만이 판치는 사회에서는 독창적 상상력과 표현의 자율성이 질식되고 말아요. 문학의 참된 목적은 지배 이데올로기로부터 탈출이요, 창조적 일탈인 것입니다."

검사 : "지금, 지배 이데올로기로부터의 탈출이라고 했소? 그럼 당신은 우리나라의 윤리관념과 정치체제를 부정하는 거요?"

교수 : "저는 주로 수구적 봉건윤리를 말하고 있는 것입니다. 이책의 여주인공은 오히려 운동권 학생들의 경직된 사고를 비판하고 있지 않습니까?"

검사 : "참, 그것도 그렇소. 학생들의 운동 덕분에 대통령 직선제가 관철되고 이만큼 민주화됐는데, 왜 이 소설의 여주인공은 운동권 학생들을 비판하고 있는 거요? 시대 정신에 역행한단 말입니다."

그는 대답을 하면서도 속으로 허탈한 웃음이 나왔다. 예전엔 운동권 학생들을 때려잡던 검찰이, 이제 와서는 소설 속 여주인공이 운동권 학생들의 윤리적 경직성을 비판하는 말 몇 마디 한

걸 가지고 트집을 잡고 있기 때문이었다.

교수 : "운동권 학생들이나 진보적 지식인들 중 상당수가 봉건윤리적 사고방식의 측면에서는 다른 기득권 수구주의자들과 하나도 다를 게 없기 때문에 비판하고 있는 거지요."

검사 : "보수와 진보를 확실하게 구분할 수 있나요? 보수와 진보는 서로 조금씩 섞여 있는게 아닐까요. 그쪽 시각에서 보면 검사는 수구꼴통으로 보이겠지요."

교수 : "제가 지금 대명천지에 이렇게 수사를 받고 있는걸 보면…… 기가 막히죠. 한가하게 보수와 진보를 논할때가 아니라고 봅니다. 이건 확실하게 인권 유린입니다. 지금까지 음란물 제조죄로 인신이 구속된 예가 있었습니까?"

검사 : "죄가 된다 안 된다 여부, 구속 여부는 검사가 결정하는 것입니다. 검사는 법률 전문가 아닙니까."

교수 : "검사가 오직 자신의 잣대로 법을 농단해서는 안 될겁니다. 조자룡이 헌 칼 쓰듯 법을 휘둘러서는 안돼죠. 그렇지 않습니까. 검사들은 부디 자중해야 합니다."

검사 : "검사가 피의자로부터 법률 강의를 들을 필요는 없어요. 다시 본론으로 들어가 보죠.

어쨌든 이 소설에는 오럴섹스, 카섹스, 여자가 땅콩을 가지고 하는 자위행위, 마조히스틱한 섹스나 레즈비언 섹스 등 변태적인 장면이 나오고 있소. 이건 분명 성적 수치심을 극도로 자극하는 행위묘사에 해당되는데, 그래도 할 말이 있소?"

교수 : "오럴섹스나 자위행위, 그리고 카섹스까지도 변태라고 하는 건 납득하기 곤란합니다만, 어쨌든 성희 묘사가 변태스럽다고 해서 그것이 죄가 된다는 건 납득이 안 갑니다.

변태성욕 역시 인간 심리의 다양한 양상 중 하나인데, 그걸 리얼하게 묘사했다는 것이 어떻게 죄가 될 수 있습니까?

범죄소설에서 갖가지 변태 심리를 다루는 것이 당연하듯이, 성애소설에서 변태 심리를 다루는 것 역시 하나도 이상할 게 없어요. 정상적인 성이나 생식적인 성만 소재가 될 수 있다면 인간의 내면 세계를 보다 깊게 파헤칠 수 없으니까요.

사디즘이나 마조히즘 등의 변태 심리는 이제 단지 성애의 측면에서 뿐만 아니라 정치학이나 사회학에서까지도 폭넓게 응용되고 있습니다.

사드나 마조흐의 소설은 이미 문학사의 고전이 되었고, 에리히 프롬의 '자유로부터의 도피' 같은 책도 마조히즘 심리를 정치사회학적 측면에서 다룬 명저로 취급받고 있지요.

일부 독자의 성관념에 어긋나는 성행위를 그렸다고 해서 그것을 무조건 음란 퇴폐물로 규정해 단죄한다는 것은, 남성 상위 체위 이외의 방법으로 성교하는 사람들은 단죄했던 중세기의 논리와 다를 바 없어요.

변태 성욕은 이제 영화나 문학의 단골 소재로 등장하고 있고, 일반 독자들 역시 그런 종류의 묘사에 세련된 반응을 보이고 있는 게 사실입니다. 대다수의 독자들은 오히려 평범하지 않은 사건이나 성애를 바라고 있지요. 상상적 일탈을 통해 심리적 카타르시스를 맛보기를 원하기 때문입니다.

문학은 카타르시스라고 할 수 있습니다."

검사 : "다시 말하면 당신은 성에 대해 제대로 이해하지 못하고 있어요. 오직 감각적일 뿐이지. 좀 더 진지하게 숭고한 성의 본질에 다가갈 순 없었나. 생물학적 성이 아닌…… 성을 통해서 인간이 무엇인지 규명할 수 있었는데. 성은 원초적인 것이니까."

교수 : "소설에서 철학적으로나 종교적으로 너무 깊이 들어가면 그건 이미 소설이 아닌 것으로 되버려요. 그러려면 차라리 도덕 교과서를 쓰는 게 나아요. 저는 그런 걸 타파하고 싶은 겁니다."

검사 : "왜? 그녀가 한바탕 섹스에 몰입하다가 허무주의에 빠지지 않는지…… 그게 인간의 속성을 고려하면 당연하지 않은가요? 그 후 한 인간으로 성장해서 혹은 도덕적으로 성숙해서 나타나지 않는지 궁금하단 말입니다. 다시 말하면 참회가 빠졌단 말이지. 또는 속물적인 모습을 지우고 영적인 모습으로 재생시키

던가.

그렇게 되었더라면 구속 기소는 불가능할 건데."

교수 : "무라카미 류는 '한없이 투명에 가까운 블루'에서 실컷 섹스를 즐기다가 '그러고 보니까 허무하더라'로 결말을 맺으면서 양다리를 걸치고 교훈주의로 도망갔습니다.

그런 소설을 성장소설이니 교육소설이니 하는데 정말 웃기는 거에요. 저는 그따위 식으로는 쓸 수 없어요. 그런 건 성경처럼 설교집이지 진정한 소설이라고 할 수는 없습니다.

독일에서도 일본에서도 한때 소설에서 설교는 하나의 큰 흐름이었습니다. 그러나 그건 과거의 일이죠. 지금은 포스트 모던이란 말입니다."

검사 : "사라에게는 하나의 인격체로서 자신의 삶과 꿈, 어떠한 희망도 없어. 그러니까 강력하건 아니건 간에 스토리텔링이 없어요. 오직 무모한 섹스만 소설 전편에서 처음부터 끝까지 넘쳐나고 있지.

이건 건전한 소설이 아니라 더러운 포르노그래픽인거지. 극도로 비도덕적인…… 그것도 아주 역겨운 ……"

교수 : "검사님은 그 소설을 제대로 읽은게 아니에요. 무언가 오해하고 있단 말입니다. 독자가 오해하는 건 독자의 자유이지만 이 경우는 다르지요. 범죄가 성립되는지 여부가 쟁점이니까요.

자유분방한 성관념을 가진 여성을 그리는 소설을 쓸 때마다 제가 느끼게 되는 것은, 우리 사회가 지나치게 소수를 무시한다는 사실입니다.

　따지고 보면 제가 주장하는 성 철학도 소수 의견에 속하는 것이고, 소설 속에 그리는 인물들도 다 소수에 속하는 사람들입니다.

　그렇지만 소수라고 해서 그들을 무조건 무시해서는 안 된다는 게 제 생각입니다."

　검사 : "제가 향이 좋은 맛있는 커피를 대접하지요. 그리고 지금부터 하는 이야기는 조서에 올리지 않겠소. 우리끼리 하는 솔직한 사적이야기니까 말이요.

　나는 수사에 착수하면서 지금까지 나온 책들을 거의 전부 꼼꼼하게 읽었어요. 그러니까 진정한 독자라고 할 수 있지. 지금부터 독자가 작가와 작품을 매개로 대화하는 거죠."

　교수 : "무슨 말씀인가요? 매우 궁금하군요."

　검사 : "왜, 상상 속 인물의 성행위에 대해서만 그렇게 글을 쓸 필요가 있을까요? 작가 자신의 내면 무의식의 세계로 깊숙이 들어가 자신을 들여다보면 그게 훌륭한 소설이 될 수 있을 거 같은데 말이죠."

　교수 : "그게 프로이트식 정신분석 아니겠습니까. 그건 심리학

자나 정신과 의사 영역이죠. 그러면 독자가 이해하기 곤란해서 난해하게 됩니다. 왜 그렇게 소설이 난해해야 하는지 저는 이해할 수 없습니다. 또한 그런 건 사소설이라고 해서 도저히 봐줄 수 없는 작가의 일기장 같은 것이 될 수도 있죠."

검사 : "당신의 소설은 고정된 스타일이라고 할까, 패턴이라고 할까, 그런 게 있는데 한결같이 섹스에 관한 것만…… 그래서 너무 피상적이고 깊이가 없어요. 나는 행간에 숨은 의미를 찾기 위해서 눈을 부릅뜨고 읽어보았지만 실망했지. 진정한 의미는 없었으니까."

교수 : "내 소설에 진정한 의미는 숨어있지 않지요. 헛수고 한 거에요. 인생 그 자체가 무의미한 겁니다. 정말 아무 의미가 없어요."

검사 : "마 교수께서는 스스로 성 도착자라는 사실을 인정할 수 있는가요. 직접 집필한 시집이나 소설 등을 잘 살펴보면 그런 느낌을 강하게 받는데요."

교수 : "그럴지도 모르죠. 아닐 수도 있고…… 그렇습니다. 하지만 성 도착자가 범죄자는 아니지요. 극히 보수적인 시각에서 보면 조금 이상하게 보일 뿐이지요.

봉건 윤리로 생각이 똘똘 뭉쳐 있는 자들, 성을 불결하게 보는 자들, 그리고 변태성욕을 불결하게 보는 자들, 그리고 변태성욕을 범죄시 하는 자들, 그들이야말로 밤이 되면 진짜 섹스광이란 말입니다.

우리나라는 상상적 섹스에 대해서는 지나치리만큼 엄격하고, 실제적 섹스에 대해서는 지나치리만큼 너그럽다고 할 수 있습니다. 상상 속의 섹스, 특히 이른바 변태성욕 같은 것을 묘사한 문학 작품이 법으로 처벌되는 나라는 자유민주주의 국가 중 한국밖에 없을 것입니다.

그런데 우리나라는 음성적인 매춘의 천국입니다. 검사들도 매춘을 자주하는 것으로 알고 있는데요 그걸 부인할 수 없을 겁니다. 이 기이한 이중성을 어떻게 해야 할까요 모든 것이 촌스러운 문화수준 때문에 빚어지는 현상입니다."

검사 : "왜 그렇게 병적일 만큼 에로티시즘에 몰두하는지 의문이 들지요 스스로 섹스에 대해서 열등의식이 있는 건 아닌지? 혹은 성적으로 약점이 있었던 건 아닌지? 그걸 보상받으려고 그런 소설을……. 죄송하지만 혹시 성 불구자는 아닌가요? 그런 의심까지 든다니까. 그 소설 속 교수는 작가의 분신이 아닌가요?"

교수 : "인생의 행복은 오로지 성적 만족에 의해 결정된다고 봅니다. 명예, 돈, 권력 등 우리가 추구하고 있는 것은 성의 자유로운 포식을 위한 준비단계에 지나치지 않습니다.

정신적 행복감이란 허위의식에 가득 찬 은폐일 뿐입니다. 구체적인 행복감은 육체적 쾌락에서만 옵니다.

저는 결혼할 때까지 많은 여자들과 길게 짧게 연애를 하였습니다. 10여 명쯤 되지요. 그런데 모든 여인들과 육체관계를 가지면서도 임신시켜 본 적이 없습니다. 무조건 오럴섹스만 했기 때문입니다. 그래서 헤어질 때 아무런 부담감 없이 헤어질 수 있었습니다. 또 결혼하고서도 3년 동안 악착같이 피임을 했습니다.

그래서 3년 살고, 1년 별거하고, 그러고 나서 이혼할 때 홀가분하게 이별할 수 있었습니다. 결혼을 하더라도 3년 동안은 피임하는 것이 좋습니다. 아이가 있을 때 이혼하면 아이한테 평생 죄를 짓는 게 됩니다.

이혼은 결혼 후 3년 이내에 가장 많이 발생합니다."

검사 : "사랑의 열정이 지나간 다음에는 죽음과 같은 불안만 남는거 아니겠어요. 왜? 소설이 그렇게 천덕꾸러기가 되어야만 하는 건지 의심이 든단 말입니다.

당신은 주제의식도 탁월하고 문체도 훌륭하니까 자신만의 목소리로 새로운 주제를 끄집어내 변주하면서 얼마든지 좋은 소설을 쓸 수 있는데…… 재능을 다른 데 쓰는 걸 보니까 안타깝단 말입니다.

그랬으면 최고의 작가로 등극하였을 터인데 말입니다.

물론 이건 내 개인적인 생각에 불과하지만 말이요"

교수 : "커피는 정말 맛있습니다. 아주 오래간만이거든요.

여기에다 담배를 한 대 피웠으면 금상첨화일텐데.

그런데…… 검사님의 문학관은 저하고는 많은 차이가 있어요 어쩔 수 없는 일이죠 더 이상 제 문학관을 여기에서 피력하고 싶지는 않습니다."

검사 : "자살이 낭만적인 행위라고 생각지는 않소
어떠한 고난이나 운명이 닥쳐도 굳굳하게 살아가기 바라겠소 이까짓 사건에 구속도, 기소도 가당키나 한 거요
일개 검사의 파워에는 분명히 한계가 있어요 나도 내심 무력감을 느낄 수 밖에 없소 검찰은 상명하복 관계이니까."

교수 : "검사가 느끼는 고뇌를 조금이나마 이해할 수 있을 거 같습니다. 검사는 권력의 하수인에 불과하지요
법은 언제나 권력의 편이라고 생각하는 사람들이 법을 진심으로 신뢰하는 사람들보다 훨씬 더 많은게 우리나라의 현실입니다."

검사 : "판사도 마찬가지일거요 결코 무죄를 선고치는 못한단 말입니다. 그럴만한 용기가 없으니까. 그들은 지독한 매너리즘에 빠져 있어요"

이밖에도 범죄 모의 장소 (즉 출판계약을 한 곳), 간행물윤리위원회의 결정에 불복한 이유에 대한 추궁 등, 기타 질문이 있었다.

신문이 끝나고 나서 수사관이 타이핑한 것을 보여주며 확인한다는 뜻으로 손도장을 찍으라고 했다. 그것은 사실상 강요에 가

까웠다. 국문과 교수인 그가 자세히 살펴보니 대충 요약해서 기록했기 때문에 문맥이 안 맞는데다가 문법에 틀리는 문장이 수두룩했다. 이미 자포자기한 상태이고 일일이 다시 써주거나 고쳐주는 것이 불가능 할 것 같아 그냥 손도장을 찍어 주고 말았다.

마 교수가 아무리 답변을 잘한다고 해도 검사든 판사든 '나는 음란하게 봤다'고 하면 그만이기 때문에, 사실 검찰의 신문이나 법원의 재판은 아무런 의미가 없다고 생각했다. 아무리 살인범이라 할지라도 증거가 충분치 못하면 무죄가 되는데, 이런 식의 문학 관련 재판은 정말 황당한 원님 재판식 법 집행이라는 생각이 들었던 것이다.

장석주를 조사한 사람은 김진태 검사 밑에 있는 수사계장이었다. 그는 처음부터 장석주에게 반말을 했다. 장석주가 다리 한 쪽을 다른 쪽의 다리 위에 얹은 채 얌전히 의자에 앉아 있었는데 그는 인상을 쓰며 매우 거친 말투로 소리쳤다. "똑바로 앉아!"

그리고 나서 그는 장석주에게 백지를 내밀며 인적사항들은 간단하게 적어내라고 명령했다. 생년월일, 본적지, 현주소, 가족관계, 학력, 경력 따위를 의례적으로 묻고 그것들을 앞에 놓인 타자기로 피의자신문조서에 찍어나갔다.

그는 주로 장석주에게 신문해야할 사항을 간단하게 메모한 쪽지에 의거하여 물었다. 그러나 그 신문 사항들은 매우 간단했다. 그 물음과 물음 사이에 그는 수사와는 상관없는 그 의도가 분명치 않은 모호한 횡설수설에 가까운 말을 했고, 또 잡담에나 해당

될 이야기를 아주 길고 지루하게 늘어놓았다.

이를테면 자신이 읽은 '즐거운 사라'에 관한 독후감에 대하여 (그러나 그는 '즐거운 사라'의 내용 전체를 읽지 않았음이 분명했다) 그는 그 소설을 끝까지 읽었다고 주장하였지만 그의 말 도중에 소설의 세부사항들에 대한 무지를 너무 빈번하게 드러내곤 했다. 아마도 그는 검사가 기소를 위해 '즐거운 사라'에서 음란하다고 인정되는 부분들을 발췌한 내용들만 읽었음에 틀림없다.

수사계장이 말했다.

"나도 술집에 가끔 가거든. 술집에 가면 그보다 훨씬 더한 짓거리도 한다고. 우리도 남자니까.

'즐거운 사라'를 마누라에게 읽게 했지. 충격을 받았더라고 그랬으니 마누라가 아주 추잡한 책이라고 규정을 하더군. 내가 뭘 알겠어. 그래서 마누라 말을 믿기로 한 거야. 그건 추잡한 책이야."

그런데 장석주가 조사를 받고 있던 조사실로 김진태 검사가 불쑥 들어왔다. 그는 수사계장에게 조서를 받는 일이 순조롭게 진행되고 있는가를 물었다.

그리고 장석주에게 말을 걸어왔다.

"당신한테 한 가지만 물어봅시다. '즐거운 사라'가 문학이고 소설이오?"

그의 얼굴에는 약간 야비한 느낌을 주는 미소가 어려 있었다. 그는 장석주가 출판했던 그 소설이 백해무익한 것이며 그 소설의 성적 표현들이 우리 사회에서 일반적으로 허용하고 있는 한계를 넘어섰기 때문에 그 위반과 일탈에 대한 사법적인 제재를 하지 않을 수 없다고 주장했다.

장석주가 그의 물음에 단순하고 명료하게 대답했다.

"네, 소설이고 문학이지요."

그 검사가 의기양양한 표정으로 자랑삼아 말했다.

"그래요? 그렇다면 당신은 문학이 뭔지나 알고 있소. 내가 독서를 엄청나게 많이 한 사람이라고 문학에 대해서도 전문가 못지 않게 많은 지식을 갖고 있다니까."

장석주는 안경을 끼고 강한 경상도 억양의 말투를 가진 그 검사에게 아주 분명한 어조로 문학의 본질에 대해 말을 했다.

"'즐거운 사라'가 왜 문학일 수밖에 없는가를 말씀드리겠습니다. 작가의 사회적 책임은 당대의 지배적 도덕체계를 강화함으로써 얻어지는 것이 아닙니다. 어느 시대에나 모든 위대한 작가들은 사람들이 아무런 의심도 하지 않고 받아들이던 당대의 지배적이고 유용한 가치체계에 종속을 거부하고 오히려 그것을 의심하고 그것의 본질을 직시하고 성찰하도록 이끌지요.

문학적 상상력은 본질적으로 당대적 현실에 대해 일탈적이며 가치 전복적으로 움직이며…… 끊임없이 금지된 영역에 대한 탐색과 도전을 멈추지 않습니다. 문학적 상상력은 항상 경계와 한계를 넘어서려는 인간의 자유에 대한 끊임없는 의지를 반영합니다."

장석주가 분명한 어조로 말을 해나가는 동안, '즐거운 사라'의 정가가 5,800원 이라는 사실을 거듭 들먹이며, 그를 '음란한 소설'이나 발행해서 책을 팔아먹으려는 파렴치한 출판업자로 몰아가면서 큰소리로 한바탕 훈계나 해주려고 말을 꺼냈던 그 검사의 얼굴색은 붉어졌고 일그러져버렸다.

그는 순간적으로 일개 파렴치한 출판업자의 입에서 나온 정곡을 찌르는 말에 대답할 말을 찾지 못하고 허둥거렸다.

그 검사는 참을 수 없다는 듯이 소리를 버럭 내뱉었다. 그러고 나서 문을 쾅하고 소리 나게 닫고는 나가버렸다.

"나는 당신 같은 친구하고 문학에 대해 토론이나 하자고 이 자리에 있는 게 아냐"

그 순간 장석주는 그가 자신에 대해서 아무것도 모르고 있다는 사실을 눈치챘다. 그 검사는 장석주가 1979년 조선일보 신춘문예에 시가, 같은 해 동아일보 신춘문예 문학평론이 당선되어 정식으로 등단해서 활동한지 열세 해째나 되는 잘 나가는 문학평론가이며, 세 권의 문학평론집을 출간한 현역 비평가라는 사실을 몰랐음이 분명했다. 그렇지 않고서야 문학전문가 앞에서 문외한이나 다름없는 그가 무모하게 문학의 본질에 대해 토론해보자는 식의 만용을 저지르지는 않았을 것이기 때문이다.

검사의 신문이 끝난 후에도 마 교수는 오랫동안 조사실에 갇혀 있었다. 수사관 하나가 남아서 그를 감시했다. 답답한 환경에서 담배를 못 피우니 미칠 지경이었다. 낌새로 봐서는 구속영장이 발부될 게 분명한데 앞으로도 계속 담배를 못 피울 생각을 하니 몸서리가 쳐졌다.

저녁때가 되자 수사관이 다 식은 국밥 한 그릇을 갖다 주었다.

밥이 잘 넘어가지 않았다. 반도 못 먹고 숟가락을 놓자 수사관들이 들어와 그를 양쪽에서 붙잡고 검사실로 데리고 갔다. 청하출판사의 장석주 사장도 끌려 들어와 있었다.

검사가 마 교수를 보고 말했다.

"구속영장이 발부됐소 할 말 있소?"

그는 몹시 지쳐 있었지만 한마디 안 할 수가 없었다.

"이번 사건처럼 이른바 외설을 이유로 작가를 구속한 일은 한국에서 뿐만 아니라 세계적으로도 유례가 없는 것 같습니다. 한국의 현실에 절망감을 느낍니다. 그러나 빠른 시간 내에 웃음거리로 회자될 날이 올 것입니다."

검사가 나직한 목소리로 말했다.

"마 선생을 연행한 것이나 구속하는 것이나 나 혼자 결정해서 한 일은 아니오 이 사건은 국가적 사안이오"

일개 소설의 음란성 여부가 국가적 사안이라는 말이 어쩐지 우스꽝스럽게 들리면서, 한편으로는 그를 몹시 당황하게 만들었다.

4. 서울구치소

가을색이 완연했다. 풀잎은 가을을 만나면 빛을 바꾸고 나무가 가을을 만나면 이파리를 벗는다.

서울구치소는 경기도 의왕시 산자락에 있었다. 어두컴컴한 하늘 밑에 황량한 모습을 하고 있는 회색 시멘트 건물이 보였다. 마 교수는 구치소 대기실로 끌려들어갔다. 장석주 사장이 다른 차로 조금 먼저 실려 와서 꿇어앉혀져 있었다.

마 교수도 꿇어앉혀져 있다가 다른 구속자들이 다 들어온 후 다른 방으로 끌려갔다. 그들은 모두 함께 발가벗기운 채 신체검사를 받았다. 건강을 위한 신체검사가 아니라 담배나 현금 또는 흉기 등을 몸에 숨기고 들어오지나 않았는지 조사해 보는 신체검사였다. 항문과 입 안 등을 교도관들이 샅샅이 검색했다.

그런 후 푸른색 죄수복과 검정 고무신을 받은 후 입소 절차를 마치고 미결 사동의 방을 배정받았는데 그때는 거의 자정에 가까운 시간이었다.

늦가을 밤이어서 몹시 추웠다. 얇은 옷이라 추위가 가셔지지 않았다. 꿈만 같은 하루였다. 그러나 그 꿈은 두 번 다시 꾸고 싶지 않은 악몽이었다.

하지만 그는 무슨 정치적 거물도 아니고 중대한 범죄의 죄인도 아닌데 독방에 수감되고 장 사장은 다른 혼거방에 수감되었다.

감방에 들어서니 두 평이 채 될까 말까 했다. 희미한 형광등이 독방 안을 비추고 있었다. 수감자를 감시하기 위해 밤새도록 불을 켜놓는 모양이었다.

시멘트 벽에 마룻바닥이라서 몹시 춥고 을씨년스러웠다. 난방 시설 같은 건 어디에도 보이지 않았다. 덜덜 떨리는 몸을 얇은 매트리스 위에 뉘이고 하늘색 담요 한 장을 덮으니 온갖 생각이 뒤죽박죽이 되어 머리를 스쳐 지나갔다. 눈을 감고 아무리 잠을 청해도 잠은 오지 않았다.

그렇지만 몸 하나를 간신히 포용할 정도의 작은 방이 꼭 자궁 속처럼 보였다. 어쩌면 이곳이 진짜 그가 있었던 자궁이요 고향이라는 생각이 들었다. 하지만 자궁치고는 너무나 춥고 을씨년스런 자궁이었다.

매트리스 위에 누웠는데도 밑에서 차가운 냉기가 올라와 몸이 덜덜 떨려왔다. 플라스틱으로 만든 목침을 베고 담요를 잡아당겨 머리 위로 푹 뒤집어 써보았다. 담요가 얇고 가벼워 전혀 포근한 느낌이 밀려오지 않았다.

그는 30대 초반까지 와풍이 많은 한옥집에 살았는데, 그때는 늘 아주 두꺼운 이불을 머리끝까지 뒤집어쓰고 자야 했다. 그때 붙은 버릇이 지금까지도 남아 있어 그는 항상 두꺼운 이불을 좋아했다. 두껍고 무거운 이불을 뒤집어쓰고 누워 있으면 꼭 자궁 속 같은 포근한 느낌이 왔고, 시야를 차단하는 어둠 속에서 자궁 속의 태아와도 같은 안온한 안식감속에 잠기게 되는 것이었다.

그러나 감방의 얇은 담요는 아무런 도움이 되지 못했다. 냉기를 없애 주지도 못했고 완전한 어둠을 만들어 주지도 못했다. 그래서 그속은 자궁 속 같지가 않았다.

이런 상태로는 오늘 밤만이 아니라 내일도 모레도 잠을 이루기 어려울 것 같았다.

서울구치소에 수감되고 며칠 되지 않아 호송차를 타고 다른 피의자들과 함께 검찰청사로 조사를 받으러 갔다. 검찰에 조사를 받으러 가거나 재판을 받으러 가는 것을 '출정'나간다고 한다. 각 사동에서 출정자로 불려온 피의자들은 수갑을 차고 온 몸을 포승

으로 결박지우고, 거기에다 여러 사람을 한 줄로 엮는 '연승'이라
는 것을 하고 호송차에 올라탄다.

교도관들이 반말을 하는 것은 예사이고 그들의 비위를 거스를
때는 폭력을 행사하는 것도 여러 번 목격되었다. 검찰에 불려온
피의자들은 금방 조사를 받는 것이 아니라 검사가 불러줄 때까지
검찰청사의 조그만 대기감방에서 몇 시간이고 마냥 기다려야만
한다. 수갑을 채우고 포승을 했기 때문에 손놀림이 자유롭지 않
은 피의자들은 오줌을 한 번 누고 옷을 제대로 추스르는 일조차
여간 버겁지 않다.

겨울에 난방시설도 제대로 되어 있지 않은 그 비좁은 검찰청사
대기감방에 몇 시간이고 떨면서 기다리는 일 그 자체가 고통이었
다. 그들은 세 번 그렇게 출정을 나갔는데 고작 몇 마디 묻고는
되돌려보내기 일쑤였다. 그렇게 온 몸을 포박당한 채 몇 시간을
대기감방에서 떨다가 불려 올라가 별로 중요하지도 않은 몇 마디
를 묻고는 돌려보냈다.

1992년 12월 28일, 1심 판결에서 집행유예를 받고도 그들은 그
대로 석방되지 않았다. 그들은 다시 법정에 나올 때 타고 왔던 호
송차에 실려 서울구치소로 되돌아갔고, 집행유예를 받고 석방을
위해 대기하는 피고인들을 따로 모아놓는 독방에 다시 몇 시간
동안 갇혀 있어야 했다.

그 독방들은 오래 관리하지 않은 공중변소처럼 지저분했고 난
방도 전혀 되지 않았다. 그곳에서 한겨울의 추위로 덜덜 떨며 몇
시간을 기다린 끝에 퇴소절차를 받고 구치소에 입소할 때 영치시

켰던 옷과 사물들을 찾아 구치소 밖으로 나왔을때는 캄캄해진 밤 8시가 넘어서였다.

5. 서울형사지방법원 형사법정

1992년 11월 17일 그들은 정식으로 기소되었다. (사건번호 92고 단 10092) 서울구치소에 수감된지 만 20일 만이었다. 공소장에 기재된 죄명은 '음란문서 제조'와 '음란문서 판매'였고 적용법조는 형법 제244조, 제243조, 제30조, 제37조, 제38조 그리고 형법 제58조 제1항이었다.

공소장 요약

피고인 마광수는 1984. 경부터 현재까지 연세대학교 국어국문학과 교수로 재직하면서 신문이나 잡지 또는 단행본 등을 통하여 시, 소설, 수필 등을 발표하여온 자로서, 소설 '광마 일기'에 대하여 음란성을 이유로 1990. 7. 26. 간행물윤리위원회로부터 경고 결정을, 1991. 서울문화사에서 출판한 소설 '즐거운 사라'에 대하여 같은 이유로 1991. 9. 3. 위원회로부터 '관계당국에 제재결정'을, 여성잡지 '여원'에 연재한 소설 '절망보다 더 두터운 희망'에 대하여 같은 이유로 1991. 11. 19. 및 1991. 12. 10. 등 2회에 걸쳐 위 위원회로부터 '경고'결정을, 1991. 5. 4. 불교방송 F.M.의 '밤의 창가에서' 프로에서의 외설스러운 발언을 이유로 '방송 출연금지' 결정을, 1992. 8. 20. 경 청하에서 출판한 소설 '즐거운 사라'에 대하여 '음란성'을 이유로 1992. 9. 1. 간행물윤리위원회로부터 '관계당국에 제재결정'을 각각 받은 사실이 있는 자이고, 피고인 장석주는 문학평론가로서 1988. 8. 1. 경부터 현재까지 도서출판 청하의 대표로 재직중인 자 등인바, 공모하여

판매할 목적으로 1992. 5. 말경 서울 서대문구 신촌등 소재 연세대학교 구내 피고인 마광수의 연구실에서 마광수가 ……중략…… 등 '별지' 기재와 같이 성행위 등 성관계를 노골적이고도 구체적으로 묘사함으로써 성욕을 자극하여 흥분시키고 일반의 정상적인 성적 정서와 선량한 사회풍속을 해칠 가능성이 있는 내용으로 된 '즐거운 사라'라는 소설을 저작한 다음 1992. 5. 말경 일자불상경 위 연구실에서 상 피고인 장석주와 위 소설을 장석주가 발행하되 저작료는 권당 정가의 10%씩 주기로 하는 내용으로 된 위 소설 출판 계약을 체결하여 위 장석주가 1992. 8. 20. 경 서울 강남구 청담동 79의 5 도서출판 청하에서 초판 5,000권을 인쇄하여 음란한 문서를 제조하고,

1992. 8. 20.경 서울 종로구 종로 1가 소재 교보문고 등에서 위 장석주가 위 소설을 권당 5,800원씩 위 서점 등을 통하여 전국에 판매함으로써 음란한 문서를 판매한 것이다.

별지 기재

아버지가 미국 지사장으로 발령이 나서 가족 전체가 미국으로 터전을 옮겨가는데도 혼자 한국에 남은 미술 대학생 '나사라'는

같은 미대 남학생과 처녀막 파열의식을 치른 뒤 비밀요정에 나가 다양한 성 경험을 한다. 그리고나서 고교 동창생의 애인, 대학 교수, 언더그라운드 가수, 복학생, 같은 과 친구의 약혼자 등을 상대로 쾌락의 유희에 빠져든다.

그녀는 '세상은 넓고 남자는 많다'는 생각으로 남녀 간 1:1 성행위, 여성 간 동성애, 남1 대 여2의 혼음 및 수음을 행하며 그 형식도 오랄섹스, 에이널섹스, 카섹스 등 다양하여 뭇 남성에게 새로운 미끼가 되고 동시에 그녀 자신은 끊임없이 새로운 먹이를 찾아 나선다.

약속 없는 시대, 전망 부재의 시대를 살아가는 신세대들이 덧없는 섹스의 화려함과 순간에만 몰두해 나가는 과정을 1990년대 신촌이라는 공간의 대학 언어로 담아냈다.

'즐거운 사라'의 작가는 작품 속에 작가의 당위론적 세계관의 무분별한 개입을 배제하고 성의 사실적 묘사를 통한 리얼리즘의 추구가 소설의 목적이라고 주장한다.

그 동안 한국소설에서 나타난 성은 현실적 고민의 도피 수단에 불과했으며 눈치보기에 급급한 나머지 은폐된 채로 썩어가고 있으므로 성을 사상과 토론의 자유시장에 부치기 위해 성 문제에 치중하여 새 시대의 조류에 맞는 새로운 성 의식이나 성 철학을 강조하고 있다고, 책의 말미에서 밝히고 있다.

그렇지만 여기의 성적 표현들은 우리 사회에서 일반적으로 허용하고 있는 한계를 넘어섰기 때문에 그 위반과 일탈에 대한 사법적인 제재를 하지 않을 수 없다.

이 소설을 음란물로 단정할 수 밖에 없는 부분을 공소장의 별지 기재는 다음과 같이 예시하고 있다.

(1) 안주로 가져온 것은 껍질을 깐 땅콩이었다. 그냥 집어먹으려는데, 문득 어떤 에로틱한 그림 하나가 머릿속에 떠올라 왔다. 그래서 나는 땅콩 서너 알을 질 속에 집어넣고 손가락으로 휘휘 저어보았다. 나는 불두덩이 근처가 차츰 달아오는 것을 느꼈다. 다시금 한 주먹의 땅콩을 질 속에다 쑤셔 넣어본다. 꽉 찬 만복감, 아니 만질감 같은 느낌이 항문서부터 머리끝에서 올라오는 것이 참 기분이 상당히 괜찮다. 근사하다. 나는 다시 질 속에 꼭꼭 숨어있는 땅콩 알맹이들을 먹어본다. 깊숙이 박혀 있는 땅콩 알갱이를 빼내려고 손가락을 집어넣고 휘저어 대보니 정말로 저릿저릿하면서도 그윽한 쾌감이 뼛속 깊숙이 밀려왔다.

그래서 나는 일부러 손가락 동작을 천천히 하여 질 속의 땅콩을 우아한 방법으로 수색해 내기 시작했다. 얼큰한 취기와 함께, 남자의 페니스에 의해 이루어지는 싱거운 오르가슴보다 훨씬 더 유연하고 지속적인 오르가슴이 찾아왔다.(30쪽)

(2) 나는 그가 내 두다리를 그의 양 어깨 위에 걸쳐놓고 내 삼각주 부분에서 흘러나오는 애액을 맛있게 빨아먹고 있는 소리를 들어보려고 애쓴다. 아아아아 흐흐흐흥……,나는 나직한 톤으로 기쁨의 신음소리를 내 뱉는다.(31쪽)

(3) 그 녀석은 아주 작고 말랑말랑해져 있을 때 더 귀엽고 예쁘

다. 그걸 때 남자의 심볼은 갖고 놀기에 아주 좋은 장난감이 된
다. 나는 기철의 페니스를 머릿속에 그려보면서, 그 아래 매달린
고환 속의 방울 두 개를 내 손바닥 안에 넣고 살살살 비벼본다.
그리고 말랑말랑한 고추를 손가락으로 이리저리 톡톡 건드려도
본다. 그러다 보면 어느새 그놈이 성을 내기 시작한다. 이제부터
는 이쪽에서 당할 차례다. 그 녀석은 몸 안의 살덩어리 안으로 비
집고 들어와, 좁은 터널 속을 이리저리 종횡무진으로 휩쓸고 다
닌다……(33쪽)

(4) 기철은 치마를 벗기지 않은 채로 나의 두 다리를 벌리게 하
여 자기의 무릎 위에 앉힌다. 그의 성난 남근이 내 팬티를 뚫는
다. 아니 뚫는게 아니라 나의 팬티가 마치 콘돔처럼 기철의 남근
을 감사고 나의 성기 안으로 들어온다. …… 나는 손으로 기철이
불두덩을 밀어내고 팬티를 아래로 내려버리려고 한다. 그러나 다
리를 벌린 상태이기 때문에 팬티가 밑으로 잘 내려가지 않는다.
그러자 기철이가 나를 번쩍 들어안아 침대 위에 메다꽂듯이 눕힌
다. …… 나는 그의 살집 없는 엉덩이의 근육과 고불고불하게 나
있는 무릎 밑의 털을 발바닥으로 살금살금 간질이듯 만져준다.
기철은 침대 위에 벌렁 드러눕는다. 나는 기철의 배 위에 올라가
두 몸이 한 몸이 되도록 조립한다. 그리고 나의 하반신을 이리저
리 맷돌 굴리듯 빙글빙글 음산하게 움직인다.(46~47쪽)

(5) 내 젖꼭지가 그의 입 속에서 잘근잘근 씹혀지고 내 클리토
리스가 그의 손가락에 의해 사정없이 짓이겨졌다. 너무 서둔다,

너무 서둘러…… 이왕에 먹을 건데 좀 천천히 씹어먹을 일이지…… 무슨 이유 때문인지는 몰라도 남자는 사랑에 무척이나 허기져 있었던 것 같았다.……

그는 허연 액체를 헐레벌떡 내 몸 안에 쏟아붓고 나서, 심각한 표정이 되어 내 몸둥이 위에 엎어져 있었다. 확실히 코가 높은 남자들은 섹스를 할 때도 심각하고 사색적인 방식으로 하는구나.(87쪽)

(6) 자기가 식사를 하고 있는 동안 나는 계속 그의 페니스를 빨아줘야 할 때도 있어. 그리고 내가 식사를 할 때 음식마다 정액을 뿌려놓을 때도 있구. 가끔 가죽혁대로 내 엉덩이를 때리는 적도 많아. 술을 마실 땐 내가 언제나 술이나 안주를 내 입 속에다 머금었다가 다시 그이의 입에다 넣어줘야 해. 삽입성교를 할 때도 가끔은 편안한 침대를 놔두고 화장실 안에서 하기를 좋아하지. 하루종일 내 그 부분에다가 계속 모조페니스를 끼워놓고 있게 한 적도 있어. 또 내가 꽁꽁 묶인 채로 그의 페니스와 항문을 핥아줘야 할 때도 있구……(125쪽)

(7) 처음엔 가끔씩 자기 오줌을 받아 먹으라고 시키더니, 요즘은 아예 오줌이 마려울 때마다 몽땅 다 받아 마시라는 거야. 그리고 또 내 성기 안에다가 밤알 만한 크기의 금방울 두 개를 계속 집어넣고 있으라지 뭐니. 항문 섹스를 할 때 잠깐 동안만 넣었다 빼내면 안되냐고 했더니 절대로 안 된다는 거야. 언제나 집어넣고 있어야만 내가 진자 음탕한 여자가 될 수 있다나. 그래서 시험

삼아 한번 넣어봤더니 나무 아프고 불쾌하더군. 그래서 이것만은 제발 봐달라고 했더니, 차마 강제로 시킬 순 없고 하니까 자주자주 짜증을 내는 거야.(126쪽)

(8) 나는 정아와 키스를 나누면서 마음 속으로, 이애는 절대로 불감증이 아니로군, 하고 중얼거렸다. …… 우리는 계속해서 흘끔흘끔 비디오 테이프를 참조해가며 철부덕 철부덕 끈끈한 애무를 나누었다. 옷을 벗었지만 그래도 더워서, 우리 두 사람이 몸뚱이를 슬근슬근 비벼댈 때마다 마치 때가 밀려나올 것만 같은 느낌이 들었다. 그래도 나는 기분이 나쁘지 않았다. 난생 처음 맛보게 된 멋진 신세계요, 유쾌한 경험이었다.(133쪽)

(9) 두 사람은 발가벗은 채 한창 힘겨운 레슬링 경기를 벌이고 있었다. 그런데 자세히 보니 정말 정아 말대로 김승태는 정아 뒤에 쭈그린 자세로 서서 에이널 섹스를 시도하고 있는 것이었다. 책에 씌어 있기로는, 에이널 섹스는 고추의 길이가 우리나라 남자보다 훨씬 더 길고 또 정력도 센 서양 남자들의 특기라고 하던데, 김승태가 그걸 즐기는 걸 보니 꽤나 장대한 페니스를 갖고 있는 것 같았다.(138쪽)

(10) 그래서 나는 옷을 벗어붙이고 다짜고짜 두 사람 사이를 비집고서 돌진하여 들어갔다. 분위기를 돋우겠다는 건지 김승태가 비디오 테이프 하나를 골라서 틀었다. 내가 예상했던 대로 남자

하나와 여자 둘이 나오는 포르노 필름이었다. …… 김승태가 매일같이 한숨 쉬며 보채댔던 1대 2의 섹스를, 이젠 드디어 해보게 됐다는 것에 대해 감사한 마음이 드는 듯한 표정을 했다. 나는 텔레비전의 화면을 슬쩍슬쩍 봐가면서 될 수 있는 한 미친년처럼 흥분해보려고 애썼다. …… 우리들은 한 시간 남짓 서로 얽히고 설켜 꽤 유난스런 페팅을 즐겼다. 정아와 내가 김승태의 페니스를 혓바닥으로 애무해줄 때마다, 김승태는 아주 기분좋은 표정이 되어 흡사 어린아이 같은 미소를 흘리고 있었다. …… (3)이라는 숫자는 언제나 (완벽한 조화)를 뜻한다고 들었다. …… 남자와 여자를 섞어 세 사람이 한데 모여 발가벗고 놀 때, (관능적 긴장감)이 가장 완벽하게 유지되는 것같다. 남자 둘에 여자 하나든 여자 둘에 남자 하나든 아무래도 좋다. 그렇게 되면 동성의 두 사람끼리 야릇한 질투심이 오가게 마련이어서 권태감을 방지해주는 역할을 하고, 사랑하는 마음을 더 돈독하게 하고(139~140쪽)

(11) 방에서 식사할 때가 제일 재미있는 시간이었는데, 김승태는 나와 정아로 하여금 교대로 자기의 심볼을 빨게 했다. 서울의 정아네 아파트에서 김승태 혼자서 밥을 먹을 때 정아가 그의 페니스를 핥고 빨아주었다면 그건 꽤나 을씨년스런 풍경이었을 게 틀림없다. 그런데 두 사람 사이에 내가 끼어들어, 정아가 식탁 밑에 개처럼 웅크리고 앉아 그의 심볼을 혀로 애무해줄 때 나는 김승태 곁에 붙어 앉아 있었다.(155쪽)

(12) 한참 동안 빨아주었는데도 김승태는 도무지 사정할 기미가 보이지 않았다. 나도 팬티를 벗어 던지고 치마를 위로 젖힌 다음 그에게 핥아달라고 했다. 그의 흐물흐물한 혀끝이 내 사타구니 사이를 미끌미끌 스치고 지나갔다. 김승태는 오로지 의무감에 넘쳐 내 클리토리스를 혀끝으로 힘겹게 찾아 헤매는 게 안쓰러워 보이고 또 감질만 나서, 나는 손으로 그의 입술을 밀어버리고 다시금 페니스를 향해 입을 벌리고서 엎어졌다. 혓바닥이 얼얼할 정도로 한참 핥아주고 나니까. 그제서야 드디어 찔찔찔 정액이 흘러나온다. 생각보다는 수압이 별로였다. 나는 그것을 한 방울도 남기지 않고 다 받아 마셨다. 별로 맛있게 느껴지지 않았다.(171~172쪽)

(13) 나는 다시금 김승태의 페니스를 향해 덤벼들었다. 그리고 그것을 세차게 게걸스럽게 빨았다. 금세 동물적인 표정으로 바뀌어 흠흠흠 낮고 음흠한 신음소리를 낸다. 나는 왠지 신경질이 나서 김승태의 윗도리까지 홀라당 다 벗겨버렸다. 그리고는 혓바닥에 잔쪽 힘을 주어 그의 배꼽에서부터 젖꼭지까지,그리고 젖꼭지에서 모가지 언저리까지 날름날름 핥아나갔다. 결국 그는 나늘발딱 젖혀놓더니, 뻣뻣하게 선 페니스를 앞장세우고 씨큰씨큰 돌진해왔다. 나는 돌진해 들어오는 김승태의 페니스를 손으로 붙잡아 스톱시키고 나서 그것을 내 입안으로 끌어 들였다.(176~177쪽)

(14) 핥는 솜씨가 대단했다. 정말 온 몸 구석구석까지 꼼꼼하게 뒤져가며 정성껏 핥아준다. 아주 부드럽다. 아주 달콤하다. 이런

남자라면 같이 살아도 괜찮을 것같다는 생각이 든다. 하지만 언제까지나 이렇게 잘 해주진 않을 테지. 남자들은 다 욕심쟁이니까 …… 나는 그가 어쩌나 보려고 계속 꼼짝없이 누워만 있었다. 정말 혓바닥 힘이 대단했다. 그리고 침도 많다. 혀가 깔깔해졌을 텐데 계속 부드럽게 잘도 핥아댄다. 그래서 결국은 내가 항복하고 말았다. 나는 도저히 못 참을 지경이 되었다. 그래서 나는 그의 바지춤에서 페니스를 끄집어내었다. 어떻게 생겼나 정말 궁금했기 때문이었다. 내가 예상했던 대로 그건 별로 크지 않았다. 술을 많이 마셔서 그런 것일까. 발기조차 제대로 되어 있지 않았다. 그래서 나는 그의 심볼을 입 속에다 넣고 우물거려보았다.(221쪽)

(15) 그는 페팅의 면에 있어서만은 나를 정신없이 헷갈리게 했다.……

그는 거미와도 같았다. 그가 가늘고 긴 손가락을 촉수처럼 뾰족하니 세우고 나를 간지럼 태우거나 내 음문을 후빌 때, 나는 자지러질 수밖에 없었다.

…… 그의 차가운 손끝이 내 젖꼭지와 젖꼭지 주변, 그리고 속눈썹과 입술, 목, 가슴, 배, 팔과 넓적다리의 안쪽, 겨드랑이의 우묵한 부분, 발바닥과 혓바닥, 사타구니와 항문 주위를 간지럽힐 때, 나는 깊고 깊은 수렁 속으로 한없이 빠져들어가고 있는 듯한 착각에 빠져들었다.

…… 그러다가 그는 그의 머리털과 입술 그리고 무성한 음모 등을 이용하여 내 몸을 부드럽게 비벼준다. 그러다가 최종 단계

에 이르러서는 드디어 축축한 그의 혓바닥이 등장하여 뱀처럼 나를 휘어감는 것이다. 그는 정말 개처럼 잘도 핥았다. …… 그는 미칠 듯이 핥아대다가 내 몸에 침을 뱉기도 하고 어떤 때는 내 몸 전체에 술을 붓고 핥아먹기도 했다. 그러다가 페팅의 종반부에 이르면 처음과는 달리 거의 신경질적으로 내 질구를 거칠게 쑤셔대었다. 그때 그가 사용하는 손가락은 검지와 장지 두 개일 때가 보통이었고, 어떤 때는 약지까지 가세하여 세 개가 될 때도 있었다. 그러고는 손가락에 묻은 점액을 자기가 빨아먹기도 하고 또 내게 빨아먹도록 시키기도 했다. …… '네 멘스를 받아서 거기에 밥을 말아 먹고 싶다' 거나 '손톱을 한 10센티미터쯤 되게 더 뾰족하게 길러 그리고 거기에 빳빳하게 풀을 먹여. 그런 다음에 그걸로 빗 대신 내 머리를 빗겨주고 포크 대신 음식을 먹여줘. 그리고 가끔씩 내 온 몸을 할퀴고 찔러줘. 피가 흘러나오면 아주 천천히 핥아먹어' 같은 것도 있었고, …… 또 네가 이빨이 하나도 없다면 얼마나 좋을까. 그러면 네가 내 페니스를 빨아줄 때 너나 나나 한결 더 맛이 좋을 텐데.(292~294쪽)

(16) 그가 손가락과 혓바닥으로 나를 주물러 터뜨려 놓고, 거기다가 다시 에로틱한 '희망사항'과 거친 욕설로 나를 완전히 달구어 놓은 다음에는 내가 그에게 일방적으로 봉사만 해줄 차례가 된다. 처음에는 주로 한도 끝도 없이 오래 가는 오랄 섹스다. 오랄 섹스 도중에는 그는 내 흥분을 돋우어 주려고 내 눈을 두터운 머플러로 묶어 가리거나, 당근이나 오이를 거기다 박아 넣기도

했다. 거기다가 당근이나 오이를 처음 박아 넣었을 때, 나는 김승태가 정아에게 사용했던 고무로 만든 모조 남근을 생각했다.

그렇지만 가만히 생각해 보니 모조 남근보다는 당근이나 오이가 더 자연스럽고 야한 느낌을 주는 것 같았다. 어떤 때는 또 내 두 손을 묶거나 두 발을 묶어, 내가 아주 불편한 상태에서 펠라치오를 하도록 시키기도 했고, 페니스에 잼이나 버터를 발라놓고 아주 천천히 핥아먹게 하기도 했다. 그러면서 그는 좀체로 사정을 하지 않고 나를 짐승부리듯 부려먹기만 하는 것이었다.(296~297쪽)

(17) 그가 진심으로 나를 야단쳐줬기 때문인지, 이상하게도 나는 관능적으로 흥분이 되었다. 형언할 수 없으리만치 짜릿짜릿한, 그리고 미치도록 감미로운 기분이었다. 나는 무의식중에 그의 사타구니 사이로 엎어져 그의 심볼을 정신없이 빨아대고 있었다. 그러면서 생각해보니 한지섭과 나는 앞으로도 계속 선생과 학생 사이로 약간 거리를 두고 지내는 게 나을 것같다는 생각이 들었다. 그래, 그래…… (당신)은 역시 어색해. 이제부터는 죽어도 그를 (선생님)이라고만 부르기로 하자. 그리고 꼭 존댓말을 써야지. 그 편이 관능적 쾌감을 상승시키는 데 훨씬 더 도움이 되겠다…… 오랫동안 입씨름만 했기 때문인지, 그의 페니스에서 풍겨나오는 퀴퀴한 냄새가 그렇게 고소할 수가 없었다. 한지섭도 흥분한 듯 했다. 그는 내 몸 여기저기에다 입술을 대고 짓뭉개기라도 할 듯 정신없이 비벼댔다.(315쪽)

재판의 경과

구속 당시 마 교수는 연세대학교에서 1,000여 명의 대학생들을 상대로 다섯 강좌의 강의를 하고 있었다. 대학 교수가 강의 도중 구속된 예는 거의 없었다. 파렴치한 죄의 현행범이거나 반국가사범 몇 명 정도가 고작이었다.

그런데 형법 제244조 '음란물 제조죄'라는 것이 '징역 1년 이하 또는 벌금 40만원 이하'의 지극히 경미한 죄인데다가 거의 사문화된 죄였고, '현행범이면서 증거인멸과 도주의 우려가 있고, 구형량이 3년 이상되는 죄'가 아니면 구속하지 않는 것이 검찰의 원칙이었기 때문에, 이러한 돌연한 구속은 마 교수뿐만 아니라 대학 사회 전체를 깜짝 놀라게 했다.

구속된 후 마 교수는 유명한 인권 변호사인 한승헌, 박용일 변호사 등을 변호인으로 선임해서 구속적부심을 신청하여 2시간 넘게 재판을 받았으나 법원은 이를 기각했다. 그리고 곧바로 담당 판사에게 보석을 신청 했지만 이 역시 기각되었다. 보석신청을 기각하면서 그 판사는 '국가적 사안이므로 보석신청을 기각한다' 라고 말했다고 신문에 보도되었다. 그말이 사실이라면, 일개 교수 겸 작가를 전격 구속하여 사회의 부도덕한 성윤리에 경종을 울린다는 것이 '국가적 사안'으로까지 격상됐다는 것을 의미했다.

그리고 나서 마 교수는 두 번의 공판 후 1992년 12월 28일 1심 재판에서 징역 8개월에 집행유예 2년을 선고 받고 일단 감옥에서 풀려났다. (그러나 소설 '즐거운 사라'의 인쇄원판 23매와 소설책자 1,890권은 몰수되었다.) 대통령 선거가 끝난 직후였다.

그는 61일 동안 1.9평 크기의 독방에 수감되어 있었다.

겨울밤은 몸서리가 처지도록 길고 길었다.

전선줄에 목을 매단 밤바람의 비명소리만 들릴 뿐……

그들은 곧바로 1심 판결에 불복하여 항소했으나 2심 재판부는 1994년 7월 13일 항소기각 판결을 선고하였다.

1심 재판을 맡은 **석호철** 판사는 마 교수와 출판사 대표에게 징역 8월에 집행유예 2년을 선고하면서, 그 작품 전체적인 내용과 관련하여 공소사실이 유죄인지 여부를 판단해야 한다고 전제하고, '음란성의 판단기준'을 다음과 같이 제시하였다.

(1) 성문화관은 시대에 따라 변천하고 사회에 따라 다르므로 현재 이 사회에서의 건전한 사회통념에 따른 지배적인 성문화관에 의거하여 판단하여야 한다.

(2) 문서 자체로서 객관적으로 판단하여야 하고 제조나 판매자의 주관적인 의도에 따라 좌우되어서는 안 된다.

(3) 성적 수치감정이 지나치게 민감 또는 둔감한 자나 미성년자가 아닌 그 시대의 통상적인 성인을 기준으로 하여야 한다.

(4) 문학작품이라고 해서 무한정한 표현의 자유를 누려 어떠한 정도의 성적 표현도 가능하다고 할 수 없는 것이어서 문학작품이라는 이유만으로 당연히 음란성이 부정되는 것으로 볼 수 없다.

(5) 다만 문학작품의 음란성 여부는 그 작품 중 어느 일부분만을 따로 떼어 논할 수는 없다.

이러한 판단 기준에 근거하여, 석 판사는 판결문에서, '음란이란 그 시대의 건전한 사회통념에 비추어서 그것이 공연히 성욕을 흥분 또는 자극시키고 또한 보통인의 성적 수치심을 해하는 것이어서 건전한 성풍속이나 선량한 성적 도의관념에 반하는 것'이라고 음란성의 개념을 정의하면서, 이 소설은 문학작품에 있어서 표현의 자유의 최대한 보장이라는 명제와 오늘날 개방된 성문화 및 작가가 주장하는 '성논의의 해방'이라는 전체적인 주제를 고려한다고 하더라도, '즐거운 사라'의 성행위에 대한 묘사가 노골, 상세, 구체적인 데다가 그 묘사 부분이 양적, 질적으로 소설의 중추를 차지하고 있을 뿐만 아니라 그 구성이나 전개에서도 문예성, 예술성, 사상성 등에 의한 성적 자극 완화의 정도가 별로 크지 아니하여 주로 독자의 호색적 흥미를 돋구는 형법 제243조, 제 244조에서 말하는 음란문서에 해당한다고 판시하였다.

양형의 이유에 관해서 다음과 같이 설시하였다.

오늘날에 이르러서는 지난날에 비해 성도덕 및 성문화가 많이 개방화되었지만 사회의 건강한 유지, 발전을 위해서 건전한 성적 풍속 내지 성도덕을 보호해야 할 필요성은 여전하다 할 것이고, 특히 근자에 이르러 성의 문란으로 인한 성도덕과 성풍속의 타락은 퇴폐, 향락 풍조를 조장하고 건전한 문화 발전을 저해하며 각종 성범죄 유발의 동기를 제공할 우려가 있으므로 이로부터 사회공동체를 보호하여야 할 필요성은 더욱 크다 할 것인바, 그럼에도 불구하고 피고인 마광수는 대학교수의 신분에, 피고인 장석주는 출판사 대표의 신분에 있어 위와 같은 필요성을 충분히 알 만한 위치에 있으면서도 음란성의 정도가 결코 적지 아니한 위와 같은 소설을 저작, 출판하여 판매한 행위는 비난받아 마땅할 것이다.

그러나, 한편 피고인 마광수는 아무런 전과 없고 피고인 장석주는 벌금형 1회 이외의 전과가 없는 자이고, 피고인 마광수는 문학가 및 대학교수로, 피고인 장석주는 문학평론가 및 출판사 대표로 각 10여 년간 성실히 강의, 저작, 평론, 출판 등의 업무를 수행해왔으며, 나아가 피고인들은 그 동안의 적지 않은 구금기간을 통하여 자신들의 잘못을 뉘우치고 다시는 위와 같은 행위를 하지 않을 것을 다짐하고 있을 뿐만 아니라 피고인 마광수는 노모, 피고인 장석주는 처, 자녀를 부양해야 하는 딱한 가정사정에 놓여 있는 점 등의 제반 정상을 참작해보면 피고인들에 대해 이번에 한하여 집행을 유예함이 상당하다고 판단된다.

이상의 이유로 주문과 같이 판결한다.

6. 서울형사지방법원 항소심 법정

항소심을 맡은 서울형사지방법원 항소1부 (사건번호 93노 446호, 재판장 박인호)는 이 소설의 음란성 여부에 대하여 서울법대에서 '법과 문학' 강좌를 담당하고 있는 **안경환** 교수에게 감정을 의뢰하게 된다.

법원은 당초 민용태(고려대 교수), 하일지(작가) 두 사람에게 감정을 의뢰하였는데 음란성이 없다는 취지의 공동의견이 나왔다. 검찰이 신청한 감정인 조차도 피고인에게 유리한 감정의견을 냈기 때문에 항소심에서 무죄판결이 나오리라는 전망이 유력해졌다. 그러자 재판부는 검사의 요구를 받아들이는 형식으로 서울법대 안경환 교수를 새로운 감정인으로 선정했던 것이다.

문재인 정부 초기 법무부 장관 후보자였다가 자진 사퇴한 그 당시 안경환 교수는, 마광수 교수의 항소심에서 '즐거운 사라' 2차 감정 때 재판부측 감정인으로서 감정을 했는데 그 감정서는 문학작품의 수준에 이르지 못하는 단순한 음란물이라는 감정의견을 내놓았기 때문에 재판에 막대한 영향을 미쳐서 마광수 교수의 항소심이 기각되는 원인이 되었다.

감정서의 질문과 대답

문 : 이 작품 중 성에 관한 묘사와 서술이 그 정도의 수법에 있어서 노골적이고 상세한가?

답 : 작가가 의도한 목적을 달성하기 위한 수단으로 택한 성에 관한 묘사는 성을 주제로 하는 통상적인 문학작품에 등장하는 묘사보다 그 정도와 수법에 있어서 불필요하게 상세하고 노골적이라고 판단한다.

문 : 그러한 묘사와 서술이 이 사건 작품 전체에서 차지하는 비중은 어떠한가?

답 : 첫째, 이 작품에서 성행위의 묘사가 차지하는 비중은 절대적이다. 계량적 측면에서 300면 중 최소한 절반 이상을 성행위 묘사에 배정하고 있으며 전반에 걸쳐 시종일관 지속적으로 이어지고 있다.

둘째, 성행위 묘사를 제외한 나머지 이야기의 전개는 단지 성행위와 성행위 사이를 연결하는 접속어에 불과하다.

문 : 그러한 묘사와 서술이 이사건 작품 전체 내용의 흐름에 비추어볼 때 이 사건 작품에 표현된 사상 내지는 주제와 소설의 구성상 필연적인 관련성이 있는가?

답 : 만일 이 작품을 예술적 가치를 보유한 문학작품으로 인정한다면 그 주제는 성의 해방과 인간의 자아의 문제라고 볼 수 있는데 작가는 성을 주제로 한 리얼리즘 작품은 필연적으로 성행위의 노골적이고도 상세한 묘사가 포함되어야 하는 것처럼 주장하고 있는 듯 하지만 이는 정당하지 않다.

어떤 정확한 필력으로도 현실의 정확한 묘사는 불가능하므로 리얼리즘의 논의는 현실의 전체 내지는 핵심의 뜻으로 전개되어 온 우리의 현실에서 작가의 주장처럼 성을 주제로 하였다고 해서 적나라한 묘사가 필수적인 것은 아니다.

만일 성에 대한 상세한 묘사가 필수 불가결한 요소라 하더라도 그것이 예술작품으로 인정받기 위해서는 묘사의 기법이 통속성을 극복해야 한다.

성의 존재나 이에 관한 실험 자체는 인류사에 끊임없이 전개되어 온 것으로 다른 주제처럼 전혀 새로운 것이 아니기 때문에 통속성 극복여부에 따라 음란물 여부도 판가름나는 것이다. 이 작품은 통속성을 극복하지 못했다고 본다.

문 : 그러한 묘사와 서술에서 만약 성적 자극이 유발된다면 이 작품에서 의도된 작가의 사상성과 작품의 예술성에 의해 어느 정도 완화된다고 평가하는가?

답 : 음란성과 예술성은 법적으로 양립할 수 없는 상호 배척되는 개념이다. 이 작품은 심각한 예술적 가치가 없는 음란물이라고 판정되기에 답변을 생략한다.

문 : 이 작품 전체를 놓고 볼 때, 즉 작품 전체의 내용의 흐름에 비추어볼 때 의도된 작가의 사상성 내지는 주제는 무엇인가? 또한 그것이 객관적으로 독자 측면에서 이해될 수 있는 사상성 내지는 주제와 다르다면 그것도 또한 무엇인가?

답 : 성과 인간의 해방이 작가가 의도한 사성성 내지는 주제라고 본다. 그런데 이 작품을 읽은 독자는 작가가 의도했다고 표방하는 성과 인간의 해방이라는 사회적 내지는 철학적 주제나 가치관보다는 대상과 태양을 바꾸어가며 행하는 각양각색의 성행위 그 자체에 사실적 묘사에 주목할 것이다.

문 : 이 작품은 독자에게 성적 충동적 모방심을 자극시키고 성범죄를 유발하는 등 사회적 현실로서 위험을 가져올 우려가 있는가?

답 : 그러한 위험은 없다고 본다.

이 작품에 묘사된 성행위로서 현행법상 범죄에 해당하는 행위는 배우자가 있는 김승태와의 혼외정사뿐인데 이것은 모든 문학작품에서 지극히 일반적으로 다루는 이야기일 뿐 통상적인 의미의 성범죄의 분류에 속하지 않는다.

그리고 이 작품에서 성행위는 당사자간 자유의사에 기한 것이고 학습의 실천이라는 모토 아래 여성의 성적 해방은 여성이 자유로운 인격의 주체임을 전제로 하고 있다.

따라서 이 작품을 읽고 충동적인 모방심리에 의해 현실적인 행동으로 옮긴다 하더라도 비윤리적·비도덕적인 인물이 될지는 모르나 범죄자가 될 가능성은 전혀 없다고 본다.

문 : 결론적으로 현재의 우리 사회를 기준으로 하여 그 작품 자체로서 통상적인 성인독자로 하여금 성욕을 자극하여 흥분케 하고, 정상적인 성적 수치심을 해하여 건전한 성 풍속이나 선량한 성적 도의관념에 반한다고 보는가?

답 : 사회통념의 기준이 되는 '통상적인 성인'이란 실제로 특정할 수 없는 하나의 이념형이다.

문 : 이 사건에 대해서 결론을 내려주시겠습니까?

답 : 음란성에 관한 외국의 판결을 살펴보면, 불법행위에 있어서의 주의의무의 기준이 되는 '합리적인 인간' 등 추상적 개념을 제시했을 뿐이다.

어쨌든 감정인 개인의 제한된 경험을 기초로 판단했을 때, 통상적인 성인 독자로 하여금 저급의 성욕을 자극하며 성적 수치심 내지는 불쾌감을 조성한다고 판단한다.

현대인의 일상생활에 있어서의 성은 도시생활에서의 수도에 비유할 수 있다. 도시의 생활에 식용수와 세척용 상수도가 필수적인 만큼 상수도에서 효용을 다한 폐기수와 배설물을 처리할 하수도 또한 필요악이다.

인간의 생활에도 후손의 창출과 사랑의 표현이라는 숭고한 기능의 성이 있듯이, 인간의 저급한 본능을 충족시키기 위한 성 또한 존재하기 마련이다.

그러나 양자는 무대가 다르고 영역이 달라야 한다. 도시계획의 요체는 상수도와 하수도를 적재적소에 배치하고 서로 혼화되지 않도록 하는 데 있듯이 성을 묘사하는 출판물도 각기 지정된 활동영역 내에서 행해져야 한다.

성에 관한 출판물도 그 형태와 내용에 따라 문학작품과 문학작품이 아닌 단순한 음란물들은 무대가 엄격히 구분되어 서로 섞이지 않도록 해야 한다.

위의 비유에 입각하면 '즐거운 사라'는 하수도의 무대에 머물러 있어야 함이 마땅한 작품임에도 불구하고 상수도의 무대에서 막이 잘못 오른 작품이라고 생각한다.

이에 반해서, 항소심 재판부가 국제펜클럽 한국본부에 의뢰한 감정의뢰서에 대하여 고려대학교 서반어학과 교수 **민용태**는 소설가 **하일지**와 공동으로 작성한 감정서에서, 춘향전이 18세기에 쓰여진 것을 감안한다면 사라의 성 묘사는 노골적이지도 상세하지도 않다. 성을 다루는 작품인 만큼 묘사의 분량은 전혀 문제될 수 없다. 오히려 이 작품에서는 교육, 종교 심지어 동양사상이 언급되는 등 일관성을 잃을 만큼 표현이 미약하다고, 하였다.

항소심 법정에서 김진태 검사와 민용태 교수 간 공방전

공판정에서는 검찰이 신청한 감정인 민용태 교수와 담당 검사가 언성을 높이며 설전을 벌이는 진풍경이 벌어졌다.

검사 : 춘향전의 주제를 고려하지 않은 채 이도령과 춘향의 첫날밤 정사장면만을 떼어내 사라와 비교한 이유는 무엇인가?

교수 : 검찰이 먼저 즐거운 사라의 화끈한 장면만을 발췌해 문제삼지 않았는가?

검사 : 성의 해방은 쾌락의 추구를 통해서만이 달성되는 것은 아닌 것으로 알고 있는데.

교수 : 물론 그럴 수도 있다. 그러나 성은 인간의 가장 밑바닥에 있고 따라서 가장 본질적인 문제이다.

검사 : 번성일로에 있었던 로마가 쾌락을 추구하다 자멸한 사실은 역사가 우리에게 주는 교훈 아닌가.

교수 : 그러한 해석은 로마사에 대한 기독교적 해석일 뿐이다. 쾌락을 추구하는 과정이 인간 파멸의 원인이라고 일방적으로 단정할 수 있는지 의심스럽다.

검사 : 그렇더라도 건전한 성문화와 그렇지 못한 성문화에 대한 차별화는 사회윤리 차원이 아니더라도 필요한 것이 아닌가.

교수 : 검사의 그런 윤리관으로 소설을 쓸 수 있겠습니까?

검사 : 1950년대 일본 최고법원에서 영국작가 로렌스의 '차타레이 부인의 사랑'을 번역 출판한 것을 유죄로 인정했듯 문학에 있어서의 음란성을 무한정 용인할 수는 없는 것이다.

교수 : 한 사회의 윤리는 시대에 따라 변천하고 법률도 마찬가지이며 게다가 문학은 법률로 재판할 수 없는 세계라고 말할 수 있다.

시대가 흐르자 '차타레이 부인의 사랑'은 세계적 명저로 인정받고 있고 또한 여러차례 영화로 만들어졌는데 이걸 보면 어떤 소설의 음란성 여부를 성급하게 판단하는 것은 옳지않다.

검사 : 언론은 물론이고 일부 작가들로 '즐거운 사라'가 표현한 노골적인 에로티시즘에는 불쾌감을 표시하는데도 말인가.

교수 : 우리 언론과 평론가들의 수준차라고 본다. 그것도 아주 일부에 불과하다. 그들은 언젠가 커다란 수치심을 느끼게 될 것이다.

성 문제를 터치하고 있는 작품인 만큼 성 묘사에 많은 부분이 할애됐고 성의 해방과 성의 쾌락을 솔직히 그리고자 한 작가의 의도에 비추어봐서 작품 속에 나타난 담론과 서술은 주제와 필연의 관계가 있다.

문학을 법이 재단하는 것은 작가의 상상력을 제약하는 것과 다름이 없는데 꿈과 상상의 세계를 제약할 수 있는 법은 이 지구상에 존재하지 않는다.

에로티시즘 문학인 '즐거운 사라'가 성적 환타지를 유발시킬 수는 있어도 육체적 흥분을 일으킬 만큼 묘사가 구체적이거나 감각적이지 못하다.

재판부는 소설가 이호철, 이문열에게도 별도로 의견을 물었으나 두 사람은 이것은 소설도 아니고 외설일 뿐이라는 취지의 의견을 보내왔다. 이문열은 '문학을 뭘로 아는가'라는 글에서 다음과 같이 말했다.

내가 이 나라에서 글 쓰는 사람들 중에 가장 못마땅해 하는 사람들 중의 하나는 바로 그 '즐거운 사라'를 쓴 마 아무개 교수다. 여기서 굳이 마 교수를 소설가로 부르지 않는 것은 아무리 애써도 그가 어떤 공인된 절차를 거쳐 우리 소설 문단에 데뷔했는지 기억나지 않기 때문이다.

내가 마 교수를 못마땅하게 생각하는 이유로는 크게 두 가지를 들 수 있다. 그 첫째는 그의 보잘 것 없는 상품이 쓰고 있는 낯 두꺼운 지성과 문화의 탈이다. 근년 그가 쓴 일련의 글들은 이미 알 만한 사람에게는 그 바닥이 드러났을 만큼 함량 미달에 정성까지 부족한 불량상품이었으나 그는 어거지와 궤변으로 과대포장해왔다.

둘째, 그가 못마땅한 이유는 이미 자신의 생산에서 교육적인 효과는 포기한 듯 함에도 불구하고 대학교수라는 신분을 애써 유지하는 점이다. 나는 그가 지닌 교수라는 직함이 과대포장된 불량상품을 보증하는 상표로 쓰이고 있는 것 같아 실로 걱정스러웠다.

(나는 장석주 시인이 쓴 '<즐거운 사라> 재판, 그 탈억압의 끝없는 싸움'을 한승헌 변호사 변론사건실록 제6권 <즐거운 사라> 필화사건에서 처음 발견하였다. 그 글은 처음부터 이 책에 싣기 위해서 집필한 것인지, 아니면 다른 잡지 등에 이미 실린 것을 재수록한 것인지는 알 수 없다. 다만 집필 시기는 2000년대 초반쯤이거나 그 이전으로 짐작됨으로 지금 돌이켜 보면 아주 오래된 일일 것이다.

그 글을 쓴 필자가 기억하기는 할는지, 혹은 이문열 작가가 그 글을 이미 읽었는지는 알 수 없다. 그 사건의 자초지종을 살펴보면 장석주 시인이 (다소간 감정적이긴 하지만 충분히 납득할 수 있는 정당한 비난을 퍼부었다고 본다.

여러 편의 베스트셀러를 내며 1980년대 내내 대중적 장악력을 보여온 작가 이모씨가 작가의 구속에 항의하는 서열에 동참하고도 작은 꼬투리를 잡아 작가를 극렬한 언어를 동원해서 비난하는 이해하기 어려운, 그토록 불안하고 신경질적인 반응을 보였던 것도 그런 시각에서 보면 이해가 된다. 그가 부정을 하든 인정을 하든 그는 이 사회에서 남들이 쉽게 이룰 수 없는 부와 명성을 손에 거머쥔 크게 성공한 기득권층이고, 그 자신이 기득권을 가능하게 했고 또 그것의 계속적인 유지를 위해 현실의 급진적인 변화를 거부하는 보수주의의 심리가 그렇게 돌출적 행위로 드러났던 것은 아닐까.

그가 신문에 기고했던 그글의 논지는 구속을 정당화하려는 검찰이나 재판부를 크게 고무시켰고, 재판에서 '유죄의 정당성'을 보강해주는 근거로 자주 거론되었다는 사실을 그는 알고 있었을까.

그러나 그의 보수주의는 결코 돌연한 것이 아니다. 어쩌면 그것은 그의 문학의 본질이고 핵심인지도 모른다. 이데올로기의 첨예한 갈등이 소용돌이치던 1980년대 내내 그의 보수주의는 현실 변혁적 전망의 이념을 완강하게 거부하고 비판하는 논리로 드러난다.

그의 그러한 논리들은 항상 현상유지를 원하는 기득권층과 체제유지에 급급했던 권력들에게 반사이득을 안겨주곤 했다. 그의 소설들에 일관되게 깔려 있는 의고적 태도, 관념과잉은 작가가 자신의 체제유지의 보수이데올로기를 감추는 엄폐물이 되곤 한다.

그 사실을 확인하기 위해서 그의 소설 전부를 읽을 필요는 없다. 한 외제 볼펜, 즉 내면이 없는 무뇌아적인 사물을 화자로 내세워 세태를 풍자했다는 그의 '오디세이아 서울'의 지리멸렬한 실패는 전망 없는 한 작가의 예견된 실패이기도 하지만 더 직접적으로 그 소설의 실패는 풍자와 우의의 날카로움은 지워져 있고 적당한 양비론과 흉하게 군데군데 돌출하는 보수주의에 대한 그의 반성 없는 완강한 신념으로부터 비롯된 것이다.)

변호인의 변론 요지

결국 인간의 본성과 사물의 본성을 다루는 문학 또는 예술의 본질과 공동체 구성원의 합리적 타협으로 확립된 상식 또는 법의 가치의 격돌에도 불구하고, 이런 사건에 대한 감정과 논쟁은 문학작품을 전문적으로 평가하는 문학인의 몫으로 되돌아 갈 수 밖에 없다는 단순한 상식을, 우리는 항소심 재판과정에서 확인하였다.

형법에 규정된 '음란'의 개념은 그 시대의 보편적 정서와 가치를 반영하는 것이어서 시대의 흐름과 변천에 따라 그 내용이 달라질 수밖에 없다.

특히 문학작품에 대한 '음란'의 판단에 있어서는 문학, 예술 등이 허구의 세계를 다루는 것을 그 본질적 속성으로 하고 있는 점 및 우리 헌법이 예술의 자유와 언론, 출판의 자유를 국민의 기본권의 하나로서 보장하고 있는 점에 비추어 '음란'의 개념을 더욱 엄격하게 해석하여 창작활동을 위축시키지 않도록 하여야 할 것이다.

그러한 관점에 서서 오늘날의 개방된 성 윤리나 성 문화 및 이 사건 소설의 전체적인 주제 등을 검토해볼 경우 이 사건은 음란성이 있는 것으로 볼 수 없다.

우리 대법원 판례가 의존하고 있는 일본의 '채털리 부인의 연인' 번역출판사건의 판결은 1950년대 일본의 사회통념에 입각한 판단이다. 당시 일본에서는 음란의 개념을 그렇게 보았다 할지라도 반 세기 가까운 세월이 지나는 동안 성에 대한 의식과 풍속이 엄청나게 달라졌기 때문에 오늘에 와서는 그와 같은 음란의 개념풀이는 이미 타당성 내지 규범력을 상실하였다고 본다. 지금은 '채털리 부인의 연인'의 무삭제 완역판이 일본에서 아무런 처벌도 당하지 않고 판매되고 있음이 그런 변화를 증명하고 있다.

만일 스토리나 묘사의 음란·부도덕·변태를 그 대목만을 가지고 문제 삼는다면, 심지어 기독교의 최고 경전인 '성경'조차도 음란도서라는 판정을 면치 못할 것이다. 성경에는 두 딸이 아버지와 한자리에서 교대로 혼음하는 부녀상간, 여성상위, 동성연애, 질외사정, 윤락행위, 자위행위 등이 아주 직설적으로 서술된 대목이 있기 때문이다. 그럼에도 불구하고 그 경전을 '성서(性書)' 아닌 성서(聖書)로 받드는 까닭은 가리키는 손가락을 보지 않고 달을 보기 때문이다.

그런데 마광수 피고인의 이 소설은 정작 성행위의 묘사장면이 불과 몇 줄씩의 문장으로 간략하게 그리고 개괄적으로 처리되어 있기 때문에 성적인 흥분·자극을 줄 정도에는 미치지 못한다.

이 소설을 책으로 발행한 장석주 피고인 역시 음란도서나 발간할 그런 출판인이 아니다. 그는 시인이자 평론가로서 괄목할 만한 자취를 남겼으며 그의 출판행위 역시 독자에게 유익하고 값진 저술 또는 창작물을 널리 펴내는 문화활동의 일환이었으며 그가 '청하'라는 출판사를 설립한 이후 오늘날까지 간행한 근 500종의 출판물의 내용이 그점을 웅변으로 증명하고 있다.

그리고 결심 공판에서 말했다.

"무릇 음란물이 되자면 우선 사람의 성욕을 자극 흥분시키는 것이 첫째 요건인데, 단상의 재판관 중에 이 소설을 읽고 성적으로 흥분하실 분은 한 분도 안 계시리라고 확신합니다. 고로 무죄 판결을 내려주실 줄 믿습니다."

그렇지만 기대와는 달리 유죄가 선고되자 주변에서 누군가 말했다. "요즘 판사들이 너무 젊어서 그 정도에도 불구하고 흥분을 한 모양이다."

그 당시 한승헌 변호사는 상고할 생각이 없었다. 이런 사건은 하급심에서 무죄가 났더라도 대법원에 가면 그 보수성 때문에 유죄로 뒤집힐 위험이 있는데, 하물며 1심, 2심 모두 유죄가 난 마당에 대법원에서 무죄가 될 가망은 없다고 보았다.

그때 누군가가 대법원은 기대해볼 만하니 상고하자는 의견을 내놓았다. 그래도 대법관들은 나이가 좀 많으니, 그리 쉽게 흥분하지 않을 거라고 했다.

7. 상고 기각

이 사건은 항소심과 대법원 상고심 (**박준서, 박만호, 김형선** 대법관)에서도 기각되어 유죄가 선고된 1심 판결이 그대로 확정됐다. (대법원 판결 선고일은 1995년 6월 16일이다.)

아무리 뭐라 해도 여름엔 더러운 파리떼가 윙윙거리기 마련이다.

그는 애매한 죄로 뜬금없이 구속되어 검사한테 모진 신문을 받고 판사한테는 말도 안되는 재판을 받았으니, 그때 이후로 법을 다루는 사람들을 하나도 신뢰하지 않게 되었다. 법을 다루는 사람들이 저지르는 악과 부정은 도대체 누가 심판해주나 하는 의문이 생겼고, 동시에 '법을 빙자한 사디즘'이 엄연히 존재한다는 사실을 새삼스럽게 깨닫게 되었다.

연세대학교는 1993년 이미 그를 직위 해제했으나 그 다음날인 6월 17일 기다렸다는 듯이 즉시 교수직에서 해직하였다. 그는 1998년 3월 13일 김대중 정부에 의해 사면·복권되었고 같은 해 5월 1일 교수직에 복직하였다.

하지만 '즐거운 사라'는 대법원에 의해 형법이 규정한 음란물로 확정되었다. 2007년 4월에 마 교수의 인터넷 홈페이지에 그 소설 전부를 올리면서 그는 다시 불구속 기소가 되어 또다시 벌금 200만원의 유죄판결을 받았다. 그래서 그는 전과 2범이 되었다.

그리고 그를 디립다 까기 위해서 '사라는 결코 즐겁지 않았다'라는 책이 나왔고 그는 이를 반박하기 위해서 '그래도 사라는 즐겁다'라는 제목으로 장문의 논문을 기고했다.

그의 말대로 세월이 지나고 나서 보면 꼭 한편의 코메디 같이 느껴진다.

재판이 진행되는 도중 연세대학교 총학생회에서는 정문 담벼락에 '마광수 교수는 결코 인도와도 바꿀 수 없다'는 플래카드를 내걸면서 작가를 영국의 셰익스피어와 비교하는 촌극을 빚기도 했지만 주한 인도 대사관의 항의를 받았다. 플래카드를 건 사진이 신문 1면에 나왔는데, 이를 본 인도 대사관이 '아직도 우리가 식민지냐'고 항의했고 이에 연세대 학생회가 사과했다.

그 당시 많은 작가들은 이 소설의 음란성을 인정하면서도 작품 활동의 결과에 당국이 법의 잣대를 들이대는 처사에 대해선 비판과 항의를 멈추지 않았다.

그때 이후 그가 겪은 우울증은 평생 동안 그를 괴롭혔다.

어떤 항우울제는 약을 먹고 나서 오히려 증상이 더 심해졌고, 의사가 처방해준 또 다른 약은 아무런 효과도 나타나지 않으면서 부작용만 일어났고, 마지막으로 처방해준 약은 오랫동안 복용하면서 내성이 생겨 약효가 떨어졌다.

그는 그때 심한 불안, 강박관념 때문에 내장과 가슴까지 그리고 사타구니까지 욱신거렸다. 그의 몸에 치명적인 병은 없었지만 전반적으로 신체 기능은 현저히 떨어져 있었다. 소화를 위해서, 밤에 잠을 자기 위해서, 용변을 제대로 보기 위해서 매일 한 움큼의 알약을 복용해야 했다.

그는 심리치료는 한사코 반대했다.

그는 가끔 남몰래 울었다. 처음에는 나직이 울었다. 나중에는 뱃속에 들어있는 찌꺼기까지 모두 토해내는 기분으로 온몸을 뒤틀며 서럽게 울었다. 그런 끔찍한 일이 왜 자신에게 일어났는지 이해하려고 아무리 노력해도 그건 불가능했다. 시시비비를 가리기 전에 순전히 세상의 무분별한 몰이해 때문에 그런 일이 자신에게 일어났다는 것 자체가 굉장히 억울한 일이었다.

그는 집행유예 선고를 받고 그날 밤 늦게 석방되었지만, 그때는 벌써 초점을 잃은 눈, 구부정한 어깨, 빼빼 말라서 왜소한 몸집, 동작은 느릿느릿하다 못해 흐느적거렸고, 머릿속이 텅 빈 것처럼 헷갈리게 하는 어눌한 말씨 등 한눈에 봐도 우울증에 빠져 있었다.

그 시절에는 진즉 생산이 중단되었지만 어디서 구했는지 '장미' 담배를 끊임없이 입에 물고 있었다.

8. 마광수 교수의 항변

마 교수는, '문학담론이란 언제나 한 사회가 허용하는 관습적, 도덕적 한계 안에서 사유와 상상력만을 담아내는 것이 아님'을 전제하고 '작가의 사회적 책임은 당대의 도덕체계를 강화함으로써 얻어지는 것이 아니라 사람들이 아무런 의심도 하지 않고 받아들이던 당대의 지배적인 유용한 가치체계를 의심하고 그것의 본질을 직시하고 성찰하도록 이끄는데 있다'면서 '문학적 상상력은 본질적으로 당대적 현실에 대해 일탈적이며 가치 전복적으로 움직이며, 끊임없이 금지된 영역에 대한 탐색과 도전을 멈추지 않는다.

문학적 상상력은 항상 경계와 한계를 넘어서려는 인간의 자유에 대한 끊임없는 의지를 반영한다. 그것이 성과 관련된 것이라 할지라도 예외일 수가 없다'고 주장했다.

그가 말했다.

'즐거운 사라'는 덧없는 것의 화려함과 '순간에 충실하기'에 빠져들고, '우리에게 내일은 없다'라고 외치며 행동하는 신세대들의 가벼운 삶과 의식을 추적한 작품이다.

물론 그것을 표현하는데 성은 아주 중요한 매개가 되고, 그래서 이 작품에서는 성적 표현이 많이 나타나고 솔직했던 것은 사실이다.

한국의 현대문학이 이광수 이래로 고수해온 도덕적 전통이 한국 소설을 정체시키고 답보시켜온 한 가지 원인으로 작용했다는 사실을 인정해야만 한다. 위선적으로 고착된 도덕주의와 경건주의 그리고 문학작품을 통해 작가의 인격이나 가치관을 저울질해 보려는 태도는, 작가들의 상상력과 사회적 입지를 위축시켜 그들을 이중 인격자로 만들어 버리기 쉽다.

문학이 근엄하고 결벽한 교사나 사제의 역할 또는 혁명가의 역할까지 짊어져야 한다면 문학적 상상력과 표현의 자율성은 잠식되고 만다. 작가들은 저마다 살아온 배경이 다르고 가진 생각과 세계관이 다르다. 그것의 다양하고도 창의적인 문학적 표현은 마땅히 존중되어야 한다.

그것에 제재를 가해야 한다는 발상은 우리 사회를 획일적 윤리 기준에 묶어두려는 독선적이고 전체주의적인 발상에 다름없다.

한국에서 소설의 외설성 때문에 작가가 기소된 것은 내 사건 이전에 딱 한 번 있었다. 1969년 염재만 씨가 '반노'로 기소돼 재판을 받은 것이 그것이다. 그러나 그가 겪은 재판은 나와는 전혀 상황이 달랐다. 그는 불구속 기소되었으므로 자유로운 상태에서 재판을 받을 수 있었을 뿐만 아니라, 1심에서는 벌금형, 그리고 2심과 3심에서는 무죄선고를 받았다.

적어도 내 사건에 있어서만은 대한민국 사법부는 20여 년 전보다 훨씬 '비민주적'인 태도를 보였다고 볼 수 있다. 판결 결과를 차치하더라도, 우선 '전격 구속'이라는 위압적인 카드를 쓴 것이 그렇다. 그렇다면 염재만 씨와 나는 기소 과정이나 판결 결과에 있어 왜 그토록 큰 차이가 나는 법 적용을 받은 것일까.

이 문제를 따져보면 '즐거운 사라' 사건의 본질과 한국의 정치적·문화적 실상의 시대적 추이를 알 수 있을 것이다.

우선, 미안한 얘기지만 염재만 씨는 당시에 무명 신인 작가였고 나는 꽤 '유명한' 교수요 작가였다.

'즐거운 사라' 이전에 나는 문학이론서 5권, 시집 3권, 장편소설 2권, 에세이집 4권의 저서를 갖고 있었고, 개방적 성의식과 자유주의적 윤리를 주장하여 주로 신세대층에서 열띤 호응을 받았고, 주로 기득권 보수층에서는 비난을 받고 있었다.

내가 대중적 지명도를 얻게 된 것은 1989년 초에 발간한 에세이집 '나는 야한 여자가 좋다' 때문인데, 이 책은 상당히 많은 판매 부수를 기록하며 찬사와 험담, 그리고 매도의 대상이 되었던 것이다.

자유로운 성적 쾌락의 추구와 수구적 봉건 윤리의 척결을 주장한 일종의 문화비평집인 이 책은, 당시까지만 해도 도덕적 설교 위주의 성담론밖에 없었던 한국 사회에 '새로운 패러다임'의 도출서 역할을 했던 것 같다.

그러고 나서 곧바로 낸 시집 '가자, 장미여관으로'와 장편소설 '권태' 및 '광마일기' 역시 화제를 불러일으켜, 드디어 심의기관인 '간행물윤리위원회'에서는 참다못해 '광마일기'에 '경고' 처분을 했고, '방송위원회'에서는 방송에서 야한 발언을 이유로 '방송 출연정지' 조치를 하기까지 했다.

이런 상황인데다 나는 또 이른바 '인기 교수'(말하기 쑥스럽지만)였으니, '매스컴 플레이'에 의한 '여론재판'의 희생양 또는 이용물로 썩 좋은 대상이 되었을 게 분명하다.

그 다음으로 생각해 볼 수 있는 것은, 염재만 씨 사건 당시, 또는 1980년대 말까지만 해도 한국 사회의 관심사는 오직 '이데올로기' 문제 하나뿐이었다는 사실이다.

그때는 유교적 충효사상과 반공 이데올로기 두 가지만 가지면 국민 계몽이 얼마든지 가능하던 시대였다. 그러나 1992년 당시 경제성장과 동구 및 구소련의 붕괴 때문에 주로 성해방과 개인적 쾌락추구의 자유를 위주로 하는 반유교적 자유주의 윤리가 최대의 관심사로 떠오르고 있었고, 마르크시즘이나 반공 이데올로기에 국민 모두가 시큰둥해하던 때였다.

그래서 기득권 지도층에서는 좌파든 우파든 새로운 국민훈육용 카드로 '민족적 국수주의'와 '도덕주의'를 내세울 수 밖에 없었다. 다시 말해서 '반공적 매카시즘'이 '도덕적 테러리즘'으로 전환되고 있었던 것이다.

위의 두 가지 이유 때문에 염재만 씨 사건과 내 사건이 그 전개 양상에서 커다란 차이점을 보이는 것이고, 염재만 씨 사건 이후 20여 년 만에 죽어 있던 법조문이 벌떡 일어나 '외설소설 사건'을 크게 터뜨리게 된 것이라고 할 수 있다.

사실 한국에서는 작가를 기소하지 않아도 얼마든지 판금을 시킬 수 있는 제도를 갖추고 있다. 문화부에서는 행정명령 하나로 간단히 책의 판매금지를 시행할 수 있다. '간행물윤리위원회'는 그런 목적을 위해 설립된 정부기관인데, 보수적 인사들이 대부분 심의위원 직을 맡고 있다. 간행물윤리위원회에서는 문화부에 '제재'를 건의하고 문화부는 이를 대체로 받아들이는 수순이다.

간행물윤리위원회가 직접 저자와 출판사 대표를 고발할 수도 있는데, 내 경우는 그런 경우가 아니라 검찰의 결정에 의한 사건이었다. 사회 여론이 '표현의 자유' 쪽으로 흘러가고 있어서 그랬는지, '즐거운 사라'가 출간된 지 한 달 후인 1992년 9월 말에 간행물윤리위원회가 제재를 건의했음에도 불구하고, 문화부는 내가 구속될 때까지 판금 결정을 내리지 못하고 있었던 것이다. 판금 결정은 구속이 집행된 직후 검찰의 요청에 의해 황급하게 이루어졌고, '즐거운 사라'는 인쇄원판까지 압수되었다.

왜 갑자기 유례없는 전격 구속이 일사천리로 집행됐는지, 그 정치적 배경에 관해서 매스컴에서는 의견이 분분했다. 주로 제시된 이유는 '대통령 선거를 위한 전시용 깜짝쇼 (공권력의 무서움을 보이고 동시에 당시 여당의 공약인 도덕정치 강화를 상징하는)'와 '건영 특혜사건 은폐용 깜짝쇼' 두 가지였는데, '건영 특혜사건'이란 재벌 회사인 건영그룹이 정부의 특혜를 받아 부정한 이득을 취했다고 여론의 의혹을 받은 사건을 말한다.

물론 이러한 이유 말고 단순한 이유, 즉 '마광수가 교수의 신성한 직분을 망각하고 전통윤리와 미풍양속을 해칠 가능성이 있는 책을 계속 냈기 때문에 드디어 공권력이 나선 것'이라는 이유가 일부 보수 언론과 보수적 지식인들 측에서는 아주 당연한 이유처럼 강조되었다. 하지만 대부분의 언론은 '마광수도 지나쳤지만 검찰도 너무했다'는 식의 양비론으로 이사건을 얼렁뚱땅 얼버무리려고 애썼다.

나는 그 소설이 문학이 아니라 음란물이라는 견해에는 동의할 수 없다. 나의 문학세계는 총체적으로 파악되어야 한다. 내가 추구하는 성담론은 논란의 여지가 있겠지만 적어도 문학적 체계와 철학적 기반을 가지고 있다. 나의 성애론은 모든 금기와 압제에서 해방시켜야 한다는 확고한 신념에 근거한 것이다.

여담

작가 마광수는 장편소설 '즐거운 사라'의 작가의 말에서 다음과 같이 말했다.

…… '즐거운 사라'는 여러 가지 우여곡절 끝에 이번에 다시 제2의 탄생을 보게 되었다. 이 작품을 탈고한 것은 1990년 6월이 었는데, 여러 가지 사정 때문에 1년 뒤인 1991년 7월 가서야 서울문화사 판으로 비로소 선을 보이게 되었다. 그런데 나로서는 꽤 신경을 썼음에도 불구하고 결국은 간행물윤리위원회의 판매금지 조치에 의해 나온 지 한 달 만에 출판사측이 자진 절판을 하게 되기에 이르렀다.

그때로선 안타까운 일이었지만, 어찌 보면 내게 전화위복의 계기를 마련해 준 것 같은 생각이 든다. 내가 이 소설을 다시 한번 꼼꼼하게 손질하여 깁고 다듬을 수 있는 기회를 만들어주었으니까 말이다. 그래서 결말 부분을 바꾸고 전체적인 분위기와 문장 하나하나에 이르기까지 세심하게 손질을 가하여 작품의 완성도를 높인, 진짜 결정본 '즐거운 사라'를 이제 독자 여러분들께 새로 선보이게 되었다. 그런 의미에서 볼 때, 이번에 내는 '즐거운 사라'는 내가 쓴 책들 가운데 가장 애착이 가는 작품이라고 할 수 있다. 출판과정에서의 우여곡절 말고도, 아무래도 내가 남자인지라 여성을 주인공으로 삼아 그녀의 내면세계를 묘사해 내기가 너무나 힘들었기 때문이다. 출판을 맡아준 청하출판사측에 감사하며, 나뿐만 아니라 부디 독자 여러분들께서도 '즐거운 사라' 아니 '즐겁게 방황하는 사라'를 사랑하고 이해하고 이끌어 주시기를 간절히 바란다.

그러나 진짜 결정본 '즐거운 사라'는 전화위복의 계기가 되기는커녕 그의 인생역정에서 운명을 비극적으로 바꿔 놓았다. 그는 전격 구속되고 실형을 선고받으면서 온갖 수난을 겪었고 결국 남은 평생동안 그를 괴롭힐 극심한 우울증에 빠졌지 않은가. 그는 그 우울증 때문에 결국 자살까지 하였다.

누가 내일의 운명을 정확히 알겠는가? 기원전 3세기 그리스 시인 칼라마쿠스는 아주 옛날에 벌써 그렇게 말했었다.

* * *

1990년대에는 그 소설이 불경한 음란문학이라며 지탄받았지만 현재는 그가 말한 대로 지극히 단순한 성적 욕망의 표현으로 자연스럽게 받아들여지고 있다. 공중파에서 섹드립을 치는 지금과 비교해보면 그 시절은 아득한 옛날처럼 느껴지고 아주 아주 우스운 일로 여겨진다.

그러니까 10년이 지난 2002년이나 사반세기가 지난 2018년과 앞으로 이어갈 현재를 기준으로 본다면, '즐거운 사라'에서 묘사되는 삶의 태도는 소설 속에서가 아니라 일상의 영역에서 등장해도 거의 문제가 안 될 정도로 성적인 개방이 이루어졌다.

그렇기 때문에 그 사건 자체(공소장과 판결문을 포함해서)는 완전히 비웃음거리가 되다 못해 아예 잊혀지고 말았다.

그러나 매우 안타깝게도 마광수 본인은 생전에 그렇게 생각하지 않는 것 같다. 얼마나 깊은 원한이 가슴 속에 응어리져 있었을 것인가. 그가 그당시 받은 육체적 정신적 충격과 그 이후 진행된 그의 파란만장한 인생역정을 생각해보면 충분히 수긍할 수 있다.

그래서 그의 자살을 사회적 타살로 보는 견해가 타당한 것이다.

어쨌거나, 이 사건은 1990년대 초반 당시 한국의 문화적 자유주의의 실상을 여실히 보여준 것이라 할 수 있다.

마광수 본인 역시 '10년 정도 지나면 어처구니 없던 해프닝으로 기억할 것'이라고 예언한 바 있다. 그 말대로 위키러들이나 누가 보기에도 웃기는 옛날 해프닝이 되었다.

* * *

그런데, 지금 활동 중인 검찰의 **과거사 진상조사위원회**는 왜 '즐거운 사라' 필화 사건을 주목하지 않는지 의아스럽다.

전술한 것처럼 이 사건을 둘러싸고 몇 가지 의혹이 그 당시 이미 제기되고 있었기 때문이다. 왜 음란물 제조죄라는 죄를 범한 하찮은 잡범이 국사범처럼 특별히 독방에 수감되었었는가? 지금 보면 박근혜 전 대통령, 이명박 전 대통령 같은 거물들만 독방에 수감되고 있지 않은가. 무슨 음모가 있었길래 그가 독방에 갇히게 된 것인가. 그 사건은 (마 교수의 주장에 의하면) 외설을 이유로 작가를 전격 구속한 한국 최초, 세계 최초의 사건이었다. 아닌게 아니라 적어도 한국에서는 지금까지 전무후무한 사건이었다.

하지만 그들이 보기에는 재고할 여지가 전혀 없는 너무 가볍고 하찮은 사건에 불과했던 것일까? 작가가 이미 죽었기 때문에 새삼스럽게 들출 필요가 없다고 생각한 것일까?

그는 자신이 쓴 책 속 여러 군데에서 천재라고 은근히 또는 노골적으로 과시했다. 그의 90편이 넘는 수많은 저작물을 면밀히 조사해보면 그저 빈말이 아님을 알 수 있다. 또한 위선으로 가득 찬 이 완고한 사회에 맞서 금기 사항에 과감히 도전한 것은 대단히 용기있는 일이다. (나 같은 겁쟁이는 도저히 엄두도 못 낼 일인 것이다.)

그의 도저한 신념과 의지에 감탄하지 않을 수 없다.

그런 의미에서 그는 용감한 작가임에 틀림없다. 다시 말하면 훌륭한 시인이고, 소설가이고, **윤동주** 연구의 권위자인 국문과 교수이고, 문학 평론가이다. 그는 누구도 흉내 낼 수 없는 자기만의 독특한 개성 있는 작품세계를 구축했다.

하지만 그의 불행한 인생역정과 죽음은 그 필화 사건에 단초가 있다. 그 사건 때문에 사회적으로 철저히 매도되고 기피의 대상이 되었기 때문이다. 필화 사건 이후 그는 해임과 복직이라는 복잡한 과정을 거쳤다. 그리고 교수 재임용 과정에서 그를 지지하는 교수가 거의 없었으니. 죽음과도 같은 상실감이 그의 머리와 가슴속으로 침입해 들어와 그를 무력하게 만들었다.

대작가를 죽음에 이르게 한 전대미문의 어처구니없는 필화 사건은 — 상부의 지시에 따라 구속 기소가 결정되었는지, 그렇다면 누가 그런 지시를 하였는지, 아니면 수사 검사가 자신의 판단에 따라 그렇게 하였는지, 그 당시 마 교수는 수강생이 천여 명에 이를 정도로 인기 교수였는데 그런 그가 도망갈 염려가 있었는지, 이미 책은 출간되어 판매되고 있었는데 그렇다면 증거인멸의 가능성이 있었는지, 그래서 구속 요건을 충족했다고 볼 수 있었는지, 조자룡 헌 칼 쓰듯이 검찰권을 남용한 것이 아니었는지, 법원이 유죄의 근거로 삼은 지극히 추상적인 음란성 개념을 이 사건에 적용한 데 있어서 과연 판사는 확신을 가졌었는지, 판사가 말한 '유죄선고를 받아도 비판을 받고 무죄선고를 받아도 비판을 피할 수 없다'는 것은 무슨 의미인가, 그렇게 확신이 없는데도 불구하고 어떻게 유죄를 선고할 수 있었는가, 무죄추정의 원칙이나 '의심스럽다면 피고인에게 유리하게'라는 황금률은 왜 실종되었는가, 판사는 무죄를 선고하는 데 검찰의 눈치를 봐야 해서 커다란 심적 부담감을 느꼈던 것일까, 그건 판사의 책임을 방기한 무책임의 극치 아닌가, 그렇게 사법적 적폐가 쌓이고 쌓여서 마침내 사법부의 치부가 만천하에 드러난 사법농단에 까지 이르게 된 거 아닌가 등등—그 본질적이고 근본적인 쟁점과 진상이 반드시 밝혀져야 한다.

야한 소설 썼다고 ……

구속기소……

집행유예……

항소기각……

상고기각……

* * *

나는 돌이켜 생각한다.

작가는 61일 동안 추운 독방에 갇혀서 무슨 상상을 했던가.

그는 결국 승리했을까? 승리라고…… 그가 언제 패배를 인정하기는 했던가. 만약 승리라면 승리 같지도 않은 승리를 획득하였지만 그나마 만신창이가 된 뒤에 뒤늦게 찾아온 승리가 아니었던가.

그때 법이라는 날카로운 칼을 든 사람들이 함부로 휘두르는 그 칼 때문에 얼마나 깊은 정신적 상처를 입었던가.

두 사람 모두 한창 중년의 나이라 할 수 있는 40세가 되었을 때 처음 만났다. 그것도 아주 낯선 장소인, 숨 막힐 듯이 답답한 좁은 회색 공간에서 말이다. 자기도취증에 빠진 나르시시스트인 작가와 막강한 권력을 쥔 잘 나가는 엘리트 검사 간 음란성을 둘러싼 치열한 공방전. 그러나 승부는 이미 결정되어 있었다. 기울어진 운동장에서 동등하지 않은 두 적대자의 대결이었으니.

사반세기가 지난 지금 시점에서 돌이켜보면 너무나 유치해서 소꿉장난하는 어린애들 말싸움 같은 거였다.

그 후(우리가 대충 알고 있다 싶이) 그들의 인생행로는 극적으로 엇갈린다. 그들의 인생에서 막간의 에피소드로 남을 수 있을까. 한쪽은 너무나 큰 상처를 입었다.

작가는 작년에 (2017년 9월 5일) 자살로 생을 마감했다.

그런데 그는 일생 동안 세 번이나 자살을 기도했었다. 셋이라는 숫자는 동화에서도 자주 나오는 마법의 숫자이다. 첫 번째는 그 사건으로 말미암아 구속 기소되어 유죄판결이 선고되고 항소심과 상고심에서 기각되자 그 무렵 절망한 나머지 자살을 시도했고, 두 번째는 2002년 연세대 국문과 동료 교수들의 집단 따돌림에 의해 '교수 재임용 탈락'의 위기를 겪으면서 심한 외상성 우울증에 걸려 자살 시도를 했고, 마지막으로 동부이촌동 자택에서 방범창에 스카프로 목을 매 자살했다.

그의 인생에서 그의 정신과 육체를 야금야금 갉아먹은 우울증을 고려하면 자살은 예정된 수순이었다.

자살이란 무엇인가. *자살 이외에 고백의 피난처는 없다. 그러므로 자살은 곧 고백이다.*

그날은 늦여름의 무더위가 기승을 부리고 있었다.

그는 중얼거렸다.

"오늘은 무지 덥구나. 비가 언제 내렸던가? 그래도 언젠가 여름은 끝날 거야."

그는 몇 가닥 남은 하얀 머리카락이 뒤쪽에서 엉켜 있는 반쯤 벗어진 머리를 늦여름의 강렬한 햇빛에 노출시킨 채로 다 타들어가는 담배를 검지손가락과 엄지손가락 사이에 끼고 담배연기를 코로 빨아들이고 있었다. 그가 맨날 지나다녔던 골목길로 눈길을 돌렸다. 모든 것이 어렴풋하고 풀어 헤쳐져 있었다. 그때 수많은 기억들이 스쳐 지나갔다. 성스러운 여체는 목살은 축 늘어지고 자궁은 쪼그라들었다.

시시각각 두려움이 자신을 사로잡는 것을 느꼈다. 두려움이 걷잡을 수 없이 커지면서 분노를 삭힐 수 없었다. 그는 자신이 무엇을 하고 있는지, 무엇을 할 수 있을 것인지 알 수 없었다. 나로서 산다는 것은 나의 삶을 실현하는 것인데 그는 자신의 삶 속에서 삶의 정수들이 속절없이 빠져 나가도록 내버려 두었다.

권태는 악몽과도 같은 것이다.

그는 생각했다.

나는 지금 무력감에 빠져서 아무 쓸모도 없는 것들 때문에 시간을 허비하고 있는 것이다. 그건 나 자신을 허비하는 것이다. 사람들이 날 가만히 내버려 두면 얼마나 좋을까. 사람들은 날 추호도 동정하지 않을 꺼야. 내가 쓴 쓰레기 같은 글들을 가지고 공연히 비난을 퍼붓겠지. 내가 죽은 후에도 말이다. 나에게 죄가 있다면 나는 현실을 이해하기엔 유머가 너무 부족했다는 것이다. 아니면 당신들이 날 이해하기엔 유머가 턱없이 부족했거나. 나는 나일뿐이고 당신들은 당신들이다. 나의 유머, 당신들만의 유머 또는 우리들의 풍부한 유머가 필요한데. 그들이 날 법정으로 끌어내서 인민 재판을 할 거라고 단지 내게 모욕을 주려고 얼굴에 침을 뱉겠지. 위선자들! 난쟁이들! 모두 다 악취가 풍긴다. 나는 정말 지쳤다. 그러나 그건 소용없는 일이야. 나는 이렇게 자유롭게 떠나니까. 그렇지만 부끄럽긴 하다. 나는 잔혹한 종말을 기대했었다. 나는 별다른 의심 없이 죽음을 받아들이는 거야.

……자살하는 이를 비웃지 마라, 그의 좌절을 비웃지 마라

참아라 참아라 하지 마라 이 땅에 태어난 행복, 열심히 살아야 하는 의무를 말하지 마라

그는 늙고 나약했다. 갑자기 지겨움을 느꼈다. 자신의 인생에 대한 지겨움, 인간들에 대한 지겨움 등등.

그는 심장이 점점 더 크게, 점점 더 빨리 뛰는 것을 느꼈다. 그는 베란다의 금속 지지대가 튼튼한지 점검했다.

그리고 우리들은 아주 빨리 그를 까마득하게 잊어버렸다.

산 자와 죽은 자.

산자는 이제 인생의 황혼기에 접어들었는데 그의 죽음을 알고 있기는 할까? 알고 있다면 그 죽음에 대해 어떤 만감이 교차할 것인가. 인생은 허무하다고 느끼고 있을까. 그저 까마득한 옛날 일이니까 이미 망각의 심연 속으로 사라져버려서 아무런 감정도 일어나지 않았을까?

그는 피해망상과 동시에 과대망상을 앓았다. 아무도 예상할 수 없었던 전격 구속과 기소는 그의 잘 나가는 인생에서 청천벽력과 같은 사건이었다. 그 사건은 그에게 더욱 심한 우울증과 함께 피해망상을 앓게 하였고 작용과 반작용의 법칙에 의해 피해망상은 조건반사적으로 과대망상을 앓게 하였다.

그러한 시련을 겪은 이후에도 성에 대한 편집증적 망상, 성담론 또는 실제 삶에서 (우리에게는 아주 이상하지만 그에게는 아주 정상적인) 성도착에 대한 과도한 집착은 이것말고는 달리 설명할 길이 없다.

그에게는 정신적이건 미학적이건 간에 오로지 숭배 대상은 성 또는 관능적인 어떤 것이었다. 성적인 면이 제거되면 어떤 사상도 성립할 수 없다고 믿었다. 순수한 의식 역시 위선에 불과하고 결국 육체와 성에 귀결된다는 것이다. 그래서 인간은 자신이 쓰고 있는 허위의식이라는 가면에 의해 고통 받고 있다고 말한다.

그러므로 그의 문학적 토대는 그것들뿐이다. 그는 성도착에 집착하는 것처럼 문학적으로도 도착에 집착했다. 그에게는 눈을 크게 뜨고 낯선 영역을 찾아서 탐색할 여지는 전혀 없었던 걸까?

그는 자신의 소설 속에서 무엇을 바라고 있었던가. 행간에 독자들과 숨바꼭질하기 위해서 무엇을 숨겨놓은 적이 있었던가. 도대체 독자들에게 무엇을 기대하고 있었던가. 독자와 소통이 가능하다고 믿고 있었던 걸까. 일부 독자들은 포르노그래피 같은 작품에서 배 속까지 토해내는 구역질을 하리라는 것을 알고 있었던가.

그는 왜 진정한 소설가가 될 수 없었을까? 왜 전업작가가 될 수 없었을까? 학교로부터, 친한 선후배 사이인 동료 교수들로부터 인간을 모독하는 그런 푸대접을 받으면서까지 교수직에 연연했던 것일까. 생계 문제가 걸려있을지도 모르겠지만. 사회적 지위와 권력을 상징하는 교수직에 대해 그게 출세라고 생각했고 신분 상승을 위한 자격증이라고 여겼던 것일까. 그렇다면 여기서 탁월한 지성인으로서, 작가로서, 인간적으로 그의 한계가 여실히 드러난다.

다시 말하면…… 그가 받은 모든 모욕과 멸시는 그 알량한 교수직 때문이었지 않은가. 그렇게 교수직에 연연한 것을 보면―왜 그렇게 자부심이 강한 그가 배알도 없이 해직당한 학교로 다시 복직하고, 교수 재임용에 학과 교수들이 그렇게 결사 반대했는데도, 그래서 병까지 얻었는데도 불구하고 기어이 학교로 돌아간 것을 보면―그 역시 자신이 그렇게 경멸했던 지적 허영심과 권위주의를 벗어나지 못했다는 점에서 이중으로 위선자임에 틀림없다.

[나는 여기서 똑같이 유미주의자 이거나 탐미주의자이고 나르시시스트인 **오스카 와일드**를 생각한다. 그들은 시공간을 초월하여 공통점이 너무 많다. 그들의 인생을 돌이켜 보면 결국 무신론자이고 극단적인 비관주의 또는 허무주의에 빠지게 된다.

그렇지만 오스카 와일드는 말했다.

"난 절대 옥스퍼드의 고리타분한 교수가 되지는 않을 거야. 나는 시인, 작가, 극작가가 될 거야. 어떤 식으로든 유명해질 거라고. 만약 유명해질 수 없다면 악명이라도 떨치고 말 거야.(I won't be a dried—up Oxford don, anyhow. I'll be a poet, a writer, a dramatist. Somehow or other, I'll be famous, and if not famous, notorious.)"]

그는 교수직을 내팽개치고 아무런 거리낌 없이 그렇게 좋아하는 섹스 이야기만 실컷 하면서 그런 소설을 평생 쓸 수도 있었는데. 그래서 베스트셀러를 써서 돈도 많이 벌고 대중적 인기를 한 몸에 받을 수도 있었을 텐데 말이다.

하지만 그에게 소설은 그의 인생이 그랬던 것처럼 일종의 가벼운 유희에 불과했다. 소설가로서 목숨을 걸 만큼 치열한 직업의식은 없었기 때문이다. (그는 아무리 나이를 먹더라도 죽어도 '나잇값'은 안하겠다는, 그래서 마음만은 언제나 '야한 상태'로 있겠다고 했으니까……)

그걸 운명이나 숙명이라고 운운할 순 없다. 그렇다면 우리는 손쉽게 자업자득이라고 말할 수 있을 것인가.

모든 빛에는 그림자가 있는 법이다. 인생에서 상승과 몰락을 겪어본 자만이 진정으로 살았다고 할 수 있다.

그는 시대를 앞서가면서 자유분방하고 자의식이 강하고 이상 주의자인데다 놀랄 정도로 개방적이었다. 그러나 그는 삶에 지치고 겁먹었다. 그의 글에는 노골적인 냉소주의를 넘어서서 결국 인간을 비하하는 경지에까지 이르게 되었다.

그는 온갖 성행위를 무자비하게 노출시켜서 표현한다. 무절제하며 지겹도록 지루하게 반복한다. 하지만 블랙 유머를 쓰면서 훌륭한 유머 감각이 없고, 그러면서 겸손하지 못했고 자기 억제를 하지 못했다.

그가 천재인지는 알 수 없지만 그의 방대한 저서에서 발견되는 날카로운 지성과 번뜩이는 재치, 아포리즘, 성에 대한 깊은 성찰과 철학적 사색을 고려하면 천재적인 것은 틀림없다.

그는 우리 문학사에 흔치않은 독특한 족적을 남겼다. 지금쯤 어떤 형태이건 그가 현대문학에서 어떤 위치를 점했는지 재평가가 이루어져야 할 것이다. 하지만 우리는 무책임하게도 애써 그를 외면해 왔다. 왜 그가 그렇게 푸대접을 받아야 했단 말인가.

인간이란 남이, 그것도 자기 자신과 같은 수준의 사람이 겪고 있는 불행이나 괴로움에 대해서는 적지 않은 기쁨을 느끼는 법이니까, 우리는 그래서 사디스틱한 쾌감을 느꼈던 것일까.

우리는 그를 시기 질투했다.

작가 이문열의 비난을 살펴보라. 그들은 세 살 차이이니까 동년배나 다름없다. 문학박사이고 연세대 국문과 교수이며 그때는 벌써 잘 나가는 인기 작가였으니까 자신의 존재감을 드러내기 위해서 물어 뜯는 대상으로는 딱 알맞았을 것이다.

그건 정당한 비판이 아니라 지극히 유치한 비방에 불과했다. 나는 그게 시기와 질투심에 의해 비롯되었다고 본다.

하지만 우리 중 누가 자유로울 수 있겠는가. 우리는 구태의연해서 성담론에 관한 위선을 까발리지도 못하면서, 과감하게 쓸 용기가 없어서 고루한 관습에 얽매여 지루한 글을 쓰면서, 그를 외면하고, 폄하하고, 비방하고, 험담하고, 쑥덕거리고, 이상한 괴물로 취급하지 않았던가. 그로 말미암아 그는 뿌리가 뽑힌, 친구가 없는, 사랑이 없는, 마침내 인간다운 삶조차 없는 궁지로 내몰리게 되었다. 그는 끔찍한 상처를 입었다.

그렇다면 우리도 이심전심으로 공모한 공범자라고 할 수 있다.

만약에 말인데, 그가 죽지 않았다면 불멸의 명성을 가져다줄 작품을 쓸 수 있었을까?!

그는 '언젠가는 나와 시와 생활과 종교와 사상이 함께 결합된 날이 있을 것이라는 희망을 가져본다.' '…… 시인은 어떤 초월적이고 근원적인 우주의 진리를 전달해야 하고, 또 미래를 향한 투철한 예언자적 사명을 갖고 있어야 한다' '…… 최근 우리 문학은 시나 소설이나 극도로 왜소화되고 기교적 유미주의로 떨어지고 말았다' …… 작가나 시인들은 좀 더 문학에 있어서 심층적이고 근본적인 문제에 눈을 돌릴 수 있어야 한다'고 말했으니까.

그는 우울증에도 불구하고 계속적으로 글을 썼다. 그는 마음속 울화와 욕구를 마음껏 설사시키기 위하여 또한 자기 정화를 위하여 글을 쓰지 않으면 금단현상을 일으킨다.

나는 많은 작가들이 작품을 끝내고 나서 엄청난 허탈감에 빠진다는 것을 알고 있다. 일종의 산후우울증을 앓는 것이다.

다시 돌이켜 보면…… 1992년부터 2002년까지 10년간은 그의 인생에서 최악의 시기였다. 긴급 구속과 긴 재판, 유죄 판결의 확정, 그 무렵 처음 자살을 기도했고, 학교로부터 직위해제, 퇴직과 복직, 교수 재임용 탈락 소동과 그 과정에서 배신을 당했고, 그로 말미암아 외상성 우울증에 걸려 치료 때문에 2년 6개월 간 학교 휴직, 또 다시 자살을 기도하는 등 비극적 사건이 연달아 일어났던 것이다.

그 시절, 그는 실존주의자들이 말하는 불안과 고독, 좌절과 반항, 허무를 뼈저리게 맛봐야 했다. 그리고 뼛속 깊은 절망을 체험해야 했다. 그때, 마광수 같은 나르시시스트이고 허무주의자라면 그 절망을 딛고 일어설 순 없었을까. 회의하면서 방황할 수 없었을까. 자포자기하면서 가장 밑바닥까지 추락할 수 없었을까. 그래서 변증법적 과정을 통해서 고통을 달관하고 체념하며 진정한 희망을 향해 나갈 수 없었을까. 이판사판이라고 생각했더라면.

그러고 나서 글쟁이로 오로지 시나 에세이, 걸작 소설 쓰기에 전념하는 것이다. (내 짧은 생각인지 모르겠지만 말이다.)

그는 평생 동안 탐미주의를 추구했다. 그러면서 '야한 여자' 예찬론과 감각적 성담론이라는 자기만의 세계에 갇혀있었다. 더 이상 젊지도 않은데 언제까지 섹스 스토리에만 몰두할 것인가.

그도 인생의 황혼기에 접어들었으니 자신을 속박하고 있던 문체를, 지루하게 반복되는 리듬을, 성담론이라는 한정된 주제를 하루 속히 탈피해야 한다는 절박한 심정이 되었을지도 모른다. 대개는 인간적인 성숙과 사회 경험의 축적과 인생의 유전을 겪으면서 변화하게 되어 있으니까.

어느덧 인생의 마지막 단계에 접어들어 육체는 노쇠하고 심리적 상태는 불안정해서 불면하는 밤을 보내는데 말이다. 그는 자신의 작품을 되돌아보면서 숨이 막혔을 것이다. 정말 위기라고 느꼈을 것이다. 더 이상의 무의미한 반복은 안 된다.

자신의 삶에 대해서도, 자신의 작품에 대해서도 냉정하게 평가한다면 위기의식을 느끼면서 지금처럼 작품을 쓰는 일은 더 이상 안 된다고 한계를 깨달았을 것이다. 인간의 내면을 파고 들어가 꿰뚫어 보고 적나라한 인간의 모습을 소설로 형상화하고 싶은 욕망에 사로잡힐 수도 있었다. 그러므로 타자를 의식하고 인간의 실존에 관한 또 다른 목소리를 가져야만 위대한 작가는 오래 살아남을 수 있다는 것을 깨달았을 것이다.

그래서 그의 심오한 철학적 사색은 스케일이 큰 무겁고 깊은 난해한 소설을 쓰도록 그를 밀어붙였을 것이다. 그렇지 않다 하더라도 스케일이 큰 그럴듯한 소위 대중소설을 쓸 수도 있었을 것이다.

(하지만 그의 성격과 인생관, 문학에 대한 사유를 고찰해보면 거의 불가능한 일이다. 번개가 치는 듯한 어떤 깨달음의 순간이 오지않는다면 자의식이 너무 강한 그에게 변화는 불가능했을 것이다. 그렇다면 아쉽게도 나의 헛된 망상에 불과한 것이다.)

누군가 오스카 와일드에 대해 말했었다.

영광의 좌대에서 추락해 진창에 빠진 오스카 와일드가 완전히 노선을 바꿨을 거라고 생각하는 것만큼 세상에서 있을 법하지 않은 일도 없다. 그런 기적은 결코 일어나지 않는다! 그는 조금도 달라지지 않았다. 그는 여전히 그 자신이다.

톨스토이가 말했다.

여성이 임신할 준비가 되지 않은 상태에서 (즉 생리를 하지 않는 상태에서) 이루어지는 성행위는 합리적 정당화가 불가능하며, 단순히 육욕적 쾌락의 한 형태라네. 이것이야말로 매우 수치스럽고도 부끄러운 쾌락이라는 데는 모든 인간의 양심이 동의할 터인데, 왜냐하면 이것이야말로 가장 불명예스럽고 부자연스러운 성

적 변태이기 때문이라네.

영국 작가 존 클레런드는 그의 소설 '패니 힐Fanny hill'에서 성행위며 인체의 성 관련 부위를 표현하기 위해 완곡 표현과 미사여구를 총동원했다. 하지만 외설죄로 구금을 피할 수는 없었다.

여성의 성기를 가리키는 표현으로는 '장미꽃 입술의 서곡' '달콤한 좌석' '사랑의 부드러운 실험실' '갈라진 곳' '수풀로 에워싸인 바닥 구멍' '가운데 주름' '사랑의 보물' '쾌락에 목마른 도랑' '살에 난 상처' '기타 등등' 같은 것들이 있었다.

남성의 성기를 가리키는 표현으로는 '쾌락의 무기' '쾌락의 추축' '사랑의 진정한 화살' '전권 도구' '물렁뼈' '살덩어리 솔' '살아 있는 상아' '자물쇠 따개' '하얀 막대기' 같은 것들이 있었다.

(그런데 이 소설은, '진실, 적나라하게 까발려진 진실' '영문학사에서 가장 에로틱한 소설' '18세기 에로티시즘 문학의 고전' '18세기 유럽에서 가장 악명 높고 가장 많이 읽힌 포르노그래피 소설' 등의 평가를 받고 있는 솔직 담백한 외설물 가운데 하나인지, 아니면 18세기의 고전인지를 두고 현재도 논의는 계속되고 있다. 교보문고에서 전문을 완역하여 전자책으로 새롭게 펴냈다.)

그는 리넨 튜닉의 끈을 풀고 옷을 아래로 벗긴 다음, 그녀의 백금색 가슴의 흰 광채를 바라보았다. 그는 가슴을 만졌고, 자기 삶이 녹아버리는 것을 느꼈다. 아버지! 그가 말했다. 당신은 왜 이걸 제게서 숨기셨습니까? 보십시오! 그가 말했다. 이건 기도를 뛰어넘습니다. (여기서 그는

예수를 말하고 그녀는 여사제를 말한다. 출처는 D.H. 로런스의 '달아난 수탉 The escaped cock'이다.)

항소심 재판장은 판결 선고 당시 '이 판결이 불과 10년 후에는 비웃음거리가 될지도 모르겠으나, 나는 판사로서 현재의 법 감정에 따라 판결할 수밖에 없다.' 라고 말 했다고 하는데, 지금 그 소문의 진위를 확인하기는 어렵다. 하지만 법 감정은 (무미건조하고 고루한) 판사가 아니라 그 당시 대다수 국민의 법 감정이 기준이 되었어야 한다.

그들은 왜 예술과 외설을 구분 지으려고 했을까? 뭐가 외설이란 말인가. 성적 흥분을 일으키면 외설이라고 그렇다면 외설이 왜 나쁜 것인가. 왜 죄가 되는 건가. 성은 인간의 본성이고 원초적 생명력인데 말이다. 그들은 근본적으로 따져본 적이 있었던가. 그들은 문학의 본질이 무엇인지, 음란성의 개념에도 무지할 뿐이다. 골치 아프게 그런 걸 알 필요가 있을까. 오직 관료주의적 타성과 관행에 의지해서 늘 해오던 대로 재판을 할 뿐이다.

판사들은 그들에게 무죄를 선고할 만큼 용기는 없었다. 그렇다고 계속 구속시킬 만한 배짱도 없었다. 하지만 엄청난 선심을 베풀 듯이 말했다. 그래서 판결문에 '……나아가 피고인들은 그 동안의 적지 않은 구금기간을 통하여 자신들의 잘못을 뉘우치고 다시는 위와 같은 행위를 하지 않을 것을 다짐하고 있을 뿐만 아니라……'라고 판시했다. 그러나 그건 집행유예를 선고할 때마다 하는 의례적인 것으로 흔해 빠진 클리셰에 불과하다.

그런데 그들이 구금기간을 통해서 반성했다고?! 그들은 전 재판과정을 통해 한 번도 반성한 일이 없었다. 오직 분개했을 뿐이다. 반성은커녕 이를 갈면서 판사들의 법 개념의 일방적 해석과 문학에 대한 파렴치한 무지에 대해 분개했던 것이다.

그 후에도 마 교수는 여전히 위와 같은 행위를 반복했을 뿐이다.

담배를 피우고 싶어서……

불타는 관능적 감각은……

문학적 영감은……

마광수 교수의 말 말 말

그의 아포리즘 혹은 음담패설은 철학적이고 문학적이고 과학적이기까지 하다. 그래서 헛소리는 아니다. 그가 쓴, 듣기엔 그럴듯하지만 실천하기엔 상당히 부담스러운 마광수식 아포리즘을 나열한 책인 '마광수의 뇌구조'와 '마광쉬즘'에서 임의적으로 발췌하였다.

아랍 속담에 '네가 쓴 글은 너를 가장 많이 닮아있다.'고 했는데, 우리는 여기서 그를 이해할 수 있는 단초가 되는 그의 생각을 읽을 수 있다.

인간은 생각하는 동물 이전에 상징적 동물이다. 상징은 우리를 유추의 세계로 이끌어가고, 상징적 유추는 우리에게 종교적 망상을 심어주었다. 인간 이외의 동물들에게 종교 따위는 없다.

기독교인들이 주장하는 것처럼, 하나님이 이 세상을 창조했다면 당장 이런 물음이 튀어나온다. "그럼 하나님은 누가 만들었나?" 불가지론이란 그런 소박한 물음에서 나온 것이다. 나는 불가지론자다.

나는 종교형태로서의 기독교가 내세우고 있는 교리보다 예수라는 한 젊은 종교개혁자가 주장했던 계시적 철학으로서의 사랑에 보다 소중한 가치를 매기고 싶다. 인류 역사상 이른바 성인으로 추앙받는 인물들 가운데 인류의 평화와 복지를 위한 최선의 처방으로 사랑을 제시한 인물은 예수밖에 없다고 보기 때문이다.

정신적 쾌락이 일종의 악에 속한다고 보는 이유는 그 정신적 쾌락의 정점에 종교가 있기 때문이다. 인류는 언제나 종교적 도그마 때문에 고통받았다.

신은 죽었다가 아니라 신은 아예 없었다. 신이 있다면 그것은 인간이 만들어낸 마조히즘적 환상이다.

왜 기도가 솔직해야 하는가. 신이 솔직하길 원해서가 아니라 기도가 갖는 자기 최면 효과 때문이다. 즉 자기 자신에게 솔직할 수 있을 때 우리는 행복한 성취를 이룰 수 있다. 그런 의미에서 볼 때, '콩 심은 데 콩 나고, 팥 심은 데 팥 난다'는 속담은 정곡을 꿰는 속담이다. 우리의 마음속에 정직한 욕망의 씨를 심을 수 있을 때, 우리는 비로소 행복한 운명을 창조해 낼 수 있다.

이성에서 오는 즐거움이 맑은 유리처럼 투명한 것이라면 감성에서 오는 즐거움은 반투명의 유리처럼 환상적인 것이다. 올바른 이성은 각성을 주고 독창적 감성은 황홀을 준다.

나는 자유가 가장 소중한 가치라고 믿는다. 진리가 우리를 자유케 하는 것이 아니고, 자유가 우리를 진리케 한다.

탐욕 중에서 가장 나쁜 것은 권력욕이고 가장 선한 것은 성욕이다.

언제나 '지금' …… 내일을 걱정 말고 오직 '현재의 실존'만을 생각하라……: 실존은 유물론의 동의어이다.

내세 따위는 존재하지 않으니 이번 생이나 잘 살라.

관습적 사고만큼 인간을 불행하게 만드는 것은 없다. 관습적 사고의 반대는 개방적 사고 또는 유연성 있는 사고다. 나는 지금까지 유연성이란 말을 평생의 좌우명으로 삼고 살아왔다. 우유부단한 것이 확고한 신념보다 낫다. 적어도 남에게 피해를 입히지는 않는다.

자식을 훌륭하게 키우려면, 부모의 학벌이나 지위가 아무리 높다 하더라도 자식에게 아무것도 훈계하지 말아야 한다. 더러운 개천에서 미꾸라지가 자유롭게 헤엄쳐 다니고, 소독된 물에서는 물고기가 살 수 없듯이, 자식을 키울때는 지극히 야하고 지극히 무식하게 키워야 한다.

친구에게 우정을 쏟아 그에게 한없이 은혜를 베풀면, 그 친구는 반드시 은혜를 원수로 갚는다. 왜냐하면 은혜를 입는 동안 계속 자존심이 상했기 때문이다.

한국인의 심리적 특질은 은근과 끈기가 아니라 촌티와 심통이다. 촌티는 자유의 가치를 불신할 때 생기고 심통은 질투심을 못 참아내는 성벽에서 생긴다.

매 순간의 욕구에 충실하고 장래를 기대하며 스스로를 억압하지 말라.

인연이란 없다. 그것은 그저 우연의 동의어 일뿐이다.

감정의 사치로부터 예술의 발전이 이루어지고 삶의 윤택함이 이루어진다. 인류 문명은 '사치 욕구' 때문에 발전하였다.

예술적 표현은 작가의 독창적 사색이 미약할수록 난해해지는 경향이 있다.

도덕적 일탈을 통한 관능적 배설과 카타르시스만이 인간을 폭력에서 구원한다.

문학이 진정한 예술로 거듭나는 길은 문학에서 정치적, 사상적, 종교적, 역사적 요소들을 다 빼버리는 데 있다. 그러면 문학이 한낱 교양서나 인문학적 해설서로 전락하는 것이 아니라 진정한 예술로 승화될 수 있다. 나는 한국 작가들 중에서 유일하게 그런 예술지상주의적 문학을 지향하는 작가다. 나는 교양주의 문학을 배척한다.

그러므로 문학가는, 예술가는, 항상 권력에 도전해야 한다. 권력에의 의지는 문학적 (또는 예술적) 개성을 위축시킨다. 시류를 좇아가기에 바빠지기 때문이다. 그러므로 문예사조라는 말은 맞지 않다. 그 시대의 주류만이 문예사조사에 편입되기 때문이다. 고독한 천재는 작품도 괴팍하고 성격도 괴팍하다. 그러므로 그런 이들은 주류에 끼지 못한다. 사회적 처신도 잘 못한다. 그러므로 천재는 늘 외롭다.

수필처럼 폭이 넓은 문학 장르도 없다. 수필을 일단 에세이의 개념으로 파악할 때, 논문도 수필이고 비평도 수필이며, 신변잡기 또한 수필이다. 나아가 자전적 소설이나 회고록 역시 수필이라고 할 수 있다. 그러나 수필이 갖고 있는 문학적 품격과 위상은 평가절하되고 있다.

나는 헤르만 헤세의 대표작이라고 하는 '데미안'을 읽다가 중도에서 포기하는 일을 되풀이하였다. 짧은 분량의 장편소설임에도 불구하고 '데미안'은 너무나 관념적인 넋두리의 되풀이였다. '데미안'을 읽고 감동 받았다는 사람들이 많은데, 나로서는 이해할 수 없는 일이다.

톨스토이는 민중을 위해서 일한다고 그렇게 강조했으면서도 정작 그의 3대 걸작이라고 할 수 있는 '전쟁과 평화', '안나 카레니나', '부활'에서 주인공으로 삼고 있는 것은 귀족들이다.

나는 박경리의 대하소설 '토지'를 사서 읽다가 문장도 일본어식이고 내용도 지루해서 욕이 나왔다. 그래서 두 권 읽다가 그만두었다. 돈이 정말 아까웠다.

단테의 '신곡'을 보면 석가모니조차도 지옥에 있는 걸로 나와 있다. "예수를 통해야만 천국에 이를 수 있다"라는 교리 때문이다. 그런데 석가모니는 예수보다 500년 전에 태어난 사람이다. 그가 어찌 예수를 알 수 있었겠는가? 기막힌 코미디요, 웃기는 발상이다.

'즐거운 사라' 필화 사건이 났을 때 소설가 이문열은 그 소설을 읽고 구역질이 났다고 중앙일보에 기고했다. 그리고 서울대 손봉호 교수는 "마광수 때문에 에이즈가 늘어났다"는 소리까지 동아일보에 썼다. 서강대 이태동 교수는 법원에 제출한 자신의 감정서를 통해, "사라가 끝까지 반성을 안 한다"고 분개조로 말했다.

아아, 한국 지식인들의 못 말리는 촌스러움이여!

일본의 한국문학 전공학자들은 '즐거운 사라'를 한국 근대문학사상 여자가 성의 주체가 된 최초의 작품으로 평가하고 있다. 아마 '즐거운 사라'가 아니라 '즐거운 철수'였으면 작가는 안 잡혀갔을 것이다. 우리나라는 남자의 성적 문란함에 대해서는 지극히 관대하기 때문이다.

'즐거운 사라'는 일본에서 지금까지 아무런 문제 없이 가장 많이 팔려 베스트셀러가 된 유일한 한국 소설이다. 하지만 나는 전과자고 그 책은 아직도 판금 신세다. 이러다간 내가 친일파가 될지도 모르겠다.
한국의 문학가들은 요절하지 않으면 변절한다.

내가 쓴 글은 옛날로 갈수록, 다시 말해서 지금보다 젊었을 때 쓴 글로 갈수록 문장이 어렵고 현학적이다. 그런데 식자들은 요즘의 내 문장이 예전 문장보다 가볍고 경박해졌다고 평한다. 나는 쉽게 읽히는 글이 얼마나 쓰기 어려운 것인가를 나이가 들수록 실감하고 있는데……

어려운 글은 심오한 글이 아니라 못 쓴 글이다.

씨발놈들이 소설이랑 현실을 구분을 못하는 거지

진짜 좋은 글은 쉽게 읽을 수 있는 글이다. 쉽게 쓰는 게 어렵다.

나에게 있어, 글쓰기는 조사(助詞)와 씨름 하는 것이다.

모든 문학의 재미는 퇴폐와 감상의 조화로부터 나온다.

예술과 외설의 구별은 무의미하다. 도대체 외설이란 것 자체가 없다. 롤랑 바르트의 말마따나 '내가 보면 예술, 남이 보면 외설'인지도 모른다. 또한 당대엔 핍박받고 멸시받았던 문제작(명작)들은 거의가 외설이었다.

쓰발 야해지자! 마광수

페미니스트 여성들은 신통방통하게도 다들 옷을 후지게 입고 화장도 어색하게 한다. 얼굴도 대개 못생겼다.

나는 계속 야한 정신을 주장해왔다. 야한 정신이란, 정신보다는 육체에, 과거보다는 미래에, 국수주의보다는 세계적인 보편성에, 집단보다는 개인에, 질서보다는 자유에, 관념보다는 감성에, 명분보다는 실리에, 획일적 교조주의보다는 자유분방한 다원주의에 가치를 두는 세계관을 말한다.

나한테 문학은 그냥 카타르시스야. 나도 좋고 독자도 좋자 이거지. 나도 대리 배설하고 너희도 대리 배설해라 이거야. 교훈? 그런 거 없어. 문학은 오락 그 이상도 이하도 아냐. 인문학을 공부하다 보니까. 소설이고 뭐고 사랑 빼면 시체야. 근데 사랑이 뭐야. 따지고 보면 성욕이야.

뒤통수 치는 건 좌파놈들이 더 잘해. 가식적이기도 하고 진보

209

적 세상 만든다면서, 그놈의 가부장적 권위는 말도 못할 정도로
심각해. 미친 놈들.

친일파의 자손들은 다 출세하였고, 독립운동가의 자손들은 다
굶어 죽었다.

박정희에 대한 추모 열기는 박근혜에 대한 지지 열기로 계승된
다. 이것 역시 우리나라 사람들이 얼마나 권력의 대물림에 대한
향수에 젖어 있는가를 보여주는 좋은 실례이다. 정치적 마조히즘
이라고 볼 수 있다.

저주받을진저! 그놈의 패거리주의! 한국에서는 패거리에 끼지
않으면 살아남을 수가 없다. 뭉치면 살고 흩어지면 죽는다? 몰개
성을 추앙하는 기이한 집단주의 ……. 바보 같은 녀석들이라도
한데 뭉치면 힘을 발휘하는 나라 …….

엄청난 골초다. 평생 동안 담배나 여자 둘 중에 하나만 고르라
고 한다면 나는 담배를 고르겠다.

누가 불러주질 않아 그냥 집에서 지낸다.
우울하다.
서운하다.
여성의 긴 손톱, 긴 생머리, 하이힐에 페티시즘을 느낀다.
심지어 긴 발톱에까지 페티시즘을 느낀다.

내가 얼굴만 사랑하는 요즘 여배우 — 송혜교
내가 몸매만 사랑하는 요즘 여배우 — 전지현
얼굴과 몸매를 다 같이 사랑하는 여배우 — 없다.

기형도 시인이 말했다. "사랑을 잃고 나는 쓰네" …….
마광수가 말했다. "섹스를 잃고서 사랑이 죽네"

"아, 배고파!"라고 말하면 욕을 얻어먹지 않지만 "아, 섹스고
파!"라고 말하면 욕을 얻어먹는다.
너는 내 정신으로 들어왔지만, 나는 너의 몸속으로 들어간다.
그게 싫다면 내 앞에서 썩 꺼져버려라!

정력보다는 정렬!

정신적 사랑은 일시적으로 씹다 버리는 껌과 같은 것이다.

사랑에는 불륜이 없고, 섹스에는 도덕이 없다.

순결 교육보다 피임 교육이 더 중요하다.

사랑해서 섹스하는 게 아니라 섹스해서 사랑하게 되는 것이다.
사랑은 환상이고 섹스는 현실이다.

남녀 간의 최고로 좋은 궁합은 진짜 사디스트와 진짜 마조히스트가 만나는 것이다.

관음증과 한 짝을 이루는 것이 노출증이다. 마치 사디즘이 마조히즘을 전제로 하는 개념이듯이, 관음증적 만족을 얻기 위해서는 자신을 남에게 노출시킬 때 쾌감을 느끼는 사람이 꼭 필요하기 때문이다.

하일지의 소설 '경마장 가는 길'이나 김혜나의 소설 '제리'는 굉장히 야하다. 그런데 검열에 안 걸린 이유는 거기에선 삽입성교만 다루기 때문이다. 즉 노말한 것만 말이다. 하지만 나는 삽입성교는 상투적인 것이라서 재미가 없는 성애라고 생각하여 이른바 변태성욕만을 다루기 때문에 늘 검열에 걸린다.

내가 성에 대해서 쓴 글을 입에 거품 물고 욕하는 사람들이 미셸 푸코 등 서구의 성 철학자들이 쓴 것이라면 낙서조차 신주 모시듯 떠 받느는 꼴을 많이 보았다. 그들에게 있어 '채털리 부인'이나 '엠마누엘 부인'의 성희는 멋진 자유분방함의 표현이고, '순아'나 '사라'의 성희는 그저 퇴폐적인 방탕일 뿐이다.

천재들은 모두 다 변태 성욕에 집착한다. 천재들은 별미를 원하는 까다로운 식성을 갖고 있기 때문이다.

사랑은 성애이다.

성애의 핵심은 혀에 있다.

핥기, 빨기, 비벼대기, 뱅글뱅글 돌리기 등

또한 사랑은 터치이다.

변태는 없다. 변태는 권태에서 나오고, 변태 없이는 새로운 창조가 나올 수 없다. 다시 말해서, 권태는 변태를 낳고 변태는 창조를 낳는다.

'즐거운 사라'의 사라는 1992년에 혼전 순결의 자진 파괴, 동성애, 카섹스, 오럴섹스, 비디오섹스, 교수와의 정사, 트리플 섹스 등의 이유로 걸렸다. 지금 생각해 보면 싱겁디 싱거운 것들이다.

나는 섹스한다. 고로 나는 존재한다. 그래서 나는 핥고 빤다.

여자가 내 정액을 너저분한 것으로 취급하여 입으로 삼키는 일을 주저하면 나는 참을 수가 없다.

여인들이여, 아이스크림이나 오이 또는 가지로 펠라티오 연습을 하라. 입술은 쓰지 않고 혀만 쓰는 게 좋다.

남녀가 서로 사랑하다가 헤어지게 될 때 '성격 차이'나 '성적 차이' 같은 간사스런 이유를 갖다 붙이지 말라. 모든 이별의 원인은 오직 하나, 즉 '권태'다.

섹스는 돈이 가장 적게 드는 '국민 체육'이다.

섹스 없이는 먹는 것도 불가능합니다. 우리가 먹는 음식은 모두 동식물이 번식을 위해 섹스를 하여 생산해놓은 씨앗, 열매, 고기이기 때문입니다. 그러므로 식욕 이전에 성욕이고 성에 고프지 않을 때 건강한 정신 상태를 유지할 수 있습니다.

저는 손톱이 무지 긴 여자한테 맥을 못 춥니다. 그리고 그로테스크한 화장과 현란한 피어싱, 긴 손톱, 긴 생머리, 염색, 뾰족 구두 등…… 하지만 가장 중요한 것은 역시 '속'이 야해야 한다는 것이죠. 또 잘 핥고 잘 빨아야 해요.

나는 전처가 겉이 아주 야해서 죽자 사자 쫓아다니다가 결국 결혼했는데, 3년 살아보니 속은 너무 안 야해서 이혼하게 되었다. 죽기 전에 겉과 속이 다 야한 여자를 한번 만나보고 싶다.

밤에는 포르노 보고, 낮에는 금욕주의적인 도덕과 윤리를 강조하고……. 한국 사회의 못 말리는 이중성.

'즐거운 사라'에 나오는 국문과 교수 '한지섭'은 저의 분신이죠. 실제로 홍대 교수 시절, 사라 같은 미술대 여학생과 진한 연애를 했습니다. 솔직히 말해서 제자들과 연애를 가장 많이 했습니다. 그런데 '즐거운 사라' 필화 사건 이후론 사건 후유증 때문에 쭉 굶었지요.

쾌락은 어떤 쾌락이든지 질리게 되어 있어. 그러나! 섹스만은 안 질린다. 인생도 뭐든 질려. 심지어 밥도 먹다 보면 질려. 하지만 섹스 자체는 절대 안 질려. 물론 한 여자 한 남자하고만 하면 질리겠지. 당연한 거 아냐? 사랑을 해도 권태가 있잖아. 권태와 변태. 권태로워지면 변태로워지고, 변태로워지면 창조가 나온다. 그게 내 명제야.

손으로 비비고 문지르며 나이프로 긁어댈 수도 있는 캔버스 작업은 내게 진짜로 시원한 카타르시스를 선물해주었다. 그림이 잘되고 못되고를 떠나 우선 나 스스로 카타르시스의 즐거움을 맛보기 위해 붓을 휘둘러대었는데, 그러다 보니 캔버스 작업은 대부분 즉흥성에 의존한 것들이 많다.

나무위키 또는 NAVER 인물검색
마광수 교수

마광수 교수는 1951년 경기도 수원시에서 유복자로 태어나기 몇 달 전, 1.4 후퇴 중 종군 사진작가였던 아버지가 한국전쟁 중에 갑자기 사망해 홀어머니 슬하에서 이부 누나와 함께 자랐다. 대광고등학교를 졸업하고 연세대학교 국문과에서 학사, 석사, 박사학위를 받았다. 수석 입학해서 4년 전액 장학금을 받고 다녔으며, 학부과정을 올 A로 졸업했다. 청록파 시인 박두진의 추천으로 26세에 시인으로 등단했다. 홍익대학교 국어교육과 교수(당시 28세)를 거쳐 1983년부터 연세대학교 국어국문학과 교수(당시 32세)로 재직하다 2016년 8월 정년퇴임했다.

2017년 9월 5일 오후 1시 51분쯤, 자택인 서울 용산구 동부이촌동의 한 연립주택에서 숨져 있는 것을 가족이 발견해 경찰에 신고했다. 경찰은 집에서 유서를 발견했고 자살로 추정했다.

그는 작가로서는 굴곡이 많았지만 문학 연구가로서는 커다란 업적을 남겼으니 바로 **윤동주**의 재발견이다. 윤동주하면 떠오르는 정서인 '부끄러움' 도 마광수 교수가 그를 연구하면서 발굴해 낸 것이다.

김진태 전 검찰총장

김진태 전 검찰총장은 1992년 그 당시 서울지방검찰청 특수2부에서 마광수 교수를 담당한 수사검사 겸 공판 관여 검사였다.

1952년 경상남도 사천 출생.

제14기 사법연수원 수료

2013년 12월부터 2015년 12월까지 제40대 검찰총장을 지냈다.

안경환 교수

안경환 교수는 항소심에서 재판부가 선정한 감정인이었다. 당시 안경환 교수와 서강대 이태동 교수는 '즐거운 사라'는 문학작품이 아닌 음란물이라며 마광수 교수에 대한 검찰의 기소 의견을 지지했다.

1948년 경상남도 밀양 출생.

서울대 법학과 졸업

미국 펜실베니아대 법학 석사

미국 산타클라라대 로스쿨 J.D.

서울대학교 법과대학장

한국헌법학회장

제4대 국가인권위원회 위원장

2013년부터 서울대학교 명예교수

민용태 교수

민용태 교수는 항소심에서 피고인측 증인으로 나와 검찰의 공소사실을 반박했다.

1943년 전라남도 화순 출생.

스페인 마드리드 국립대학교 박사

1968년 창작과비평에 시 '밤으로의 작업'으로 등단

고려대학교 문과대학 서어서문학과 명예교수

스페인 한림원 종신회원

장석주 시인

'즐거운 사라' 필화 사건 당시 발행인으로 함께 옥고를 치렀던 장석주 시인은 2017년 9월 15일 '여성조선'과의 인터뷰에서 마광수 교수와 얽힌 여러 이야기를 했다. 이 인터뷰 기사는 같은 해 10월호에 게재되었다.

1992년 10월 29일 새벽에 검찰청 직원 서너 명이 집 앞에 와서 갑자기 연행됐어요 그날 종일 조사 받고 아마 저녁 8시쯤에 법원 영장이 떨어져서 서울구치소에 함께 들어간 걸로 기억해요 설마 했어요 이걸로 사람을 구속시킬까 '즐거운 사라'는 출판된 책이니까 증거인멸도 할 수 없고 우린 얼굴이 다 알려진 사람들인데 일사천리로 구속까지 진행된 거죠 처음엔 암담하고 당황스러웠고 속수무책인 상태였어요 이후 변호인이 선임됐지만 보석 신청도 계속 기각됐고요 재판이 진행됐어요 두 달이 빨리 지나갔죠 12월 30일에 1심 선고 받고 집행유예로 나왔어요 저는 그 사건으로 인해 출판사를 정리하게 됐고 가정도 풍비박산이 났어요 내 인생에 가장 큰 변곡점이 된 사건이었죠 내 안에 분노 같은 것들이 있었지만 어떻게 할 수 있는 방법이 없었어요

어느 정도 예상은 했지만 구속까지는 예상을 못 했죠 저는 표현의 자유와 외설이란 법적 규제가 정면으로 충돌했을 때 우리 사회의 품이 그렇게 좁진 않을 거라고 낙관적 기대를 갖고 있었던 것 같아요 그런데 기대와는 달리 상당히 엄혹한 잣대를 들이대고 최악의 사태가 벌어진 거죠 검찰 권력이 얼마나 막강해요 개인이 권력에 맞서 할 수 있는 일이 없어요 모든 걸 감당해야 했고 거기서 생겨나는 피해와 손실은 온전히 제 몫이었죠

1980년대 당시 한국 사회는 좌파 이념이 휩쓸던 때였어요 한국 사회가 지나치게 한쪽으로 기울어서 편향된 사회가 되는 것을

우려했죠 지식생태계가 건강해지려면 반대쪽에도 좀 균형을 잡아야 하지 않을까 하고요 그런 면에서 마 교수가 가진 문학적 혹은 이념적·사상적 위치가 대단히 독특했어요 마광수 같은 사람도 우리 사회에 있어야 한다고 생각한 거죠 마 교수 작업을 개인적으로 좋아하진 않았지만 내가 할 수 있는 일은 기회를 주는 것이었어요 지식생태계가 균형에 필요하다는 것이 당시 제 생각이었어요 검찰에서는 내가 마 교수를 이용해서 돈을 벌려고 했던 게 아니냐고 했지만요

운동권이 득세하던 시기였고, 군사독재 정권에 저항하지 않는 것은 시대의 책무를 다하지 못한 것으로 생각했었죠 그러나 저는 그게 다가 아니라고 생각했어요 마 교수는 성 담론 해방을 거의 혼자 주창하고 나왔어요 그것을 시로 소설로 창작해서 계속 보여줬고요 우리 사회는 밤과 낮이 같지 않은 위선적 사회였어요 낮은 근엄한 도덕주의자가 지배하지만, 밤은 성적으로 타락한 사회였죠 마 교수는 그런 이중성을 폭로하고, 성 담론을 음지에서 양지로 끌어내고 싶었던 거예요 그런 면에서 어쩌면 더 자극적으로 말초신경을 자극하는 작품을 썼던 거죠

마 교수는 독창적인 천재였죠 사물이나 현상을 보는 방식이 보통사람과 굉장히 달랐어요 특히 윤동주나 시나 이상의 시를 해석한 걸 보면 독창적인 시각이 두드러져요 재능도 많은 사람이었어요 가끔 함께 노래방에 가면 노래도 굉장히 잘했거든요 자유롭고 유쾌하고 잘 노는 사람이었어요 멋쟁이였어요

사회적 타살이란 말은 앙토냉 아르토라는 프랑스 작가가 빈센트 반 고흐의 죽음을 두고 한 말이에요 고흐는 자살했지만 사실은 사회적 타살이란 거죠 고흐의 자살이나 21세기 마 교수의 자살은 똑같아요 자살 형식을 빌렸지만 이것은 한 사회가 그 예술가에 대한 냉대와 몰이해로 공모해서 죽인 거예요

참고 자료

나는 메타픽션을 의식하면서 한 편의 논픽션 소설을 썼다. 이 소설은 역사소설 또는 실화소설이기 때문에 냉엄한 역사적 사실을 왜곡해서는 안 될 것이다. 나는 역사소설을 쓸 때의 작가의 한계를 의식하지 않을 수 없다. 그러기 위해서 많은 참고 자료를 읽고 조사했지만 충분했다고는 생각하지 않는다. 무엇보다도 마광수 교수를 만나서 조사하고 확인해야 할 사항이 많았지만.

내가 1차 자료에 근거하지 않고 또한 당사자를 직접 만나서 취재하지 아니하였기 때문에 역사적 사실을 잘못 이해해서 또는 역사적 상황과 인물들, 사건, 배경에 대한 내 상상력이 지나쳤거나 부족했다면 그건 순전히 내 과오라고 할 수 있다.

내가 참고한 자료는, 마광수 저, '즐거운 사라' '나는 야한 여자가 좋다' '돌아온 사라' '마광쉬즘' '마광수의 뇌구조' '나의 이력서' '사라를 위한 변명' '마광수의 유쾌한 소설읽기' '비켜라 운명아, 내가 간다!' 법률신문사 발행 '법조50년 야사', 범우사 발행 '한승헌 변호사 변론사건실록' 제6권, '마광수 교수 필화사건 백서', 존 클레런드 저 / 정성호 옮김 '패니 힐', 게리 덱스터 지음 / 박중서 옮김 '왜 시계태엽 바나나가 아니라 시계태엽 오렌지일까?' 기타 나무위키 또는 네이버 인터넷 자료 등 이다.

다만 '즐거운 사라' 사건의 공소장, 1심 판결문, 변호인들의 항소이유서, 마광수 교수 본인의 항소이유보충서, 한승헌 변호사의 상고이유서 등등 중요하면서 상세한 것은 한승헌 변호사의 전게서 457면부터 539면까지 및 '마광수 교수

필화사건 백서'를 참조해야 할 것이다.

원본 '즐거운 사라'는 그 사건 재판에서 음란물로 확정되었기 때문에 공식적으로 폐기되었다. 공개적으로는 어디에서도 찾을 수 없게 되었다. 그러므로 공소장과 판결문에서만 문제가 된 음란물 부분을 찾아서 읽을 수 있다. 그래서 나는 그 부분을 생략하지 않고 전부를 실었다. 판례가 제시한 음란물의 개념, 문학에서 성표현의 한계, 예술과 외설의 변별에 관해서 학술적 가치가 있는 논문을 쓰려고 한다면 반드시 공소장과 판결문을 참조할 수밖에 없을 것이다.

인간의 초상

인간의 초상

아마도 젊었을 때는 아름다웠다.

1. 내가 감히 인간의 냉혹한 운명에 대해 말할 자격이 있는지 모르겠다. 지금까지 살아오면서 운명다운 운명과 조우하여 그것에 맞서 격렬하게 싸워본 일이 없었기 때문이다. 그러나 나의 경우에 삶의 운명은 구체적으로 어떤 경로로 진행되었을까 하고 한 번쯤 생각해 볼 수는 있지 않을까. 지금쯤, 내 삶의 한 끄트머리를 되돌아볼 수 있지 않을까. 순전히 우연 혹은 행운 덕분에 이리저리 우회로를 거쳤지만 크게 옆길로 벗어나지 않은 운명 말이다.

한 인간의 삶에 있어서 인생행로란 인위와 우연, 사건과 사물, 운명에 의해 어떤 경우에도 반듯하게 직선 행로일 수는 없다. 삶이란 대체적으로 보이지 않는 힘에 의해 본의 아니게 이리저리 떠밀리다가 여기저기 부딪치고, 짓밟히고, 방황하다가 갑작스럽게 방향을 바꾸는 것이다.

삶이란 게 어떻게 돌아가는 건지, 어떤 일이 일어날지는 누구도 모른다. 그런 것이다. 삶이란 우발적 사건의 연속, 반전과 반전의 반전이 있을 뿐이다. 그러니 개인의 역사란 우리가 구태의연하게 운명이라고 명명하는 무작위적 우연의 연대기일 것이다.

이건 고백이나 짧은 회고록 따위는 아니다. 뭐랄까?

그것은 결코 자기 자신을 진실하게 내보이는 것이 아니다. 고백하는 사람은 누구나 거짓말쟁이이며 모든 고백에는 위선적인 동기, 과장, 미화, 자화자찬, 변명 또는 교묘한 선전이 숨어있다. 진정한 사람은 자신에 대해 말할 게 별로 없는 법이다.

우리는 아무도 그 자신에 대해 진실을 그대로 말하지는 못한다는 것을 인정해야 한다. 어떻게 얼굴을 붉히지 않고 불특정 다수인에게 부끄러운 과거를 내놓을 수 있겠는가. 이건 순전히 내 관점이지만 도대체 불가능한 일이다.

그럼에도 불구하고 지금에 와서 이걸 말하는 게 도대체 무슨 의미가 있을까? 나는 아주 오랫동안, 근 40년 동안 누구에게도 말한 적이 없었는데 말이다. 과거의 그 기억들을 저 깊은 망각의 심연 속에 묻어둔 채 살아가기로 작정하지 않았던가. 그건 좋은 기억도 아니고 나쁜 기억도 아닌 그런 모든 걸 초월한 것이기는 하지만. 나는 말할 수 없었기 때문에 말할 수 없었다. 과거를 돌아본 것이 두려웠기 때문이었을까. 짓궂게 묻는 말에 대답하기 곤란해서.

무적의 백마부대 용사였군요. 보병이었군요. 월남에서 사람을 죽인 적이 있었나요? 몇 명이나 죽였습니까?

AK 소총을 어깨에 둘러멘 채 한가한 얼굴로 담배를 피우고 있는 어린 소년을 향해 정조준해서 방아쇠를 당기려는 순간 그가 연기처럼 사라져 버렸다는 말을 할 수 없어서.

나는 왜곡하고 부인하고 변조하고 싶은, 과거를 재구성하고 싶은 그런 평범한 충동에 저항할 수 없었기 때문이었을지도 모른다.

하필 이 시점에서일까? 나에게 무슨 일이 일어난 것인가? 또는 일어날 것인가? 세월의 무게 때문일까? 이미 체념했기 때문인가? 여기에서 체념은 희망을 버리고 단념했기 때문이 아니라 불교의 사성제가 의미하는 것처럼 내가 비로소 인간 삶의 도리를 깨달았기 때문일까? 추억은 고통스럽지만 한편으로는 그 달콤한 회상 속에 빠져들고 싶은 욕망 때문이었을까? 지금쯤 내 말을 들어줄 누군가가 절실히 필요했던 것일까? 유대인의 속담처럼 지나간 고통을 이야기하는 것은 즐거운 일이기 때문일까?

솔직히 말하면 나는 매우 늙었기 때문이다. 일부 기억을 재생하고 상상력을 보태서 완결판 이야기를 만들고 싶은 조바심 때문이라고 해두자.

아무리 비극적인 이야기라고 하더라도 일단 책에 쓰고 나면 그토록 오랫동안 우리를 떠나지 않던 그 과거의 조각은 우리의 기억에서 지워지고 만다. 우리는 더 이상 그 생각을 하지 않는다. 의식이 정화된 것이다. 역설적이게도 소설은 과거의 일부를 살리는 데 쓰이면서 그것을 파괴하는 데도 기여한다. 소설은 기억을 잡아먹는다. (이건 어떤 프랑스 작가가 한 말이다. 나는 지금 그 작가의 이름이 기억나지 않는다.)

내가 나의 과거에 대해 말하고자 하는 것을, 더욱 많이 행간에 암시한 모든 것을 당신은 온전히 이해할 수가 있을까? 나는 젠체하지 않으면서 은근히 자신을 과장 미화하지 않고 정직하게 드러낼 수 있을까? 나에게는 굳이 말하고 싶어하지 않는 부분이 있을 수 있다. 내가 이야기하는 대상인 그들의 감정과 생각을 제멋대로 기억하고 해석한 것은 아닐까? 그들은 이미 죽었거나 그 후의 소식을 전혀 모르는데 말이다.

당신은 지금 오직 한쪽 당사자의 이야기를 듣고 있을 뿐이다. 당신은 지금 내 이야기를 듣고 있는가? 그러려면 당신은 나의 침묵도 함께 들어야 한다. 야상곡의 선율처럼 몽환적인 어떤 것이 숨어있을 수도 있다. 마침표를 믿지 마라. 그 마침표는 단지 말줄임표일 뿐이다. 끝났다고, 다 끝났다고 단언할 수 있을까. 또다시 무언가를 덧붙이고 싶은 욕망이 생길지도 모르겠다. 어쩌면 마지막 순간에 무언가를 덧붙일지도 모르겠다.

그런데 내 이야기가 당신의 고단한 삶과 연쇄적인 상호 작용을 일으킬 가능성이 있을까? 당신은 허위의식에 찬 이걸 읽고 냉담하고, 의식적으로 무시하고, 혹은 의혹을 품을 것인가? 차라리, 오랜 버릇대로, 만취해서 그때마다 혀 꼬부라진 소리로 나의 분신, 제2자아에게 웅얼거리는 게 낫지 않을까? 내 얼굴과 육체에, 나의 의식과 무의식의 세계에 내 삶의 궤적이 그대로 각인되어 있는데 새삼스럽지 않은가?

40년이 넘게 지났는데 내가 지금 울고 있을 리는 없다. 그러면 웃고 있을까? 자신을 비웃고 있을까? 희미한 미소를, 밝은 아니면 어두운……

2. 나는 타임머신을 타고 그 시절로 되돌아간다.

나는 1969년 그때 육군 일등병이었는데 나의 의사와는 상관없이 순전히 국가의 명령에 의해 전쟁터에 끌려갔고 얼마 후 작전에 투입되었다. 그리고 지금도 그 정체를 알 수 없는 열대병에 걸려서 나트랑에 있는 102 야전병원에 40여 일간 입원하여 생사의 기로를 헤맨 일이 있었다.

그러니까 밀림에서 벌어진 전투에서 저격수가 날려 보낸 총알이 몸에 박혀 부상을 입어서가 아니라 뜻밖에 정체불명의 열대병에 걸렸던 것이다. 그것도 수천 명의 백마부대 30연대 부대원 중에서 어느 날 갑자기 나만 걸렸던 것이다.

그때까지 나는 너무나 건강했는데 말이다. 글쎄, 왜 하필 나였을까. 그러니 나는 지금까지도 그 영문을 모르겠다. 모질고 억센 운명 (누가 운명을 관장하는지는 몰라도) 이외에는 그걸 달리 설명할 길이 없는 것이다.

그날 밤 치명적인 전투에서도 온전하게 살아남았는데.

연대 의무대 군의관은 증상이 너무 심했으므로 자신이 손쓸 방법이 없음을 알고 신속하게 야전병원으로 후송한 것이었다.

나트랑. 십자성부대. 102 야전병원.

그 병의 증상은 이렇다. 처음에는 온몸이 불덩어리가 되었다가 열이 조금 식으면 다시 열병인 것처럼 발작적으로 오한이 엄습하여 전신경련을 일으켰다. 그때 까무러치며 무의식중에 마구 헛소리 내뱉는 것이고 무언가를 한참 동안 웅얼거렸다. 악령에 들린 자가 전혀 알지 못하는 방언을 지껄이는 것처럼 말이다.

그러나 돌이켜보면 그 헛소리는, 그 애절한 웅얼거림은 나의 무의식 속에 깊숙이 잠재되어 있던 영혼의 알아들을 수 없는 외침이, 혹은 중얼거림이 아니었을까.

내 몸은 계속해서 번갈아 찾아오는 불덩어리와 발작적 오한 때문에 근 보름 동안이나 아무것도 먹지 못하고 오직 수액에 의지하고 있었으므로 몹시 피폐해졌다. 그러나 의식은 가끔 돌아왔다. 그리고 그때마다 혼미한 의식 속에서 환청, 환각, 착란, 망상에 시달렸다.

그 당시, 감수성이 극도로 예민했던 20대 초반 그 시절에 남몰래 흘린 눈물, 고통, 혼란, 체념 등에 대한 희미한 기억들이 나도 의식하지 못하는 가운데 지금까지 나의 정신세계를 지배하고 있을 것이다. 그래서 아주 일찍부터 단념할 줄 알았다. 그리고 바보처럼 단순한 운명론자가 되어버렸다.

나는 그때 담당 의사와 간호 장교의 암묵적인 대화와 중환자실의 환자에 대한 죽음의 은유를 의미하는 행동에서 짐작하건대, 내가 지금 죽어가고 있음을 놀랄 만큼 분명히 느끼고 있었다. 나는 틀림없이 죽을 것이고, 그것도 아주 빠른 시일 내에 죽을 것이고, 죽은 뒤에는 이제 더 이상 존재하지 않을 거라는 자아의 부재에 대해 단념한 것이다.

나는 죽음의 문턱에서 혼수상태에 빠져 있었다. 육체는 거의 죽어 있었는데 의식은 희미하게나마 살아있어서 그들의 대화를 다 듣고 이해할 수 있었다. 그 의사가 말했다. *호프리스야 뇌가 완전히 망가진 거지. 약이 들어먹어야 말이지. 이미 죽은 거야. 끝*

장이 난 거지. 간호 장교가 심각한 얼굴로 고개를 끄덕이고 있는 게 느껴졌다.

나는 언제부터인가 모르지만 계속 깊은 잠에 빠져 있다, 어쩌면 지금 꿈을 꾸고 있을 뿐이다, 아니면 일시적으로 착란을 일으키고 있는지도 모른다는 생각이 들었다. 나는 깨어나고 싶었다. 나는 비명을 지르고 싶었지만 비명소리는 나오지 않았다. 그때 나는 살려달라고 외치고 싶었던 것이다.

나는 병상에서 잠시 의식이 깨어날 때는 하염없이 누워서, 길고, 의식적이고, 자의적인 꿈과 환상 속을 헤매었다. 그러면, 죽음의 공포가 사라졌다. 하지만 그때는 독실한 무신론자여서 톨스토이의 소설 속 인물인 이반 일리치처럼 죽어가는 그 순간 위대한 신과의 대화를 시도하지는 않았다. 다만 그 순간 내가 죽어도 눈에 보이지 않는 무언가는 살아있을 것이라는 생각, 내가 죽어도 영혼만은 절대 죽지 않는다는 확신이 들었다.

나는 어느 순간 갑자기 명징한 의식이 돌아왔을 때 (그건 야전병원에 입원한 지 한참 후의 일이지만) 마지막이라는 생각에 안간힘을 다해 유서와 다름없는 편지를 써서 고국의 아버지께 보냈었다. 이번 편지가 늦게 된 건 순전히 군사작전이 길어졌기 때문에 편지 쓸 틈이 없었다고, 그 작전은 연대본부의 명령에 따라 부대 주둔지에서 200킬로미터나 떨어진 국경 근처의 밀림으로 출동한 장기 작전인데 조만간 원대복귀할 것이라고 둘러대고, 말이 작전이지 안전한 마을에서 아주 한가하게 지내고 있기 때문에 나는 지금 너무너무 건강하고 잘 복무하고 있다고, 우리 가족은 잘 살아야 된다고, 아버지가 중심을 잡아야 한다는 등등.

나는 순전히 거짓말을 하고 있었기 때문에 편지 내용은 짧았고 말을 삼가고 있었다. 아버지는 언제나 과묵했으며 가급적 감정을 드러내지 않았고 거짓말을 무척 싫어했으므로 선의의 거짓말조차도 용납하지 않았다. 하지만 나는 선의의 거짓말을 하지 않을 수 없었다. 나는 강박적으로 아버지를 비롯해서 가족을 절대적으로 안심시켜야 된다고 생각했던 것이다.

3. 열대지방의 늦은 오후.

화장터 건물은 야전병원에서 조금 떨어진 숲으로 우거진 작은 언덕 위에 숨겨져 있었다. 오후 늦게 또는 석양이 질 무렵이면 어김없이 우뚝 솟은 화장터의 벽돌 굴뚝에서 죽은 병사의 시체를 태우면서 나오는 하얀 연기가, 가냘픈 연기가, 슬픈 연기가, 영혼을 상징하는 연기가 곧게 피어올라 하늘로 올라갔다.

가끔 바람에 실려 시체 타는 냄새가 병동까지 날아들었다.

영현병이었던 **김재수** 하사는 화장터에서 혼자 소각로를 담당했다. 그는 누구나 싫어하는 시체 태우는 일을 했다. 항상 술에 얼큰히 취해서 불콰한 얼굴로 시체들을 잘 태우기 위해 기다란 쇠꼬챙이로 타다 남은 살점과 뼈들을 뒤적여서 불이 활활 타오르는 더 깊은 소각로 속으로 밀어 넣었다. 그들 시체는 주로 작전이 끝난 뒤 전선에서 왔다.

그러나 암암리에 김 하사에 대한 도저히 믿을 수 없는 흉흉한 소문이 돌았다. 열대지방의 우기에 접어들면 몇 달 동안 억수같은 비가 쏟아지는 날이 계속되고, 그 우울한 날에는 그는 어김없이 노릇노릇하게 구워진 주로 종아리 살점을 안주 삼아 술을 통음한다는 것이었고, 술에 만취하고 나면 무어라고 계속 웅얼대면서 장대비 속을 몽유병자의 몸짓으로 몇 시간씩이나 흐느적거리며 동생을 찾으러 다닌다는 것이다.

진짜 알코올 중독자라는 소문도 돌았고, 알코올 중독자는 대부분 폐울혈로 죽기 때문에 그도 끝내 폐울혈로 죽게 될 것이라고 쑥덕거렸다. 병원의 위생병과 일부 입원 환자들 사이에서 그렇게 입소문이 돌았던 것이다.

나는 우연한 기회에 얼굴에 마맛자국이 조금 남아 있고 다친 머리에는 붕대가 단정하게 돌려있는 외과병동의 박 상병으로부터 들었던 것이다. 그는 백마 30연대 52포병대대 소속이었다. 그는 다 나았는데도 무슨 수를 써서라도 퇴원을 미루고 싶어했지만 외과병동은 항상 빈자리가 없었기 때문에 조만간 원대복귀할 예정이었다. 우리는 가끔 만나서 이러저러한 무의미한 잡담을 나누었다.

그가 말했다.

잠깐만 내 얘기를 들어보라구. 정신이 아주 이상한 사람이라고 하더구만. 반쯤 미쳐버린거지. 맨날 시체만 상대하니까 그럴 수도 있어.

누가 그걸 본 사람이 있어?

소문이 그렇다니까. 아니 땐 굴뚝에 연기가 나겠어!

그러니까 숲속에는 얼씬거리지 말라구. 참새처럼 큰 나비 떼들

이 구름처럼 몰려드니까 으시시하다고 하더군. 그런데 밤이 되면 그것들이 귀신으로 변한다는 거지. 그렇지 않다면 귀신이 낮에는 나비로 변신해있는 거지.

　내가 상당히 회복되고 난 후, 드디어 내가 혼자 걸어서 화장실과 세면장까지 갈 수 있을 만큼은 회복되었을 때, 맑은 공기를 쐬기 위해 병원 주변 숲속을 어슬렁거리다가 갑자기 아무도 접근하지 않는 사람인 그를 만나게 되었다.

　나는 그때 너무 외로웠으니까 몸을 추스르고 답답한 병동 밖으로 나가고 싶은 강렬한 충동을 느꼈다. 그리고 문득 그를 만나고 싶다는 호기심이 일었다. 나는 시원한 바람도 쐴 겸 정신적이건 육체적이건 너무 혼란스러웠으므로 진지한 말동무가 절실하게 필요했던 것이다. 그래서 박 상병의 말을 전혀 개의치 않기로 했다.

　하지만 그를 만나면 직접 물어보고 싶었던 몇 가지 질문은 그를 만나고 나서는 하나도 생각나지 않았다.

　그는 중간 키에 의외로 균형잡힌 탄탄한 몸매를 하고 있었다. 덥수룩한 머리칼이 넓은 이마를 덮고 있다. 처음 만난 순간 맑은 눈빛으로 찬찬히 뜯어보듯 바라보았다. 그는 전혀 어둡고 답답하다는 인상을 풍기지 않았다. 나는 어느 정도 괴물처럼 생긴 인간으로 미리 단정하고 있었는데 내심 당황하고 말았다.

　그러니까 어떻게 보아도 식인종처럼 보이지는 않았던 것이다. 더욱이, 그리스 신화에 나오는 눈은 하나밖에 없고 치즈나 우유를 주로 먹고 살다가 가끔씩 사람 고기로 포식하는 외눈박이 거인 퀴클롭스는 절대 아니었다.

그는 처음 갑자기 조우했을 때의 당혹감을 어느 정도 떨쳐 낸 듯 보였다. 하얀 환자복을 입은 금방 쓰러질 것 같은 초라한 내 모습을 보고 경계감이 사라졌을 것이다.

그가 말했다.

쫄병…… 어디 소속이야?

백마 30연대입니다.

네 이름을 물어보지는 않겠어. 지금 당장은 알고 싶지 않으니까. 그런데 병명이 뭐야? 작전에서 당한 것 같지는 않은데……

의사도 모른대요.

의사가 병명도 모른다고? 네가 꾀병 부리는 거 아냐. 조기 귀국하려고……

그건 아니에요. 죽다 겨우 살아났거든요. 그러다가 결국 죽을지도 모른다는 생각이 들어요.

네 꼴을 보니까 그런 것 같군.

제 모습이 그렇게나 불쌍해 보이나요?

그러면…… 내가 사람 잡아먹는 괴물처럼 무섭게 보이냐? 그런가? 괴상한 소문을 들었을 거 아냐. 두렵지 않았어? 어떻게 여기까지 올 생각을 했어.

전 상관 안 해요. 그런데 소문하고는 다른데요. 왜 그런 헛된 소문이……

온갖 추측과 억측을 하였겠지. 소문이란 게 그런 거야. 터무니없거든. 우리…… 자주 만나자고. 화덕을 보여줄 수 있어. 거기는 나 혼자밖에 없으니까. 무서워서 아무도 들어오지 않는 거야. 귀신은 나오지 않으니까 걱정하지 말라구. 귀신은 내가 밤에 혼자 있을 때만 나타나는 거야.

그래도……무서워요. 무서워할 필요가 없는 데도 말입니다. 여기서는 죽음이 별거 아닌 것처럼 느껴지거든요. 맨날 굴뚝에서 흰 연기가 하늘로 올라가는 모습을 보니까요. 그렇지만 혼란스러워요. 어젯밤에는 정말 한숨도 못 잔 거 같아요.

너나 나나 대가리에 피도 안 말랐는데 죽음을 운운하기엔 좀 그렇지? 세상을 채 살아보지도 못했는데. 그런데 왜, 누가, 죽음을 무서워하는 거지. 쓸데없이……

우리 모두 언젠가는 불 속으로 들어가는 거야. 그게 세상의 이치야. 제때 죽는 것이 중요한데 말이야. 사람들은 너무 일찍 죽거나…… 너무 늦게 죽게 되거든…….

그런데 나비 말이예요. 나비 떼는 어디에 있어요? 그게……

누구한테서 나비 얘기를 들은 모양이지. 이곳 산호랑나비들은 덩치가 크고 날개가 형형색색이어서 너무 아름답지. 그렇지만 개들이 떼를 지어 나타나는 계절이 따로 있어. 지금은 아냐.

하지만 그는 늘 바닥으로 시선을 깔고 반쯤 쉰 목소리로 자신과 대화하듯 조용히 말했다. 그는 의외로 순박한 사람처럼 보이기도 하지만 그 이상으로 인생 경험이 많은 사람으로 겉늙어버린 것처럼 보였으니까 자기모순적이었다.

야전병원을 둘러싼 열대의 숲은 무겁고 음산했다. 그날 오후, 하늘은 낮고 거대한 먹구름이 뒤엉킨 채 몰려왔다. 번갯불이 번쩍이고 천둥이 치며 무섭게 소나기가 쏟아졌다. 그러나 잠깐이었다. 스콜이 그치고 잠시 서늘한 바람이 불었다. 바나나 나무의 넓은 잎들이 하늘거린다. 황혼녘이 되어 어둠이 내린다. 숲에는 적막감이 흘렀다.

그날도 여전히 술에 취한 채 (오후 작업이 시작되면서부터 마신 술이거나, 아니면 비가 내렸기 때문에 마셨을 수도 있다. 그는 어처구니없이 죽은 자들이 불쌍해서, 죽은 자들의 망령을 위로하기 위해서, 시도 때도 없이 그들이 생각나니까 그때마다 술을 마실 수밖에 없다고, 변명 아닌 변명을 하였다.) 무덤덤하게 그가 말했다.

네가 사랑을 해본 적이 있었던가? 그게…… 대상이 여자인지 남자인지 하나님이든지 무엇이든지 상관없이 말이야

저는 사랑은 여자하고만 하는 줄로 알고 있는데요

그래서 여자와 자본 적은 있나?

그건 모르겠는데요

모른다고?

기억이 잘 나지 않아요

그런 일이 기억나지 않는다고! 네놈이 날 놀리고 있는 거야! 내가 이미 파악하고 있었지. 너는 완전한 숙맥이야! 숙맥이란 게 바보라는 말인데, 알고 있어?

끝까지 지킬 자신이 있으면 그렇게 하라고. 무슨 의미가 있을지도 모르지 않나?

저는 지금 마음속에서부터 변하고 있어요. 그게 느껴져요

그럴 수 있겠지. 죽다가 살아났으니까. 내가 지금부터 무슨 이야길 해줄 수 있지. 너무 놀라지는 말라구. 어쩔 수 없었다니까. 어쩔 수가……:

비 오는 날은 싫어. 지긋지긋하지. 슬프고 우울하단 말이야. 불의 유혹을 견딜 수 없어 꼭 죽고 싶다니까. 불꽃이 동생 얼굴로 변하지. 동생이 환하게 웃고 있는 거야. 그럴 땐 소각로 속으로 내가 들어가고 싶어. 불꽃이 활활 너울거리며 춤을 추고 위로 솟구칠 때는 그 유혹을 참기 힘들지.

그 아인 비밀에 가득 찬 수수께끼였지. 난 그에 대해 아는 게 별로 없지. 유령처럼 신비로운 존재였지. 항상 반쯤 꿈꾸는 듯한 표정을 하고 있었던 거야. 내가 일방적으로 짝사랑했던 건 아냐. 그도 태도를 자세히 살펴보면 은근히 좋아했었지.

그러니까 그가 떠났을 때 불같은 질투와 격렬한 감정, 알 수 없는 욕망 때문에 굉장한 고통을 느꼈던 거야. 그 고통이 납덩어리처럼 가슴을 억눌렀지.

난생 처음으로 그런 감정을 느꼈거든. 그런데 어느 날 그가 감쪽같이 사라졌던 거야. 남자가 남자를 사랑하는 것은 중대한 정신병이라고 하면서…… 나는 그를 의심하지. 그럴 수밖에 없었지.

나는 그가 언젠가 돌아오기를 기다렸지만…… 하늘이 두 쪽이 나도 그가 돌아오지 않을 거라는 걸 알게 되었지.

그 유혹을 뿌리치려면 술을 진창 퍼마시고 지워버려야만 하지. 술에는 고기 안주가 필요해. 그렇지 않냐? 약간 짭짤하긴 한데 …… 허벅지 살은 닭고기 가슴살처럼 퍽퍽하고 종아리 살이 질기면서도 쫄깃쫄깃하다고. 종아리 살에는 하얀 지방질은 전혀 없는 거야. 그 살코기는 씹는 질감이 최고지. 맛있어서 눈물이 나지.

나는 어린 시절부터 남자의 다리, 종아리에 매력을 느꼈던 거야, 여자의 음부같이 무릎 안쪽 우묵한 부분에서부터 완만하게 튀어나와 젊은 여자의 엉덩이 혹은 젖가슴처럼 부드럽고 매끈매끈하고 정맥의 푸르스름한 핏줄이 보일 듯 말 듯 감춰져 있는 살덩이.

온몸을 쥐어뜯고 태워버릴 듯한 짜릿함……; 죽음처럼 불안한 짜릿함을 느끼게 되지. 으흐흐흐……

나는 울면서……; 울면서 꼭꼭 씹는 거야. 어쩔 수 없이 눈물이 흘러내린다고. 그리고 목구멍 속으로 꿀꺽 삼키는 거지. 중대한 정신병을 치료해야 하니까.

그렇지만 내가 제대하고 나면 불고기나 바비큐를 먹을 수는 없을걸. 이것저것 생각이 날 거니까.

그걸 제가 전부 믿으라구요?

믿건 말건 내가 알 바 아니야. 그렇지만…… 쫄병…… 이건 비밀이야…… 어디 가서 나불거리면 안 되는 거야…… 그러면 쥐도 새도 모르게 죽어. 지금 너한테 술을 멕이고 싶지만 참는다. 몸이 그 모양이니, 어디 견뎌내겠어……

귀신을 본 적이 있나? 아니면 귀신을 믿기는 해?

귀신이 있다고요?

그렇다니까.

아마 안개일지도 모르죠. 귀신은 있다고 믿으면 있고, 없다고 생각하면 그런 것 아니겠어요?

귀신들은 밤에만 나타나지. 밤은 낮과는 다른 거야. 밤이 되면 이상한 기운이 찾아오니까 술꾼은 술을 마시고 싶고 도둑들은 도둑질하고 싶은 은밀한 욕망이 생기는 거야. 귀신들도 마찬가지야.
그래서 밤은 귀신의 시간이 되는 거지.

그런데 귀신들은 나를 무서워한다니까. 내가 귀신들을 마음대
로 조종할 수 있다고 그래서 사람들도 나를 무서워하지. 알겠어?
내 몸에는 부적이 있어. 그건 닳아서 반질거리는 사람 뼛조각이
야. 그게 날 보호해 준다고.

워낙 은밀한 소문이었다.

그가 영창에 가지도 않고 또한 조기 귀국을 당하지 않는 것을
보면 영현부대의 장교들은 틀림없이 모르고 있다는 것이다. 아마
알고 있으면서 시치미를 떼고 모른 체했을 수도 있었다.

그들은 멀리 떨어진 사무실에 앉아서 화장보고서를 쓸 뿐 소각
로 근처에는 얼씬도 하지 않았다. 더욱이 어떤 병사도 밤마다 귀
신이 출몰한다는 화장터의 소각로를 담당하는 직책을 결사적으로
기피하였으므로 그 이외에는 당장 할 사람이 없었던 것이다. 그
들은 김 하사에게 귀신이 붙어 있다고 수군거리며 그와 대면하는
것 자체를 꺼렸다. 그는 귀국 만기가 되었음에도 불구하고 병원
관계자의 끈덕진 종용에 따라 귀국을 연기하면서까지 그 일을 하
고 있었다.

4. 퀀셋 병동.

길쭉한 반원형의 간이 건물은 지붕이 주위 환경과, 특히 푸른

하늘과는 전혀 어울리지 않은 검은 색으로 칠해져 있다. 실내는 천장에 천천히 돌아가는 대형 선풍기가 매달려있긴 했지만 항상 무더웠다. 침대에 누워있으면 작은 창을 통해서 간신히 푸른 하늘 귀퉁이를 볼 수 있었다.

하늘에는 옅은 구름만 높이 떠 있다. 우기의 장마는 진즉 지나갔다. 더위는 지금 숨이 막힐 지경이다. 달빛 탓에 주위가 온통 짙은 잿빛으로 덮이는 밤이 되어야만 거의 느낄 수도 없는 부드러운 미풍이 불어왔다.

나는 잠깐씩 의식이 회복되기도 하고 몸을 움직일 수도 가끔 밖으로 걸어 나갈 수도 있었지만 여전히 그 증세가 나를 억누르고 있었다. 숲속의 미지근한 바람은 잠깐이기는 하지만 정신을 맑게 해주었다. 하지만 증세는 오히려 악화되고 있었다. 간헐적으로 온몸이 불덩어리처럼 뜨거워지며 머리가 깨질 듯한 통증이 오고, 그때는 헛소리를 마구 지르고 고함을 외치며 내장 속에 들어있는 걸 몽땅 토해내야 했다.

김 대위는 언제나 냉담했고 단 한 번도 웃음을 보인 적이 없었다. 그는 친절한 의사가 아니었다. 맨날 뚱해서 화가 난 것처럼 보였다. 그랬으니 병명이 무엇인지, 매일 수십 알씩 삼켜야 하는 알약의 효능이나 부작용, 치료 경과에 대해서 말해 준 적도 없고, 의사로서 '이제 위험한 고비는 지나갔어. 안심해도 될 것 같애.' 라든가, '깊은 잠에서 마침내 깨어났다고……. 몸이 스스로 회복하고 있는 거야.'라든가, 빈말이거나 거짓말이거나 할 것 없이 위로의 말 한마디 말해준 적이 없었다.

그때쯤에는 가망이 없었으므로 나는 움직일 수 없는 사실로 여겨졌고 이왕 죽을 거라면 차라리 빨리 죽는 게 나을 거라고 생각했다. 그날 밤 돌발적인 기습 사격에서 죽지 않고 살아남았으니까 이번에야말로 내가 죽을 차례였다.

그러므로 죽음의 일시적 지연이 지금 이 순간 무슨 의미가 있겠는가 말이다. 그건 치욕이고 회한이며 육체적이고 정신적인 형벌일 뿐이었다. 어차피 죽음은 아주 가까이 다가와 있었던 것이다. 나는 지금 죽어가고 있는 중이다. 매일 같이 삶과 죽음의 순환이라는 인류 공통의 운명을 직시하고 있는 것이다. 그러나 죽음은 고통과 번민으로부터 해방이었기에 가장 순전한 상태의 죽음의 세계는 나를 매혹하였고 나는 그때 자기 파괴적인 충동과 함께 죽음을 간절히 소망하게 되었다.

그러다가 명료한 의식 속에서 나는 이런 식으로 죽어서는 안 된다는 강렬한 의지가 되살아났다. 나는 격렬한 분노에 휩싸였다. 누가 무엇 때문에 나에게 사형 선고를 내릴 수 있단 말인가. 누가 사형을 집행할 것인가. 그러나 내 의지는 계속 비틀거리며 허우적거렸다. 끊임없이 삶의 희망과 죽음의 운명에 대한 생각들이 반복되었다. 그때 한창 철없는 나이였는데 벌써 심각하게 삶과 죽음의 의미를 곱씹고 있었으니.

그건 돌이켜 보면 자신의 운명에 저항하려는 처절한 몸부림이었고 긴박하게 닥쳐오는 운명을 늦추기 위한 안간힘이었다.

그날 늦은 오후에 나는 잠깐 의식이 회복되었을 때 병상에 누워 곧게 하늘로 올라가는 그 흰 연기를 바라보고 있었다. 그리고 나도 조만간, 며칠 내로 흰 연기로 탈바꿈할 것이라고 생각하자 눈물이 두 뺨으로 걷잡을 수 없이 쏟아져 내렸다.

김 하사가 쇠꼬챙이로 불이 활활 타오르는 소각로 깊숙이 나를 밀어 넣을 것이다. 그러면 신체의 어느 부위인지 알아볼 수조차 없게 흩어져 있는 뼛조각 몇 점과 회색 재 한 줌만 소각로 바닥에 남을 것이다.

하지만 나를 옭아매고 있던 뿌리 깊은 냉혹한 공포감과 고통스러운 자아로부터 해방감을 맛보았다. 그리고 안도감을 느꼈다. 그 눈물이 그때 처음이자 마지막으로 흘린 것이었다. 그 후로 눈물 같은 것은 흘린 일이 없었다.

나는 그때서야, 눈물을 쏟은 후에서야 우리에게 지옥은 없다는 것을 깨달았다. 유황불이 활활 불타고 있는 지옥은 땅속 수백 미터, 수천 미터 깊은 곳에 자리 잡고 있을 터인데 영혼의 하얀 연기는 하늘나라로, 천국으로 올라가고 있었으니까. 그런 거야. 우리들은 이 세상에 태어나서 무슨 흉측한 죄악을 지을 틈도 없었는데, 아직도 얼굴에 솜털이 보송보송하고 변성기이거나 막 지났는데, 동정이고 새벽이면 몽정을 하고, 젊은 여자애만 보아도 미칠 듯이 가슴이 울렁거렸는데, 어떻게 무슨 이유로 심판을 받고 지옥으로 떨어질 수 있겠는가. 나는 무신론자이지만 어떻든 천국으로 올라가는 거였다. 나는 희열을 느꼈다.

석양이 되어 선명한 저녁 햇살이 열대의 푸른 숲속으로 사라졌다. 그때 숲은 무언가 중얼거리고 휘파람을 불고 노래를 부르고 손짓을 하였다.

5. 내가 천신만고 끝에 살아나서 회복기에 있을 그때는 가벼운 죽으로 연명하였지만 여전히 계속되는 두통 증세로 신경이 예민해져 심한 불면증 때문에 고통을 받았다. 의식이 상당히 회복된 후에도 한동안 여전히 흐느적거리고, 중얼중얼거리고 잠을 자지 못해서 눈알이 빠질 것 같았으니 내 시선은 초점을 잃고 나른해 보였다. 이게 현실인지 꿈인지를 분간할 수 없었다. 좀비, 아니면 약간 미쳐버렸을까.

밤에는 여전히 후덥지근한 병실에서 잠 못 이루는 밤은 지독히도 지루했다. 나는 그때 간호 장교에게 하소연하였다. *김 중위님, 제발 독한 수면제 좀 줄 수 없어요? 잠을 못 자서 눈알이 빠질 것 같습니다. 절 좀 죽음처럼 깊은 잠 속으로 재워주세요.* 하지만 그녀는 애매하게 살짝 웃었다. 그녀는 수면제를 주는 대신 특유의 숙련된 손놀림으로 또다시 엉덩이에 무슨 주사를 놓아 주었다. 내 엉덩이는 너무 많은 주삿바늘 자국 때문에 온통 푸른 멍이 들어있었다.

그녀는 자주 체온과 맥박을 쟀고 청진기로 심장과 폐에서 나오는 소리를 들었으며 차트에다 뭔가를 재빠르게 휘갈겨 썼고, 열이 오르면 이마를 손으로 짚어서 식혀 주었다. 남자는 몸이 아프면 여자의 간호를 받는 게 최고다. 그러면 저절로 나을 것 같다.

그녀가 말했다.

무슨 일이 일어난 거야? 그 지경이 되게…… 그건 분명히 정신착란과 비슷했어.

내가 말했다. *저는 기억이 없어요.*

기억이 안 나겠지. 이런저런 온갖 검사를 다 해 보았지만 뚜렷한 게 없는 거야. 그래도 얼마나 다행이야. 더 이상 악화는 안 되었으니까. 중환자실에서는 하도 몸부림을 치니까 못 움직이게 몸을 단단히 고정시켜 놓았었지.

소등한 병동은 희미한 미등만 켜진 채 밤의 침묵 속에 갇혔고 간간히 코고는 소리 중간에 이빨 가는 소리가 들렸다. 나는 속으로 중얼거렸다. '아침까지 잠을 잘 자라고! 절대로 깨지 마라! 꿈도 꾸지 말고! 오! 하나님!'

하지만 약효가 나타나는 데는 무려 몇 시간이 걸렸다. 마침내 깊은 잠에 빠져 들었고 잠이 든 뒤에는 또다시 악몽 같은 심란한 꿈에 시달렸다. 그래도 잠에서 깨어났을 때는 아주 잘 잤다는 가뿐한 느낌이 들었다.

이른 아침이 되면 벌써 잠자던 환자들이 하나 둘 깨어나서 부산하게 일어났다 누웠다, 나갔다 들어왔다를 반복했다.

나는 죽음과 같은 혼수상태에서 보름여를 보냈는데 이제는 겨우 깨어나서는 반대로 고도의 불면증 때문에 계속적으로 깨어있어야만 했던 것이다. 잠은 생리적으로 인간의 가장 기본적인 욕구인데 잠을 못 자서 죽게 된다면 이 얼마나 끔찍한 죽음일 것인가. 나는 그 때문에 또다시 죽음의 고통 속에서 그 공포를 잊기 위해 끊임없이 비현실적이고 모호한 성격의 상상과 망상, 꿈과 환영 속을 헤맸다.

하지만 하얀 무명 시트가 깔린 병상에서 눈을 감고 가만히 누워 있으면 아주 편안했고 그때는 즐거운 감각들이 들뜨면서 나를 둘러싼 현실 세계를 아름답게 채색하였다. 감정과잉 상태를 벗어나서 아름답고 기이한 환상 속으로 빠져들었던 것이다. 그러면 나는 그때 환상 속에서 스쳐 지나가는 희미한 형상들을 보았고 그 형상들에서 신비한 기운을 느꼈다.

(물론 그때 죽어가면서 명료한 의식 또는 오락가락하는 흐릿한 의식 속에서 끊임없이 꿈꿨던 꿈의 내용을 지금은 거의 기억해낼 수 없다. 온통 꿈속이었다. 꿈속에서 또 하나의 꿈을 꾸고, 또 그 꿈이 또 다른 꿈을 꾸었다. 꿈의 연속. 그리고 너무 오랜, 까마득한 세월이 흘렀다. 내가 애써 기억해낸 기억의 파편과 부풀려 지어낸 것, 제멋대로 상상한 것들은 한 덩어리로 얽혀있어 분리하기가 불가능했고 함께 망각 속에 묻혀 있었다. 40여 년의 세월이 흘렀으니⋯⋯. 40년의 시간. 과거. 침묵. 망각. 그것은 시커먼 구멍이다. 그 속으로 사라진다.)

그렇긴 하지만 희미하고 파편적이긴 해도 모든 기억이 완전히 사라지는 것은 아니다. 세월이 그렇게 많이 흘렀다고 해도 어찌 사람들을 잊어버릴 수 있겠는가. 사람들의 기억. 장면들의 기억. 그것들은 세월도 무용지물로 만드는 것이어서 마치 어제 일처럼 너무 생생하다. 그러나 과거의 삶은 안개 속에 가려져 있다. 그러므로 순수한, 단순한 문자 그대로 기억은 있을 수 없다. 기억은 질서정연하지 않다. 기억의 단속. 그런 의미에서 모든 기억은 이미 해석에 불과한 것이다. 이것은 기억의 변형이고 변주일 뿐이다.

내가 야전병원으로 이송된 지 벌써 20여 일이 지났다. 절체절명의 위급한 상황은 벗어난 것으로 보이지만 병세는 더 이상 호전되지 못하고 답답한 상태에 빠져 있다. 여전히 수십 알의 형형

색색 알약과 엉덩이 주사, 수액에 의지하는 지루한 날들이 계속되고 있었다. 온몸이 땀에 끈적거리면서 수액이 일정한 간격으로 방울방울 떨어지는 모습을 지켜보아야 했다.

나는 기다렸다. 지루함과 절망을 이겨내기 위해서 기다렸다. 그때는 전쟁에 대한 기억은 까마득하게 잊고 있었다.

우리는 그날 오후 늦게 만났다. 김 하사는 작업 물량이 없다면서 나트랑에 이틀 동안이나 무단외출을 나갔다가 슬그머니 귀대했다.

내가 말했다.

나트랑에는 …… 이틀 동안이나?

할 일이 좀 있었지. 미군 보급창 사람들도 만나고 양담배와 고급 양주를 선물로 받았지. 너에게는 아무 소용이 없는 물건들이지만. 그런데 밤에는 잠을 거의 못 잤지. 잘 수가 없었으니까. 그래도 정말 행복했어. 그게 그렇다니까.

건물 뒤편 골방은 어두컴컴하지만 항상 몽환적 분위기에 휩싸여 있었다. 비현실적 혹은 초현실적이라고 할까. 남자와 여자는 몽롱한 채로 나비가 되어 양귀비꽃이 만발한 아름다운 꽃밭을 훨훨 날아다녔다. 그때는 인간의 하찮은 욕망 따위는 초월하였다.

김 하사가 우울한 눈빛으로 나를 바라보았다.

그는 담배에 불을 붙이고 나서 아무 말도 하지 않았다. 담배를 피우면서 얘기를 하게 되면 좋은 담배 맛을 음미할 수 없기 때문이었다. 담배가 다 타고 나서 그가 말하기 시작했다.

그런데 네 얼굴을 보니 여전히 그렇구나. 조금도 나아지지 않

았어. 더 나빠진 것도 같고

잘 모르겠어요. 그저 그래요. 그래도 원인을 알 수 없는 절망적인 발작만은 일어나지 않으니까 얼마나 다행인지 모르겠어요.

그 발작이 왜 생기느냐 하면 네 머릿속에서 악마들이 마구 뛰어노니까 그러는 거야. 그러니까 의사 말을 무조건 믿는 게 아니야. 거의 모든 사람들이 크고 작은 거짓말을 하는데 의사라고 안하겠어. 자기 몸은 스스로 판단하는 거야.

여긴 군대야. 군대라니까. 아무도 생명에는 신경 안 써. 모두 귀국 박스에만 정신이 팔려 있지. 쫄병 하나 죽어도 눈 하나 깜짝 안 한다니까. 내가 널 소각로에 밀어넣고 싶지는 않구먼. 그러면 눈물을 많이 흘리게 될 걸.

제가 지금 뭘 알겠어요?

김 대위는 서울의대를 수석 졸업했다고 했어. 그래서인지 고집이 대단하지. 직속 상관인 내과 과장 말도 안 들어. 그런데 말이야. 그 과장은 당해도 싸지. 아랫사람들에게 아주 무례하게 굴기로 소문이 났거든.

본론으로 돌아가자고. 주치의가 병명조차 모른단 말이지. 병명도 모르면서 무슨 약을 주고 있는 거야. 아무런 근거가 없는 가설만 믿고 있는 거지. 너는 지금 오직 진정제에 의지해서 하루하루 버티고 있는 거라고.

이상한 게…… 네가 지금쯤 피해망상 증세를 보여야 하는데…… 다시 말하면 미쳐야 된다는 말이지. 그러니까 운명으로 받아들이면서 안정을 찾은 거야? 아니면 뭐야?

네 병은 신비한 거야. 전문의가 병명조차 알 수 없는 병이라면 인간들이 도저히 이해할 수 없는 병이라고 할 수 있을 거야. 그러니까 임상의학의 한계를 벗어난 거지. 그렇다면 네가 죽을 때까지 무한정 기다리는 거 아니겠어. 의사가 지금 자신의 예감을 숨기고 있다고 할 수 있어.

그러면 아주 특별한 처방이 필요하겠지. 안 그런가?

무슨 말씀을……?

내가 보기에는 무슨 좋은 약이…… 그러니까 다시 말하면 특효약 같은 게 있을 것 같다는 거지. 농담하는 게 아니야. 네가 너무 걱정스러워. 몰골이 그렇다니까. 네 부모님이 보았다면 대성통곡을 할 거라고.

시내에 나가면 중국 노인이 하는 아편 집이 있어. 자신이 지독한 중독자인데 아주 멀쩡하지. 질이 좋은 아프가니스탄제 검은 알약을 솜씨 있게 말 줄 알지. 전통적인 대나무 파이프를 사용하는 거야. 그게 최고거든.

그 검은 연기를 몇 번 마시면 좋아지지 않을까.

그게 인간들이 알 수 없는 신비한 망각 작용을 한다니까. 궁극적인 진통제이고 진정제라고 할 수 있겠지.

또 한 가지가 있어. 그 집에는 딸이라는 소문도 있고 첩이라는 소문도 있지만 약간 귀가 먹은 점쟁이인지…… 주술사인지…… 가 있단 말이야. 내가 보기에는 그 여자는 얼굴에 신기가 흐른다고. 그러니까 틀림없이 특효약을 만들어줄 수 있을 거라고. 뒷방에서 가끔 영험하다고 소문난 무슨 약을 조제하고 있거든.

내가 영현부대 차로 데려다줄 수가 있지. 헌병들도 우리 차는 귀신 나온다고 해서 근처에는 얼씬도 하지 않으니까.

그건 아니에요. 내가.이 몸으로 어떻게 병동을 빠져나갈 수 있겠어요. 가령 빠져나간다고 해도 아마 탈영병으로 처리할 거예요.

열심히 치료해 주시는 분들께 그러면 안 될 것 같아요.

그렇다면 할 수 없지 뭐. 그러나 오해는 하지 말라고. 진심으로 생각해서 그런 거니까.

네가 좋다면 차라리 아편 단지를 이리로 가져올 수도 있는데 중독이란 게 쉽게 되는 게 아니야. 우리 아버지도 그걸 오랫동안 했지만 지금까지 아주 건강하시단 말이야. 그러니까 중독이 되지 않도록 조금씩 조절하면서 치료가 끝날 때까지 먹는 거지.

6. 나의 주치의였던 **김현수** 대위는 그 당시에는 작은 키에 여윈 체구로, 그러나 깨끗하고 흰 피부를 가지고 있었다. 나는 지금 그의 소식을 까맣게 모른다. 아마 1970년대 의사들이 미국 쪽으로 많이 떠났으니까 그때 미국으로 이민을 갔을지도 모르고, 아니면 대학병원에서 교수, 대형 종합병원에서 내과 과장을 하고 정년퇴직을 하였거나, 또는 군 제대 후 내과 병원을 바로 개업해서 돈을 많이 벌고 빌딩을 올렸을 수도 있다.

하여간에 지금쯤은 몸은 살이 쪄서 배가 툭 튀어나왔을 것이고, 주말마다 골프를 많이 쳐서 흰 얼굴은 알맞게 그을렸을 것이고, 머리는 틀림없이 대머리 혹은 반쯤 대머리일 것이다. 나도 늙었지만 그는 훨씬 많이 늙었을 것이다.

나는 지금도 그녀의 아름다움을 상상한다. 정말 예뻤다. 장담할 수 있는데 내가 지금껏 살면서 본 여자 중에서 제일 예뻤다. 나는 그녀의 얼굴이나 몸매를, 하얀 피부를, 슬픔과 기쁨을 동시에 보여주는 그 눈길을 더 이상 어떻게 묘사할 길이 없다. 불가사의한 매력으로 사람의 마음을 끌고 사로잡았다. 내가 그때 넋을 잃고 바라보고 있는 건 인간의 육체를 지닌 진짜 사람이 아니라 여신, 에로스의 얼굴과 몸을 가진 여신이었다.

하지만 나는 매번 그녀의 시선에 그대로 노출되면서 자존감을 잃고 더욱 쪼그라든다는 피해의식 때문에 그녀와 마주치는 것을 두려워했다.

내가 감히 여신을 사랑할 수 있을까. 그때 우리들 중환자실 환자들은 그녀가 출현할 때마다 숨을 죽인 채 넋을 놓았다. 그리고 몰래 그녀의 얼굴을 훔쳐봤을 뿐이다. 우리들은 감히 노골적으로 쳐다볼 수 없었다. 우리는 쫄병이었고 그녀는 엄연히 장교. 그러나 그녀는 극히 사무적이었으니 아주 상냥했다고 할 수는 없었다. 그러니깐 플로렌스 나이팅게일 같은 백의의 천사 타입은 아니었다.

김혜진 중위.

나는 거의 회복되어서 원대복귀를 앞두고 있었다. 그날 저녁 김 중위가 있는 당직실로 갔다. 거기에 간 것은 처음이었다. 그곳의 풍경은 역시 군대식이어서 단순했기 때문에 친숙했고 긴장된 분위기는 전혀 느껴지지 않았다. 우리는 좁은 실내에서 숨소리가 들릴 만큼 붙어 앉았다.

하지만 그때는 연대작전이 끝나고 부상병들이 호송되면서 연이은 야간 근무로 그녀의 눈빛에는 긴장과 피로가 배어있었다.

나는 그녀가 말을 꺼내기를 기다렸다.

그녀가 희미하게 미소를 지으며 말했다.

원대복귀한다고? …… 네가 원한다면 복귀를 늦춰줄 수도 있는데. 내가 말했다. *감사합니다. 덕분에…… 은혜를…… 그러나 빨리 돌아가고 싶습니다.* 그녀가 말했다. *내과 과장은 죽은 목숨이라고 처음부터 너무 쉽게 포기해 버렸다고. 항상 주머니에 작은 성경책을 넣고 다니는 독실한 신자이면서 말이야. 다시 생각하면 이해할 수는 있지. 도무지 손쓸 방법이 없었으니까. 여기는 인간의 목숨을 우습게 아는 전쟁터이거든.* 내가 태연한 척 가장하며 무미건조한 어조로 말했다. *그럴 만했겠지요. 저 역시 미련을 버렸으니까요.* 그녀는 마음에 상처를 입은 게 분명했다. 그녀가 말했다. *어떻게 그런 말을 함부로…… 내가 얼마나 걱정했는데…… 어린 네가 세상을 채 살아보지도 못하고 그렇게 억울하게 죽는 게 말이 안 된다고 생각했어. 너에겐 말로 표현할 수 없는 뭔가가 느껴지거든. 때로는 간호사의 역할이 중요할 때가 있지. 김 대위가 효과를 인정했으니까 계속 그 약을 처방한 거야.*

나는 화제를 돌리기 위해서 무심결에 말했다.

언제 귀국할 거예요?

그날 늦은 밤 눈썹처럼 가는 조각달이 하늘에 떴는지는 기억나지 않는다.

그녀의 표정이 너무나 쓸쓸하고 절망스러워 보였다. 그녀는 지쳐 있었다. 긴장과 피로 때문이라기보다는 야전병원의 고달픈 삶 자체에 지친 듯이 보였다. 아니면 사람을 한없이 늘어지게 만드는 더위 때문이었는지도 모른다. 그녀가 복잡한 마음을 가라앉히는 데 잠깐 시간이 필요했던 것 같다.

그녀의 얼굴이 약간 붉어졌다.

그녀는 눈물을 닦으면서 말했다.

왜? 연장 근무도 고려해 봤지만…… 과장의 응큼한 눈길도 꼴 보기 싫고…… 간호과장의 등쌀도 지겨워서, 아무도 나를 이해해 주는 사람이 없는 게 문제인 거지. 곧 귀국할 거야. 이 젊은 청춘에게 군대는 숨이 막히지. 제대 신청을 해야겠어. 우리 서울에서 다시 만날 수 있을까? 내가 술을 살 거니까. 날 기억해 주었으면? 문은 닫혀 있지 않고 언제나 열려 있다고

그 말은 나를 몹시 당황하게 만들었다. 나는 그 긴장된 상태를 완화시켜 줄 것 같은 뭔가 할 말이 갑자기 머릿속에 떠오르지 않았다. 나는 간신히 말했다.

전 바보가 아니에요

우리는 잠시 아무 말도 하지 않았다. 그녀가 천천히 일어섰고 미세하게 몸을 떨었다. 나도 덩달아 일어섰고 그녀가 강렬한 시선으로 쳐다보고 있다고 느꼈다.

그녀의 뺨에 홍조가 더욱 짙어졌다. 모든 감각이 극도로 예민해지고 있었다. 그녀가 밤의 불빛 속에서 갑자기 아름답고 생생하게 보였다. 그 순간 내 속에 납작 엎드려 있던 짐승의 욕망이 꿈틀거렸다. 나는 그녀의 매력적인 나체를 상상하며 성욕을 느꼈고 스스로 무안해서 움찔했다.

그리고 재빨리 문을 열고 나왔다.

그녀는 지금도 여전히 아름다운 모습으로 곱게 늙어가거나 또는 완전히 쭈그렁 할머니가 되어 살아있을 것이다. 그러니까 머리는 서리를 인 것처럼 하얗게 변했고 뱃살은 축 늘어져서 몸무게는 20킬로 정도 늘었을 것이 아닌가. 비슷한 나이의 다른 여자들과 전혀 다를 바 없이 그녀는 오래 전부터 외모에 대해서는 완전히 신경을 끊었을 것이다. 아니면 미인박명이라고 일찍 죽었을지도 모른다.

그녀가 한동안 간호사를 계속한 걸로 가정한다면 그때 만난 노총각 의사와 결혼해서 2남 1녀쯤 자식을 낳고 행복하게 살고 있다고 상상해 본다. (하지만 그녀가 김 대위와 결혼했을 거라고는 상상할 수 없다. 그 당시 내가 보기에는 그들은 서로 간에 극히 사무적인 관계였지 사랑이나 애증이 얽힌 관계는 아니었던 것이다. 그러나 어찌 알겠는가?)

7. 얼룩은 하얗고 몸통은 새까만 너무나 얌전한 개.

나는 그때 김 하사보다는 그 개가 더 보고 싶고 그리웠다. 가끔 꿈속에도 나타났다. 개 주인은 그를 '덕구'라고 불렀다. 김 하사는 가끔 그 개를 데리고 다녔다. 그는 주인 없이 부대 주위를 헤매고 다니던, 그 당시 야윌 대로 야위어 뼈만 앙상하게 남아있고 더군다나 한쪽 뒷다리를 약간 절룩거렸던 그 잡종 개를 거둬 정성껏 키우고 있었다. 이제는 제법 살이 올랐고 뒷다리는 정상을 되찾았다.

내가 말했다.

우리 아버지처럼 키워서 잡아먹으려고……. 그걸 설명하기가 난감해요 아버지는 개를 무척 사랑했어요 그렇지만 잡아서 보신 탕을 해먹었어요

그가 정색을 하며 대꾸했다.

나도 보신탕을 좋아했지. 술안주로는 보신탕이 최고 중에 최고 야 넌 애송이니까 그 맛을 모를 거야

그래서 덕구도 술안주 감으로 키우는 거 아니예요?

덕구는 그런 게 아니야 내 동생이야. 동생이고 자식 이상이지.

건강한 개는 새 주인을 만나면 따라가지 않으려고 앞발로 버티 고 낑낑거리며 뻗대는 거야 그러나 덕구는 그렇지 않았지. 애원 하는 눈빛으로 올려다보았던 거야 다시는 도망가지 않게 잘 키 울 거야

그렇고말고 어떤 놈이 손을 대면 가만두지 않을 거야 장교라 고 해도 말이지.

지금까지 기쁘거나 슬플 때 나의 절친한 친구는 재였거든. 내 감 정의 밑바닥은 한 번도 털어놓을 수 없었는데…… 재한테만……

우리가 그 이야기를 할 때 덕구는 졸고 있는 듯 눈을 감고 한 껏 느긋한 자세로 누워있다. 나는 그것이 낑낑대거나 짖어대는 개 짖는 소리를 여태 들어본 적이 없었다.

덤불에 숨겨져 있는 사람 몸이 겨우 비비고 들어갈 수 있는 작

은 입구를 발견하였다. 시커멓게 입을 벌리고 있는 동굴 속은 한기와 함께 습기, 지독한 악취가 풍겨왔고 황토색 흙바닥에는 잡동사니들이 너절하게 흩어져 있다. 동굴 속은 들어갈수록 아득하고 더욱더 어두컴컴했다. 박쥐 떼들의 날개 퍼덕이는 소리가 들렸다.

그는 그 순간 무언가 섬뜩하며 알 수 없는 공포감을 느꼈다. 더이상 전진을 포기하고 뒷걸음질로 빠져나왔다. 수류탄의 안전핀을 뽑아 동굴 속으로 던지려는 순간 손이 넝쿨에 걸려 몸이 균형을 잃고 넘어지면서 수류탄을 놓쳐버렸다. 온몸이 만신창이가 되어 출혈이 심했고 더욱 심한 갈증을 느꼈지만 물을 마셔서는 안 되었다. 물을 먹은 그만큼 피를 흘리기 때문이다. 겨우 입술만 적셔주었는데 그건 거의 고문에 가까웠다. 그는 중환자실에서 열흘을 보낸 후 가까스로 살아나서 내 옆 병상으로 옮겨왔다.

수색중대 소총수였던 김 일병이 말했다.

하필이면 내가 뽑히기를 원치 않아. 소총수가 제일 위험했으니까. 계속 기도했지. 양구에 있는 부대를 떠나면서 부대원들과 작별의 인사를 할 때까지도 정말 가기 싫은 발길을 한 발 한 발 옮긴 거지. 반드시 죽을 거라고 생각했거든.

이제 끝났어. 파편은 모두 빼낼 수 있다고 했어. 나는 성성한 몸으로 살아서 귀국하게 되었어. 나는 불구로 사느니 차라리 죽는 게 낫다고 생각하지.

내가 말했다. *기적이 따로 없네. 행운의 여신이 돌봐준 거야. 파랑새가 하늘 높이 날아오른 거지.*

*어머니가 매일 새벽 정화수 떠놓고 손을 싹싹 비빈 덕분일 거야.
그리고 나는 사람을 죽인 적이 없거든. 하늘을 향해 쏘았어. 다행
스럽게도 백병전을 경험한 일이 없다니까. 그때는 내가 죽거나 그
를 죽이거나 둘 중 하나 아니겠어. 서로를 찔러 죽여야 하니까.*

무사히 귀국을 앞둔 선임병이, 자신은 날 보지 못하고 곧 귀국
할 것 같다고, 부디 몸 건강하라고, 삼수 끝에 입대했다고 했던가,
늦었지만 열심히 공부해서 좋은 대학에 들어가야 된다고, 긴 인
생에서 늦은 경우는 결코 없다고, 원대복귀하면 좋은 소식이 있
을 거라고 편지를 보냈다.

나는 저승사자가 지키고 있는 죽음의 문턱에까지 갔었지만 죽
음과 대면하여 이겨냈다. 그때는 운 좋게 살아남았기 때문에 한
껏 들떠서 하늘을 둥둥 날아다니는 기분이었다. 그래서 하찮은
개인의 운명에서 행운이 얼마나 절실하게 필요한지 깨달았다.

8. 야전병원의 검문소 입구에서 나트랑 시가지로 쭉 뻗어있는
직선 도로의 오른쪽으로 '성병유 요치료'라는 스탬프가 찍힌 빨
간 딱지를 소지한 병사들을 수용하는 '성병환자 수용소'가 보였
고, 왼쪽으로 헌병 중대와 보안대, MIG 막사, 보급창 그리고 멀
리 미군 헬리콥터 대대가 주둔하는 비행장이 보였다. 나는 새삼
스럽게 나트랑 시내를 내려다봤다. 바다에서 잔뜩 습기를 품은

해풍이 불어왔다. 햇빛이 눈부시다.

나는 원대복귀하기 바로 전날, 김 대위의 허락을 받고 나트랑 시내로 나갔다. 그는 그때쯤 날 동생으로 여겼는지 술을 마시면 안 된다고 심하게 잔소리를 하였다.

그가 말했다. *바깥 공기가 쐬고 싶겠지. 그럴 거야. 병동이 감옥처럼 얼마나 답답했겠어. 나트랑 비치에 가서 바닷바람을 실컷 들이마시라고. 그리고 시내에 가면 한국 식당이 있어. 오랜만에 진짜 한국 음식 맛을 보면 기분이 괜찮을 거야.*

술 생각이 간절할 수도 있어. 오랫동안 갇혀 있었으니까 해방감을 맛보면 술 생각이 나겠지. 참으라고. 술을 마시면 도로아미타불이야. 네 몸이 술을 견딜 수 없다니까. 그러면 네가 다시 살 수 있다고 장담할 수 없어……

나트랑에서 처음 나온 외출이었다.

나는 월남 인력거를 타고 야자수가 하늘거리는 바닷가 긴 백사장을 지나서 한가하게 시내를 한 바퀴 돌았다. 가끔 람부레타와 햇빛을 가리는 둥근 모자를 쓰고 아오자이 자락을 펄럭이는 꽁까이가 운전하는 오토바이가 앞질러 갔다. 그리고 노란 가사적삼을 입은 몇몇 승려들이 앞장서고 검은 만장을 든 행렬을 앞세운 상여와 마주쳤다. 그러고 나서 무작정 시내 중심가를 걸었다. 프랑스 식민지 시절에 지은 유럽식 3층 건물인 작은 백화점으로 들어갔다. 백화점 안은 초라했고 진열대는 대부분 비어 있었다. 미군 PX에서 흘러나온 카메라와 가전제품이 진열되어 있기는 했다. 여자 점원은 그저 무심한 얼굴로 말없이 쳐다볼 뿐이다.

그리고 맥주홀에 갔다. 홀 안은 10개 남짓 둥근 테이블이 놓여 있고 대부분 월남 군인들이 둘러앉아 있었다. 나는 혼자 앉아서 생선 소스에 데친 나팔꽃채를 찍어 먹으며 캔맥주를 시원하게 들이켰다. 얼큰하게 취했다. 딱 한 잔만 마실 작정이었지만 다섯 캔까지 마셨다. 나는 군의관의 엄중한 지시사항을 어기고 말았다.

그리고 나서 김재수 하사가 가르쳐준 대로 2층집을 찾아서 한참 헤맸다. 건물은 무척 낡고 지저분했다. 1층 홀에서 늙은 포주에게 말했다. *붕붕, 오케이.* 그녀가 말없이 두툼한 손을 내밀었다. 나는 미리 준비한 5불을 건넸다. 미군은 8불, 한국군은 5불, 월남 군인은 3불로 무슨 규칙처럼 정해져 있었다.

포주의 안내로 2층 방으로 올라갔다. 꽁까이는 푸른 꽃을 수놓은 흰색 아오자이를 벗었고 눈부시게 아름다운 육체가 드러났다. 나는 그때 김혜진을 잠깐 떠올렸다.

나는 여자에게 이별 인사로 '*꽁까이 감온옹(아가씨 고맙습니다)*'이라고 말했다. 다시 잡화점 상점에 들러 그림엽서들과 부처님을 본뜬 나무 인형을 산 다음 오후 늦게 귀대했다.

9. 열대의 짙푸른 숲과 파란 하늘과 푸른 바다. 도시는 전쟁도 까마득 잊은 채 뜨거운 태양 아래 오후의 낮잠을 자고 있다.

나와 몇몇 병사들을 태운 앰뷸런스가 부대를 향해 출발했다.

나는 원대복귀하였다. 그러나 그때 병원에서 퇴원하긴 하였지만 여전히 몸 상태가 완전한 것은 아니어서 내가 희망하면 바로 조기 귀국을 할 수도 있었으나 그렇게 하지 않았다.

앰뷸런스가 부대 정문을 통과할 때 나는 안도감을 느꼈다. 먼 여행에서 그리웠던 집으로 돌아온 기분이었다. 벌써 기분이 들뜨기 시작했다. 밤이면 포병대가 시간에 맞춰 밀림의 어느 지역을 향해 어김없이 위협 사격을 하는 은은한 포격소리가 그립다. 그건 나에게 자장가 소리처럼 들리기 때문이다.

나는 102 야전병원에서 퇴원하여 원대복귀하자마자 최전방 부대에서 대대본부 행정반으로 전출하였다. 이런 행운은 선임병이 연줄이 닿았던 인사과 대위에게 추천을 해준 덕분이었다. 이제 작전에 동원되어 전투에 직접 참가할 일은 없게 되었다. 하지만 담당 장교가 평범한 좋은 성격의 사람이길 바란다. 전우들과는 반갑게 해후할 것이다. 새로 온 신입 교대병력과도 만나게 된다. 나도 이제 월남 고참이다.

한가한 저녁이면 병영에서 가벼운 마음으로 캔맥주를 마시며 이런저런 대화를 하고 마음껏 웃고 떠들 것이다. 다시 병사들의 단순 반복적인 일상으로 복귀한다. 나는 마음만 혼란케 하는 책들을 더 이상 읽지 않겠다. 그들에게 다가가서 내 마음을 열고 가감없이 털어놓을 것이다. 이제부터 나를 짓눌렀던 무기력과 죽음의 공포와 불안 증세를 깨끗이 떨쳐내야 한다.

나는 전적으로 운명에게 나 자신을 맡겨야 한다. 운명이 무엇을 결정할지는 운명이 결정한다. 나는 운명의 손 안에서 그가 조종하는 대로 살아야 한다. 운명이라는 흔해빠진 말은 전혀 어쩔 수 없는 경우에 쓰는 편리한 단어 아니겠는가.

스스로에게 만족하라!

운명의 은총이 있길!

그러면 내 수척한 몸과 창백한 얼굴은 금방 회복될 것이고 열대의 열기에 다시 갈색으로 변모할 것이다.

새벽이 될 즈음에는 어김없이 생생한 꿈을 많이 꾸게 될 터이다. 더 이상 나쁜 꿈이거나 악몽, 슬픈 꿈이 아니었으면 좋겠다. 그저 좋지도 나쁘지도 않은 꿈이면 얼마나 좋을까.

밤마다 초소에서 지독한 모기떼에 시달리면서 2시간 동안 보초근무를 서게 된다. 부대 외곽에는 겹겹이 철조망이 쳐 있었고 철조망과 나뭇가지에는 조명지뢰가 열매 달리듯 달려 있다. 그리고 철조망 앞에는 수없는 지뢰와 부비트랩이 촘촘하게 매설되어 있다. 그걸 모두 뚫고 베트콩이 들어올 수 없다고 생각했다. 우리는 안심했다. 그러므로 맨날 M16 소총을 껴안고 졸았다.

그때 졸음에 겨워 가수면 상태에서 성욕이 살아나면 매우 감각적이 되어 수음을 하게 될 것이다. 매일 밤마다.

그러다가 52포병대대 C포대에서 105밀리 곡사포가 갑자기 밀림을 향해 사격을 개시하면 그때 천둥같은 포성 때문에 정신이 번쩍 들면서 잠은 멀리 달아나 버렸다.

나는 삶과 죽음의 경계선에서 그렇게 사경을 헤매었어도 그 전쟁을 원망하지도 않았고, 왜 전쟁이 일어났는지, 그게 무슨 전쟁인지, 누굴 위한 것인지, 누구 잘못인지도 몰랐다. 그러므로 일개 사병인 주제에 전쟁의 승패 여부, 이해득실을 따질 필요는 없었다. 그건 국방부에서나 해야 할 일이었다.

나는 원대복귀한 후 몇 달이 지나서 연장 근무를 신청하였고 1년여를 더 복무하였다. 그리고 그 무렵 김 병장 사건이 일어났다.

우리는 월남에 도착하여 함께 파월 전입병 교육을 받고 헤어진 후 처음으로 만났던 것이다. 각기 다른 보병 중대로 배속되었었다.

김 병장은 작전 중 실종 전사한 것으로 상부에 보고되었지만 그 후 아무도 그의 소식을 알 수 없었다. 나는 그때 절박한 심정으로 인간 성체가 되기 위해 호되게 부화의 과정을 거쳤다.

나는 병장으로 진급했다. 2년 차 고참병의 특권. 무시로 외출과 외박. 수진에서 몽유병자 같은 끝없는 배회. 만취. 마리화나. 프랑스 병사와 베트남 여자 사이에서 태어난 혼혈의 단골 꽁까이.

1970년 가을경에 나는 상처와 고통이 치유되기는커녕 여전히 심연 깊은 곳에 앙금처럼 쌓인 채로 귀국하게 되었다.

나는 카렌다에 동그라미를 그려가며 귀국 특명을 손꼽아 기다린 것도 아닌데 귀국 날짜가 잡힌 것이다.

그러나 귀국을 얼마 앞두고 있었을 때 장기복무 하사였던 영현병 김 하사가 마침내 귀국 명령을 받자마자 키우던 개를 화장하고 나서 리볼버 권총으로 자신의 심장을 쏴 자살했다는 소식을 들었다.

자신이 자살하기로 예정한 바로 그 날 화장실의 소각로 앞에서.

나는 퇴원하기 하루 전 그와 마지막 만날 때부터 예감하고 있었기 때문에 이상한 이야기이지만 그의 죽음은 당연하게 느껴졌다.

그는 그날 불면증에 시달리는 우울한 표정으로 "사람들이 날

*그냥 좀 내버려두었으면 좋겠어. 만약 귀국 명령을 받게 되면 어찌해야 할지 모르겠어. 어차피 내려오지 않겠어.'''*라고 말했었다.

하지만 나는 그 어떤 흔해 빠진 말로도 위로나 격려 따위의 말을 입 밖으로 내보낼 수 없었다. 그의 육신 역시 훨훨 타는 소각로에 들어가 한 줌 재로 변했을 것이다.

지금, 돌이켜보면, 그는 절도의 습벽이 있는 자가 자신의 도벽과 싸워야 하듯이 자살의 유혹과 끊임없이 싸웠다. 그는 불우한 환경에서 자라면서 몹시 예민하고 민감한 감수성을 가지고 있었다. 그러므로 이른 나이에 벌써 인생의 고통과 시련을 겪으면서 삶과 죽음이 얼마나 가까이 있는지 깨달았고, 그때마다 소각로에서 활활 타오르는 불꽃이 집요하게 그의 영혼에 호소하면서 그를 유혹했기 때문이다. 불은 정화제였다.

하지만 그는 한 동안은 강인한 정신력으로 비상 탈출구를 만들 수 있었다. 마음만 먹으면 언제든지 죽을 수 있다는 체념 또는 단념에 익숙해지자 오히려 힘이 솟아났으니 어떠한 고통과 불행이 닥치더라도 상관없다고, 내 삶은 대부분 불행했지만 때론 너무 행복하기도 했었지, 하지만 삶은 한낱 꿈에 불과한 거야, 나에게 종교는 없으니까 다른 세계 같은 것을 믿지는 않는다, 죽으면 그걸로 끝장이다, 인간은 어차피 죽는다, 그러니 조금 빨리 죽는다고 그게 무슨 상관이겠는가, 생각한 것이다. 그래서 그는 기쁜 마음으로 어떠한 고난과도 맞설 수 있고 더 이상 참을 수 없는 인내의 한계점에 이르면 간단하게 총을 쏘면 그만이라고, 생각한 것이다.

그렇지만 귀국 특명은 그를 벼랑 끝으로 몰리게 하였다. 그건 그가 정신적으로 버틸 수 있었던 마지막 한계였던 것이다.

그는 늘 혼자서 중얼거렸다. 그는 왜, 연신 혼잣말을 중얼거렸을까? 그의 진지한 표정을 보면 그게 실은 혼잣말이 아니라 세상 사람들에게 꼭 하고 싶은 말이었을 것이다. 자신을 변호하기 위한 변명이었을 수도 있다.

그런 내밀한 것들을 하필 나에게 이야기했을까? 그는 누구에겐가 털어놓지 않고는 견딜 수 없었을 것이다. 그때 그의 주변에는 말 상대가 되어줄 사람이 나밖에 없었지 않은가. 남자도 아니고 여자도 아닌 중간에 끼어 있는 자신의 위치를 마침내 자각했던 것인가. 까마득한 옛날이었으니까 너무 수치스러웠을까?

그런데 나는 그가 인육을 먹는 괴기스러운 모습을 직접 본 것은 아니었다. 아마 순진한 날 놀려먹기 위해서거나 또는 자신의 존재를 부각시키기 위해 잔뜩 겁을 주려고 그렇게 말했는지 모른다. 아니면 호기심에서 한 점을 씹어 먹은 일이 있었는데 그걸 가지고 너무 과장해서 말했거나.

그는 장교처럼 머리를 길렀었다. 그것도 아무도 간섭을 하지 않으니까 도저히 군인의 머리라고는 할 수 없는 약간 히피처럼 어지럽게 헝클어진 장발이었다. 그때 양쪽 뺨 위로 홍조가 슬며시 번지면서 귓불이 빨갛게 달아올랐었던가? 내 힘없는 멍한 시선마저 마주치지 않으려고 시선을 내리깔았다. 그건 그랬다. 지금도 확실하게 기억할 수 있다.

그는 술에 취하면 취할수록 나를 붙잡고 말이 하고 싶어서 계속 웅얼거렸다. 약간 비논리적일 때도 있었고, 가끔 목이 메이기도 했고, 깊은 울림의 목소리로 말할 때도 있었지만 요약하자면 이러하다.(다시 말하지만 나는 그의 말에 대해 추임새를 넣으며 맞장구를 치지도 않았고 방해하지도 않으면서 다 들었다.)

나는 술을 한 모금 가득 목구멍으로 넘기면 안정이 되면서 무슨 일에도 당황하지 않지. 그리고 연거푸 빠르게 두 세 모금 마시면 그때부터 혀가 조금 풀리면서 상대방을 향해 겨우 말을 할 수가 있는 거야. 나는 어려서부터 외톨이였으니까 혼잣말을 하는 버릇이 있었거든. 그런데 속수무책일 만큼 완전히 취하면 어떻게 될까…… 아무리 마셔도 그럴 경우는 없었다고.

하지만 이전에는 이렇게 터놓고 이야기한 적이 없었다. 어떤 경우에도 속마음을 털어놓을 수가 없었던 것이다. 나는 자폐적이었으니까 누구에게도 나만의 비밀을 털어놓지 못했고, 아무하고나 얘기하지도 않았다.

나는 가끔 혼자 있는 것에 대해서 생각할 때가 있다. 나처럼 혼자인 사람이 이 세상 어디에 또 있을까 하는 생각이 들지만…… 그건 내가 너무 감상적이기 때문이라고…… 내가 남자로써 너무 나약하기 때문이라고 여겨지면서 스스로 창피해지는 거야. 내가 이렇게나 겁쟁이……아니면 너무 비겁한……

글쎄. 우리는 전쟁터에 내몰린 군인이다. 허무하기 때문에. 이판사판이었으니까. 우린 피차 너무 외로웠고 말들을 쏟아낼 상대가 필요했기 때문에. 대화할 상대가 있다는 것은 정말 다행스러운 일이야. 아니면 혼자서 씨부렁거려야 되니까.

나는 여자도 좋았지만 나중에 남자를 알고 나서부터는 남자가 더 좋았거든. 처음부터 본능적으로 거부감이 없었어. 그런데 정신병자 취급을 하니까 쉬쉬할 수밖에 없는 거야.

난 덕구를 벗어날 수 없었다. 단순히 바람피우는 정도가 아니었으니까. 도대체 그를 이해할 수가 없지. 한 길 물속도 모른다는데 사람 속을 어떻게 알 수 있나! 그렇다니까.

내가 칼날에 비소를 묻혀서 그의 가슴을 찌르기 전에는, 그가 떠났을 때 며칠 동안이나 그 사실을 믿을 수가 없었지. 진실은, 믿으려고 하지 않았다. 그때부터 내 고통은 시작된 거야. 그때 잠깐 동안이지만 심한 편두통을 앓았다니까.

아무튼 귀국해봤자 별 수가 없지. 날 기다리는 사람은 아무도 없으니까.

영현병은 맨날 시체 치우는 일을 한다. 이제 시체는 푸줏간의 고깃덩어리로 보이지.

나는 지금도 인적이 완전히 끊긴 그 음산한 작은 숲속 기묘한 분위기를 뚜렷하게 기억할 수 있다. 그때 그는 분명히 귀신 이야기를 하였는데 나는 그걸 믿을 수도 안 믿을 수도 없었다.

밤이 이슥해지면 그때부터 소각로 주변 숲속에는 가벼운 바람이 살랑거리면서 독특한 분위기를 자아내지. 그때는 오싹하면서 긴장이 되지. 창백한 귀신들이 하나둘 어둑어둑한 형체로 나타났다가 새벽이 돌아오기 전 소리없이 사라지는 거야. 그들은 결코 추악한 모습이 아냐. 귀신 씨나락 까먹는 소리를 하는 것도 아니고 침묵으로 말을 하는 거야. 나를 빤히 응시하거나 노려보지도 않지. 그냥 슬픈 표정이었어. 처음에는 호기심과 두려운 감정이 뒤섞여서 혼란스러웠던 거야. 하지만 그들에게 죄의식을 느낄 것까지는 없으니까 내가 신경과민이 될 필요는 없는 거지.

그들은 정말 억울했던 거야. 귀신은 소각로에서 재가 된 사람들의 혼령인 거야. 그래서 귀신과 대화할 수 있지. 나라도 한 맺힌 억울함을 끝까지 들어 주어야 한다니까.

하지만 그 일은 나에게 끔찍한 기억으로 남게 될 테지. 그들이 자꾸만 뭐라고 손짓을 했으니까.

나는 지옥의 유황불을 상상한다. 쇠막대기로 불꽃을 헤집는 작업은 나를 전율케 하였다.

하느님이 계신지 모르겠어? 하늘에서 우리를 내려다보고 계신다면 교회에 나갈 수 있을걸. 교회는 연약한 여자들이나 다닌다고 생각했지만. 그들은 교회에 다니면서도 미신에 너무 집착하고 있는 거야. 그렇니까 신에게 기도하는 것이 아니라 구걸하고 있는 거지. 기복신앙처럼. 그래서 그들의 믿음은 상황에 따라 얼마든지 변할 수 있는 일시적인 거야.

그런데 군목을 만난 일이 있었어. 그자의 번지르르한 말을 들으니까 정나미가 떨어졌다고 나에게 하느님을 들먹이며 무슨 훈계를 하길래 박차고 나와버렸지. 그 자는 성경 구절을 앵무새처럼 읊을 뿐이고, 실제 그 의미를 제대로 이해하지 못 하고 있더군.

그가 말한 하느님은 진짜가 아니라는 강한 의심이 들었던 말이지. 그러니까 신은 존재하지 않고 대리인을 자처하는 인간들만

있는거라고

나는 더 이상 비밀을 지키고 싶지는 않지. 너에게는 말이야. 우리 부모님은 소록도에 살고 계셔. 여름이면 집 뒤편으로 담쟁이들이 마구 늘어지고 휘감기며 타고 올라가지. 좀 작은 초가집에 살고 있지만 아주 행복하게 잘 살고 있지. 국가에서 다 지원해주니까.

아버지는 오래전에 왼쪽 다리 절단 수술을 받았지. 다리가 썩기 시작했으니까 수술은 불가피했어. 목발을 짚고 다니시지. 그래도 그 불편한 몸으로 오히려 날 걱정한다고.

그리고 오스트리아에서 온 마리안 수녀님과 마가레트 수녀님도 잊을 수가 없어. 정말 헌신적이었거든.

4월이면 소록도에는 온통 벚꽃이 피는 거야. 나는 꿈에도 나타나는 남쪽 바다를 잊을 수가 없겠지. 소록도에 가려면 녹동항에서 나룻배를 타야만 해. 너는 모를 거야. 소록도와는 헤엄쳐서 건너갈 수 있을 만큼 지척이야. 아주 작은 어항이라니까.

나에게는 많은 추억이 남아있어. 일찍부터 거기서 술을 마셨거든. 처음으로 여자도 만나고.

나는 그때 무슨 말을 하고 싶어서 입이 근질근질거렸지만 간신히 입술을 깨물며 목구멍을 빠져나오려는 소리를 참아야 했다. 나는 자신의 과묵함에 대해서 안도의 한숨을 내쉴 수 있었다.

그러나 그리운 남쪽 바다가 계속 눈앞에 어른거렸다.

아편은 특효약이야. 머릿속이 몽롱하면서 모든 걸 잊게 해주거든. 상쾌해, 아주 상쾌하다고. 그 귀머거리 여인은 내 애인이었어.

미군들과 거래를 했다고 주로 항생제를 빼내서 여자에게 갖다주면 그걸 베트콩에게 넘겼어. 그건 그들에게 절대적으로 필요한 치료약이니까 아주 인도적인 행위였다고 할 수 있지. 그렇지 않은가. 돈과는 상관없는 일이었어.

그렇게 해서 그 여자를 자주 만났다고. 그런데 신비한 약방문으로 무슨 흰가루를 섞어서 진짜 영험한 약을 만드는 거야. 내가 장담할 수 있지. 그걸 먹어야 된다고……

나도 의학적인 지식이 있다고. 의사들은 엉터리야, 엉터리라구. 현대의학이 만능은 아니라니까. 엄연히 한계가 있는 거야.

그래도 기적이 일어났네. 네가 회복되었으니. 다시 생각해 보면 죽을 운명은 아니었던 거야. 저승사자가 너를 데려가기에는 너무 미안했던 거지.

나트랑을 떠나고 싶지 않아. 동서남북 골목길을 손바닥 보듯이 샅샅이 알고 있으니까 마치 고향 같다니까. 그러니까 저기 머나먼 곳은 아득한 거야. 3년이 지났어도 고향병이나 향수병은 없어.

우리는 이게 마지막이야. 넌 내일 부대로 복귀할거 아냐. 고향으로 돌아가는 기분일걸. 곧 귀국할거니까. 나는 내 운명을 정확하게 예감하고 있거든. 나 역시 슬픈 유령이 되어 그 숲속을 밤마다 배회하겠지.

사랑은 부질없는 것. 삶이란 얼마나 가벼운지. 죽음도 역시나.

그날 초저녁 무렵 그가 한 마지막 말이었다. 나는 그때 막 솟아오르는 눈물을 떨구면서 땅바닥만 바라보았었다. 나는 혀가 돌덩이처럼 완전히 굳어서 아무 말도 할 수 없었다.

내가 102병원에 입원한지 40일이 되었다. 마지막 밤이었다. 그
날 밤 나는 좀체 잠을 이루지 못하고 가수면 상태에서 여러 차례
잠에서 깨어났다. 무수히 많은 꿈들을 꾼 것 같지만 그날 밤 내가
무슨 꿈을 꾸었고 모호한 꿈속에서 또 다른 꿈을 꾸었는지는 기
억나지 않는다.

그는 평생 고독했고 만나는 사람 모두가 타인에 불과했으리라.
나 역시 낯선 사람이라고 여겼고 그래서 여전히 혼자라고 느꼈을
것이다. 그러므로 그의 이야기는 자신에게 들려주는 독백이었다.

10. 나는 항구에 정박해있는 귀국선 난간에서 멀리 열대의 풍
경을 뚫어지게 바라보았다. 이제서야 평화스럽게만 보이는 이국
의 낯선 도시가 눈에 들어왔다. 지난 일들이 엊그제 일처럼 생생
하게 느껴졌다. 하지만 나는 열대의 베트남이나 기나긴 지루한
전쟁을 숙명처럼 체념한 채 살아가고 있는 베트남 사람들에 대해
서는 나쁜 기억이 하나도 생각나지 않았다.

안녕! 안녕! 곧 하늘이 어둑해지더니 비가 내리기 시작했는데
성난 폭우로 변해서 무섭게 쏟아져 내렸다.

귀국하는 파월장병들을 싣고 캄란 항을 출발한 미 해군 수송선
바렛호가 열흘 동안의 고된 항해를 마치고 부산항 제3부대에 정
박하였다. 곧 간단한 귀국 환영식이 거행되었다.

1969년 2월 말경은 여전히 추운 겨울 날씨였다. 우리가 한 달

동안 파병 훈련을 받았던 파월장병 교육 부대가 주둔하는 오음리에는 며칠 동안 내린 눈으로 눈밭 천지였다. 우리들을 태운 군용열차는 그날 밤 춘천역을 출발하여 다음 날 오전 부산항 제3부두에 우리들을 내려놓았다.

남쪽 항구는 벌써 봄기운이 돌았고 부두의 콘크리트 벽 작은 틈새에는 생명력이 질긴 잡초들이 지상으로 밀고 올라오고 있었다.

그리고 출정식이 있었다. 그 의례적인 출정식은 해를 거듭할수록 점점 형식적이 되면서 맥이 빠졌지만 말이다.

그때 떠날 때 들었던 동원된 교복을 입은 학생들의 그 무성의하고 맥 빠진 함성소리가 내 가슴 속에서 되살아났다. *백마부대 용사들아…… 백마부대 용사들아……* 그 함성소리에 분명히 김규현의 우울한 목소리도 들릴 듯 말듯 섞여 있었으리라. (그는 그 무렵이면 부산에서 공업고등학교에 다닐 때였으니까.)

군악대가 군가를 연주했고 여기에 맞춰 여학생들로 구성된 합창대가 '달려라 백마'를 불렀다.

아느냐 그 이름 무적의 사나이
세운 공도 찬란한 백마고지 용사들

우리를 태운 미군 수송선이 예인선에 이끌려 부두를 떠날 때 나는 난간에 서서 회색 도시를 바라보며 감상적이 되었고 슬픔과 불안을 느꼈다. 먼 바다로부터 바람이 불어왔고 항구를 떠나는 증기선들이 울려 대는 저음의 경적 소리가 들려왔다. 갈매기 한 마리가 하늘에서 떨어지듯 날아오더니 바다를 스치면서 다시 솟

구쳤다.

우리는 월남이, 어떤 가수가 부른 '월남의 달밤'에 나오는 대로 남쪽의 섬나라인 줄만 알았다. 우리에게 월남은 너무나 멀고 낯선 땅이었다. 나는 월남에서 죽을지도 모르고 이게 마지막일지도 모른다는 생각이 계속 나를 짓누르고 있었다. 그 당시 군대 분위기는 빽 없고 힘없는 사람만 강제 차출되고 배경이 좋은 사람은 빠진다는 것이었다. 그러므로 육군에서 가장 하층민인 우리 소총수들은 파월을 죽으러 가는 것으로 받아들였다.

지금 돌이켜보면 그때 나는 현실적인 것과 비현실적인 것을 명확히 구분할 수 없는 철없는 어린 나이였으니까 그런 상황에서 어쩔 수 없이 죽음을 두려워했겠지만 그렇다고 그렇게 절대적으로 죽음을 확신까지 한 것은 아니었다.

나는 죽지 않고 무사히 돌아왔다.

나는 퇴원하던 날 후련한 마음으로 환자복을 벗고 상병 계급장이 달린 군복으로 갈아입었다. 정글화를 신고 철모를 썼다. 그리고 김현수 대위에게 거수경례를 하였다. 충성!

김 대위가 말했다.

유 상병은 오랫동안 혼수상태에서 깨어나지 못했어. 그래서 깨어나지 못하고 그대로 죽는 줄만 알았지. 도대체 병의 정체를 알 수 없어서 어쩔 수 없이 포기하려고 하였는데 조직검사 결과 뇌종양이거나 무슨 암 덩어리가 머릿속에 들어 있었던 건 아니었던 거야.

그러니까 의학 교과서에도 나오지 않는 병이야. 그냥 열대지방의 지랄병이라고 할까, 또는 염병이라고 할까. 완쾌될 확률은 일 퍼센트도 안 되었지.

그래서 말이야, 필사적으로 약을 이것저것 처방하였는데 역시 섬망증에는 새로 나온 강력한 진정제 주사가 효과가 있었던 거지. 그때마다 정신이 아주 몽롱했을 거야. 그 약이 어떻게 작용하는지 그 경로를 알 수는 없었지만 약효가 확실했지. 네가 차츰 반응을 보였으니까.

나는 그 약이 올더스 헉슬리의 '멋진 신세계'에 나오는 '소마'라는 알약, 그러니까 진정제 역할을 하면서 행복감을 높여주고, 환각 상태에 빠뜨리는 그런 종류의 신비한 약이길 바랐던 거야.

유 상병이 살아난 게 도저히 믿을 수가 없는 거지. 기적 같은 것이 일어났다고 생각하면 어떨까. 믿을 수 없을 만큼 회복이 되었거든. 어쨌거나 하늘에 계신 하나님이 도왔을 거야. 군목 장교가 두 번씩이나 병자성사를 했었거든.

네가 살아나서 내가 기쁘다구.

지난달에는 중환자실에서 많이 죽어 나갔거든. 얼마나 우울하던지……

그때는 의사로서 한계를 절감하고 자포자기했으니까. 네가 한없이 불쌍했으니까…… 지금이니까 말할 수 있는 거야. 김 중위의 아이디어였던 거야. 정신과에서 간호사를 했으니까. 알고 있을 거야. 야전병원에는 정신과가 없기 때문에 내과에서 대충 보는 거지.

그녀가 무언가 곰곰이 생각하고 있을 때 엉뚱하게, 화장실 변기 위에 있을 때, 거울을 보며 화장을 하는 동안에, 혼자서 몰래 술을 홀짝거리다가 떠올랐을 수도 있어. 술을 좋아했으니까. 아이디어는 그렇게 떠오르거든.

솔직히 말해서…… 이것도 저것도 아니었으니까. 네가 죽었어도 문제 될 것은 하나도 없었지. 여긴 군대니까. 그리고 전쟁터이지. 병사들은 파리 목숨이거든. 아무도 신경 안 써.

내가 말했다.

그랬었군요. 정말 감사합니다. 전 죽어도 상관없는데…… 자신의 존재 자체가 여분이라고…… 잉여라고…… 느끼고 있었거든요. 전 그럴만한 이유가 없는데 살아남은 거죠. 전 그 유일무이한 신을 믿지 않으니까요. 지금 생각으로는 제가 죽을 때까지도 인정하지 않을 것 같습니다. 그러니까 순전히 우연 때문이겠지요. 도저히 알 수 없는 이유 때문에…… 하여튼 다시 살아나서 원대복귀하게 되어 감사합니다.

그러니까 네가 잉여적 인간이라고 고백하는 거야. 벌써…… 사르트르를 읽은 거군. 로캉탱을 흉내 내는 거겠지. 어리석은…… 정말 어리석은. 모든 인간은 언제나 잉여인 거지.

그런데 신의 존재에 대해서는 너무 일찍 결론을 내릴 필요는 없을 거야. 인간은 나이가 먹을수록 정체성이 변하니까.

하지만 후유증이, 정신적 후유증이 남을 수도 있겠지. 어두운 불안감 때문에 평생을 시달릴지도 모르겠어. 하지만 의사의 처방이나 약물의 작용으로 어떻게 할 수 있는 건 아니니까…… 스스로…… 의지의 힘으로 해결할 수밖에 없을 거야.

내가 말했다.

목사님은 그때 병자성사를 한 게 아니고 예수가 한 소년의 몸에서 마귀를 쫓아낸 것처럼, 제 몸에 깃든 악령을 쫓아내기 위해 퇴마 의식을 치렀던 게 아닐까요?

이제 보니 제 병은 정신적인 거였다는 생각이 드는군요. 더위를 너무 먹어서 그만 미쳐버렸다고 하면 설명이 가능하겠군요. 그래서 김 중위님이 정신과 약을 생각해 냈을 겁니다.

제가 귀신이 들려서 또다시 미쳐버릴지 모르겠습니다. 그러니까 영험한 아프리카의 퇴마사를 만나야겠지요. 그러려면 사막으로 떠나야 할 겁니다.

그 진단은 모호할 수밖에 없었어. 전투의 트라우마 때문에 나타난 심신의 반응일 수도 있었겠지. 때때로 의사보다 환자가 자신의 상태를 더 잘 알 수 있으니까.

그 나이면 문학청년이라고 가정하자고 ……그럴 수도 있으니까. 그래도 사춘기를 지나면서 겪는 통과의례라고 하기에는 너무나 가혹했어. 죽음의 문턱에까지 갔으니까.

아니면…… 청소년들이 성장기에 어김없이 겪게 되는 기성세대와 낡은 제도, 고루한 관습과의 싸움에서…… 전쟁은 어른들이 하는 관습적인 행위니까…… 영혼의 투쟁이었다고 할 수도 있겠네. 그런데 승리했단 말이지. 축하해야 할까.

내가 말했다.

이겨냈다고요……? 논리가 너무 비약한 게 아닐까요?

사랑을 해 본 적이 있었던가? 사랑은 변덕스럽지만 위대한 거야. 사랑은 당신을 치유할 수 있어. 간호사가 당신을 사랑했을까? 그러니까 그렇게 안타까워했겠지. 그리고 그 치료약을 찾아낸 거지.

나는 그날 밤을, 그녀가 눈물을 흘렸던 깊고 푸른 밤을 돌이켜서 생각해 본다. 우리가 함께 있었을 때 그녀가 감정이 고조되어 뺨이 붉게 타올랐던 그 순간을, 그녀의 몸에서 나오는 짙은 향수 냄새가 코를 간질이던 그 순간을 기억한다. 그때 내가 그녀에게 키스를 하려고 시도했다면 그녀도 열렬히 응했을까.

그런데 나는 어땠는가. 아주 무책임하게도 귀국한 후에는 세 살인가 네 살인가 연상녀였던 그녀를 까마득하게 잊어버렸다. 물론 그녀도 나에게 연락하지 않았다. 피장파장이다. 우리는 인생의 어느 순간 우연히 그저 스쳐 지나가는 사이에 불과했던 것일까.

오직 빛바랜 흑백사진 한 장만 남아 있다. 그 사진 속에 나는 없다. 그 병동의 출입문 기둥에 기댄 채 중위 계급장 군복을 입은 그녀가 팔짱을 낀 채 희미하게 웃고 있다. 나는 그 사진의 입수 경위를 자세히 기억할 수 없다. 아마 그녀가 나에게 선물했던, 아니면 그냥 주었던, 여태 읽지도 않은 채 가지고 있는 그 책의 책갈피 속에 끼어 있었던 것으로 보인다.

귀국의 순간은 기쁘지도 않았고, 홀가분하지도 않았다. 낡고 무거운 따블 백을 어깨에 메고 패잔병의 모습으로 송정리 고향집으로 돌아온 것이다. 집이란 아무리 초라한 초가집이라고 하더라도 우리 가족을 품에 안고 있다. 집은 온전한 평화를 상징하고 한 개인의 삶을 둘러싼 총체적 추억이 담겨져 있는 곳이 아니겠는가.

어둡고 긴 여행으로부터 쓸쓸한 귀환.

나는 편안히 쉴 수 있는 도피처가 필요했던가. 난 지금부터 어떻게 될 것인가. 새로운 삶을 살 수 있을까? 그게 가능한 일일까?

그 전쟁은 허무맹랑했다. 물거품 같은 거였다. 어쨌거나 국가의 준엄한 명령에 의해 코미디 같은 전쟁에 단지 어릿광대의 단역으로 출연한 거였다. 그 전쟁은 나와는 무관한 것이어서, 전혀 중요하지도 않았고, 무의미했고, 그래서 심각하게 생각할 필요가 없었던 것이다.

그들은 그 전쟁을 '항미 구국 전쟁' 또는 '조국 해방 투쟁'이라고 했고, 우리더러 '미군의 지휘를 받는 남조선 군대'라거나 '박정희 용병' 또는 '아! 몸서리쳐지는 한국군'이라고 했지만, 한국군 사령부는 '반공 성전'이고 '자유의 십자군'이라고 계속 강조했다.

나는 무사히 귀국했으니까 새삼스럽게 그 전쟁의 의미를 다시 되새길 필요는 없었을 것이다. 어차피 역사 속으로 사라지면서 빨리 잊혀질 건데 말이다. 하지만 나는 여전히 혐오감을 느꼈고 냉소적이었다.

그 전쟁은 낭만적인 불꽃놀이 같은 거였을까? 연대 본부가 주둔해 있는 수진에서는 전쟁의 긴장감은 도대체 느껴지지 않았다. 주인 없는 똥개들이 꼬리를 말아올린 채 한가롭게 사창가 골목을 어슬렁거렸다. 현실은 지루하고 권태롭고 무기력했다. 태양이 지글지글 타오르는 월남에서 전방도 후방도 없는, 전쟁은 언제 끝날지 기약이 없는 특수한 형태였기 때문이다.

그 전쟁에 무슨 동기가 있었던가? 선과 악의 대결이었다고 할 수 있었을까. 아니면 저주받은 어리석은 전쟁이었을까. 최소한 아주 조금이라도 어떤 의미가 있어야 될 것 아닌가. 전쟁의 최종 목표는 무엇이었던가? (그때는 세계 최강국인 미국이 패배한다고 상상이나 할 수 있었던가. 미국의 힘은 천하무적이었으니 그것은 너무나 자명한 사실처럼 보였다.)

참전자들은 자유의 십자군이고 평화의 사도였을까? 월남 사람들도 그렇게 생각했단 말인가. 우리가 월남에 도착했을 때 우리를 열렬히 환영하는 사람은 월남 사람들이 아니고 미군 병사들이었다.

그렇지만 우리는 미군에 대해서는 심한 열등감을 느꼈고 월남인에 대해서는 우월의식을 느꼈다.

어쨌거나 군인은 오로지 국가의 명령만 따르면 되니까, 그 전쟁이 옳았는지 어땠는지 전혀 신경을 쓸 필요가 없었는지 모른다. 그러면 우리들은 모두 육체적 정신적 상처 없이 멀쩡하게 살아서 귀환했을까?

내가 참전의 혼란에서 끝내 벗어나지 못하고 나의 삶 자체를 총체적으로 당혹스러워했던가? 자랑스러운 일도 아니지만 부끄러워할 일도 아니잖은가. 삶이 맹목적이듯 전쟁이 맹목적이면 어떤가. 하지만 전쟁터에서 제대로 치러진 작전에서 용감하게 싸우다가 명예롭게 적의 총탄을 맞은 것도 아니고 그저 열대병에 걸려서 죽음 직전에까지 이른 것은 참전용사로서 자랑할 만한 일은 아니었다. 그랬다. 멋쩍은 일이었던 것이다.

내 마음속에 그 충격적인 순간들의 이미지가 혼란스럽게 뒤엉키면서 아른거렸다. 자살을 한 김 하사나 탈영을 감행한 김 병장과 비교한다면, 나는 자기중심적이고 가식적인 어쩌면 비굴한 위선자일지도 모른다고 깨닫자 내 입가에 악의적인 비웃음이 떠올랐다. 스스로에게 실망한 것이다.

김 병장은 죽었는가 살았는가. 하지만 그의 고향집을 찾아가는 일은 너무 두려웠기 때문에 그렇게 할 수 없었다. 그를 끝내 막지 못한 것은 자신의 책임이라는 생각을 지울 수 없었다. 나는 미안함과 함께 죄의식을 느꼈다.

그렇지만…… 나의 경우…… 어차피 지나가는데…… 그걸 젊은 날의 통과의례로 가볍게 치부하고 넘어갈 수는 없었을까?

내가 귀국할 무렵에는 베트남 전쟁이 갈수록 격렬해지면서 반전 시위도 격렬해져서 제국주의 미국은 둘로 분열되어 갔다.

그러나 대한민국은 권위주의 정권 하에서 (그 전쟁에 의해 삶이 철저히 파괴되고 파멸된 사람들의 이야기는 은폐된 채) 일사불란했고 국론 분열은 없었다. 우리는 언제든지 용감한 파월 용사였다. 그때는, 제3공화국 박정희 대통령의 원대한 꿈이 마침내 영글어서 그 밑그림이 거의 완성될 무렵이었다. 그 얼마 후 우리 시대의 저주이자 악몽, 망령인 유신체제가 엄숙하게 선포되었다.

11. 그러나 무사히 귀국하였다는 안도감은 들지 않았다. 대신 전쟁에 대한 기억들이, 악몽들이 무섭도록 생생하게 되살아나기 시작하였다. 이건 나만의 기억이 아니다. 그 전쟁에 참전했던 우

리들 참전 군인 모두의 집단기억이기도 하다.

우리는 만나기만 하면 아련한 추억인 것처럼 아직도 잊지 못하는 옛날 일을 상기했다. 그리고 이야기하면서 허탈하게 웃거나 그날 밤을 기억하며 가끔 눈물을 훔쳤다.

우리들은 부질없이 원망 아닌 원망을 하기도 했다.

그때 진지 위치가 영 아니었어. 너무 아래쪽이었다니까.

왜? 소대장한테 말하지 않았었지? 그걸 지적했어야지.

소대장 성질을 몰라서 그래. 틀림없이 불같이 화를 내면서 발길질을 했을 거라고. 맨날 하는 소리가 명령 불복종 아니었어!

소대장은 나이가 나보다 어렸어.

소대장은 그때 갈가리 찢겨서 죽었어. 지금 국립묘지에 누워있겠지. 그러니까 더 이상 이야기하지 말자고. 불쌍하지, 뭐.

지금 돌이켜보면, 그때 누구도 예상을 못 했으니까, 그저 늘 있는 매복 작전으로 생각했으니까, 그 엄청난 사건이 끝나고 난 다음 한참 지나고 나서야 비로소 이런 일이 어떻게 우리에게 일어났지, 하는 생각이 들었다.

그들은 내내 숨어서 우리들을 지켜보고 있었고 우리가 새벽녘이 되어 방심할 때까지 끈질기게 기다렸다. 우리는 순식간에 대혼란에 빠졌고 지리멸렬했다. 그들은 재빠르게 치고 빠졌으니까 돌격과 백병전은 일어나지 않았다.

칠흑 같은 밤. 청음초에서 보초 근무. 마름모꼴 남십자성. 모기떼와 거머리들, 군복 속을 스멀스멀 기어 다니며 지랄같이 엉겨

붙는 불개미들이 득실거리는 늪지. 전갈은 소리없이 정글화에 숨어들어 생명을 위협했다. 갈대밭. 가시덤불. 강의 지류. 메콩 강. 비 오듯 쏟아지는 땀. 사타구니의 습진. 상처투성이. 베트콩. 월맹 정규군. 그들의 출현을 기다리는 고통스럽고 지루한 매복의 시간. 참을 수 없는 갈증. 불안. 공포. 팬텀기 편대. 105밀리 곡사포의 포탄. 조명탄. 시누크 헬기의 굉음. 드륵드륵 연속 발사되는 M16 소총. AK—47 소총. LMG의 속사음. 클레이 모어, 부비트랩이 터지며 나는 귀를 찢는 듯한 폭발음. 로켓포 소리. 수류탄 터지는 소리. 화염병사기의 무차별 난사.

부산! 부산! 여기는 대구!
작전 종료! 철수하라. 반복한다.
수고했다. 중대 진지로 철수한다.
엎드려라! 움직이지 마라!
엄호 사격!
수류탄이다!
시체라도 찾아야 한다.
소대장님! 미안합니다.
한 달밖에 안 남았심더.
살아서 귀국해야지.
진짜로 고맙심더.
우리 자주 편지 쓰자.

호찌민 루트. 혼바산과 죽음의 계곡.

화약 냄새. 시체 타는 냄새. 화장터. 야전병원. 연기. 공동묘지. 실루엣. 피 묻은 파편. 피로와 배고픔. 수면 부족. 두려움. 죄책감과 공포 혐오감. 증오 눈물. 고함. 욕설. 비명. 신음. 절규. 아우성. 광기. 잔혹한 학살. 피. 시체. 죽음의 냄새. 허무. 망상. 환영. 고통을 잊기 위한 또는 황홀경을 위한 마리화나. 혼동. 역겨움. 파괴. 완전한 무의미. 수진 마을. 꽁까이. 성병(곤지름, 임질, 매독). 갈등. 자살. 범죄적 불법행위. 귀국, 귀국 박스

월남에서 돌아온 김 상사

늘 안개가 자욱했던 안케 언덕과 안케패스 전투.

잘 싸운 전우들은 모두 전사하고 말이 없다. 구경꾼들이 오히려 수많은 이론과 원칙을 내세워 비판하고 작전을 폄하하고 있다.

숲과 평야에 가랑비처럼 뿌려지던 에이전트 오렌지. 아직도 끝나지 않은 전쟁의 상처인 심장을 향해 느리게 날아오는 총알과 같은 고엽제 후유증.

빈딘 성의 민간인 대학살과 빈호하 마을의 학살.

이곳에서 1966년 12월 6일 남조선 군인들이 무고한 민간인 131명을 학살하였다.

밀라이 대학살.

그때 이후, 모호한 시간에
죽음의 고통은 되돌아온다.
그리고 나의 섬뜩한 이야기가 말해질 때까지

12. 다라트 지역의 깊은 정글.

숲에서 회색 안개가 소리 없이 피어 올라왔다. 태양의 열기는 수그러들었다.

우리 소대는 멀리 우회해서 하늘에서 내려온 고엽제 때문에 누렇게 말라버린 황폐한 개활지를 지나왔다. 개활지에서는 모든 게 다 보였다. 침묵뿐인 풍경들이. 건너편 수면이 청록색 얼룩들로 덮인 호수가 보이고, 호수로 흘러 들어가는 강의 지류가 보이고, 우리가 건너야 할 늪지대, 울창한 숲이 우거진 산등성이, 아주 먼 곳에 있는 다라트 지역의 산봉우리들까지.

그러고 나서 방향을 서북쪽으로 바꿔서 개활지와 숲 사이에서 경계선 역할을 하는 정강이까지 빠지는 음침한 늪지대 수렁을 헤치고 땀을 뻘뻘 흘리면서 겨우겨우 전진했다.

물은 따뜻했다. 나는 약간 깊은 구덩이에 빠질 뻔했지만 곧 균형을 잡았다. 그 순간 깊은 수렁에 발을 디뎌 꼼짝할 수 없이 빠져버린다면, 그래서 아무리 애를 써도 빠져나올 수 없고 물이 입과 코를 막아버린다면, 그걸로 끝장이 날 거라는 공포감이 밀려왔다.

우리는 오후 늦게 작은 마을이 연이어 늘어선 지역을 이미 통과했다. 기관총과 M134 미니건으로 무장한 미군 헬리콥터들이 요란한 굉음을 내며 마을 위로 날아서 사라졌다.

며칠 전에 작전지역에 미군 폭격기의 융단 폭격이 있었지만 고성능 폭탄을 아무리 엄청나게 쏟아부어도 그건 말짱 헛일이다. 그놈들은 그때 깊은 갱도에 편안하게 쉬고 있었을 테니까. 덥고 습한 울창한 숲의 터줏대감인 반달가슴곰과 노란빰 긴팔원숭이들만 혼비백산하여 울부짖다 멸종되었을 뿐이다.

우리는 항상 지나가기 편한 지름길인 오솔길을 우회하였다. 베트콩은 틀림없이 부패한 월남군으로부터 입수한 진짜 미제 지뢰 또는 불발탄 곡사포탄으로 직접 조립한 지뢰를 설치한다.

우리는 총격전에서는 언제든지 반격할 기회가 있었다. 더욱이 우리의 화기가 압도적으로 우세하니까. 그러므로 매복 공격을 받았을 때 첫 번째 집중사격에 당하지 않는다면 얼마든지 반격할 기회를 갖게 된다. 그러나 지뢰에 걸리면 쾅 터지는 폭발과 함께 끝난다.

파월 장병은 원칙적으로 복무기간이 1년이었다. 그러나 전사자는 대부분 월남에 온 지 석 달 만에 전투 중 사망한다. 풋내기 시절에. 나는 이 기간을 무사히 넘겨야 할 것이다. 그렇다고 전면적인 충돌이 일어나서 몇백 명씩 죽는 일은 없었다. 우리는 그때그때 한 번에 한 명씩 죽어나갔다. 우리는 죽으면 집으로 돌아간다.

우리는 베트콩의 예상 침투로를 방어하기 위해서 목표 지점에 모래와 진흙으로 급조한 임시 참호 속에 몸을 웅크리고 있었다. 나는 M16 소총의 조종간을 연발에 맞춰놓았다. 등줄기에서는 벌써 식은땀이 빗줄기처럼 줄줄 흐른다.

우리는 잔뜩 긴장한 채로 하염없이 기다린다. 밤새 긴 기다림의 시간. 우리는 지금 매복한 사냥꾼이다. 제물이 사정거리 안에 들어오는 순간을 기다린다.

병장이 수통에 챙겨온 술을 돌려가며 나눠 마셨다. 한 모금의 독한 술이 찌르르하게 목구멍을 타고 내려갔다.

병장이 속삭이는 어조로 나지막하게 말했다.

"높게 쏘지 말란 말이야. 초짜들은 하늘을 향해 쏜다니까. 마구 쏘지 말고 소총 가늠자를 많이 내려야 된다고. 몸도 낮추고

소대장은 어린애야. 원래 촌놈이었어. 그가 시키는 대로 하면 안 돼. 쉿! 오늘 밤은 어쩐지 불길해. 진지 위치가 영 아니거든. 위쪽에서 공격하기 좋게 너무 낮은 곳에 있다고. 그냥 무사히 지나갈 수도 있겠지.

교회 다녀? 하느님께 미리 기도하라고"

그때 소위는 저 멀리서 권총 혁대 위에 양손을 걸친 채 무전병과 무언가를 이야기하고 있다. 어젯밤 나는 소대장의 지시로 미제 M1911A1 권총을 분해해서 기름칠한 헝겊으로 정성스레 닦은 다음 다시 조립했고 탄창에 8발의 탄환을 장전했었다.

잠시 몬순의 지독한 비가 한동안 쏟아지며 숲속에서 소란이 일어났지만 비가 그치자 곧 쥐죽은 듯이 조용해졌다. 새들과 벌들, 나비들은 날갯짓을 멈췄고, 붉은 개미, 곤충들도 몸짓을 멈췄다. 바람에 살랑거리는 나뭇잎 소리만 들린다. 하늘에서 별들이 눈부시게 반짝였다. 그러나 황량한 그날 밤은 섬뜩하리만치 적막했다.

숨막히는 정적이 흐른다. 나는 갑자기 허벅지가 뜨겁고 축축해지는 것을 느꼈다. 나도 모르게 오줌을 지렸다.

나는 그때 짧은 턱수염을 기르고 눈이 충혈된 그가 검은 파자마를 입고 이마에는 검은 띠를 동여맨 채 나를 정조준하며 달려드는 환상에 시달렸다. 제발 오지 마. 왜, 나를 향해 달려드는 거야? 나를 죽이려고? 너와는 아무런 상관도 없는 나를. 나는 무사히 돌아가야만 해. 나를 기다리는 사람들이 많거든. 그러니 오늘 밤은 그냥 넘어가자고 나는 무사히 귀국할 거야.

별들이 이울어지기 시작했다.

우리는 한시름 놓았다. 모두들 긴장이 풀어지면서 몸을 비틀고 하품을 했다. 나는 시계를 보았다. 시간은 새벽 네 시였고 공기는 시원해졌다.

어느 순간 팽팽한 긴장감이 공기 중에 감돌고 우리의 심장이 고동치기 시작했다. 등골이 서늘해지며 몸속의 모든 신경이 곤두선다. 손과 발은 땅에 딱 달라붙어서 떨어지지 않는다. 무슨 불가사의한 전조가 있었던 것일까. 곧바로 머리 위로 베트콩의 박격포탄이 터지고 AK47 소총의 근접 사격이 쏟아졌고, 방망이 수류탄이 터졌다. 우리는 함정에 빠져 속수무책으로 기습을 당했다.

뒤늦게 예광탄이 줄지어 날아오고 포탄의 폭음 소리가 귀청을 찢었다. 젊은 소위가 외쳤다. *사격하라! 사격! 집중 사격!*

나는 심장이 마구 뛰었고 엉겁결에 소총의 방아쇠를 당겼다. 주저하지 않고 쏘고, 쏘고, 또 쏘고 탄창에 있던 총알이 다 소모되도록 쏘았다. 잠시 사격을 멈췄을 때 온몸이 사시나무 떨듯 떨리기 시작했다. 지금 생각해보면 조준 사격을 한 것이 아니라 그냥 숲을 향해 총을 갈긴 것이다.

뜨거운 피가 튀었다. 비명. 아우성. 씨발, 씹새끼들. 시체들.
죽음의 냄새가 가득히 퍼졌다.

그때, 무전기가 울렸다. 부산! 부산! 빨리 나와라! 여기는 대구!
작전 종료! 종료! 철수하라. 반복한다. 철수……! 반복……!

베트콩은 재빨리 검은 숲속으로 사라졌다. 그리고 숲은 다시
쥐 죽은 듯 고요해졌다. 망연자실하였다. 정지된 화면 같고 시간
이 얼어붙어 버린 것 같기도 하였다.

아침이 오고 날이 밝았다.

소대원 중에서 많은 병사들이 부상당하고 죽었다.

신참 박 일병은 오른쪽 으깨진 정강이가 무릎에 덜렁거리며 간
신히 붙어 있었고 검붉은 피가 쉴 새 없이 흘러내렸다. 철모 하나
가 버려진 조개껍질처럼 바닥에 떨어져 있다. 그 곁에 귀국을 보
름 남겨둔 소위가 한 손으로 피와 내장이 쏟아져 내리는 자기 배
를 틀어쥐고 있었다. 위생병이 지혈을 시키기 위해 압박붕대를
감았지만 소용없었다. 그는 지금 손쓸 틈도 없이 죽어가고 있다.
누구인지, 바들바들 떨리는 손으로 간신히 수통을 열어 마지막
남은 한 모금의 물을 소대장의 입술에 부어준다. 그러나 살아남
은 자들은 누구나 할 것 없이 울었다. 울고, 울었다.

병장은 불을 붙이지 않은 담배를 입에 물고 넋이 나간 채 우두
커니 서 있다.

나는 계속 중얼거렸다. *제발 죽지만 마라…… 죽지 말라고*

우리는 그날 부대로 귀환한 후 혼수상태에 빠진 것처럼 깊은
잠에 빠져들었다.

이 세상에는 직접 몸으로 겪어봐야 알 수 있는 것들이 있다. 전쟁이 바로 그렇다. 전쟁이란 직접 겪어보지 않은 사람은 감히 상상도, 예측도 할 수 없는 처절한 몸부림이고 죽음의 고통인 것이다.

낯선 장면 혹은 낯선 풍경.

이건 전쟁의 에피소드가 아니다. 아무리 세월이 많이 흘러서 새삼 돌이켜본다고 하더라도 그걸 어떻게 경험이니 체험이니 하는 상투어로 말할 수 있겠는가.

나는 전우의 죽음을 막기 위해 아무것도 할 수 없었다. 죽은 자들은 누워 있고 나는 그들 가운데 서 있었다. 나는 살아남았다. 솔직히 말한다면…… 내가 아니라 다른 사람이어서 다행이라는 생각도 들었는데 그 때문에 심한 죄의식을 느꼈다.

나는 그 전쟁의 참여자였나 아니면 목격자에 불과했을까. 증언자로서 자격이 있을까. 그들의 육성을 생생하게 전할 수 있을까.

그런데 사람이란 날이 갈수록 더욱 잊어버리고 사는 것이다. 우리가 늙고 죽는다는 것이 자연스러운 것이듯 잊어버리는 것도 자연스러운 것이다.

나는 오랫동안 그의 무덤을 찾아보아야 한다는 의무감 같은 걸 느끼고 있었다. 그는 꽃들이 심어져 있고 묘석이 서 있는 잔디가 푸릇푸릇한 풀밭 아래 한 줌 재가 되어 누워 있다. 그게 별로 어렵지 않은 일임에도 불구하고 나는 소대장이 묻혀 있는 동작동 국립묘지를 단 한 번도 찾아가지 않았다. 나는 완전히 잊어버리기 위해서, 그날 밤 기억이 생생하게 되살아나는 것이 두려워서, 눈물이 나오지 않으면 어쩌나 걱정이 되었기 때문이다.

나는 그때를 여전히 잊어버리지 못하고 있었다. 그랬으니 그 후 오랫동안 정서적 과잉 긴장감, 불안과 두려움, 무력감, 과도한 민감성, 공포, 편집 성향 같은 증세 때문에 격심한 신체적, 정신적 고통에 시달렸다. 너무 과민해서 쉽게 잠들 수 없었고 심한 불면증 때문에 고통을 겪었다.

(전쟁의 참상을 겪고 나서 그 후유증으로 정신적으로 망가지는 게 부끄러운 일이라고 할 수는 없다. 그런데 무슨 이유에선지 모르지만 그런 증상은 귀국한 후 상당한 시일이 지나서 나타났다. 하지만 내가 심각한 정신질환의 일종인 외상 후 스트레스 장애의 전형적인 증상에 대해 알게 된 것은 아주 오래된 후의 일이다.)

13. 김정현 병장.

실종자 (혹은 탈영병).

월남어 교육대 출신. 그는 파병 초기 보병 중대에서 몇 개월간 전투에 참가한 후 뒤늦게 대학에서 불문과를 다녔다는 학력 때문에 선발되었다. 그는 교육을 마친 후 연대 민사과에 배속되어 대민 지원 활동에 동원되었다.

나와는 월남 파병 동기였고 나이는 겨우 한 살 위였다.

우리는 보충 교대병력으로 도착해서 보병 부대에서 필요한 교육훈련을 함께 받았다. 먼저 M16 소총의 분해, 결합과 사격법을 실제 사격을 하면서 교육받았고, M79 유탄발사기, 신형 RKT 사격법, (푸른 스모그라 불렸던) 신호탄, 수류탄, 크레모아 등 각종 화기들의 사용법을, 베트콩의 전술과 특징, 베트콩의 요란 사격에 속지 않는 법, 지뢰와 부비트랩이 설치되어 있는 장소의 탐지와 조치, 매복 정찰 요령 등등을 배웠다.

교관인 귀국 말년 중사가 말했다.

이 전쟁은 이유가 없어. 이유가 있다고 해도 이유가 옳든 그르든 상관할 것 없어. 우리는 1년만 견디면 되니까.

다른 놈이 나를 죽이기 전에 내가 먼저 죽여야 되는 거야.

미군은 황색 인종을 멸시하니까 베트남을 인디언 땅이라고 하지. 그러니까 우리는 황색 인종끼리 싸우는 거야.

미국이 왜 우리를 끌어들였겠어. 월남전이 백인과 황인종의 전쟁으로 인식되는 것을 피하기 위해서 황인종인 한국군이 필요했던 거지. 그걸 알고 있으라고.

여기는 고정된 전선이 없어. 군인과 민간인을 구분할 수 없다고. 군복도 입지 않고 검정색 파자마 차림으로 돌아다닌다.

언제나 다니던 길을 다시 가면 안 된다. 통행이 잦은 곳에는 반드시 부비트랩을 설치하지. 길가에 문이 열린 폐가가 있으면 절대로 가까이 가지 마라. 거기에도 부비트랩이 설치되어 있지. 다시 강조한다. 열린 문을 조심하라.

그놈들은 별거 아냐. 적은 그들이 아니야. 여긴 소련제 탱크도 없고 미그기도 없어. 지뢰와 부비트랩만이 사방에 널려 있다. 부비트랩이라는 말만 들어도 피 냄새가 난다. 몸서리쳐지지.

매복할 때건 정찰할 때건 밤중에 담배 피우지 말고 모기약 바르면 안 된다. 저격병이 쥐도 새도 모르게 지켜보고 있다.

마지막이다.

거머리를 조심해야 한다. 거머리 때문에 죽을 수도 있다. 매복을 나갈 때는 거머리가 들러붙지 못하게 바지 끝을 단단히 붙잡아 매고 그 위에 정글화를 다시 단단히 조여야 한다.

절대로 죽지 마라. 그건 개죽음이다. 무사히 귀국해야 한다.

우리는 저녁이 되면 자주 연대 PX에서 만났다. 내가 대대본부에서 근무하면서부터 같은 영내에 있었기 때문에 그렇게 만날 수 있었던 것이다.

그러나 그는 언제나 어김없이 형님, 그것도 큰형님 행세를 하였고 나는 어느새 이를 받아들이고 완전히 긍정하였다. 나는 흉내조차 낼 수 없게 멋있게, 악기를 자유자재로 연주하는 것처럼 휘파람을 불 수 있고, 이중 인격적이면서 성숙한 인간이었으니까. 그러므로 그의 내면에는 양립이 불가능해 보이는 감정들이 뒤섞어서 공존하고 있다.

그새 몰라보게 어른이 되어 있었다.

어쨌거나 우린 친했고 서로 모든 걸 솔직하게 털어놓을 수 있는 사이였던 것이다.

그가 맨날 내 귀에 못이 박히도록 심문(또는 고문)하는 고정 메뉴가 있었다. 그는 대단한 고참인 것처럼 한껏 거들먹거리며 과장해서 위악적으로 말했다.

넌 순진하긴 한데 쪼다라고 할 수 있어. 아직도 완전한 쪼다. 순진한 게 좋은 게 아니야. 그건 병신 머저리라는 말의 완곡어법에 불과한 거지. 넌 담배도 못 피우지…… 술도 못 마시지…… 내

가 말하는 술은 인사불성이 될 때까지 마시는 말술을 말하는거야.
붕붕도 못하지. 노름도 못하지. 도대체 할 수 있는 게 뭐가 있느
냐 말이야. 그것들이야말로 인간 성체의 징표인데 말이지.

저승의 문앞까지 갔다 왔으면서…… 인생은 아무것도 아냐.
케 세라 세라!

너 혹시 독실한 예수쟁이 아니야? 증조할아버지 때부터 대대로
내려오는 목사 아니면 전도사 집안인 거지? 황금 십자가와 묵주
는 어디에 숨겨놓은 거야? 네놈이 월남까지 왔으면 기념으로 붕
붕쯤은 해야 될 거 아냐. 딱지를 떼란 말이야.

너 같은 놈만 있다면 말이야. 수진 마을에서 젊고 예쁜 여자
2,000명이 날이면 날마다 목을 빼고 남잘 기다리고 있는데……
그러면 걔들은 도대체 뭘 먹고 살겠어. 물만 마시고 사느냐 말이
야. 너는 도대체 말이야. 인간의 본성인 연민의식이 없는 거야. 난
전투 수당을 몽땅 수진에 갖다 바쳤어.

날 너무 무시하지 말라고 나라고…… 어쩌겠어. 나는 더 이상
순수하지 않다니까.

뭐라고?

귀대하기 전날 나트랑 시내에 갔었다니까. 허탈감만 느꼈지.

그까짓 거 가지고 네가 애송이인 것은 틀림없어. 또 뭐가 있는
데? 말해 보라고.

나도 전투에 여러 번 참가했다니까. 정찰과 매복 작전에도 나
갔고 죽을 고비도 몇 번 있었지.

베트콩이 총을 내게 겨눈 채 오랫동안 바라보더니 발사하지 않

고 숲속으로 그대로 사라지더라고. 나는 그때 머리가 하얘지면서 정신을 놓아버렸지. 내가 그렇게 불쌍하게 보였던 거지.

　여자와 사랑 문제는 전투하고는 완전히 다른 거야. 전혀……　진짜 사랑 말이야. 그러니까 너는 아직……:

　내가 좋아하는 아폴리네르의 시를 다시 들려주어야만 하겠지. 이게 마지막일 거야. 시인은 화가 마리 로랑생을 '더 이상 사랑할 수 없다'고 할 정도로 사랑했거든.

　미라보 다리 아래 센 강이 흐른다
　우리 사랑을 나는 다시 되새겨야만 하는가
　기쁨은 언제나 슬픔 뒤에 왔었지
　…… 사랑은 가버린다 흐르는 이 물처럼
　사랑은 가버린다
　이처럼 삶은 느린 것이며
　이처럼 희망은 난폭한 것인가

　밤이 와도 종이 울려도
　세월은 가고 나는 남는다

　왜? 이번이 마지막이어야 하는 거야?
　나도 모르겠어. 그런 생각이 든다고.
　그러니까…… 내 말은…… 섹스를 하려면 제대로 하란 말이야. 장난치지 말고. 로마인들은 '동물은 교미 후에 슬프다'고 했어.

그 의미를 깨달아야 한다고.

내가 공짜로 시켜줄게. 제발 좀 따라만 와주라. 진짜배기 아라비아산 낙타 눈깔도 줄게. 그게 말이야, 신비한 요물이거든. 여자가 환장을 하는 거지. 남자도 덩달아 환장을 하고 말이지. 그쯤 해야 섹스가 얼마나 즐거운 일인지 알게 되겠지.

이 형님의 당면한 소원이 뭐겠어. 네놈 물건이 통통 부어 가지고 농이 질질 흐르는 꼴을 보는 게 나의 소원이지. 가끔 대가가 따른단 말이야. 인생의 단맛 쓴맛을 비로소 맛보게 되는 거지.

알겠어? 입에서 아직도 젖비린내 나는 놈아, 그걸 고상하게 말하면 구상유취라고 하는 거야.

그런데 말이지, 그래야만, 네가 비로소 인간이, 사내가 되는 거야. 너에겐 지금 하나의 과정이 필요한 거야. 인간 성체가 되기 위한 통과의례……. 넌 알에서 하루빨리 부화해야 하는 거야.

나는 늘 똑같이 반응했다.

또…… 쓸데없는 소릴……. 나는 이미 부화했다니까.

그게 뭐 어렵다고 5불만 있으면 되는 거 아니야. 그리고 꽁까이, 붕붕, 오케이 하면 될 거 아냐.

그래, 그렇게 하라니까. 넌 보나마나 조루일 거야. 그걸 완화시키는 약은 아직 없으니까…….

그날 저녁, 어스름 빛 속에서 나무들을 말끔하게 베어낸 개활지와 늪지대를 지나 조림된 고무나무 밭과 검고 칙칙한 열대의 숲이 멀리 보였다. 그러나 강에서부터 기어오른 짙은 회색 물안개가 주위를 감싸기 시작했다. 입에서 여전히 술 냄새를 풀풀 풍기고 있다. 김 병장이 마리화나를 피워 물며 말했다.

이건 정신적 고통을 완화시켜주는 진통제이거든. 온몸이 노곤해지고 황홀해지지. 이 맛을 모를 거야. 알 터이 없지. 작전에 나가기 전에 한 대 맛있게 피우면 고통을 이길 수 있으니까.

며칠 전 수진에 갔다 왔지. 근 한 달 동안이나 못 만났거든.

뻔할 뻔자지, 보고 싶었던 거지. 그게 아니고 하고 싶었던 거지. 그래, 그렇게 좋아? 그 여자 이제 지겹지도 않아?

그 앤 그런 여자가 아닌 거야. 단순한 배설구는 아니었지. 내 여자이지. 영혼만은 순결하지. 난 랑린의 순수하고 달콤한 냄새를 맡고 들이마시지. 그 앨 보면 오히려 내가 살아있다는 느낌이 드는 거야. 작은 물고기가 내 혈관 여기저기를, 심장에서 모세혈관까지 헤엄치고 다니는 기분이 들지.

하지만 그 앤 가끔 눈물을 보일 때가 있는 거야. 메콩 강을 그리워하는 거지. 자신은 그 강의 일부라고⋯⋯. 그 앤 내가 사준 은팔찌를 항상 차고 다녔던 거야. 그 앤 내 아이를 갖고 싶어 해.

얼씨구, 열녀 춘향이가 따로 없네. 아예 결혼해서 한국으로 모시고 가지 그래.

야, 임마, 난 이래 봬도 뼈대 있는 종갓집의 장손이야. 그 낡고 고루한 집안에서 용납하겠어. 야단법석, 난리가 나겠지.

그날 무슨 일이 있었던 거야?

내가 다급하게 랑린을 찾자 마담년이 뚱했어. 여기에 없다는 거야. 내가 신경질 부리고 눈을 부라려도 그 여자는 비웃었지. 자기는 모른다고 딱 잡아떼는 거야. 그러면서 그 앤 결코 돌아오지 않을 거라구, 죽은 셈 치라는 거야.

다른 애들이, 새로 온 여자애들이 있으니 마음대로 고르라는 거였어. 마담 밑에는 모두 열 명의 아가씨가 있다는 거지. 그 여자는 철저히 장삿속인 거야. 다른 집에 단골을 빼앗겨서는 안 된다는 생각뿐이었지. 포주들은 어디서나 돈밖에 모른다니까.

내가 1년 동안이나 다른 애들은 쳐다보지도 않고 일편단심 그 애만 만난 것을 뻔히 알면서도 말이야. 그래서 눈이 뒤집혀 가지고 단도를 빼들어서 마담의 목을 겨누었지. 그때는 정말 목을 따 버릴 작정이었어.

그제서야 마담이 털어놨어. 랑린이 고향으로 이미 떠났다는 거야. 몬순 계절이 되면 메콩 강 델타는 엄청나게 범람한다는 거지. 그 전에 서둘러서 메콩 강 하류에 있는 빈롱으로 출발하였다는 거야. 고향에는 늙은 홀어머니가 계시지. 아버지도, 두 오빠도 전쟁 중에 죽었거든……

그가 낯설게 보였다. 나도 모르게 짜증이 나서 퉁명스럽게 말했다. 단도를 빼들고 목을 겨누었다는 말은 빼라고 믿지 않을 테니까. 왜 나한테까지 뻥을 치는 거야. 형은 그럴 수 있는 잔인한 인간이 아니야. 파리 한 마리도 못 잡으면서.

넌…… 날 오해하고 있는 거야. 날 잘 안다고 생각하겠지만 그게 아니야. 절대로 아니지.

나는 어떤 아득한 느낌이 들기 시작했다.

이제, 어쩔 셈인데?

나에겐 랑린밖에 없는 거야. 나도 떠날 거야. 무슨 말인지 알겠어? 멀리 떠난다는 거지. 그 앨 찾아서. 이게 사랑인지, 뭔지 알 수는 없지만…….

람브레터를 타는 거지. 아니면 지붕에 승객을 태우는 장거리 버스를 교대로 타고서 무작정 1번 국도를 따라 남쪽으로 내려가는 거야. 월남 지도를 구했거든. 빈롱까지 가는 거지.

월남 사람처럼 옷을 입고 그들처럼 행세를 할 거야. 내 월남어가 어느 정도는 통하겠지.

메콩 강이 꿈결처럼 흘러 흘러들어서 마침내 태평양 바다와 만나는 곳이지. 여기서부터 천릿길이 될 거야. 나는 원래 방랑자적 기질이 있으니까……. 이런 여행쯤이야 돈이 좀 필요하지. 네가 가지고 있는 걸 전부 내놔야 할 거야.

지금, 제정신이냐! 제정신이냐구? 대관절 사랑이 뭔데! 그렇게도 사랑 때문에 단맛 쓴맛을 봤으면서……. 지금 자신을 기만하고 있는 거야.

잠시 침묵이 흘렀다. 나는 그 상황을 정리해 보려고 애를 썼다.

그의 얼굴에 숨겨진 고통을 느낄 수 있었다. 여윈 얼굴에 피로한 눈빛과 냉소적인 미소가 어려 있다. 그가 다시 마리화나를 피워 물었다.

내가 먼저 말했다.

귀국해서 학교를 마치고 나면 시인이 되고 학교 교사가 된다는 꿈은 어떻게 되는 거야. 곧 귀국이고…… 귀국하면 바로 제대하는데 말이야……. 얼마나 순탄한 미래가 기다리고 있는데…….

콤플렉스 때문에 여태 이야기하지 못했지만 나는 4수 중에 입

297

대 통지를 받았다고 제대하면 말이야. 대학을 포기하든가 아니면 다시 4수를 해야 한다고요.

그랬던가?

다시 말하지만 형은 지금 제정신이 아니야. 비이성적인 감정에 휘둘리고 있는 거라니까. 이건 운명이 걸린 중대한 문제야. 실수하고 있다고 나중에 크게 후회하게 될 거야. 무얼 어떻게 하겠다는 거야. 정신 차리라니까. 정신을……

이건 생사가 걸린 문제…… 빈롱은 고사하고…… 천릿길이라며. 가는 도중 붙잡혀서 총살을 당할 거라고. 포로가 되어 혹독한 고문을 당하거나. 자살 행위라니까. 월남 사람들 베트콩과 한통속인 거 알고 있잖아. 그들을 끝까지 속여넘길 수는 없어. 한국군을 보기만 해도 몸서리치니까 즉시 신고할걸.

나는 평소에 쓰지 않았던 거칠고 상스러운 욕설들이 마구 튀어나오려는 순간 심호흡을 하였다. 나도 모르게 걷잡을 수 없이 화가 치솟고 아무리 짜증 나는 순간이라고 해도 말할 수 없는 고통을 겪고 있는 형한테 욕설까지 퍼부어서는 안 된다는 생각이 퍼뜩 들었던 것이다.

그만 해둬. 충분히 알고 있다고. 상관없어. 이 단계에서 내 결심은 절대로 바뀔 수가 없어. 부대는 잠시 난리가 날 거야. 그러나 걱정하지 마라. 그건 잠깐뿐일 거야. 작전 중 행방불명이나 사고사로 처리하겠지. 전쟁터에서 병사가 탈영하면 부대장의 경력에 엄청 흠이 되는 거지. 진급에도 악영향을 끼칠 거고.

그러니까 헌병대나 보안대에 신고는 못 할 거야. 쉬쉬할 거라구. 수배령도 내리지 않을 거구. 그렇게 하면 탄로 나니까. 월남에서 허위 보고는 식은 죽 떠먹기지.

형, 알고 있기나 해. 내가 연장 근무를 신청했어. 인사계는 어렵긴 하지만 불가능하지는 않다고 했어. 조용히 기다리라고 하더구먼. 공정가격이 있는 모양이야. 난 상관없어.

형도 그렇게…… 연장이나 해보라구. 내가 연대 인사계를 소개해줄 테니까. 그리고 나서 다시 생각해봐……

그렇겠지. 여기는 썩을 대로 썩었으니까……. 돈으로 안 되는 게 어디 있겠니. 너나 나나 빨리 귀국하고 싶지 않은 거야.

네 마음은 내가 잘 알지. 그렇게 하라구. 이건 너하고는 상관없는 일이야. 순전히……. 내가 이대로 귀국할 수는 없다는 걸 넌 이해해야 한다. 어쩔 수가 없다니까.

나는 갑자기 당황하였다. 뭔가 일이 꼬여서 잘못되어 가고 있었다. 안타깝지만 상황이 분명해지고 있었으므로 그 심각성을 인정할 수밖에 없었다. 나는 무력감을 느꼈다. 헤아릴 수 없는 짧은 침묵이 그 순간을 짓눌렀다. 갑자기 뱃속이 울렁거린다. 연민과 분노와 당혹감 때문에 가슴이 먹먹해지고 터질 듯했다. 나는 냉정해야 한다고 생각했지만 그만 나도 모르는 새 울음을 터뜨렸다.

그리고 절망적으로 말했다.

형은 그럴 수 없어! 형은 그래서는 안 되는 거야!

그의 얼굴 표정에 비장한 것이 서려 있다. 어떤 헤아릴 길 없는 깊은 생각에 사로잡혀 있는 것처럼 보였다. 그리고 나를 뚫어져라 쏘아보았다. 나는 온몸에 땀이 흐르기 시작했다.

잘 들어라. 어느 날 내가 감쪽같이 사라지면 그렇게 알라구. 넌 날 말릴 수 없어. 너마저 그러면 M16으로 내 머리통을 갈겨 버릴 거니까. 악랄한 내 주인에게 총을 쏴버리는 거지.

나는 전투만 시작되면 얼어붙어 버려서 총을 한 방도 쏠 수 없었지. 방아쇠를 당기는 팔에 마비 증세가 오는 거야. 그때마다 내 얼굴은 땀과 흙으로 뒤범벅이 되었고, 오줌을 지렸고, 몽땅 토해 버렸어. 그러나 날 겨냥하고 쏠 수는 있어. 그건 가능한 일이지.

우린 오늘 밤이 마지막이야. 우리 서로 쿨하자고. 울지 마라. 넌 아직도 눈물이 남아 있니. 넌 알고 있을 거야. 내가 고국을 얼마나 싫어하는지. 정말 싫지. 쓰라린 과거를 생각나게 하는 곳이지. 입대하기 전 일은 지겹고, 역겹지. 그건 악몽이었어.

전쟁터에서 그 분노를 폭발해버리면 치유가 되는 줄로 알았지만…… 그때 일들은 기억상실증에 걸렸어야 하는데……

이제는 잊어버릴 때가 된 것 아니야. 휘파람 소리에 날려서…… 그게 아무리 과장되게 말해도 결국 풋사랑인 거지. 형은 날 쪼다 취급하고 자신을 도사처럼 굴면서 왜 그래?

남의 일이라고 과소평가할 필요는 없겠지.

형이 가버리면 그 멋진 휘파람 소리라든가…… 이제는 너무 들어서 질리기는 하지만 그 시들 말이야. 어떻게 되는 거야? 어디서 들을 수 있겠어. 형은 모르겠지만 그게 나에게는 커다란 위안이었거든.

그가 창백하게 굳었던 얼굴이 풀어지면서 느닷없이 웃음소리를 냈다. 그리고 천천히 음미하듯이 말했다.

다시 말하지만…… 나는 도망가는 게 아닌 거야. 내 길을 찾아
가는 거지. 자기 자리를……. 여기에 처박혀 넉맘 냄새를 실컷 맡
으며 살고 싶은 거야. 이 난리 통에 가능할지 모르지만…….

내가 마지막으로 이별의 시를 들려주어야 하겠구나. 그동안 네
가 유일한 청중이었어. 나는 단 한 사람만 필요했거든.

그 시인은 평생 동안 콤플렉스를 안고서 불우한 삶을 살았는데
젊은 나이에 짧은 생을 마감했지.

내 언젠가 히스나무 이 가녀린 가지를 꺾어 두었지
가을도 가버렸으나 잊지는 말아라
우리는 이 땅에서 다시 보지 못할 거야
시간의 이 향기 히스나무의 이 가녀린 가지
그래 내 너를 기다리니 잊지는 말아라

그가 천천히 속삭인다. 그 억양이 가볍고 나긋나긋한 목소리가
그녀를 감싸 안아서 부드럽게 어루만진다.

대학 불문과를 3년간 다녔고 기욤 아폴리네르의 시들은 거의
전부 완벽하게 암송할 수 있는 남자. 젊은 날의 통과의례에 불과
한 첫사랑의 상처 때문에 죽고 싶도록 고통을 느꼈고 그래서 일
찍 군에 입대했고 또다시 월남전에 자원했던 남자. 가난한 시인
이 되고 시골 벽지에서 학교 교사가 되고 싶었던 남자. 문학적 재
능이 있는지는 몰라도 자기 자신에게는 너무나 융통성이 없었던
남자. 아무리 자신이 타락한 인간처럼 위악적으로 과장되게 이야

기해도 그걸 믿을 필요는 없는 남자. 그러나 인간을 향해 총을 쏠 수는 없었으나 자신의 머리에는 감히 총을 쏠 수 있다고 자신했던 휴머니스트.

메콩 강의 강폭이 한없이 넓어지고 강물이 유장하게 흐르는 메콩 강 삼각주의 빈롱에서 천리길을 거슬러 올라가, 거대한 미군 군수기지가 있던 캄란 만 입구의 집창촌인 수진 마을까지 흘러들어온 영혼이 맑은 여자.

그는 여자의 갈색 피부를 쓰다듬고 그녀의 불타는 듯한 눈과 얼굴 위로 자신의 얼굴을 덮는다. 그는 그녀의 눈 깊은 곳에서 빛을, 구원의 빛을, 어떤 계시를 발견한다. 그녀를 위한 일이라면 무슨 일이든지 가능하다고, 그는 그렇게 다짐한다. 그는 이제 지껄이지 않는다. 희망과 욕망, 탐닉이 묘하게 섞여 있는 격정적인 몸부림에 자신의 몸을 맡긴다. 그는 그 순간 아무것도 생각해서는 안 되리라. 여기 밀림에서는 의식은 가물가물해지며 몽롱할 뿐이다. 꿈도 꿀 수 없다. 깊이를 헤아릴 수 없는 고통도 벌써 희미해져 버렸다. 그때는 죽음을 갈망했었는데. 모든 추억이 사라져버렸다. (민들레가 피어있는 논둑길. 따뜻한 봄날의 햇빛. 흰 구름. 냇가. 소녀. 사랑. 입술. 이별. 불면하는 밤들. 침묵. 망망대해. 무인도. 미완성인 한 묶음의 원고들.)

오직 군화와 철모, M16 소총, 수류탄.

그는 숨을 깊이 들이마시며 생각한다. 나는 소진되어 버렸는가? 도피자인가? 이미 사라져 버렸는가?

밤이 완전히 내려앉았다. 짙은 어둠 속에서 곡사포의 포탄 터지는 소리가 밤의 유령이 토해내는 괴성처럼 아득히 들려왔다.

그때의 생생한 장면, 대화 내용, 내 가슴 속에 각인된 김 병장의 비장한 얼굴을, 그의 의지를, 욕망을, 내가 느껴야 했던 그 무력감을 어찌 오랫동안 잊을 수 있었겠는가. 날카로운 가시 면류관을 쓴 채 피를 뚝뚝 흘리는 김 병장의 모습이 그 후 한 세대 동안이나 자주 꿈속에 나타났다. 그런 게 아니라 나타났다고 생각하였다. 김 병장을, 그를 끝내 붙잡지 못했다는 죄책감은 나의 강박관념이었으니까. 나는 한때 그 강박관념을 몰아내기 위해, 망각을 위해, 알코올 의존자가 되어 살아야 했다. 매일 알코올 이외에는 아무것도 없었다. 김 병장은 내가 술을 제대로 못 마신다고 엄중하게 단죄하지 않았던가. 그러나 술이 얼큰하게 취하기 시작하면서부터는 술고래인 김재수 하사가 먼저 생각났다. 나는 김 하사의 알코올 의존증 같은 술 마시는 습관에 혐오감을 느꼈지만 어느 새 따라 하기 시작했다.

만취해서 인사불성이 되고 머릿속 찌꺼기를 말끔히 씻어낼 수 있다면. 필름이 완전히 끊겨 통제 불능의 상태가 된다면 얼마나 좋을까. 그러나 나는 길에서 왝왝 토하는 일 외에는 항상 말짱했다. 도대체 취해지지가 않았다. 술은 나를 유치한 감상에 젖게 만들어서 결국 눈물을 흘리게 만들었다. 그러므로 술이라면 진저리를 치기 시작했다. 그래도 계속 마셨지만 말이다.

빈롱. 수목이 빽빽하게 우거진 밀림의 가장자리 얕은 언덕에 있는 랑린의 집(마을에서도 조금 떨어져서 그 오두막은 홀로 서 있다.)에서 멀리 메콩 강 삼각주와 유장하게 흐르는 누런 강물이 내려다보였다. 밤이 깊어 가면서 물안개가 피어올랐다.

내가 말했다. 김 병장은 어디에 갔지? 밖에? 들판에? 난 김 병장을 만나러 왔지. 아주 멀리서 말이야. 죽고 싶도록 보고 싶었거든. 그녀가 말했다.(그 목소리가 감정이 배어 있지 않은 기계음처럼 들렸다.) 그는 죽었어요. 틀림없이 죽었단 말이에요. 모르겠어요? 여기에 오지 않았어요. 아마, 민병대 또는 베트콩한테……. 아니에요, 아니. 그는 안 죽었어요. 내 가슴 속에서 살아 있지요. 내가 말했다. 그럴 리가. 그녀가 깔깔거리며 말했다. 그만 잊으세요. 잊어……. 나는 지금 외롭고 힘들어요. 죽을 맛이에요. 나를 어디론가 데려다 주세요. 제발.

그 순간 깨달았다. 그녀와 나, 살아있는 사람들은 이제 그에 대해 아무런 미련도 남겨서는 안 된다는 것을. 우리는 엄연히 살아 있고 그녀와 나는 각자의 삶이 있다. 그리고 문득 이미 오래전부터 까마득히 잊고 있었다는 생각이 들었다. 우리들은 그를 잊기 위해서, 그의 굴레에서 벗어나기 위해서 이심전심으로 암암리에 공모자가 되었다. 그녀는 이제 울지 않는다. 침묵이 있었다. 꽤 오랜 시간이 흐른 것 같다. 그녀의 까만 머리, 까만 눈, 잘록한 허리가 은근히 유혹적이다.

그녀가 말했다. 당신 얼굴을 만지게 해주세요. 나를 꼭 껴안아 주세요. 그리고 그 짧은 순간 나는 갑자기 그녀를 억세게 끌어안고 나의 입술로 그녀의 입술을 덮쳤다. 나의 혀를, 빨간 혀를 그녀의 입 속으로 깊숙이 밀어 넣고 키스를 하였다. 나는 짚으로 된 푹신푹신한 침대에 그녀를 눕혔다.

그녀가 노래를 했다.

메콩 강은 알고 있다네 강물은 깊어라 슬픔도 깊어라 강은 시시로 변하네 아침에 푸르던 그것이 저녁이면 핏빛으로 물드네

강 쪽에서 거대한 잿빛 구름이 몰려오고 잠깐 동안 천둥 번개를 동반한 지독한 폭우가 쏟아져 내렸다.

나는 새벽의 희붐한 여명이 창문으로 밀려들 때쯤 밤늦게까지 뒤척이다 겨우 눈을 붙인 잠에서 깨어났다. 계속 뒤숭숭한 꿈만 꿨다. 너무 오랫동안 김 병장을 잊고 지냈다는 미안한 마음이 들고 랑린은 살아있고 잘 있는지 그녀가 궁금했다.

14. 어린 시절, 초등학교 3학년 시절 초여름에 마을 냇가에서 친구들과 물놀이를 하다가 왼쪽 무릎을 심하게 다쳤는데, 그 당시 두메산골—고향 동네 송정리는 면사무소에서도 10리를 더 들어간 산골짝에 있다.—에서 속수무책으로 방치하였다가 관절염이 심하게 악화된 것이다. 내 무릎은 주위가 빨갛게 되어 통통 부어오르고, 물이 차고 고름이 차고 나중에는 굽혔다 펼 수조차 없게 되면서 그 때문에 견딜 수 없는 통증을 느꼈다. 그리고 사람을 탈진하게 하는 신열과 오한, 피로감, 구역질 등에 시달려야 했다.

온갖 민간요법과 떠돌이 한의사의 마구잡이식 침놓기, 이십 리쯤 떨어진 동네 도사 할머니의 신통한 주문과 비방도 소용이 없었다. 고흥 읍내의 한지의사는 여기서는 치료할 수 없으니 순천이나 광주로 가야 한다고 말했다.

그제서야 아버지는 문전옥답 논을 팔아서 마련한 돈으로 광주의 큰 병원으로 가게 되었는데 의사는 희미하고 검고 회색의 엑스레이 사진을 이리저리 들여다보며 완치하기 위해서는 무릎 위부터 잘라야 하거나 아니면 무릎 수술을 해도 그 후유증으로 다리를 심하게 절 수밖에 없다고 냉정하게 선언하였다. (그때부터, 유년의 저 깊은 심연 속에 뿌리내린 냉혹한 공포감이 평생 동안 나를 따라다녔다.) 두말할 것도 없이 사색이 된 아버지는 몇 군데 병원을 전전하다가 어쨌거나 정형외과 병원에서 수술을 받았고 오랜 물리 치료와 끝없이 길고 긴, 지루한 재활 훈련 끝에 기적처럼 완치될 수 있었다.

그런데 그 시절 그 길고 긴 물리 치료와 재활 훈련이라는 게 무엇이었던가?

마을 뒷산은 천등산에서부터 해안 쪽으로 밋밋하게 뻗어 내려오면서 마을을 병풍처럼 감싸고 있었다. 그 산허리에서부터 멀리 은빛으로 빛나거나 혹은 회색 바다로 돌변하여 거칠게 포효하는 바다가 내려다보였다. 나는 온종일 거친 풀과 가시덤불, 바위투성이인 뒷산의 경사면을 힘겹게 오르내리며 염소 떼를 몰고 다녔고, 녀석들이 한가롭게 풀을 뜯을 때면 풀벌레와 나비, 벌집, 거미집, 뱀들을 찾아서 풀섶을 헤치며 보냈던 것이다.

유년시절의 흔적은 거의 남아있지 않다. 무릎 바로 위에 둥글게 패인 희미한 수술 자국은 그때의 고통과 상처를 지금도 상기시켜 주지만 말이다. 하지만 내 어린 시절을 회상할 때면 그 시절만이 남아있다. 내가 일일이 이름을 만들어 주었던 녀석들과의 끊임없는 대화. 그때부터 내 마음속에 뿌리 깊게 박혀버린 회색 바다. 그 바다는 너무 심오해서 설명하기가 결코 쉽지 않다.

지금 돌이켜보면 무릎을 절단하는 수술, 혹은 무릎 수술로 내가 심하게 다리를 절게 되었다면 내 운명은 어찌 되었을까. 우선 군대도 안 가고 월남전 전쟁터에도 안 끌려가고 그러므로 내 인생은 지금과는 송두리째 달라졌을 것이다.

나의 정체성마저 바뀌었을 것이다. 지금의 나와는 전혀 다른 누구였을 것이다. 무엇보다도 나이가 들어갈수록 더욱 심하게 좌절한 나머지 우울증과 폐쇄공포증에 시달리고, 매일같이 독한 술을 마시며 알코올에 의존해야 되었을 것이고, 그래서는 변변한 직업도 없이 평생을 고통받고 자포자기한 삶을 살았을 터였다. 그랬으니 결혼도 못했을 것이고 미구에 자살했을지도 모른다.

그 때문이 아니더라도 우리는 젊은 시절 삶의 고뇌에 허우적거리며 헤어나지 못할 때 존재론적 회의에 빠져서 몇 번씩이나 자살의 충동을 경험하지 않았던가.

돌이켜 보면, 순수한 농부였고 무척이나 인색했던 아버지가 수술비를 마련하기 위하여 자신의 목숨보다 귀중하게 여겼던 문전옥답을 눈물을 삼키며 팔지 않았다면, 아버지가 의사에게 다리를 절단하는 수술은 절대 안 된다고 고집을 피우지 않았다면, 나의 현재는 존재하지 않는다. 내가 온전한 신체를 갖게 된 것은 틀림없이 행운이었다.

두 번의 경우 모두 내게는 커다란 행운이 뒤따랐다. 그렇지만 그들 행운은 내 자유의지와는 상관없이 결정된 것이다. 그것은 어떻든 오래 전부터, 아마 내가 태어나기 전부터 이미 운명처럼 예정되어 있었던 것이다. 그렇지 않을까? 그러니 내가 어떤 은총을 입은 게 아닌 것은 확실하다. 그러므로 내게 또다시 파랑새가 하늘 높이 비상하는 행운이 계속되리라고는 생각되지 않는다. 그건 공평한 일이 아니기 때문이다.

그렇다면 나는 어떤 운명이 닥칠지라도 그것에 저항하지 말고 순종해야 하리라. 그렇지만 운명의 여신인 포르투나처럼 행운 역시 눈이 멀었다고 하였으니까, 누가 어떤 혜택을 입게 될지는 어떻게 짐작이나 할 수 있겠는가.

눈먼 행운.

내가 물놀이에서 무릎을 다치고 회복된 일이나 열대지방의 정글에서 정체불명의 병에 걸리고 기적적으로 회복된 것은 아주 우연처럼 보이지만 그건 운명이었고 우연이란 막다른 운명의 다른 이름이라는 생각이 든다. 그렇다고 할 수 있다. 우리의(종착지에 이르기까지 구불구불한 길이라고 할 수 있는) 삶을 결정짓는 것은 우리가 아니라 오로지 운명일 뿐이다. 인간은 자기 운명의 주인이 될 수 없다는 것을 인정해야 할 것이다. 결국에 가서 이기는 쪽은 우리가 아니라 이 세상인 것이다.

그렇다고 내가 지금 니체가 말한 철학적 용어인 운명애를 말하는 것이 아니다. 다시 말하면 운명을 사랑하라고 말하는 것이 아니다. 쉽게 말하면 운명은 팔자이니 운명에 맡기라는 것이다. 이건 나 자신에게 하는 말이기도 하다.

그러므로 극단적인 상황에서도 추한 모습을 보여서는 안 된다. 그때는 체념이나 단념이야말로 인간의 미덕이 된다. 그러니까 나의 인생행로가 뒤틀렸거나 순조로웠거나 상관없이 운명은 결국 내 삶의 순리인 것이다.

그런데 기독교적 운명론에서는, 아우구스티누스의 웅대한 예정론에서는, 칼뱅의 예정설에서는 그 모든 것을 하나님의 탓으로 돌렸으니, 그렇다면 운명이야말로 신적인 것이다. 그들이 말했다. 우리는 누구인가? 우리는 지금 어디에 있는 것일까? 그러나 우리는 아무것도 아니다. 오직 하나님만이 우리를 알고 있으니 모든 걸 그분에게 맡겨라. 그분이 결정할 터이다.

오래 전 일이 아니다.

강남역 부근에 있는 유명한 교회의 집사인 선배―중대 고참 선임병이었다. **신병식** 병장은 내가 102 야전 병원에 입원해 있을 때 귀국하면서 격려의 편지를 보냈었다. 얼마나 가슴이 뭉클했는지 모르겠다. 우리는 소대는 달랐지만 무슨 인연이 있었는지 친하게 지냈다. 그가 날 막내 동생처럼 챙겨주었던 것이다.

그가 말했다.

네가 지금 살아남은 것이 우연일 수가 없는 거야. 그러니까 …… 다시 말하자면…… 운명 따위는 없어. 오직 하나님의 섭리가 있었을 뿐이야. 신은 인간 삶의 모든 국면을 조종하는 강력한 힘을 가지고 있으니까.

내가 말했다.

저는 그쪽 신을 믿지 않거든요. 신앙심이 없는 제가 신의 은총

을 입을 수가 있다고요……? 그렇다고 할 수 있나요……?

네가 무슨 쓸모가 있는지는 모르겠지만…… 신의 구원이 일찍부터 예정되어 있었다니까.

왜? 제가 말입니까?

신의 의지를 어떻게 알 수 있겠어. 자네가 이 정도만 된 것도 천만다행인 거지. 신이 결국 자네를 지켜준 거야.

선배님 말씀은 그게 행운 때문이 아니라 신의 의지라는 거죠.

그렇다니까. 학교 선생님은 철저한 무신론자이던지 아니면 불가지론자이겠지. 그렇지 않은가? 나는 그렇게 알고 있다고. 설마 그걸 학생들에게 가르치지는 않겠지?

그러니까 신의 존재 자체를 의심하고 있는데 신의 의지를 들먹이면 귀신 씻나락 까먹는 소리로 들리겠지.

전 …… 솔직히 말씀드려서 잘 모르겠어요. 특히 인격신에 대해서는 말이죠. 구체적으로 다가오지 않아요. 그저 추상적인 개념에 불과한 거죠.

나 역시 전에는 신에 대해 반신반의 했지만 …… 월남전 이후 확실하게 알게 되었네. 인간들이 서로 죽이려고 총을 겨누는 걸 도저히 이해할 수 없었지. 하나님께서 분노하실 일이었어.

그래서 인간의 본성에 대해 극단적인 냉소주의에 빠져버렸지. '파우스트'에 나오는 메피스토펠레스처럼 '언제든지 부정하는 정신의 소유자'가 되었다네.

결국 신에 귀의할 수밖에 없었어. 신으로부터 구원을 받으면서 자신과도 화해할 수 있었지.

그때부터 신을 굳게 믿으며 신이 있다는 가정 하에 살고 있지. 그래서 말인데 …… 신의 의지에 반해서 살고 싶지는 않다네.

다시 말하자면 너무 젊은 나이였을 때부터 벌써 인간에게 회의를 느꼈고, 슬픔과 분노를 느꼈던 거지.

선배님이 부럽습니다. 그렇게 확고하시니 말입니다. 저에게는 몇 번의 행운이 있었는데, 지금도 그게 운명인지, 우연으로 생각된단 말입니다.

그만두자고. 내가 지금 귀머거리와 이야기하는 기분이 든다네. 자넬 하느님께 인도하기는 참으로 어려운 일이야.

젊은 시절 한때 자네는 끔찍이도 술을 마시면서 무척 방황했었지. 술을 마신다고 상황이 나아지는 것도 아닌데 말이야. 그러니까 가장 하느님이 필요한 때였지.

그땐 정말 엉망진창이었지요. 제가 더 이상 미치지 않은게 천만다행이었어요. 지금 생각해보면 알코올을 통해 제 자신을 시험해보고 싶었던 건지도 모르겠습니다. 안심하십시오. 지금은 아주 많이 줄였어요. 완전히 끊을 수는 없으니까요.

그건 그렇지. 우린 가끔 만나서 적당히 마시지.

선배님은 하느님을 열렬히 믿으면서 …… 하느님이 싫어할 것 같은데요.

술은 하느님과는 관계가 없다네. 하느님이 그런 것까지 상관할 만큼 한가하진 않다네.

선배님은 제가 102 병원에 입원해 있을 때 알게 된 영현병이었던 김재수 하사님을 모르실 거에요. 그 영향 때문인 것 같아요.

저에게 너무 큰 충격을 주었거든요 그래서 이 세상이 너무 허무했어요 신이 필요없다고 생각한 거죠

모르긴! 전에도 가끔 이야기한 적이 있었다네.

그렇겠지요 전 잊을 수가 없으니까요 늘 호기심을 자극하는 수수께끼 같은 인물이었죠 그래도 휴머니스트라고 할 수 있을 겁니다. 마치 살아있는 것처럼 가끔 눈앞에서 어른거려요

지금 생각해보면 형님이라고 할 수 있었습니다. 고향 선배이고 인생 선배였으니까요 일찍부터 인생을 달관했습니다.

자네 말을 들으면 그럴 수 밖에…… 그런 특수한 환경에 처해 있었으니 나라도 그랬을 거야 나도 가슴이 먹먹하다네. 그러니까 가증스러운 위선이라고 할 수는 없을 걸세.

또 한가지…… 말씀드릴 게 있어요 훌륭한 조각가였거든요 그 재능이 영원히 사라진 게 안타깝습니다.

무슨 조각을 했다는 건가. 조각이야기는 처음이야

시간이 날 때마다 숲속에서 숫돌에 갈아서 날을 세운 날카로운 칼을 이용해서 매끈하게 다듬어진 나무의 앞면에는 꽃과 나비, 벌 들을 조각하고 뒷면에는 수수께끼 같은 기하학적 문양을 솜씨 좋게 조각했습니다.

이마에 땀이 송글송글 맺힐 만큼 심각한 얼굴로 작업에 열중할 때는 너무 열중한 나머지 무슨 말이라도 걸면 무척 화를 내면서 짜증을 냈습니다. 그가 짜증을 내는 일은 아주 드문 일인데 말입니다.

김 하사 일은 안타까운 일이야 그러나 까마득한 옛날 일 아닌

가. 지금…… 여기……우리 이야기를 하자고.

내 말을 들으라고. 지금이라도 늦은 게 아니야. 하느님을 믿는 데 늦은 법은 없으니까. 늦었다고 할 때가 가장 빠르다고 했지 않은가.

신이 존재하는지 여부를 너무 따지지는 말게. 의심하면 안 되는 거라네. 그냥 믿으라고. 그러면 신이 자네한테 거짓말처럼 나타나실 거니까. 내가 자네 귀에 못이 박히도록 말했다네. 그렇지만 돌밭에 떨어진 씨앗만큼이나 결실이 없었어.

너무 죄송해요. 신에 관한 문제는 자신이 없지요. 더 철이 들어야 될 거 같아요.

또다시 다음으로 미루어야 한단 말이지. 언제쯤……? 선배님 대신 가볍게 형님이라고 해도 될 거 같은데…… 함께 늙어가고 있지 않은가. 세월이 참 빠르지. 그렇지 않은가.

그래도 선뜻…… 그게 목구멍에 걸려요. 저한테 선배님은 너무 어렵지요. 저는 월남에서 선배님의 도움을 많이 받았어요. 야전병원으로 보내주신 격려의 편지는 지금도 고이 간직하고 있습니다. 제가 어찌 선배님을 잊을 수가 있겠습니까.

그날 밤 우리는 모처럼 만나서 몇 차례나 자리를 옮겨가며 거나하게 술을 마셨지만 더 이상 월남전 이야기는 하지 않았다.

그리고 우리들의 화제는 자연스럽게 건강 문제(선배는 매일 밤 서너 번씩 화장실에 가는 거 빼고는 별다른 문제가 없다고 했다), 마누라의 잔소리가 점점 더 늘어가지만 그건 자장가쯤으로 알고 넘어간다는 이야기, 자식들의 결혼 문제로 넘어갔다. 선배는 큰 딸이

삼십대 중반을 넘었는데도 결혼은커녕 남자와 사귀지도 않는 기미여서 혹시 레즈비언이 아닌가 의심했지만…… 그것은 아닌 것 같다는 것이다. 큰 딸이 그 지경인데 아들마저 도대체 결혼은 생각하지도 않아서 큰 일이라고 했다. 그러니 손주 보기는 애시당초 글렀다고 한탄을 했다.

선배가 말했다.

성경에 의하면 '가진 사람은 더 받아 넉넉하게 되겠지만 못 가진 사람은 그 가진 것마저 빼앗길 것이다'라고 했다네.

그런 사소한 문제로 하느님께 기도할 수는 없지. 무슨 염치로…… 그런 것까지……

나는 얼마 남지 않은 정년 후의 인생에 대해 아무런 대책이 서 있지 않다고 하소연했다.

15. 정글과 열대. 살과 피가 튀는 야만적인 전쟁.

지금은 기억의 초상.

그것은 나의 삶을 분명하게 두 부분으로 쪼개버렸다. 비록 과거의 그 어떤 상처가 치유된 것은 아니었지만 그것과는 별개로 전쟁 전과 전쟁 후의 나는 완전히 달라져 있었다. 그랬으니 전쟁은 나의 인생에 있어서 진정한 전환점이었다.

과거는 망각일 뿐이다. 과거가 나를 만든 것이 아니다. 나는 과거의 산물이 아니다. 그러니 나의 과거는 사라지지 않았고, 놀랍게도 나의 과거는 추억이 되었고, 현명한 지혜로 바뀌었다고, 자신을 속일 수는 없을 것이다.

나의 20대는 귀국 후부터 미로 속을 헤매는 것처럼 최악의 시절이었다. 시간은 왜 그렇게 더디 지나가는가.

가수 김광석이 노래했던 '또 하루 멀어져 간다 점점 더 멀어져 간다 머물러 있는 청춘인 줄 알았는데……' 그런 청춘이 나에게는 없었다.

장밋빛 인생은 없었다. 나는 초라했다. 정말 초라했다. 누가 나를 위로해 준 적이 있었던가. 한순간인들 삶의 고결한 순간은 없었다. 삶의 좌절에 이미 익숙해질 대로 익숙해져 있지 않았던가. 언제나 눈앞이 캄캄하고 막막했다. 나는 벌써 마지막 항해를 끝내고 항구로 귀향한 늙은 선원이 된다.

얼빠진 사람, 살과 뼈가 없는 무기력한 인간, 여전히 세상이라는 거친 바다가 야기한 공포에 몸을 떠는 인간, 바다의 폭풍우 속에서 악마의 얼굴을 보았던 인간, 끊임없이 근원적 불안감에 시달리는 인간.

나는 사회생활을 영위하면서 긴밀한 인간관계를 맺고 있는 우리라는 공동체, 무리로부터 떨어져 나와 단절과 (인간에 의한 인간에 대한 저주인) 소외, 외로움을 느꼈다. 나는 원래 비사교적이었지만 그래도 매우 순종적이었다. 모범생 타입이어서 어떤 경우에도 제멋대로 굴지 못했다. 그러나 그때는 나의 내부에 항상 해소할 길이 없는 욕구불만과 분노가 들끓고 있었으니 오랫동안 그들과 융화하지 못했다.

그 집요한 강박관념 때문에, 국외자라는 콤플렉스 때문에 내

어둠 속 내면으로 다시 돌아가 움츠러들었다. 그리고 자신을 경멸하고 그 반사작용으로 그들을 경멸하였다. 서로 간 가학적이고 피학적인 관계가 되었다.

그렇기 때문에 20대, 젊은 날에 그들 운명적 사건의 경험을 토대로 내가 인간 본성(특히 그것의 상대성)에 대해 어떤 깨달음을 얻었다고는 생각지 않는다. 그랬더라면 인생의 우여곡절과 좌절을 맛보지 않고 좀 더 충실한 삶을 살았을 터이다. 그리고 우리 모두에게 해당되는 말이지만 젊은 시절의 통과의례인 사랑과 이별은 얼마나(감상적인 말이거나 수사적 표현이 아닌) 깊은 상처를 남기게 되는가. 그때 나는 벌써 일종의 허무주의에 빠져 있었으니, 자신을 벗어나서 타자의 세계로 들어갈 수 없었으니, 평생동안 따라다닌 불안감을 여전히 떨쳐내지 못했으니, 내 인생의 명확한 길과 목표가 세워질 수 없었다.

다시 말하면, 그때는 그렇게 혼란스러웠으니, 열정과 욕정이 일어나지 않았으니, 청춘의 희망에 부풀고 때로는 좌절하고 여자와 사랑을 시도하고 섹스에 대해 여전히 미칠 듯이 환장해야 하는데 그건 도대체 불가능했다.

그때는 오히려 일탈을 꿈꿨다. 제멋대로 나쁜 짓을 하면서, 중대한 죄를 지으면서, 마음껏 타락하고 싶었다. 구체적으로 범죄라는 측면에서 간음을 하고 싶고, 도둑질을 하고 싶고, 누군가를 칼로 찌르고 싶었다. 차라리 감옥에 가는 게 나았다.

나는 생각했다. 선은 항상 악을 동반한다. 한쪽은 순수한 빛만 있고 다른 쪽은 짙은 어둠만이 존재하는 것이 아니다. 나는 악을

행할 수 있다. 하지만 내가 여전히 그렇게 겁쟁이였는데 실제 행동에 옮기지는 못했다.

당신은, 내가 내 삶의 순서 중에서 2막에서 얼마나 큰 고통을 일찍 맛보았는지 알게 되었으므로, 그 시절 내가 자학적이거나 자기방어적일 수밖에 없었고, 극단적인 회의주의자였고 냉소주의자였는지 이해할 수 있을 것이다. 내가 무슨 말을 해도 그럴 수밖에 없었다는 점도 인정할 것이다. 나와 상관없는 일이라고 강 건너 불 보듯 무관심해서는 안 될 것이다. 우리 인간 사회는 연민까지는 필요없지만 타자를 이해하고 공감한다는 바탕 위에서만 건전하게 유지되기 때문이다.

나는 30대 중반을 지나면서부터 삶이 얼마나 느릿느릿 지나가는지를, 삶을 보다 가볍게 여겨야 한다는 것을 차츰 깨닫기 시작했다. 주위를 돌아보면 누구에게나 쉬운 인생은 없다. 각자 나름대로 어려움을 겪고 있다. 그러니 내가 뭘 더 바랄 수 있었겠는가. 그 전쟁은 내가 멀쩡하게 살아서 돌아온 이상 그저 젊은 날의 하찮은 추억거리에 불과했다. 나는 시간의 흐름에, 나를 둘러싸고 있는 단조로운 일상에 자신을 맡기기로 어설픈 타협을 하였다.

16. 나는 오랜만에, 근 10여 년 만에, 무슨 일 때문이었는지 (아마, 그때는 아버지가 돌아가시기 전이었으니까 할머니 제사 때문에) 송정리 고향집에 내려갔다. 내가 막 지나온 10년간의 세월을 새삼 돌이켜보면 내 삶은 지리멸렬한 시간의 연속이었다. 그래도

느리지만 의미있는 변화가 있었으니 그 긴 터널을 겨우 빠져나왔고 결혼도 했으며 직장도 잡았으니 말이다. 아버지는 걱정이 태산 같았지만 이제는 한 시름 놓았다.

내가 고향에 내려오면 언제나 꿈과 몽상에 젖어 그리워했지만 그러나 이미 가슴 속에서 희미하게 지워져가는 남쪽 바다를 다시 만나게 된다.

한반도 남단 고흥반도의 끝.

가도 가도 붉은 황토길.

소록도 부근 바닷가가 고향이다.

바다는 위안이고 심연의 상처이다.

멀리서 어떤 목소리가…… 바다 쪽에서…… 울부짖었다.

돌아오라고! 돌아……! 고향으로……!

네 고향은 바로 바다인 거야.

초겨울 바다에 돌풍과 같은 강한 바람이 불었고 파도는 하얀 이를 드러낸 채 으르렁거렸다. 작은 어선이 통통거리며 거친 파도를 헤치고 풍남항 부두로 귀환하고 있었다.

나는 해안선을 따라 만의 동쪽 끝 동백나무 숲까지 하염없이 걸었다. 오랜 세월 바닷물에 씻겨 반들반들해진 바닷가 자갈들을 밟으며 걸었다. 하늘은 푸르고 아름다웠다. 오후의 따스한 햇빛이 구름을 뚫고 황금색 사선처럼 수평선 위로 쏟아졌다. 한나절 동안 나는 들뜬 채로 바닷가를 서성이면서 진정한 정신적 고향이라고 할 수 있는 깊고 푸른 바다의 염분 냄새를 흠뻑 들여마셨다.

······ 달에게 그 가슴을 드러내 놓은 바다여!
······ 밀려와라, 그대 깊고 검푸른 바다여!

나는 아주 슬프지도 않았지만 아주 행복한 것도 아니었다. 그때 바다가 내게 무슨 말을 했었던가, 바다는 내가 알아듣지 못하는 무슨 말인가를 했었던 것 같기도 하고

내가 은퇴하고 이곳에 내려와서 바다만 바라보며 살 수 있을까. 언제나 늘 파도 소리를 가까이서 듣고 싶다는 욕망에 사로잡히지 않았던가. 파도는 수평선에서부터 아주 멀리서 밀려와 가까이서 철썩거렸다. 파도 소리가 너무 다정했고 그 소리는 깊이 파묻혀있던 어린 시절 과거로부터 되살아나 들려오는 것처럼 느껴졌다.

그때 일찍 돌아가신 어머니의 따뜻한 목소리가 들려왔다. 정말이지 어머니가 그렇게 돌아가신 날은 하늘이 무너진 것처럼 절망적이었다.

나는 공연히 인적없는 해변에서 파도에 쓸려가는 젖은 금빛 모래를 한 움큼 쥐고 허공으로 뿌렸다.

나는 건너편 이름도 없는 무인도인 작은 섬을 바라다보았다. 그 외로운 섬. 내가 어렸을 적에는 두 가구가 염소를 키우며 살았다. 까마득한 옛날 일이다. 그러나 그 섬에서의 생활은 너무나 혹독한 것이었으리라. 나는 그들의 고립되고 힘든 삶을 상상했다. 내가 그때 어리석게도 잘못 생각했을 수도 있다. 그들은 바다와 함께 오순도순 사는 단순한 삶 속에서 행복했을 수도 있다.

나는 과거의 어느 시점으로 거슬러 올라가서 불가해하고 희미

한 장면들을 이것저것 떠올렸다. 그렇지만 내가 유치한 감상에 젖어있었던 건 아니다. 그때 무슨 심각한 또는 애잔한 생각을 했었는지는 기억할 수 없지만 말이다.

그러나 내가 부질없이 눈물을, 자기 연민의 눈물을 흘리지는 않았을 것이다. 그것만은 확실할 것이다. 내 눈에서 그것은 아주 옛날에 말라버렸지 않았던가.

나는 생각했다.

전쟁의 상처가 무어 대단하다고 그게 언제적 일인데. 이제는 삶에 대한 강한 의혹으로 그 지긋지긋한 어둠을 뚫고 나아가야 한다. 무엇이 그토록 불안하고 두려운 것인가. 도대체 뭐 때문에 죄책감에 시달려야 하는가. 이제는 철이 들만큼 들 나이가 되었는데 이 세상을 향한 냉소주의도 버릴 때가 되었다. 나는 새로운 삶을 시작하려면 끊임없이 변해야만 한다. 그러므로 희망의 출구가 보이고 있다. 지금 당장 자신감과 함께 당당함이 필요하다. 그리고 어쩌면 자기 자신한테도 거짓말을 할 수 있을 만큼 뻔뻔함까지.

다시 돌이켜보면 나는 인생의 어느 순간에도 희생자가 아니었고 가해자가 된 적도 없었다. 다른 사람에게 또는 나 자신에게 도덕적 이중성을 해명할 필요는 없을 것이다. 그러므로 자기중심적인 사고방식 때문에 이중인격자라는 비난을 받아도 감수하면 되는 것이다. 더 이상 순진하게 자기 방어적이어서는 안된다. 나를 보호하고 방어하기 위해서 필요하다면 위선적이거나 위험한 변신까지도 할 수 있다. 왜 불가능하겠는가.

나는 아주 오랜만에 고향에 내려오면 언제나 그랬다. 나는 고향에 내려오기 전 며칠 동안 무기력해지면서 발열과 불면증에 시달렸다. 그 끈질긴 강박관념이 유령처럼 다시 나타나는 것이다. 나는 그것을 물리치기 위해서 다시 자신과 싸워야 했다. 그렇지만 이건 의식이 더욱더 성숙해지는 과정일 뿐이고 내가 구제불능으로 타락했다고 생각하지는 않았다.

그러므로 존경하는 선배님의 끈질긴 권유에도 불구하고 교회에 가서 하나님께 무릎 꿇고 기도할 일은 없을 것이다. 그는 육십 대 중반쯤 가벼운 뇌졸중을 앓은 이후로는 아주 느리게 말했다. 그래도 좋아하는 술을 끊지는 않았지만. 그는 몇 번이고, 아마 수십 번씩이나 인간은 신의 피조물이기 때문에 그 신께 믿음으로 의지하면 신이 믿음에 응답하리라고 말하면서 교회에 나오라고 하였다.

나는 이제 보통 사람의 일상적인 삶 속으로 돌아가야 한다. 그리고 그 속에서 달팽이처럼 느릿느릿 안주해야만 할 것이다. 그렇게 할 것이다.

단순성. 반복. 익숙함.

나를 오랫동안 짓누르고 있던 바윗덩어리 같은 무엇이 사라지기 시작했다.

그날 밤에는 여수에서 수산 전문 대학을 졸업하고 나서 언젠가 고향으로 돌아와 미역과 김을 양식하면서 미역 공장을 하는 초등학교 동창생을 오랜만에 만나 집에서 담근 독한 과실주를 마시며 통음했다. 그는 옛날부터 워낙에 술이 센 탓에 그날 밤에도 술을 마신 티가 전혀 나지 않았다. 그의 뜨거운 햇빛과 거친 바닷바람에 검게 탄 얼굴은 세월의 그늘에 덮여 있었지만 여전히 안온했다. 그는 항상 부끄러워하고 겸손했다. 그는 미역 공장을 해서 돈을 많이 벌었고 성공했다. 그렇게 멀리까지 소문이 자자했다.

우리는 어린 시절의 그리운 추억담에 빠졌다. 몹시 가난했던 그 시절은 까마득한 옛날 일처럼 느껴졌고 그래서 새삼스럽게 회상하면 아름답게 느껴진다. 어슴푸레한 새벽빛이 우리를 감쌌다.

우리는 지쳐서 서로 엉킨 채 잠이 들었다.

그날 밤은 깊고 깊은 밤이었다. 마법을 부린 듯 바람 한 점 없는 하늘에는 창백한 초승달이 바다를 향해 희미한 미소를 지었다.

다음날은 화창하고 상쾌한 날씨였다. 나는 고흥읍 내로 나가 버스를 타고 녹동항까지 갔고 나룻배를 타고 소록도로 건너갔다. 소록도 중앙공원의 잘 가꾸어진 소나무들은 여전히 아름다웠다.

내가 소록도에 갔을 당시 김재수 하사의 부모님들은 진작 돌아가신 것을 알게 되었다. 소록도에서 나환자들이 죽으면 화장장에서 화장을 했고 그 재는 말령당 납골당에 안치되거나 때로는 소록도 바다에 뿌렸다.

김 하사가 말한 담쟁이들이 마구 늘어지고 휘감기며 타고 올라갔던 작은 초가집은 이미 허물어져 폐허만 남았다. 그 집터에는 누가 세웠는지 모르겠지만 먹으로 쓴 글자들이 도저히 판독할 수 없을 만큼 비바람에 모두 지워진 나무 비석만 외로이 서 있었다.

그날 밤 우리가 했던 말이 기억난다.

고향에는 아주 오랜만에 내려온 거지. 많이 변한 것 같으면서

도 하나도 안 변했을 거야. 바다가 어떻게 변할 수 있겠어. 너는
많이 변한 것 같지만……

그렇지 뭐. 애들은 많이 컸겠구나.

큰놈은 벌써 휴학하고 군대에 갔어. 넌? 왜? 알리지도 않고 결
혼했지? 나중에 알고 좀 섭섭했지.

노총각이 어쩌다가 뒤늦게 결혼했으니까…… 누구에게 알리기
가 그랬어. 그때서야…… 자리를 잡으니까 조용히 결혼하게 된
거지. 한때는 결코 결혼을 하지 못할 거라고 확신하고 있었거든.
그런데 결혼하고 나니까 생활이 안정되더라고.

학교 선생님이 되었다고 하던데?

그렇지. 시간강사는 그게 보따리 장사야. 신분이 보장되지 않
고…… 수입도 형편없지. 그래서 사립 고등학교로 간 거야. 거기
서 국어 선생을 하고 있지.

학생 가르치는 일이 보람 있을 것 같은데…… 바다와 힘겹게
싸우는 일보다는 말이야.

그게 그렇지 뭐…… 난 네가 부럽지. 매일 바다와 함께 사니까
말이야.

풍남항은 변치않고 여전하다고. 고흥 반도 끝자락에 있지만 거
금도가 둘러싸고 있으니까 둘도 없는 천연 항구이지.

바다는 변덕이 심하다고. 한창 일할 나이인데도 …… 바다와
너무 부대끼니까 지쳤다는 느낌이 들지. 바다는 여자의 품처럼
부드럽긴 한다네. 하지만 폭풍우가 치거나 파도가 거칠어지면 괴
물로 돌변하는 거야.

남이 들고 있는 떡이 더 커 보인다고 했는데…… 그런 건가?

난 어차피 여기에서 살다가 죽을 수밖에 없지. 그렇게 생각하고 돌아왔으니까. 미역 공장도 그럭저럭 돌아가니까.

술이 있지. 나는 매일 마신다네. 술이 주는 알딸딸한 느낌이 너무 좋지 않은가. 그렇지만 자식들은 대도시로 진즉 떠났으니 다시 돌아오지 않을 거야. 걔들은 시골을 질색하거든. 아마 지옥처럼 생각할 거라고. 이제 고향에는 노인들만 남아 있지. 너 나 할 것 없이 잔병치레를 하고 있지.

내가 이런 말을 해도 되는 건지 모르겠다만…… 아버지는 지금은 동네 과부 아주머니가 잘 돌봐주시니까 건강하시지만 언젠가 돌아가신 후에는…… 너라도 남아 있으니까 고향인거지.

네 부친은 오랫동안 혼자 사셨지. 뵌 지가 오래되었네.

자네도 알다시피 어머니가 그렇게 돌아가셨으니 …… 절대 재혼을 하지 않겠다고 …… 하셨지 않은가.

새삼스럽게 귀소본능이란 말을 들먹일 것까지는 없겠지, 진부하니까. 그래도 언제가는 내려와서 바닷가에서 살고 싶지. 세월은 빠르니까…… 은퇴하고 말이야. 어쩐 일인지 도시에 살다보면 생활에 너무 지쳐서 바다를 잊을 수가 없다네.

너무 낭만적이라고 해야겠지. 네가 여기서 사막의 은둔자처럼 살 수 있겠어? 네 마음이 자꾸 변할 거라고. 사람의 마음은 믿을 수가 없는 거야. 여긴 살다보면 너무 답답하다고. 밤이 되면 사람이라곤 아무도 살지 않는 것처럼 너무 적막하지. 너무 쓸쓸하니까 귀신도 나타나지 않는 거야.

여기는 너의 마지막 안식처가 될 수 없을걸 지금 지역 공동체는 완전히 해체되고 있어. 그러니까 고향도, 향토애도 사라지고 있는거야. 결국 이러다간 가족관계도 희박해지겠지.

그건 그렇다네. 공동체나 가족이 해체되면 그런 걸 대체할게 뭐가 있을까? 잘 모르겠어.

무슨 자극도 없고…… 따분하지. 결국 못 내려오겠지. 이런 외딴 시골 구석에서 남은 인생을 보내도 괜찮은 것인지…… 자꾸 의구심이 들거라고 그러니까 말인데 네 마누라가 이런 시골에 내려올까?

마누라는 도시여자니까 여길 이해하지 못하겠지. 이리로 내려오자고 하면 질겁을 할거니까 말도 못 꺼낼거야.

그러면 정년 퇴직하고 마누라가 죽은 후에나 내려올 수 있겠군.

무슨 소리야. 여자가 더 오래살지 않은가.

그리고 오랫동안 이런저런 이야기가 오간 끝에 **이병주**의 소식을 들었다.

네가 월남 갔다 왔다는 걸…… 언젠가 누구한테서 들었던 거 같은데?

그랬었지. 내가 그곳에 갔다는 게…… 그렇지 뭐. 난 별로 얘기하고 싶지 않았었지.

그래? 너도 알고 있겠지?

누구?

이병주 말이야. 걔는 어렵게 3사관학교 나와서 육군 장교가 됐었거든. 마지막 끝물에 월남에 갔다가 지뢰가 터져서 한쪽 다리 …… 오른쪽 다리일 거야…… 무릎 위쪽까지 잘라냈지. 그렇게 됐다고 그러더라고.

제대하고 고향으로 돌아온 거야. 어디라도 갈 데가 없었겠지.

그래도 무슨 무공훈장을 받았다고 하면서 그 훈장을 자랑하려고 가슴에 달고 다니기도 했지. 그게 아주 높은 훈장이라고 하더구먼. 그리고 연금을 받으니까 사는 데는 지장이 없었지.

처음에는 오른쪽 다리에는 의족을 끼고 목발을 짚으며 잘 걸어 다녔어. 몸을 앞으로 내밀고 목발을 짚어서 몸을 이동하는데 다시 그렇게 반복하는 거지. 그래서 휠체어를 타지는 않았어.

그때 소리소문없이 결혼도 했는데 얼마 후 여자가 온데간데없이 사라져버렸어. 그때부터 성불구라는 소문이 떠돈 거야. 부부간의 속사정을 누가 알 수 있겠어. 여자 쪽에서 먼저 '나는 성불구자는 살 수 없다'고 선언하고 도시로 떠나버렸기 때문에 그 소문이 퍼진거라고 하더군.

그러더니 온전했던 왼쪽 다리 부상이 다시 도졌다면서 휠체어를 타기 시작했지. 그 과정이 좀 이상하긴 했어. 매일 술로 지새니깐 몸과 마음이 만신창이가 되었어. 나도 가끔 함께 술을 마셨지. 여기로 찾아왔었거든.

그는 늘 입버릇처럼 '사람 죽이는 일은 쉬운 게 아냐. 차라리 내가 죽는 게 낫지.'라고 말했었지. 한동안 술도 끊고 괜찮았는데…… 휠체어가 뒤로 밀리면서 바다로 빠져 죽었어. 그게 사고

인지 자살인지 알 수 없었지.

이병주는 초등학교(그때는 국민학교라고 했었지만) 시절 술도가 집 큰아들로 우리와는 비교할 수 없을 만큼 부자였고 유복했다. 얼굴에 언청이 수술 흔적이 희미하게 남아있었지만 공부도 잘하고 운동도 잘했다. 그랬으니 단연 골목대장으로 위세가 대단했었다. 나는 어린시절 내심 그를 무척 부러워했고 시샘했었다. 그러나 나는 오랫동안 그의 소식을 까마득하게 모르고 있었다.

그의 이야기를 듣는 순간 나는 온몸이 뻣뻣하게 굳어졌다.

오래전에 읽었던 헤밍웨이의 '태양은 다시 떠오른다'의 줄거리를 떠올리면서 전쟁에서 입은 부상으로 성불구자가 된 주인공 제이크의 모진 운명을 생각했다. 그는 이루어질 수 없는 사랑 때문에 몸부림쳤다. 하지만 브렛은 자신의 욕망을 솔직히 드러내고 제이크에 대한 사랑 때문에 그 욕망을 희생하거나 억압하기를 거부했다.

그들은 하염없이 방황했으나 그들에게 재생이나 구원은 없었다. 나는 이병주의 육체적 상처뿐만 아니라 영혼의 상처까지 모두 이해할 수 있다. 월남전 참전용사인 내가 이해하지 못한다면 누가 이해할 수 있을 것인가. 그는 거울에 비친 자신의 모습을 바라보면서 많이 울었을 것이다. 그때마다 차라리 월남에서 죽어버렸으면 좋았을 거라고 곱씹었을 것이다. 마음속 깊은 곳에서부터 강한 성적 욕망을 느꼈겠지만 도저히 불가능했을 것이다.

그러나 그건 나와는 상관없는 일이다. 그런 거지 뭐. 월남전 이야기는 이제 지겹다. 까마득한 옛날이야기인 것이다.

17. 그 옛날은 정신질환의 일종인 외상후 스트레스 장애 혹은 공황장애, 범불안장애 같은 사치스러운 병명을 모르던 시절이었다.

나는 그때 죽음의 공포 혹은 상실감 등 정신적 증상에서 헤어나오지 못했다. 그런데 이런 증상은 전쟁터에서는 정신상태가 항상 바이올린의 G선처럼 팽팽하게 긴장되어 있기 때문인지 나타나지 않는다. 하지만 귀국하고 나서 무사히 돌아왔다고 안심하면서부터 또는 제대하여 엄격한 규율이 지배하는 군대를 벗어나고서부터 억눌려있던 정신상태가 한껏 이완되면서 과거의 쓰라린 기억들과 숱한 감정들이 소용돌이치며 분출해서 나타나는 것이다.

나는 그런 증상을 이겨내기 위해 과음하면서 술에 의존하기는 했어도 극단적으로 자살을 생각하거나 위험한 약물에 의존하지는 않았다. 시간이 약이니까, 시간이 흐르면 조만간 치유될 거라는 작은 희망을 품고 있었고 혹은 어떤 형태이든 구원이나 은총이 내려오지 않을까 막연하게나마 기대했었다.

내가, 더는 젊지도 않지만 그렇다고 중년의 영역에 들어서지도 않은 삼십 대 중반을 지나면서부터 혹은 불혹지년의 나이를 지나면서부터 흐르는 세월이야말로 가장 좋은 정신적 치료제이어서 도저히 아물지 않을 것 같았던 그 심각한 상처는 내가 의식하지 못한 사이에 어느덧 회복되었다. 그때부터 생활은 점점 안정되었다. 나는 벌써 직업적 타성에 젖었고 일상생활에도 익숙해지고 있었다.

그러나 인간의 삶을 명료하게 이해하기에는 여전히 자아 형성이 되어있지 않았고 정신적으로 미성숙했다. (그 시절이면 누구나 어떤 한계가 있을 수밖에 없으니까 그건 어쩌면 불가능한 일일지도 모른다.) 나의 마음 깊은 곳에는 아직 견고한 장벽이 존재했고 그것을 스스로 허물 수 없었으므로 그곳으로는 누구도 들어올 수 없었던 것이다.

나는 언제쯤 성숙한 어른이 되어 진짜 철이 들 것인가. 미성숙에서 성숙으로 이행과 자아의 정체성 확립에는 오랜 시간이 필요했다. 그러므로 내가 그걸 희미하게나마 깨닫기 시작한 것은 인생의 단맛 쓴맛을 다 겪고 난 훨씬 후의 일이다.

그때쯤이면 실제로 나는 나 자신에게 아주 중요한 존재라는 확신이 들었다. 이제부터 내 삶을 어떻게 만들어갈지 새롭게 결정해야 한다는 것을 그 어느 때보다도 명확하게 느끼기 시작했다.

무엇이든지 다 정한 때가 있다.

하늘 아래 모든 일에 기한이 있고

모든 목적에 시기가 있나니

날 때가 있으면 죽을 때가 있으며

씨를 뿌릴 때가 있고 수확할 때가 있으며

죽을 때가 있고 치유할 때가 있다.

나는 어느새 육십이이순六十而耳順의 나이가 되어버렸다. 굴레가 덧씌워진 낡은 인생. 이때쯤에 점차 소멸되어 가는 추억의 희미한 발자국을 반추하면서 나의 굴곡진 삶의 총체적 의미를 어느 정도 이해한다는 일이 비로소 가능한 일임을 깨달았다. 하지만 내가 관심을 갖는 것은 인생에 있어서 성공과 좌절의 명확한 인과관계를 밝혀서 결산하려는 것이 아니었다. 오히려 원인과 결과의 영역 밖에 있는 성찰(이 얼마나 철학적이고 이해하기 어렵고 전

율을 느끼게 하는 말인가)에 대한 것이다.

지금 이 시점에서 솔직하게 말해야 하리라. 누굴 속일 수 있겠는가. 더욱이 자신을 더 이상 속여서는 안 될 것이다. 내가 언제 진지하게 자기 성찰을 한 일이 있었던가. 그것은 무용한 짓이 아니었던가. 그렇다. 그렇고말고. 그렇게 되었다. 나 자신을 알려고 더 이상 애쓸 필요는 없었다. 그리고 내가 나로 다시 환원되어서는 안 될 것이다. (그런데, 인간은 아무도 위선과 허영심 때문에 자신에 대한 모든 진실을, 더욱이 남이 알까 두려운 추악한 진실은 말하지 않는다.)

나는 매일 아침 일찍 동네의 낮은 산을 오른다. 그건 산이 아니라 언덕이라고 해야 할 것이다. 언덕 너머에 뭐가 있어서 나를 기다리는 것은 없다. 그러나 그 언덕에는 계절이 되면 땅에서 초록색 싹이 솟아오르며 아름다운 꽃들이 피고 나무에는 파릇파릇한 새싹이 돋아나며 녹음이 우거지고 새들이 지저귀고 줄무늬다람쥐가 참나무 우듬지까지 기어오르니 온통 생명이 넘쳐나는 것이다.

나는 개체들의 아름다운 생명력과 영혼을 대할 때마다 기도를 드리고 싶을 만큼 경건한 감정을 느낀다. 그게 내가 바로 경배하는 신인 것이다.

그러므로 그 언덕에는 수많은 신들이 살고 있다. 저마다 개체 깊은 곳에 눈에 보이지 않는 신이 들어있지 않다면 어떻게 고귀한 생명체가 존재할 수 있을 것인가. 그렇다면 이 복잡한 세상에 왜 무서운 턱수염을 기른 위대한 하느님만이 신이라고 할 수 있겠는가. 니체가 「자라투스트라는 이렇게 말했다」에서 죽음을 선언한 신은 바로 그리스도교의 하느님이 아니었던가.

나는 인간과 세상이 한없이 두렵게 느껴지면서 이 세상에 미만해 있는 무수히 많은 생명체 속에 들어있는 신들의 존재를 믿지 않을 수 없게 된 것이다.

내가 야전병원의 침대에 누워 있을 때 매일 복용하는 엄청난 양의 진통제의 작용 때문인지 몽롱한 채로 마치 하얀 새털구름 위에 떠 있는 환상에 사로잡혔었다. 이제 돌이켜보면 하얀 연기가 하늘로 올라갈 때 어떤 환영, 신의 환영을 어렴풋이 보았던 것이다. 믿을 수 없는 게 기억이긴 하지만 그렇게 기억한다. 나는 그때부터 신을 부정할 수 없었을 것이다. 신의 부정을 부정했을 것이다. 그러나 신의 존재를 그렇게 확신한 것은, 오랜 시간이 흘러간 뒤였다.

내가 인간이 얼마나 하찮고 왜소하다는 사실을, 이 세상에는 인간 이외에 타자가 엄연히 존재한다는 사실을, 신을 몰아내고 신이 사라진 언덕에 인간이 대신 올라설 수는 없다는 사실을 깨닫기까지, 그래서 신의 존재를 믿기까지는 가혹하고도 평생에 걸친 오랜 시간이 걸렸던 것이다.

그런 면에서 김 대위의 말이 옳았다. 신의 존재에 대해서는 너무 일찍 결론을 내릴 필요는 없었던 것이다. 인간은 변덕을 부리며 끊임없이 변하니까 말이다.

나는 지금 변두리 버스 종점 근처에 있지만 젊고 아름다운 아가씨가 주인인 언제나 기분 좋은 단골 카페에 앉아 있다. 한쪽 벽에는 오래 전부터 반 고흐의 '카페, 라 겡게트의 테라스'의 복제품이 걸려 있다.

초겨울의 찬바람은 가로수 잎들을 세차게 날려 버렸고, 간간이 뿌리는 빗줄기가 바람에 날려 창문을 후려쳤다. 덕구를 생각나게 하는 집 없는 개가 빗속에 이리저리 헤매고 있다.

나는 에스프레소 한 잔을 앞에 놓고 쓰디쓴 맛을 음미하고 있다. 그녀의 그 시절 얼굴을 젊고 아름다운 아가씨를 통해서 떠올려 보려고 무진 애를 썼다. 다시 보니까 마치 두 사람이 서로에게 녹아들어가 한 여자인 것처럼 보였다.

나는 겨울비가 스산하게 내리니까 때늦은 후회를 하고 있다. 내 얼굴이 붉게 상기되어 있을 것이다. 지금 와서 잊혀져 가는 그 옛날 기억들을 회상할 필요가 있을까. 감상적으로 굴 필요는 없을 것이다. 지금 내 감정이 무엇이었든 간에, 어디로 흘러가든 간에 자기 연민 때문에 과장되거나 왜곡되는 것은 피하고 싶다. 하지만 지나간 세월은 되돌릴 수 없는 것인데도 불구하고 도저히 불가능한 상상을 한다.

나를 마음껏 분출할 수 있었다면. 분노의 순간에 격정을 폭발할 수 있었다면. 나를 산산이 파괴할 수 있었다면. 섹스에 탐닉할 수 있었다면. 사랑의 진정한 의미를 깨달았다면. 식어버리고 사라져버린 사랑은 무의미하다는 것을. 사랑의 기쁨은 잠시이고 덧없이 사라진다는 것을. 사랑하는 사람은 끝내 좌절하고 고통을 겪을 수밖에 없다는 것을. 유아기적 껍데기를 깨고 인간 성체로 성숙할 수 있었다면. 자기 자신을 찾을 수가 있었다면.

그런데 지금 돌이켜보면, 나는 그게 우리들의 진정한 사랑이었고 애처로운 이별이었다는 사실조차 깨닫지 못했다. 김혜진을 그렇게 쉽게 까마득하게 잊어버렸다니. 더욱이 40년 전 일이니 까마득해서 나에게 일어난 일이 아닌 것처럼, 그래서 나와는 전혀 무관한 일인 것처럼 느껴진다.

내가 그녀를 처음 야전병원에서 보았을 때 나는 여자를 만나 사랑해 본 적이 없는, 남녀관계에 대해서는 아무것도 모르는 완전한 숙맥이었으므로 순진했다기보다는 바보처럼 고지식했다. 그녀는 나보다 나이가 더 많았기 때문에 세상사에 대해서 더 많이 알고 이미 사랑과 실패를 맛보았을지도 모르지만.

내가 그때 언제부터 당황하지 않고 편안한 시선으로 그녀를 바라볼 수 있었는지 기억나지 않는다. 하지만 그 시절은 유교적 윤리 의식이 여전히 지배적이었으므로 지금처럼 남녀관계에서 죄의식 없이 무분별하게 욕정에 사로잡히는 가벼운 분위기가 아니었다.

그러면 우리의 관계를 정확히 표현할 수 있는 단어가 있을까? 우리의 관점에 의한다면, 여자와 사랑은 대성공(그러니까 사랑이 결혼으로 이어지고 그 후 남자는 출세가도를 달리고 여자는 현모양처가 되는), 쓰라린 이별로 끝나는 혼란스러운 실패, 애타게 마음속에만 있었고 결코 시도조차 하지 못한 경우, 그냥 흐지부지되는 경우를 생각할 수 있는데, 우리의 경우는 마지막에 해당할 것이다.

나는, 지금 70대인 그녀가 멀쩡하게 살아서 건강하고 행복하기를 바란다. 그러니까, 혼자가 되어서 외로운 나머지 알코올 중독으로 인한 술 취한 늙은 여인이 아니기를 바란다. 틀니를 해서 말을 할 때마다 딱딱거리고 입안에서 구취가 나지 않기를 바란다. 퇴행성 무릎, 고관절, 허리 관절염 때문에 엉기적거리며 겨우겨우 걷지 않기를 바란다. 중증 치매에 걸려서 요양원에서 외롭게 말년을 보내지 않기를 바란다. 어떤 암인지 모르지만 암에 걸려서 빨리 죽는 것은 어쩔 수 없는 일이다. 이건 정말 진심이다.

나는 김 하사를 생각할 때면 늘 그렇듯 가슴이 뜨겁게 북받쳐 올랐다. 옛날 어느 날에는 혼자서 술을 마시고 나서 그를 생각하다가 갑자기 울음이 터져 나왔다. 하지만 한 번 터진 울음은 그칠 줄을 몰랐다.

지금 돌이켜보면, 나무를 흔드는 바람 소리만 들리고 사람들의 발길이 뚝 끊긴 어두운 숲에서 처음 대면했을 때 나는 잔뜩 긴장해서 경계심을 가지고 그를 바라보았다. 그러나 아무리 보아도 뭔가 불길하고 위험천만한 일이 생길 것 같은 그런 인상은 아니었다. 얼굴은 뜨거운 햇빛에 노출되어 약간 검게 탔지만 입술 안쪽 가지런한 치아는 놀랍도록 하얗게 빛났다. 나는 안도했다.

그리고 만날수록 그의 따뜻한 목소리만으로도 나에게는 커다란 위안이 되었다. 나는 그때 은연중 보호받고 있었으니 그게 큰 힘이 되었다. 가슴속에 맺혀있던 응어리들이 풀려나면서 숨쉬기도 편해졌고 때때로 느꼈던 울고 싶은 기분도 사라졌다.

40년이 지난 지금 한 걸음 물러나서 생각해보면 나는 동성애에 대해 선입견을 가질 필요가 없었다. 지금이야 퀴어들이 서울 한복판에 모여서 공개적으로 축제를 여는 시대이지만 40년 전 그때는 어쩔 수 없었다. 좀 더 알고 온전히 이해할 수 있었다면. 그는 순수했고 성도착증은 아니었다.

그런데 남자 동성애의 경우 두 남자 모두 능동적 지위를 차지할 수는 없다. 능동과 수동. 지배와 복종. 한쪽은 남자 역할을 하고 다른 쪽은 여자라는 수동적 역할을 맡아야 한다. 나는 김재수 하사라면 아마 그 여린 성격 때문에 여자 역할이 제격이라는 생각이 든다.

그리고 아편에 대해 그렇게 무서워할 필요가 없었다. 정말 신비한 약일 수 있었으니까.

마약을 독성과 의존도를 고려해서 분류하면 소프트 드럭(약한 마약)과 하드 드럭(강한 마약)으로 나눌 수 있는데, 아편은 그 자체로는 알코올이나 니코틴보다 효과가 약해서 약한 마약에 속한다. 같은 계열의 헤로인보다는 1/10 수준에 불과하다. 진통제와 마취제로 널리 쓰이면서 최고의 성능을 자랑하는 모르핀은 바로 아편에 염화암모늄을 섞어서 만든 것이다.

그러므로 김 하사의 말대로 조금씩 조절해서 먹었다면 중독되지 않으면서 그때의 내 증상을 고려하면 특효약이 될 수도 있었다. 그런데 나는 그 문제에 대해 그때 며칠 밤이나 머리가 깨질 정도로 고민해 보았지만 중독되면 어쩌나 하는 걱정 때문에 결코 아편을 할 수는 없었다.

하지만 못 이기는 척하고 그걸 몇 번쯤 먹었어도 괜찮았을 것이고 그랬으면 김 하사도 배신감을 느끼지 않았을 것이다. 그는 그때 진심이었다. 그걸 부인할 수는 없다. 나는 그의 따뜻한 감정을 전혀 이해하지 못했으니 그에게 깊은 상처를 입혔을 수도 있었다.

그는 언제나 식도에 구멍이 뚫린 것처럼 술을 너무 많이 마셨다. 내가 그걸 지적하면 그가 말했다.

내가 많이 마시기는 하지. 어쩔 수 없다니까. 그래도 적당한 것보다는 몇 모금 더 마시는 것에 불과한 거야. 그것 뿐이야. 내일 먹고 사는 일이 막막해도 그럴수록 술을 더 퍼마셨으니까.

술을 많이 마실수록 바닷가가 생생하게 기억나거든.

나는 고향이 소록도 앞 바닷가 마을이라는 말을, 사촌 누님이 소록도 병원에 간호원으로 근무했기 때문에 여러 차례 소록도에 갔다는 말을 끝내 하지 않았다. 그의 부모님이 소록도에 살고 있다는 이야기를 처음 들었을 때 가슴이 먹먹하여 입이 떨어지지 않았다.

그는 아주 어린 시절 부모를 따라 함께 소록도에 들어갔고 그 때부터 부모와 격리된 채 미감아 수용시설인 수탄장 보육소에서 자랐으며 녹산 초등학교와 녹산 중고등학교를 졸업하고 나서 그 후 섬 밖으로 나갔다.

내가 오래전에 소록도에 갔을 때 도양읍 출장소에서 확인한 사실이었다. 그런데 그때는 보육소는 물론 학교도 폐지된 채 낡은 건물만 텅 빈 채 덩그러니 남아있었다.

나는 김정현 병장의 얼굴을 마음속에 그려본다.

적당한 체구와 함께 햇볕에 얼굴이 까맣게 그을려 너무나 월남 사람과 비슷했다. 월남인으로 변장하고 월남어도 잘 했으니까 어떻게 해서든지 빈롱에 무사히 도착했을지도 모른다는 생각이 든다. 내가 그렇게 간청을 했는데도 내 말을 듣지 않았지만.

김 병장은 그때, 마지막 헤어질 무렵 이게 처음이자 마지막 선물이라면서 아주 두툼한 노트 3권을 내게 주었다. 그 노트에는 그 시인의 시들을 아주 촘촘하게 직역한 번역시들이 깨알처럼 적혀 있었다. 그가 말했었다. "이 시들은 아직 우리나라에 번역되어 나오지 않아. 언제쯤 나올지 까마득하지 않겠어. 번역이 잘 되었는지는 모르겠어. 시는 리듬인데 시를 번역한다는 일은 너무 어려워. 불가능하다고 해야겠지. 그래서 이 번역시들은 원문을 심각하게 훼손했을 거야. 위대한 천재 시인이시여 저를 용서하소서!"

나는 옛날 그가 시를 읊을 때마다 심한 열등의식을 느꼈지만 김 병장의 영혼이 담겨 있고 손때가 묻은 노트에서 번역시를 읽으면서 많은 위안을 얻었다. 구두점이 모두 삭제된 채 걷잡을 수 없이 흩어져 있는 시들의 주제와 배열은 당혹스러웠고 그 의미도 잘 몰랐지만 무작정 그들 시에 빠져들었던 것이다.

내가 아주 우연히 기욤 아폴리네르의 첫 시집 『알코올』의 번역판을 광화문 교보문고에서 발견한 때는 2010년 여름 경이었다. 내가 학교를 정년퇴임한 후 일이었다. 고려대 불어불문학과 교수이면서 아폴리네르 전문가인 황현산 박사가 번역한 것이었다.

나는 새삼스럽게 노트에 적힌 번역시들과 황 교수의 번역판을 비교해 보았는데, 김 병장 쪽이 초벌 번역이니까 윤문을 시도하지 않은 직역 그 자체였고, 이제 보니 40년 전에 번역했으니 그 당시 어휘의 선택이나 진부한 표현이 눈에 띄었지만(그러나 나에게는 머릿속에 너무 깊이 각인되어 있어서 그쪽에 훨씬 익숙했다) 놀랄 만큼 대부분 일치한 것을 보고 새삼스럽게 김 병장의 프랑스어 실력과 시적 감수성을 인정하지 않을 수 없었다.

에필로그

적자생존의 법칙이 적용되는 자본주의 사회에서 자식을 키우며 먹고 살려고 분투하는 사이 세월은 미처 깨달을 새도 없이 빨리 지나가 버렸다. 아버지의 처지가 바로 그런 것이다. 처자식이 딸리면 어쩔 수 없는 것이다. 치사한 것도, 부당한 것도 꾹 참아야 한다.(우리의 삶에서 제일 어려운 것이 자신의 신념을 고수할 때와 굽히거나 버릴 때를 아는 것인데) 필요하다면 이념도 신념도 헌신짝처럼 버려 버리거나 재빨리 바꿔야 한다.

그러므로 시간이란 참으로 좋은 약이다.

나는 2000년대를 기준으로 한다면 구닥다리 구시대의 인물도 아니고 그렇다고 촐랑거리는 신시대 인간도 아니다. 완전히 구세대에 속하기에는 너무 늦게 태어난 것이고, 신세대에 속하기에는 너무 일찍 태어난 것이다. 나는 원래 진보적 낙관론자였으나 당연히 오랫동안 흔들렸다. 그래서 한때는 더할 나위 없이 철저한 비관론자가 되었다.

하지만 1970년대나 1980년대를 지나오면서 그 엄혹한 시절에 아무런 반감도 저항도 없이 순응했으니 시대의 흐름이나 상황은 나와는 무관했다.

나의 오로지 관심사는 가정과 일, 일상생활 그 자체였다.

나는 삶이란 그 무게가 얼마나 가벼운 것인가를 마침내 깨닫기 시작한 때로부터 시간이 제멋대로 흘러가도록 내버려두었고, 가급적 모든 일에 무관심했고, 너무 진지한 것을 싫어했고, 애써 그 무엇도 기다리지 않고, 그저 머뭇거렸다.

지금은 퇴행성 관절염이 조만간 생길 가능성이 있는 나이 탓에, 이마에는 자잘한 주름들이, 양쪽 볼에는 쭈글쭈글하다 못해 깊은 골이 패이고, 올챙이배처럼 배가 튀어나오고, 온몸은 군데군데 점점 커져가는 검버섯이 독버섯처럼 나 있고, 다리와 팔은 점점 가늘어져 가고, 머리 가죽에 들러붙은 머리털이 온통 하얘진 탓에 보수적 낙관론자가 되었다. 나이란 그런 것이다.

그러므로 젊은 청년이 나를 바라본다면 '세월이 흐른다면 나도 저렇게 늙을 텐데 저게 바로 내 모습일 거야.' 라고 생각할 것이고, 나는 젊은이를 응시하며 '나도 한때는 너처럼 젊었었지.' 라고 생각할 것이다.

다시 돌이켜보면 그 전쟁이 끝난 지가 언제인가. 까마득하게 느껴진다. 나는 진즉 그 옛날 그 시절의 나와는 연결 고리가 끊어져 있다. 기억이라는 것이 하루아침에 한꺼번에 남김없이 잊히는 건 아니지만, 벌써부터 기억에 크고 작은 구멍이 뚫리면서 그저 조금씩, 하나씩 부스러져서 사라진 것이다.

우리는 잊는다. 기억하고 싶지 않은 일은 잊게 된다. 절대 잊을 수 없다고 생각한 것들도 너무 빨리 잊는다. 어쩔 수 없는 일이다.

내가 언제 죽음을 갈망했던가. 중요한 건 인생이다. 아! 아름다운 인생이여. 삶에의 의지. 그러니 이제는 그 과거의 일들을 대수롭지 않게 까발릴 수 있게 된 것이다.

나는 지금 부부가 사립학교교직원연금법에 따라 연금을 받으니까 경제적으로 안정되어 있고 가정생활은 원만하여 아무런 근심 걱정이 없으니 매일 명랑하고 유쾌하다. 내 인생의 과정은 행복과 불행이 뒤섞이면서 어느 정도 균형을 잡은 것이다. 내가 무엇 때문에 수도승처럼 살 일이 있는가. 행복이란 게 무엇인지 정확히 알지는 못하지만, 시쳇말로 하는 그런 행복이라면 정말 행복하다고 할 수 있다. 그건 구제불능의 행복이지만 말이다.

그러므로 무장해제된 것처럼 정신적 고뇌는 나날이 희미해지고 지워지기 시작했다. 내 삶이 육상선수처럼 빨리 달려가고, 먹이를 낚아채려고 빠르게 내려오는 독수리처럼 날아가는데, 지금 가혹한 시험을 하여 자신을 괴롭힐 하등의 이유가 없다.

미국의 문명사학자 윌 듀런트는, 결혼하면 남녀를 불문하고 그 다음 날부터 이미 다섯 살쯤 더 나이를 먹고 청춘은 끝난다고 했다. 그러므로 중년은 결혼과 함께 시작된다는 것이다. 나의 경험에 비추어 봐도 내가 30대 중반쯤에 결혼했는데 그때 내 굴곡진 청춘은 막을 내렸다고 할 수 있다.

단테 알리기에리 역시 나이 35세쯤에 '우리 삶의 노정 중간'에 이르른다고 했다. 그런데 나는 지금 산술적으로나 정신적 육체적으로 삶의 노정에서 중간보다 훨씬 멀리 와 있다.

인생은 너무 빨리 지나가고 남은 시간은 언제나 너무 적다.

(그런데 나이 든 사람은 지혜가 있거나 총명한 것이 아니라 단지 노회하고 능구렁이가 다 되었을 뿐이므로) 나는 요즈음 필요할 경우 다소간 권모술수와 감언이설을 사용하는 것은 불가피하다고 생각하고 있고, 다른 사람들이 날 어떻게 생각하는지, 그런 것에는 전혀

관심도 없고, 오히려 부동산 투기와 주식투자를 해서 재산을 많이 모으는데 관심이 많다. (물론 관심뿐이긴 하지만 말이다.) 돈이란 이 정도면 충분하지, 라고는 도저히 말할 수 없는 고귀한 것이기 때문이다.

삶의 매 단계마다 겪게 되는 정체성의 위기와 정체성의 변태기는 지금 나에게는 이미 지난 날의 일이다.

지금 내가 스스로 말할 수 있는 나의 정체성은 무엇인가.

전직 고등학교 국어교사, (매월 얼마간의 연금을 받는) 월남전 참전 유공자, 늙은이, (손자, 손녀를 하나씩 둔) 할아버지, (신에 대한 참된 통찰이 불가능한) 무신론자 또는 불가지론자, 아니면 범신론자 또는 유신론자, 가난한 시인이 되고 싶었지만…… 예술은 모방일 뿐이라고 굳게 믿는 어설픈 문학이론가.

나는 지금 오래 살기 위해서 건강식과 값비싼 보약을 열심히 먹고 있다. 그렇지, 오래, 오래 살아야만 한다. 아직 충분히 오랫동안 산 것은 아니라는 생각이 든다. 편리한 현대의 발명품들(컴퓨터와 인터넷, 스마트폰 등), 눈이 핑핑 돌 정도로 바뀌는 덧없는 유행들, 분주하고 변화무쌍한 삶은 생의 의욕을 북돋아 준다.

이 좋은 세상에. 장수의 비결이 뭘까. 그래야만 손자들이 크는 모습을 지켜보고 그들의 결혼식에도 참석할 수 있을 것이 아닌가.

그러므로 술은 더 이상 한 모금도 입에 대지 않는다. 술을 마셔도 즐겁지 않고 건강만 해치는데 그걸 왜 마시겠는가. 그래도 가끔은 울적할 때가 있고 그러면 몇 번이고 토할 만큼 혼자서 술을 많이 마신다. 그때는 며칠간 숙취로 고생하리란 걸 알고 있지만 여러 차례 차수를 변경해가며 작정하고 마신다. 그러고 싶은 것이다.

밤이 깊어 갔다. 창백한 초승달이 잿빛 어둠에 싸인 도시 거리와 뒷골목을 어루어만지고 있다. 희미하게 잊혀져가던 옛이야기의 작은 조각들이 마음속에 되살아났고 어쩔 수 없이 주마등이라고 하는 기억의 파노라마가 펼쳐졌다. 그때는 통증과 함께 깊은 허무감을 느꼈다.

나는 오래전부터 한 달 간격으로 염색을 하고, 매일 종합비타민 알약과 고지혈증약, 혈압약을 복용한다.

나는 틀림없이 꼰대 중의 꼰대이다. 심술 첨지처럼 고집만 늘어나서 확증 편증에 사로 잡혀있다. 그리스도는 '진리가 너희를 자유롭게 하리라'라고 했지만 나는 자신이 믿고 싶어 하는 내용이거나 나에게 유리하다고 여겨지는 진리만을 받아들인다.

그렇지만 지금도 거리에서나 카페에서 젊은 여자를 만나면 몰래 훔쳐보면서 감탄을 하고 주책없이 가슴이 두근거린다. 나는 발끝부터 시작해서 머리끝까지 몸매의 부드러운 곡선을 따라 전체를 쭉 훑는다. '다리는 날씬하고 …… 괜찮은데 …… 예쁘다고 할 수 있겠어. 다리야말로 여자의 신체 중에서 가장 아름답고 흥미로운 부분이거든. 내 관점은 그렇다니까.' 그 아름다움에 넋이 빠져버린다.

나는 때때로 예쁜 여자들이 눈에 띄기를 바라면서 한껏 점잖을 빼며 강남역 대로를 천천히 걷는다. 그런 여자들이 나의 우울한 기분을 한껏 북돋아 주니까 말이다. 하지만 마주치는 여자들마다 출랑거리는 어린애처럼 재잘대며 빠르게 지나쳐 갔다. 나는 너무 실망하여 낮은 신음소리를 내뱉으며 뒷골목 카페로 숨어 들어가 커피를 마셨다.

내 가슴에 옛날 노래가 돌아왔다. 나는 어김없이 만났다가 헤어지고 다시 만나고 다시 헤어진 몇몇 애인들을 추억한다. 우리는 만나는 동안 싸운 적도 전혀 없고 말다툼한 적도 전혀 없는데 말이다. 그녀들은 그때 더욱더 공들여 자신들을 치장했다. 흘러넘치는 욕망 때문에 부르르 몸을 떨었다. 잠언에서 말하길 '도둑질한 물이 달고 훔쳐먹은 빵이 맛있다'고 했는데 그건 여자의 경우에도 마찬가지이다. 섹스의 쾌락에 빠져 관능으로 지새운 황홀한 밤들을 기억하며 잠시 온몸이 뜨거워진다.

인간은 태어나고 성장하고 병들고 고통을 받고, 그러다가 죽는다는 걸 내가 왜 모르겠는가. 그러나 (노망만은 들어서는 안 되지만) 더 오래 살아야 할 이유가 너무 많다. '이미 충분히 살았다'라고 말할 수 있을까. 인간의 기대 수명이 얼마나 늘어났는데.

나의 인생 여정이 실존적 관점에서 의미 있고 보람이 있었거나 공허하고 무의미했건 간에, 혹은 내 인생의 수준이 어떻든 상관없이 한 인간으로서 나는 내 자신의 인생 이야기에서 분명한 주인공이고 유일한 저자이다.

나는 지금까지 시간이 어떻게 흘러갔는지 깨닫지 못했지만 노년기에만 맛볼 수 있는 기쁨과 즐거움이 있고 슬픔과 고통이 있기 때문에 더 이상 자기혐오와 자기부정에 빠지지 않는다.

그렇다고 해도 내 삶과 인생이 점차 해어지며 스러져가고 있다. 지금 죽음이 끈질기게 나를 기다리고 있다. 우리의 삶에서 확실한 것은 바로 죽음이다. 우리는 유한한 생명에 만족해야 한다. 영원히 불멸의 존재로 살아야 한다면 그것처럼 비극은 없을 것이다. 인간의 시간은 짧다. 나는 소멸의 과정 중에 있다. 그렇지만 나를 점점 잃어간다고 해도 나는 삶과 죽음의 중요성을 알고 있고 내 마음의 깊이와 인간 감정의 고귀함을 알고 있으니 여전히 나 자신으로 남아 있으리라.

마지막 순간까지······.

부록 1

마광수 교수의
문학관 소고

마광수 교수의 문학관 소고

자살과 죽음

자기에게 자살의 명령을 내렸을 뿐만 아니라 그 수단을 발견해 낸 인간은 참으로 위대하다고 해야할 것이다. (세네카)

참으로 위대한 철학의 문제는 하나밖에 없다. 그것은 자살이다. 인생을 괴로워하며 살 값어치가 있는지 없는지 판단을 하는 것, 이것이 철학이 기본적인 질문에 대답하는 것이다. (카뮈)

나는 마 교수가 살아생전에 그와 만난 적이 없었고, 그의 방대한 저작물 중에서 에세이건 소설이건 시집이건 단 한 권도 읽은 적이 없었다. 2017년 9월 5일 그의 자살 소식을 듣고서야 뒤늦게 그의 존재를 깨달았고 비로소 관심을 갖기 시작했다.

그러므로 반 마광수적인 불신, 편견도 없고 그를 적극적으로 옹호해야 할 어떠한 부채의식도 없다. 그의 비극적인 죽음 때문에 같은 작가로서 동류 의식에 사로잡혀서 매우 감상적이 되고 그래서 그를 과장하거나 미화해서도 안 될 것이다.

나는 2018년 한 해 동안 시중에 나와 있는 그의 책들 거의 전부를 찾아서 읽기 시작했고 그 과정에서 1992년 '즐거운 사라' 재판 사건을 알게 되었으며 관련 자료를 수집해서 논픽션 소설 '2019 즐거운 사라'를 쓰기 시작했다. 우리가 이미 알고 있는 그 사건의 표면이 아니라 무언가 깊숙이 숨어 있는 어두운 이면을 찾아내려고 하였는데, 그것이야 말로 작가의 의무라고 생각했기 때문이다.

그 소설의 처음 제목은 물론 가제인데 **'세상은 넓고 남자는 많다'**였고, 그 다음은 그의 시 제목에서 따온 **'나르시시즘 만세'**였고, 현재는 **'2019 즐거운 사라'**로 바뀌었다. 나의 변덕을 고려하면 이 제목 역시 조만간 바뀔지 모르겠다.

그런데 마 교수는 2013년에 '2013 즐거운 사라'라는 짧은 장편 소설을 발표하였다. 그는 서문에서 이렇게 말했다.

내가 1992년 10월 29일에 내가 쓴 소설 '즐거운 사라'가 음란물이라는 이유로 전격 구속 수감되면서, 소설 '즐거운 사라' 역시 판매금지 처분을 받았다. 검찰과 사법부와 문화부의 공모로 이루어진 무고한 여인의 사형 집행이었다. 그래서 나는 2013년 현재 21년 동안이나 판금 상태로 있는 그 소설의 판매금지 해제를 바라는 마음으로, 그리고 헌법에 보장된 (문학적) 표현의 자유를 되찾기 위해서 이 소설을 썼다.

1992년 '즐거운 사라'는 대법원에서 음란 문서로 확정되었고 마 교수는 형법상 '음란문서 제조'와 '음란문서 판매'로 처벌받았기 때문에 그 소설은 서점이건 도서관이건 공식적으로 완전히 사라졌다. 그래서 나는 공소장과 판결문에서 지적한 16개의 성관계를 노골적이고도 구체적으로 묘사한 부분을 전부 인용하였다.

판례가 제시한 음란물의 개념, 문학에서 성표현의 한계, 예술과 외설의 변별에 관하여 학술적 가치가 있는 논문을 쓰려고 한다면 반드시 이 부분을 참조하여 분석할 수밖에 없기 때문이다.

벌써 사반세기가 넘었는데 그 사건에 대해서 시시콜콜 써야하는지, 그런 역사를 기억하지도 못하는 젊은 세대에게 굳이 알려줄 필요가 있을까, 하고 의문을 제기할 수도 있다. 당신은 왜 과거를 강물이 바다로 흘러가는 것처럼 흘려보내면 안 되는가, 라고 묻고 싶을지도 모른다.

역사는 묻히면 안 된다. 그러면 우리에게 현재는 물론이고 미래도 없기 때문이다. 그런데 역사는 지워지지도 않는다.

장폴 사르트르에 의하면, 어떤 역사적 사건을 소설의 대상으로 삼을 수 있는 '최적의 시점'이 언제인지를 계산해 본 사람들이 있었다는 것이다. (작가의 전성기인 사십대나 오십대를 기준으로 했을 때) 사건이 발생한 지 50년 후는 너무 긴 것 같다. 그때까지 작가가 살아남아 있을 수 없기 때문이다. 10년 후는 너무 짧다. 충분한 거리를 확보할 수 없기 때문이다.

그렇다면 사반세기가 지난 지금쯤 그 소설을 쓸 수 있는 적기라고 할 수 있을 것인가. 마 교수의 구속 기소와 재판 과정을 소재로 하여 객관적 관점에서 역사소설 또는 논픽션 소설을 쓸 수도 있을 것이다. (하지만 여기에는 나 자신과 관련된 이야기는 하나도 없다. 그렇다면 아무것도 덧칠하거나 거짓으로 꾸미지 않고 지극히 객관적으로 썼다고 자부할 수 있을까. 모든 문학은 본질적 특성상 일정부분 은유와 상징에 의존할 수밖에 없다. 작가는 어떤 경우에도 초월적, 맹목적, 무의식적이거나 가치 중립적일 수 없다고 할 수 있다.)

예술을 위한 예술

마 교수는 주장했다.

[그의 지독히도 명쾌한 주장은, 다방면에 걸친 해박한 지식과 문학적 재기가 전편에 넘쳐흐르는 방대한 저작물 여기저기서 시도 때도 없이 수없이 되풀이 된다. 대학 교수답게 자신의 주장을 개진하는데 거침이 없다.

소설에서도 서문이나 이야기 중간중간에서 작가 스스로 또는 화자나 작중 인물의 입을 통해서 시시콜콜 주제와 배경, 인물들을 해설한다. (이는 독자를 무시하는 것이고 이야기의 전개 과정에서 김을 빼버리는 일이지만) 물론 어김없이 노골적인 성 담론에 관한 것이다. 그의 심리 저변에는 성에 관해 되풀이해서 글을 쓰는 것에 대해 심적 부담감을 안고 있었기 때문일 것이다. 그는 구차하지만 적극적으로 해명할 겸 변명하고 싶었을 것이다.

그는 사고방식이나 언행에 있어서 너무 가볍다. 절제를 모른다. 낭만적이지도 않다. 어떻게 해서든지 까발리고 휘갈겨야 직성이 풀리는 것이다. 삐딱하게 어깃장을 놓는 사람이다. 그의 말장난은 때로는 너무 유치해서 어린애들 소꿉장난처럼 보인다.

'침묵은 금이다'라는 황금률은 그와는 상관없는 일이다.

하지만 그의 타고난 성격이라면, 그렇게 하는데 천부적 자질이 있다면 어쩔 수 없는 일 아니겠는가. 그는 나르시시스트로 오직 자기만의 관점으로 세상을 보는 방식에 아주 익숙하다. 그래서 바깥세상과는 단절되고 소외되었다.]

그는, 문학작품이란 예술이 부여하는 기쁨, 다시 말하면 오락을 위한 예술이라는 의미에서 '예술을 위한 예술(art for art's sake)'을 부르짖는다. 문학은 단순히 '나'만의 것으로 그쳐버릴 수 있는 예술이 아니고 반드시 '너'를 필요로 하는, 너를 미학적으로 즐겁게 하기 위해서 너와 나의 '관계'를 필수조건으로 하는 예술이라고 하였다.

예술을 위한 예술이라고? 월터 페이터 또는 오스카 와일드의 슬로건. 그들은 예술에는 자기목적성이 있다고 하면서 예술의 모든 공리적이거나 도덕적인 목적을 배격하고 예술 지상주의를 부르짖는다. 그건 예술가를 위한 예술을 말한다. 그렇기 때문에 우리가 예술과 관련해 떠올리는 '천재'의 개념은 '예술을 위한 예술', 더 정확히 이야기하자면 '예술가를 위한 예술'의 시대가 만들어낸 이데올로기라고 할 수 있다.

예술 지상주의는 초기 낭만주의, 상징주의, 초현실주의까지 그 연원이 거슬러 올라갈 것이다. 그 이상으로 그리스 고전시대까지도 러시아 형식주의자들이 '문학성'이라고 강조했던 것도 따지고 보면 그런 것이다. 그래서 트로츠키는 「문학과 혁명」에서 형식에 대한 몰두는 그 자체가 탐미주의라고 비판했다.(그러나 문학사상 유명한 '러시아 형식주의'는 가혹한 스탈린 체제에서 소비에트의 유일한 예술의 지도 이념이었던 계급성·민중성·당파성을 지향하지 않는 예술을 비난하고 탄압하는데 동원되었던 '형식주의'와는 구별해야 한다.)

그렇지만 예술을 위한 예술은 소위 말하는 순수문학과는 다른 것이고 오히려 예술을 위한다는 핑계로 문학적 기법에 있어서 쓸데 없는 난해성, 언어 사용의 부정확성, 엄혹한 현실에서 도망치거나 숨어버리는 나약함이야말로 예술이라는 어설픈 확신, 흔해빠진 염세주의 혹은 회의주의는 작가의 정신 또는 철학의 부재라는 공허한 예술과 동일한 것이 아닐까. 그들의 유치한 미학은 세련미는 커녕 경박할 뿐이다. 그들은 진실이 아니라 헛된 환상을 쫓는다.

그건 어떤 의미에서 예술의 실패를 호도하는 구호일지도 모른다. (그래서 톨스토이는 예술을 위한 예술을 경박한 미학이라고 비난했다. 그는 종교적인 예술가, 철학자, 신학자, 도덕가, 예언자, 좌절한 연금술사, 기독교적 금욕주의자이기 때문에 그의 소설에서는 신, 기독교, 윤리 도덕, 전쟁, 생명, 신의 구원, 철학에 대한 고찰이 큰 비중을 차지하고 있는 것이다. 그러므로 그는 소설에서 끊임없이 도덕적 설교를 늘어 놓는다. 그는 진지한 작가가 오직 오락만을 위하여 대의명분없이 소설을 쓴다는 것을 도저히 이해하지 못했다.)

그러므로 마광수는 소설이란 재미있는 이야기라는 정설을 경멸한 프루스트나 제임스 조이스가 시도한 새로운 형식, 즉 실험소설은 안중에도 없었다. 프루스트는 소설이란 재미있는 이야기라는 전통적인 관념을 부정하였다. 그래서 그는 2백 페이지도 안되는 스토리에 에세이와 주석을 잔뜩 쏟아 부어 열배쯤 부풀려서 2천 페이지에 달하는 소설을 완성했다.

그는 독일식 교양소설(혹은 성장소설, 교육소설) 역시 철저히 부인하였다. 교양소설이란 주인공의 발전 과정을 그리는 것이다. 독일 작가 모르겐슈테른은 교양소설이란 '그 어떤 종류의 소설보다 더 독자의 성장을 겨냥하는 동시에 주인공의 성장을 연출하는 형식'이라고 말한 바 있다. 그러므로 주인공이 세상의 풍파를 겪으면서 체득하게 된 반응이나 관념, 사상을 통하여 발전하는 과정을 그리는 것을 주된 목적으로 하는 소설적인 전기라고 할 수 있다. 그런 소설은 이야기 속에서 작중 인물이 점점 성장하면서 인생을 실험하기 때문에, 따라서 인생을 어떻게 살 것이냐 하는 실제적 의문에 대한 철학적 해답을 구하는 것이다.

그는 목소리를 높여 주장한다. 소설의 목적은 '가르치는데' 있지 않고 '즐거움을 주는데' 있다고 했다. 예술은 아무것도 가르쳐주지 않고, 어떤 이데올로기를 반영하지도 않으며, 특히 교훈적이 되어서는 안 된다는 말이었다. (수사과정에서 그의 답변을 보라. 소설의 목적이 가르치는데 있다면 소설은 이미 예술이 아니라고 강조하였다. 하지만 게오르그 루카치는 「소설의 이론」에서 소설이란 이른바 교양소설이라 불리는 소설의 거의 모든 요소를 내포하고 있다고 주장한다. 왜냐하면 소설은 자아를 인식하기 위해 세상 속으로 나아가고, 자신을 시험하기 위해 모험을 추구하며, 시련을 통해 자신의 한계를 인식하고 자신의 본질을 발견하는 한 영혼의 이야기이기 때문이라는 것이다. 그러므로 마 교수는 살아생전에 루카치의 심오한 이론에 대해 연구하고 깊이 생각해보았어야 했다.)

프랑스의 예술 지상주의 비평가들은 빈정거렸다.

"가장 나쁜 예술가는 가장 적극적으로 참여한 예술가요 소련의 화가들을 보시오

……도대체 무슨 말이오? 참여문학이라구? 그렇다면 구식의 사회주의 리얼리즘이겠군. 혹은 민중주의를 재탕해서 좀 더 당돌하게 만든 것인지도 모르지만……"

참여문학

참여문학하면 1940년대 프랑스에서 그 논쟁이 뜨거웠다. 우선 장폴 사르트르와 카뮈가 생각난다. (하지만 거기에서 앙가주망은 한 때의 치열한 논쟁과 일시적 유행으로 끝나버렸다.)

카뮈는 이렇게 말했다.

'*예술가는 스스로 바라건 바라지 않건 간에 끌려들고 있다. 나는 끌려들고 있다는 말이 참여하고 있다는 말보다 더 적합하다고 생각한다. 왜냐하면 예술가의 경우에 문제가 되는 것은, 자의적인 참여가 아니라, 차라리 강제된 병역 의무와 같은 것이기 때문이다.*'

장폴 사르트르는 말했다.

산문이라는 예술은 산문이 의미를 지닐 수 있게 해주는 유일한 제도, 즉 민주주의와 떼어놓을 수 없는 관계를 맺고 있다. 그래서 한쪽이 위협을 겪으면 다른 한쪽도 역시 위협을 겪는 것이다.

글쓰기는 자유를 희구하는 한 방식이다. 따라서 일단 글쓰기를 시작한 이상에야, 당신은 좋건 싫건 간에 참여하고 있는 것이다.

(작가는) 자신의 작품을 통해서 전적으로 참여해야 한다고 믿고 있다.

(그렇다고 할 수 있다. 작가라면 그가 하고 싶은 모든 담론을 형상화해서 작품 속에 아낌없이 쏟아 부어야 한다. 작가에게 작품을 쓰고 발표한다는 행위야말로 참여하는 것이다. 그러므로 작가에게 참여란 본질적인 것이다.)

우리나라에도 사회주의 리얼리즘(리얼리즘은 모더니즘만큼이나 그 개념이 애매한데 그걸 다시 비판적 리얼리즘과 사회주의적 리얼리즘으로 분류하기도 한다. 나로서는 도무지 그 차이점을 이해할 수 없다. 어쨌거나 사회주의 리얼리즘은 간단히 말해서, 사회주의 + 리얼리즘 + 혁명적 낭만주의라고 할 수 있다.) 혹은 참여문학의 일종 또는 변종인 민중문학 또는 저항문학이 한때 유행한 적이 있었다. 이런 문학은 그 연원이 1920~1930년대 카프 시기까지 거슬러 올라갈 수 있지만 1980년대 엄혹한 시대적 상황에서 다시 시작된 논쟁은, 그러나 제대로 꽃을 피우기도 전에, 빠른 시일 내에 종말을 맞이한 것으로 보인다. 그러니까 그들이 과연 사회변혁을 위해서 또는 민중을 위해 그 어떤 주목할 만한 작품을 내놓았고 또한 어떠한 활동을 하였는지는 의문이라고 할 수 있다. 그들은 미학적 관점에서 보면 작품의 내재적 혹은 형식적 측면은 도외시 하였고 오직 계급 투쟁을 위한 문학의 유용성과 혁명성에 초점을 맞췄다. 그래서 이윤기 작가는 1992년 개역판 「장미의 이름」에 부치는 말에서, '실험이다, 참여다 하느라고, 소설도 자꾸만 무미건조해지는 요즈음입니다. 이러한 경향은, 소설의 꿈이라고 할 수 있는, 재미있는 이야깃거리가 자꾸만 증발하고 있기 때문에 생기는 현상이 아닐까 싶습니다.'라고 지적했었다. 그렇다고 민중의 언어로 민중의 소설을 쓰면서 문학적으로 서민이나 노동자계급 등 밑바닥 계급을 사회 계급으로 끌어올려 귀족 계급이나 부르주아지 같은 상류 계급과 대등한 문학적 위상을 누리게 한 그들의 원조라 할 수 있는 에밀 졸라를 주목하고 연구하면서 사표를 삼은 것도 아니었다. (그들은 노동자들의 일상적 정태적 삶보다는 노동자들이 전개한 동태적 투쟁에 초점을 맞췄고, 그런 의미에서 러시아에서 좌파적 이데올로기로 무장하고 사회 변혁을 추구했던 인텔리겐치아를 의식했을 수도 있다.)

그 당시 기념비적 장편 소설을 중심으로 좋은 작품들, 탁월한 비평서, 에세이들이 쏟아져 나와서 이들을 중심으로 하나의 거대한 덩어리로 흐름을 형성하지 못 하였으니 약간의 흔적만 남아 있다. 시대착오적이었고 빈 수레만 요란했을 뿐이다. 물론 그들 탓만 할 수도 없을 것이다. 시대는 너무 빠르게 급속히 변해갔고, 우리 사회에서 문학은 아무도 관심을 기울이지 않고 아무런 영향력도 없는 진작부터 허울에 불과해서 끝이 없는 밑바닥으로 밀려났으니 말이다.

물론 민중문학, 또는 저항문학의 논쟁과 담론, 그 종언이라는 것은 현대 문학사, 특히 현대 한국 소설사를 이해하는 데 가장 중요한 개념 중 하나라는 점에서 상당히 중요하게 생각할 만한 문제인 것은 틀림없다.

군사독재정권 시대 내내(특히 1970년대 유신독재정권과 1980년대 전두환 군사정권 시절), 그리고 그 잔재가 여전했던 1990년대에서 2000년대 초반까지도 한국 문단과 소설계에 참여문학이나 민중문학, 저항문학 등으로 불리는 사회성이 강한 작품들이 출현하였는데, 그 당시 시대적 상황에서는 이러한 경향에 반하는 작품들, 특히 유미주의적이거나 쾌락주의적이고 오락성이 강한 작품에 대해서는 '비겁하다'거나 '현실도피적이다'는 비판이 가해질 수 있었다.

그들은 열렬히 주장했다. **'예술과 민중은 통일되어야 한다.'**, **'예술은 소수의 즐거움을 위한 것이 아니라 인민을 위한 것이어야 한다.'**

이러한 테제소설은 너무 도식적이어서 일종의 정치적 팸플릿으로 전락하기 쉽다는 문제점이 있다.

그런데, 21세기 초반 무렵부터 이러한 참여문학 전통이 순식간에 와해되고 순전히 대중 오락물인 문학이 급성장했다는 점을 생각한다면, 80년대 후반~90년대 초반 무렵 마광수의 작품 활동을 선구적이라고 볼 여지가 분명히 있다는 것이다.

그의 20대를 관통했던 1970년대 민청학련 사건이나, 30대일 때 1980년 광주항쟁, 1987년 6월 항쟁, 더욱이 1987년에 그는 연세대 국문과 교수였고 그해 7월 5일 연세대 학생 **이한열**이 비극적으로 죽었음에도 불구하고, 다시 말하면 그들 사건은 우리 사회를 근본적으로 뒤흔든 혁명적인 대사건이었음에도 불구하고 이에 대해서는 단 한마디도 내비친 적이 없다. 나는 그가 나른한 나르시시스트로서 그런 사건에는 전혀 관심이 없어서 강 건너 불구경하듯이 의식적으로 철저히 외면하였다고 본다.

그는 정치적 사회적 격변에 대해서는 도대체 관심이 없었고 오로지 섹스에만 관심이 있었던 것이다. 그러므로 그가 한 때 자유민주주의를 주창하고 진보적인 학자 또는 작가인 것처럼 자처했지만 과연 자유민주주의나 역사의 진보에 대해서 말할 자격이 있는지 의심스럽다. (다만 다행스러운 것은 그가 스탈린 체제 만큼이나 엄혹했던 그 당시 군사독재체제에 대해 내면적으로나마 비판을 한 반체제 인물도 아니고 또한 그 체제에 협력한 기회주의자도 아니란 점이다.)

*　*　*

마광수 교수의 **문학적 담론**을 일부분만 그대로 옮겨서 정리하면 다음과 같다. (그러므로 그의 문학관에 대해서는 여러분이 스스로 연구하고 판단해야 할 것이다. 그의 천재성은 자기만의 독특한 문학관에 의해 작품들을 해석한 에세이나 논문에서 두드러지게 나타난다. 이 글은 짧은 에세이일 뿐 학술 논문이 아니므로 마 교수의 방대한 저작물 전부를 읽어보고 분석한 것이 아니다. 그러므로 나는 이에 대해서 구구하게 부연 설명하거나 쓸데없는 오해를 초래할 지도 모르는 견해나 해석을 덧붙일 필요는 없다고 생각한다.)

문학이란 한마디로 말해서 '상상력의 모험'이며 '금지된 것에 대한 도전'이다. 문학을 도덕적 설교가 아니고 당대의 가치관에 순응하는 계몽서도 아니다. 문학은 언제나 기성 도덕에 대한 도전이어야 하고, 기존의 가치체계에 대한 '창조적 불복종'이요, '창조적 반항'이어야 한다.

설사 아무리 그럴 듯한 명분을 내세우더라도, 관념이나 또는 이데올로기로 무언가를 선전·설교한다는 것 자체가 이미 문학의 자유로운 감성과 본능을 억압하는 위압적 독재수단 역할을 해왔기 때문이다. 만약 그런 설교 목적이라면 소설 말고도 에세이나 논문 등 여러 장르가 있다. 그런데 소설에까지 철학적·정치적·윤리적 관념이 침투한다는 것은 소설의 본질적 역할을 훼손시키는 것밖에 안 된다.

진정한 예술가라면 관습적이고 일상적인 관행으로 강요되는 소위 '정상적이고 건강한 성행위'에 도저히 만족할 수 없다. 예술가는 상상력이 특별하게 발달한 사람이기 때문에 일상적인 섹스보다는 '상상적인 섹스'를 추구하려는 경향이 있기 때문이다.

진정으로 예술가적 기질(또는 문학가 기질)을 타고난 사람에게 있어, 예술창작의 근원적 동기는 '성욕의 대리배설'에 있다는 전제이다.

이러한 해석의 이론적 근거는 모든 예술작품들이 예술가들의 성적 욕구를 작품을 통하여 대리배설(또는 승화)시킨 결과라고 보는 프로이트적 심리주의 비평의 이론이다.

흔히 예술가들은 모두가 조금씩 '괴짜'이고 '변태'라고 보는 통념이 있는데, 내 생각으로도 이러한 통념은 확실히 일리가 있는 것 같다. 겉으로 보기에는 예술가들이 다만 성격적 장애(예컨대 조울증이나 강박관념)만을 갖고 있는 것처럼 보이나, 겉에 나타나는 성격장애의 밑바탕에는 비정상적인 성적 욕구가 자리잡고 있다.

성에 대한 우리의 편견과 모든 이데올로기를 없애버리고 문명발전의 지표를 오직 '인간의 쾌락(또는 행복)'에 둘 때, 미래의 유토피아는 원시상태로의 복귀가 아닌 진정한 문명상태로 우리 앞에 다가올 것이다.

작가는 원래 자기가 가지고 있는 갖가지 콤플렉스들을 작품을 통하여 승화시키려고 하는 사람이다. 내적 콤플렉스 없이 작품을 쓸 때, 그 작품은 현학적인 설교에 그쳐 버리고 만다. 물론 콤플렉스가 전혀 없는 사람이란 없으므로, 콤플렉스 없는 작가 또한 있을 수 없다. 하지만 작금의 우리나라 문학 경향을 살펴보면, 마치 작가 스스로가 전혀 콤플렉스가 없다는 것을 애써 강변하려는 듯한 인상을 받는다. 지적 콤플렉스도 콤플렉스의 일종임에는 틀림없다.

더욱 근원적이고 잠재적인 콤플렉스여야 한다. 질투심, 시기심, 건강에 대한 열등감, 외모에 대한 열등감, 사도마조히즘, 황제망상 등 더 일차적이고 원시적인 콤플렉스가 작품의 바탕을 이룰 때, 그 작품은 독자에게 리얼한 감동과 박진감을 줄 수 있다.

(그러므로 그의 신체적이건 정신적인 콤플렉스는 무엇이었을까. 그의 소설들 시들 특히 에세이에 적나라하게 나타나 있지 않을까)

예술가들이 대부분 이런 부류에 속한다. 이 사람들의 내면엔 대개 두 개의 영혼과 두 개의 존재가 숨어 있다. 이리와 인간이 그렇듯이 이들의 내면에도 신적인 면과 악마적인 면, 모성적인 피와 부성적인 피, 행복의 능력과 고통의 능력이 서로 맞서 있거나 뒤섞여 있다.

최근에 나는 철학적 장편 에세이 '비켜라 운명아, 내가 간다!'를 출간한 바 있다. 그 책을 읽고 공감한 사람들 중엔 나를 다시 보게 됐다며 "왜 소설도 이 책처럼 점잖은 문체로 심각하게 써보지 그러느냐"고 권하는 이들이 많다. 하지만 내가 '비켜라 운명아, 내가 간다!'에서 얘기하고자 한 것이나 '광마일기' 등의 소설에서 얘기하고자 한 것이나 골자는 같다. 말하자면 다 '야한 철학'이다. 그러나 나는 소설과 에세이는 구성이나 문체상 현격한 거리를 갖고 있어야 한다고 생각했기 때문에, 지금껏 두 장르를 명백히 구별지으려고 애쓰며 집필 행위를 해왔다.

그런데도 이를테면 성문제의 경우, 이 소설을 포함하여 내 문학세계 전반을 두고 '**성의 자유가 아니라 성의 퇴행이다**', '**시체를 봐야 성욕을 느끼는 겁쟁이의 페티시즘이요 불건강한 변태성욕이다**' 등의 비난을 퍼붓는 지식인들이 많다. 그러나 나는 "성은 아름답고 건강하게 그려져야 한다"는 말만큼 허위적이고 이중적 위선으로 가득 찬 말은 없다고 생각한다.

나의 초기작에서는 치열한 고뇌와 갈등이 엿보이는데 요즘 작품은 너무 퇴폐적으로 흐르고 있다고 지적해 주는 분들이 많다. 그러나 오히려 나로서는 그 '치열한 고뇌의 정신'이 부끄럽고 창피하게만 느껴진다. 말하자면 나는 솔직하게 발가벗지 못하고 그저 엉거주춤 발가벗는 척 하기만 했기 때문이다.

나는 그런 지식인의 위선을 떨쳐버리기로 결심하였다. 아무런 단서나 변명 없이도, 여인의 긴 손톱은 아름답고 야한 여자의 고혹적인 관능미는 나의 상상력을 활기차게 한다.

최근의 우리 문학은 시나 소설이나 극도로 왜소화되고 기교적 유미주의로 떨어지고 말았다는 게 필자의 인상이다. 그런 까닭에 그런 작품에 대한 독자들이 늘어나고 있다는 사실은 사실 두렵기조차한 현상이라고 생각되는 것이다.

왜 요즘의 문학인들은 그들의 한계를 스스로 좁히려고만 들고 있다. 젊은 층의 엘리트 작가군들의 문학은 온통 호흡이 짧은 것들뿐이고 얕은 안목으로 잔재주를 피워댄 것들뿐이지, 긴 안목으로 누구나 감명받을 수 있는 작품을 생산해 내지 못하고 있는 것이다.

요즘 세상에 상품화되지 않는 게 어디 있는가. 겉으로는 문학의 상품화를 경멸하는 체하면서, 속으로는 자신이 쓴 글이 상품화되기를 바라는(다시 말해서 책이 많이 팔리고 읽히기를 기대하는) 심리야말로 진짜 위선이다.

* * *

그는 그가 속한 교수사회에서 또한 우리나라 문단에서 철저히 소외 되었다. 아웃사이더란 도대체 무엇일까? 그것을 문자 그대로 국외자 또는 열외자, 추방자, 반항인이라는 의미로 받아들여도 될 것이다. 다시 말해서 어떤 집단이나 사회, 어느 패거리를 막론하고 그들 사이에서 원만하게 아무 탈 없이 지낼 수 없는 사람을 말하는 것이다.

그는 욕망의 충족에 좌절한 신경증 환자이기 때문에 '아웃사이더'인 것일까, 아니면 그를 좌절과 고독으로 몰아넣은 보다 깊은 본능적 충동 때문에 신경증이 나타난 것일까?

그는 늘 불안했고 편집광적이었다.

그의 작품에 대한 학계의 평판은 냉소적이고 적대적이었다. 그는 오히려 아주 젊은 시절 국문학자로서 윤동주 시인에 대한 연구 등 좋은 논문들을 발표하였지만 그 이후에는 관심 분야가 시와 소설, 에세이 쪽으로 쏠리면서 이렇다 할 학술 논문을 내놓지 못했다. 그러므로 그가 2000년 연세대학에서 재임용되는 과정 중 겪은 온갖 수모는 스스로 자초한 측면이 없는 것은 아니다. (그럼에도 그는 피해의식에 사로잡혀서 국문과 교수들의 그에 대한 분노의 원인은 오로지 막연한 질투 때문이었다고 생각했다. 그들은 서로를 증오했다. 그에게는 그때 그들을 향한 도저히 풀리지 않는 적개심과 그만 용서해주고 싶은 화해의 심정이 교차하고 있었을 것이다.)

어쨌거나 그는 불운했다. 그의 삐딱한 반항 정신은 상황 판단을 제대로 할 수 없게 하였다.

그때부터 (1992년 '즐거운 사라' 재판을 말한다) 일생에 걸친 박해가 시작된다. 마침내 그를 경멸하는 보수적인 완고한 학자들의 집단적인 저항에 직면했고, 그럴수록 오기스럽게 독단적인 자기 주장에 빠져 들어갔다.

그의 작품들은 근본적으로 동일한 주제와 비슷한 내용, 형식을 취하고 있다는 것은 금방 눈치챌 수 있다.

그는 말한다.

이 소설('2013 즐거운 사라'를 말한다)은 내가 그동안 발표했던 소설들 중의 인물, 이미지, 페티시, 상황 묘사 등을 재현·변주하여 또 다른 작품으로 재구성해본 것이다. 문학 창작과 미술 창작을 병행하고 있는 나로서는, 미술에서는 이미지 등의 반복과 변주가 당연시 되는데 어째서 문학에서는 그것이 허용되지 않는다, 하는 데 대해 의문을 품어 왔다. 그래서 나는 이 소설을 통해 '사

라 라는 인물과 그녀의 심리, 그녀의 페티시, 그녀가 겪는 사건 등을 변주시켜 보았다.

그러므로 어느 작품도 예외 없이 섹스의 클라이맥스를 향해서 나아가고 있다. 그는 에로티시스트도 아니고 에로토마니아도 아니지만 오히려 그 반대로 보이지만 그렇다고 할 수 있다. 그런데 격렬한 섹스에 따르기 마련인 대마초나 코카인, 알코올의 찰나적인 도취에 관해서는 이야기하지 않는다. 또한 이상하리만치 폭력적인 장면도 거의 없다. 그것은 그가 폭력을 극도로 혐오하기 때문일 것이다. 하지만 그의 작품들은 정밀하고 객관적인 격조 높은 이야기와는 거리가 너무 멀다.

작가는 본능적으로 최대의 극적 효과를 발휘할 수 있는 소재를 선택하지만, 이들 소재를 너덜너덜할만큼 너무 많이 사용해서 더 이상 소용없게 되거나 이미 그 이상 발전시킬 수 없는 한도까지 이용되어버리면 작가는 새로운 방법을 선택해야 한다. 그러나 그는 지치지도 않고 끊임없이 성담론으로 나아갔다.

성이란 인간의 가장 기본적인 욕망이므로 지극히 중요한 기능과 역할을 하는 것을 인정할 수밖에 없지만 그렇다고 인간 삶의 전부는 아니고 일부분일 뿐임에도 그렇게 한 것이다.

그의 인생관은 태생적으로 세계에 대한 긍정이 아니라 세계에 대한 부정이며 생명에 대한 부정인 것이다. 그는 무신론자로서 신에 대한 외경심도 없고 신의 구원이라는 개념은 도대체 가당치도 않다고 생각했다. 그는 행복보다는 쾌락을 선택하고, 심원함보

다는 천박함을 선택했다. 그래서 쾌락과 천박함만이 가치있다고
믿었다.

내가 파악한 바로는, 그는 우리 같은 범인과는 달리 아주 독특
한 삶을 살았지만 그의 인생 경험은 너무 짧다. 물론 그는 한때
비단길을 걸었다. 28세인 1979년 홍익대 전임강사가 되었고 그 5
년 후인 1984년 연세대 조교수로 취임하고 1988년 부교수로 승
진하며 승승장구했다. 그가 1992년 '즐거운 사라'사건으로 구속
기소되면서 그의 인생은 금이 가기 시작했지만 말이다.

하지만 그는 교류하는 사람들도 극히 제한적이고 그의 작품의
거의 유일한 공간적 배경 역시 연세대와 홍익대, 이대 등이 몰려있
는 신촌 일대일 뿐이다. (그 유명한 장미여관은 연세대 앞에 있었다.)

나처럼 36개월 동안 군대에 갔다오지도 않았고 그 당시 금수저
들만 갈 수 있는 방위 출신이다. (한국 남자들은 정글 속 같은 군대
를 제대하고 나면 성숙한 인간으로 다시 태어난다.) 해외여행을 한 흔
적도 보이지 않고 외국어(영어, 프랑스어, 일어 등등)에 능통해서
원서로 해외의 소설이나 논문을 직접 읽은 것 같지도 않다. 결혼
했지만 3년 만에 이혼했고 자식은 없다. 그는 절대적으로 자식을
낳지 않으려 했다. 그가 말하기를 그의 인생에서 가장 후회되는
일이 결혼과 결혼식이라고 했다.

그의 버킷 리스트는 '진짜 사랑' 그러니까 '겉과 속이 다 야한
여자'들과 사랑을 깊이 나눠보고 싶은 것이다.

우리들이 보기에, 다시 말하면 장삼이사 범인들이 보기에는 그
의 인생은 완전히 실패한 것이다. 그런데, 그는, '오늘 이 시대 개

인적 인생에 있어서 더 갈급하게 멘토를 필요로 하는 청춘들을 위해서' 오지랖 넓게도 멘토를 자처했다. 그게 바로 에세이집 '멘토를 읽다'이다.

그는 자신의 성 이론을 담보하기 위해서, 끈적거리고 음습한 소설들인 마조흐의 '모피를 입은 비너스(Venus in Far)', 사드의 '소돔 120일(Les120 Journess de Sodome)', '안방 철학(Le Philosophic dan le Boudoir)', 포오린 레아주의 'O의 이야기(Histore d'O)', 에마누엘 아르상의 '에마누엘 부인(Emmanuelle)', 나보코브의 '로리타(Lolita)', D.H. 로렌스의 '아들과 연인', 조셉 케셀의 '대낮의 미녀(Bell de Jour)' 등을 주로 인용 또는 원용한다.

그는 에로티카의 수집가인지도 모르겠다.

그렇지만 성에 대한 그의 분석은 성본능에 대한 심층적인 성과학이 아니라 표피적이고 감각적일 뿐이다. 그러니까 깊거나 예리하지도 않다. 성은 파괴적인 힘을 갖고 있고(이는 이미 역사적으로 증명되었다.), 인간이 그 힘을 이해하기에는 너무나 약하고 미약한 존재임을 깨닫지도 못 했다.

그에게는 삶에 있어서 회의와 불안을 이겨낼 수 있는 정신적으로 근원적인 탄력성 또는 삶에 대한 근본적인 욕구가 없었다. 그가 만일 좀 더 강한 인격의 소유자였더라면 자기의 길로 매진하며 위대한 예술가나 사상가로 발전했을 것이다. 그는 자신을 (우리가 말하는) 대작가로 만들려고 노력하기를 거부하였다. 천재적 재능을 낭비한 것이다.

그는 작가로서 또는 문학비평가로서 좀 더 문학에 있어서 심층적이고 근본적인 문제에 눈을 돌릴 수 있어야 했다. 문학 창작 이전의 근본적인 문제들, 예컨대 작가는 왜 작품을 쓰는가, 누구를 위하여 작품을 쓰는가, 또는 작품이 사회에 미치는 영향력은 무엇인가 하는 기본적인 문제점들에 대한 회의와 사색을 했어야 했다. 비록 무신론자인 경우에도 신의 존재를 탐구하며 어떤 초월적이고 근원적인 우주의 진리를 전달해야 하고, 또 미래를 향한 투철한 예언자적 사명을 갖고 있어야 한다는 것을 자각했어야 한다.

마 교수는 작가인 나에게 많은 것을 가르쳐 주었다. 그의 소설과 에세이 등에서 처음으로 색정광의 변태성욕에 대해서 구체적으로 알았기 때문이다.

그가 설명하기를, 가장 중요한 변태성욕이라고 하면서, 동성애(同性愛 : homo—sexuality), 관음증(觀淫症 : voyeurism), 색정광(erotomania) 심리의 일종인 가학성 성욕(加虐性 性慾 : sadism) 또는 피학성 성욕(被虐性 性慾 : masochism), 절편음란증(節片淫亂症 : fetishism), 분변 페티시즘(여성의 소변이나 대변을 만지작거리거나 먹어보면서 성적 쾌감을 얻는), 피·가학성 성욕(sado—masochism), 노출증(露出症 : exhibitionism)을 비롯하여 자기애(自己愛 : narcissism), 복장도착(服裝倒錯 : transvestism), 항문섹스(anal sex), 구강섹스(oral sex), 시애(necrophilia), 소아성욕(pedophilia) 등을 들고 있다.

페티시즘의 대상은 일반적으로 성애적(erotic) 매력이 있다고 느껴지는 여자의 속옷, 장갑, 손수건, 피부색, 젖가슴, 팔목, 대소변, 손 및 매니큐어를 칠한 긴 손톱, 발, 머리카락, 털코트, 꽉 끼는 가죽 바지, 긴 가죽 장화, 그물 스타킹, 하이힐, 귀고리, 목걸이, 발찌, 팔찌류의 장신구 등인데, 왜냐하면 페티시즘은 거의 남자에게만 일어나기 때문이다.

그는 특히 페티시즘에 관심이 많다. 그걸 우리말로 번역하면 절편음란증(節片淫亂症), 물품음란증, 고착성욕(固着性慾) 또는 고착적 탐미애(固着的耽美愛)라고 할 수 있는데 그는 자신이 휘어질 정도로 긴 여성의 손톱과 긴 생머리, 하이힐 등에 깜박 죽는 절편음란증이라고 고백하고 있다. [그래서 그가 여성을 섹스의 등가물로 대상화한 것을 보면 나는 그를 (가면을 쓴 그러나 남성우월주의자도 아닌) 여성혐오주의자로 간주할 수 있다. 남자가 섹스를 강조한다는 것은 그 반대편(상대방) 여자를 도구화하기 때문인 것이다.]

마 교수의 소설 '즐거운 사라'를 비롯하여 그의 다른 소설들 (심지어 유작인 '추억마저 지우랴'까지), '가자 장미여관으로' 등 시집들, 에세이들이 진정한 문학작품이 아니라 음란물이라는 비난에는 어떤 경우에도 결코 동의할 수 없다. 마 교수의 문학세계는 방대하므로 총체적으로 파악되어야 한다.

그가 추구하는 성의 자유는 우리가 보기에는 왜곡되고 병적인 어떤 것으로 보이기 때문에 논란의 여지가 없는 것은 아니지만 적어도 일관된 체계성과 철학적 기반을 갖고 있다. 그의 현란한 성애론은 그의 확고한 신념이지 결코 인기추구나 돈벌이의 수단이 아니다. 그러므로 요새 젊은이들이 흔히 하는 야비한 말로 關心種子라고 할 수는 없다.

그의 문학세계는 비록 성담론으로 일관하고 있지만 우리 사회의 완고한 금기 사항에 도전했다는 측면에서 또한 일관된 체계성과 철학적 기반을 갖고 있다는 점에서 우리나라에서는 그 유례를 찾아보 수 없다. 그런 의미에서 그는 대작가임에 틀림없다.

19세기 영국의 시인이자 소설가인 월터 새비지 렌더(Waltaer Savage Lander)는 역사상 인물 사이의 '상상적 대화'를 시리즈로 집필한 것으로 유명하다. 나는 그와 비슷하게 쓴다면 '마광수 교수와 나' 또는 '마광수 교수와 그에게 적대적인 인물들' 간 상상적 대화를 집필하고 싶다.

그런데 편견이 없는 정당한 전기 또는 평전이 간행될 때까지는 그의 인생과 문학에 대해서는 그의 경력에 관한 메스컴에 나온 단편적인 몇 가지 사실과 그 자신의 저작물에서 얻을 수 있는 사실 이외에는 믿을 수 있는 풍부한 자료가 거의 없다.

그에 대해 편견 없는 냉정한 재평가가 빠른 시일 내에 반드시 이루어져야 한다.

이건 윤원일 작가의 답글에서 옮긴 것이다.

보를레르는 '파리의 우울' 어디선가 다음과 같이 썼습니다. '내 동포여, 내 형제여, 사기꾼이여.' 마 교수는 이렇게 썼을 것 같네요. '내 동포여, 내 형제여, 비겁한 자들이여.' 아니, '내 동포여, 내 형제여, 무정한 자들이여!' 아니면? '내 동포여, 내 형제여, 위선자들이여!' 반성하는 마음도 들고해서 새삼 숙연한 마음을 품어봅니다.

부록 2
단상 혹은 단편

단상 혹은 단편

가장 중요한 것은 사유에 있다.
—톨스토이

이제 스스로 작가라고 선언할 수 있을까? 100여 편이 넘는 소설을 발표했고 소설집만 12권을 출판했으니까. 그리고 한국문인협회, 한국소설가협회, 한국작가회의, 국제펜 한국본부 회원이니까. 하지만 여전히 자기 혐오에 빠져 있으니 자아의 정체성에 혼란을 겪고 있으니 자신이 없고 쑥스럽다. 그렇지만 강박적이고 무언가에 사로잡혀서 점점 자의식적이고 회의적으로 변모해 간다는 점을 고려하면 작가인 것은 틀림없는 것 같다.

왜 글을 쓰는가? 나는 예전에도 무수히 많은 글을 썼지만, 그건 전부 법률가의 관점에서 쓴 법률 문서였다. [지금도 나에게는 변호사 업무 또는 나는 우리나라에서 신용장법학을 개척하고 정립하였기 때문에 법학자로서 그 분야에서 논문을 쓰는 일과 소설이나 에세이를 쓰는 일은 똑같은 비중으로 본질적인 중요성을 지니고 있다. 상호간에 모순되지도 않고 상극이라고 할 수 없다. 하지만 문학적 글을 쓰려면 순수한 영혼으로부터 어떤 영감이(그러니까 어떤 번득임이) 끊임없이 흘러나와야 하므로 창조적 에너지의 원천을 가로막는 방해물이나 장애물을 제거한 상태인 마음의 평화가 절대적으로 필요하다. 내 육체와 정신 전체가 활짝 열려 있어야 한다.]

언제부터 내가 문학 작가가 되고 싶었을까? 그런데 왜 소설을 쓰는가? 내 영혼의 혈관 속에 작가의 진한 피가 흐르고 있는지 모르겠다. 그런데 그게 무슨 소용이 있을까? 문학이 사람을 고귀하게 만들지 않는다면 뭣 때문에 소설을 쓸 것인가? 문학과 예술이 사람을 고귀하게 만든다고? 작가이건 독자이건 문학에서 고귀한 아름다움을 발견할 수 있을까? 아직도 사람들이 그렇게 믿고 있단 말인가. 문학과 예술을 접촉하면 더 나은 사람이 된다고 믿을 수 있단 말인가.

누군가 말했다. *나는 문학이 인간을 구원하고 문학이 인간의 영혼을 인도한다고 하는, 이런 개소리를 하는 놈은 모두 죽어야 한다고 생각한다. ……현실 속에서 가장 하위에 있는 것이 문학이다.*

그렇다면 왜 문학이 필요한가? 문학의 한계는 어디까지인가?

하지만 인간에게는 이야기가 있다. 인간의 삶과 복잡한 세상을 깊이 이해하고 인식하는 방식은 이야기가 가장 효과적이다. 그러므로 세상 모든 이야기만이 우리의 삶을 총체적으로 기억한다.

나는 현재에 살고 있지 과거 속에 살고 있지 않다. 과거에 대한 향수에 사로잡히는 대신 현재만이 유일하게 현실적이고 확실하다는 사실을 결코 잊지 않는다. 현재는 실제로 가득 찬 시간이고 오직 그 현재 안에 나의 존재가 놓여 있다.

그러므로 나는 안간힘을 다하여 현재를 확실하게 붙잡고 싶다. 그러니 미래에 살고 있지도 않다. 미래는 뜬구름 같아서 비현실적이고 너무나 불확실하다. 미래는 언제나 잘난체하는 예언자들의 주장과는 반대로 되었다. 나의 경우 미래는 거의 언제나 내가 상상했던 것, 열렬히 기대했던 것, 예측이 가능했던 것과는 다른 결과로 나타났다. (물론 누군가는 '진정한 미래는 항상 예상을 빗나가는 법이다'라고 말하긴 했었다.)

모든 시대를 통틀어서 시대적 상황은 어김없이 모든 사람의 삶에 영향을 미치게 된다. 그 시대의 모든 현실, 제도, 관습, 사고방식, 사상과 감정은 그 시대를 사는 모든 사람의 삶을 규정하므로 누구도 이를 피할 수 없다.

나는 항상 신문 지면을 도배하는 우리 시대의 현실과 사회 문제를 주목하고 고민한다. 문학은 고립된 존재가 아니라 역사적 상황의 한 가운데 존재하기 때문이다. 그래서 나는 (이제는 한물간 '평범한 것에 주목하라'는 낡은 리얼리즘을 표방하며 오직 나만이 쓸 수 있는 것을 찾아서) 주로 시대의 초상화인 사회소설 또는 가끔은 우리 삶의 배경에 숨어 있는 깊고 무거운 주제를 다루는 철학소설을 쓰기로 작정하였다. 온통 물질적이고 세속적인 4차 산업혁명의 세계에서 지금, 여기, 우리의 이야기를 쓰는 것이다. 우리는 지금 여기에 있기 때문이다. 그러므로 정의는 바로 지금 이곳에서 실현되어야 한다.

그러므로 나의 관점에서는—우리는 장르들이 아주 넘쳐나는 또한 하이브리드 시대에 살고 있기는 하지만—귀신 씻나락 까먹는 소리 같은 해괴망칙한 고딕 소설과 SF 소설, 포르노 소설 같은 장르 소설에는 관심도 없고 쓸 줄도 모른다.

그러면 사회소설이란 무엇인가. 비판적 리얼리즘에서 말한 사회 문제나 사회 현실을 다루는 소설. 사회의 모순을 지적하면서 그에 대한 작가의 비판적 태도가 드러나는 경향이 있는 소설.

발자크는 소설에 적합한 주제란 '사회의 역사와 그에 대한 비판, 그 병적 구조에 대한 분석과 원칙들에 대한 논의'라고 말했고 (그래서 엥겔스는 발자크가 사회의 복잡성을 전체적으로, 특히 계급 구조를 성공적으로 형상화했다는 의미에서 그를 리얼리즘 글쓰기의 최고의 모델로 여겼다), 앙드레 지드는 '서구 소설은 사회적이다'라고 말했다.

그렇지만 나는 「실험 소설론」을 쓴 자연주의 소설의 대가인 에밀 졸라 만큼 문학 이론에 있어서 자연 과학의 객관성과 생물학적 결정론이나 또는 1960년대 프랑스의 누보로망, 포토 리얼리즘, 극사실주의에 심취하여 거기에 경도된 것은 아니다. 그런데 자연주의는 과학 만능주의에 빠진 너무나 과격하고 극단적인 사실주의이다. 그리고 예술은 단순하게 자연의 모방이나 재현으로 끝나는 게 아니다. 그래서 마르크스주의 비평가 루카치는 에밀 졸라에 대해 '사회적 발전의 참여자이자 위대한 투쟁의 주역의 지위에서 일상생활의 단순한 구경꾼이자 기록자의 지위로 이행한 작가였다'고 폄하하였다.

나는 법률소설(내가 처음 쓴 용어이지만 과연 정확한지는 나도 모르겠다)을 자주 쓰게 된다. 사회적으로 쟁점이 있는 사건은 반드시 법률적 쟁점을 포함하고 있기 때문이다. 하지만 일반 독자들이 그런 소설에 나오는 어려운 법률 용어에 저항한다는 것을 잘 알고 있다. 천학비재한 나는 그걸 풀어서 쉽게 쓰지 못한다. 쉽게 쓰는 것이야말로 참으로 어려운 일이다.

나는 법조계의 실상을 속속들이 아주 잘 알고 있으므로(사실주의 작가들이 강조했던 것은 관찰과 자료 조사였는데 나는 그런 면에서 아주 유리했으니) 그런 것들을 피할 수는 없다. 아주 작은 부분까지도 눈을 돌려 버릴 수가 없다. 일상생활에서라면 불편한 진실에 해당하는 그런 건 생각하고 싶지도 않고, 누가 물어 본다 한들 그런 문제에 대해서는 더 이상 대답하고 싶지 않습니다 라고 말할 수 있다.

하지만 작가가 글을 쓰는 일은 우리가 매일 영위하는 일상생활이라고 할 수는 없지 않은가.

우리 시대에 대해서, 우리에 대해서 쓰고자 한다면 법조계의 풍경 속으로 들어가야 한다. 나는 법조계의 애독자들을 봐주지 않는다. 그 과정에서 내 자신도 봐주지 않는다.

하지만 법적 차원의 고발을 하려는 또는 끓어오르는 분노를 발산하려는 의도는 없다. 그냥 넘어갈 수는 없으므로 그저 그들이 원하는 대로가 아닌 나만의 방식으로 증언을 하려고 한다.

많은 법조인 독자들이 내 소설에 대해 고통스럽다고 생각할지 모른다. 자신들의 치부를 너무나도 정확하게 포착해서 그것을 일반인들에게 노출했기 때문일 것이다.

나는 법조계를 미화하고 과장하여 고상하게 묘사하려고 애쓰지 않는다. 어떤 독자는 굳이 그런 문제에 대해서 왜 써야 하는지 의문을 제기하기도 했다. 국민들에게 법조계의 긍정적이고 좋은 이미지를 줄 수 있는 것을 써야한다고 하면서. 하지만 그건 작가가 독자를 모독하고 속이는 일이다.

누군가 '문학과 법의 지향은 근본적으로 상호 적대적이다. 법이 현존하는 가치를 가다듬고 보호하려는 반면 문학은 세속의 가치를 부정한다. 법이 현실의 편이라면 문학은 다른 세상의 편이다.'라고 말했지 않는가.

내가 반드시 써야만 하는 것, 쓰지 말아야 하는 것, 어떤 일이 있어도 절대로 써서는 안 되는 것이 있을까. 작가에게 그런 한계는 무의미하다.

나에게 글쓰기는 아주 고통스러운 경험이다. 글을 쓰면서 즐기고 싶지만 그건 불가능하다. 문학을 은신처로 하여 남은 인생을 적당히 살아갈 순 없으니까. 가끔 자신의 한계를 절감한다. 나를 가로막는 일종의 장벽이 존재하는 것 같다. 그럴 때마다 죽을 때까지 사라지지 않을 열등감을 느낀다.

나이가 들면 들수록 그러한 고통이 줄어들기를 바라지만 그건 도대체 불가능한 일이다. 나는 몇 년째 많은 중·단편 소설을 쓰다가 중간에 포기하였다. 끝까지 마무리하여야 하는데. 포기하는 건 아주 나쁜 버릇이다.

파스칼이 말했다.

인간이란 신을 믿거나 안 믿거나 경건하게 살아야 한다. 만약 신이 존재한다면 그 경건함은 영원한 보상을 받을 것이고, 신이 존재하지 않는다 해도 그들의 삶은 그만큼 기품 있고 이성적일 것이다.

내 정신은 순수하지 않고 온갖 불순물이 뒤섞여 있어서 분열되어 있다. 그러므로 내 머릿속은 모든 게 헝크러져 엉망이다. 그렇다면 글도 엉망일 것이다. 빛나는 영감도 없고 번쩍이는 상상력도 부족하다. 내가 도대체 뭘 하는지 모르겠다. 어디로 가는지도 모르겠다. 그럴때면 온몸에서 힘이 쏙 빠져나가면서 구역질이 날 것처럼 입안에서 쓰디쓴 맛을 느끼게 된다. 글 한 편을 끝내면 새로운 주제와 소재, 색다른 idea를 가지고 처음부터 다시 시작해야 되는데, 그건 참으로 어려운 일이다.

문학 작품은 무엇보다도 풍부한 감정이 전달되어야 하므로 강력한 의지를 가지고 글을 쓰는 것이 아니라 내면 더욱 깊은 곳에 숨어있는, 의식과 무의식의 경계선에서 정확히 정체를 알 수 없는 무언가로부터 저절로 흘러나와야 한다. 그게 단어 하나하나에 또는 문장 하나하나에 스며들어 있어야 그 글은 생명의 비밀을 지니게 된다. 독자로부터 비난을 받는 그저 그런 글이든 아니든, 오해를 받는 글이든 아니든, 좋은 글이든 나쁜 글이든 말이다.

나는(지독한 회의주의자는 아니지만) 작가로서 낙관주의나 헛된 희망에 속지 않기 위해서 항상 의심을 하면서 세상이나 사람을 탐색하고자 한다. 하지만 거의 불가능한 일이다. 나는 너무 단순하고 여전히 순진하기 때문이다.

버지니아 울프가 말했다. '리얼리티'란 무엇을 의미할까요? 그것은 매우 변덕스럽고 의지할 바가 못 되는 것 같아 보입니다. 때로는 먼지 날리는 길에서, 때로는 거리에 떨어진 신문 조각에서, 때로는 태양 아래 수선화에서도 발견할 수 있지요

작가의 임무는 리얼리티를 찾아내고 수집해 다른 사람에게 전달하는 것입니다.

나는 강력한 호기심으로 자기 자신을, 사람들을, 낯선 사람들을, 현상, 사건, 이 세상을, 그 모두를 이면에서 속속들이 알아보고 싶다. 그래서 그 무엇도 당연하게 여기고 싶지 않다. 나는 작가로서 인간의 깊은 내면에 속해 있는 무의식적인 감정과 동기에 깊숙이 파고들어야 한다. 인간은 감정의 동물이다. 모든 사람에게 감정은 내재해 있다. 왜 아니겠는가. 그래서 언제나 감성이 이성에 앞선다. 감동적인 이야기의 밑바닥에는 날 것 같은 생생한 감정이 강물처럼 흐르고 있어야 한다. 그래서 소설에는 감정이 풍부한 생각은 물론이고 생각이 풍부한 감정이 필요한 것이다.

나는 그런 이야기를 써내려갈 때면 무심결에 자신이 정화되는 기분을 느끼면서 은근한 기쁨을 맛보게 된다.

나는 글을 쓴다. 왼쪽에서 오른쪽으로 쓴다.

글을 쓴다는 것 자체가 언어를 조탁하여 무언가를 만들어 내고 모순적인 요소들을 정교하게 다듬는 일이다. 작가는 작품 속에 자기 자신을 온전하게 표현해야만 한다. 그것은 나도 잘 이해하지 못하는 무수히 많은 동기로 가득하다.

나는 소설이 단순하게 쉬워야 한다고 생각하지 않는다. 인간과 인간의 삶이 쉽지 않은데, 우리의 현실이 녹록치 않은데 어떻게 문학이 쉬울 수 있겠는가. 엘리엇은 '우리 시대의 시는 우리가 사는 세계가 엄청나게 복잡하기 때문에 어려울 수밖에 없다'고 말했는데, 하물며 소설에서는 더 이상 무슨 말을 할 수 있겠는가.

나는 짜임새와 분위기가 너무 긍정적이거나 너무 부정적인 이야기를 쓰지 않고 그냥 이야기를 쓰려고 한다. 특히 지나치게 센티멘탈하게 되면 글이 물렁해지면서 망치게 된다.

하지만 때로는 글을 쓰는 과정에서 중심을 잃고 허둥대면서 앞뒤 순서를 분간하지 못 하거나 그래서 혼란에 빠지게 된다. 이야기에는 시작과 중간, 끝이 있는데 말이다. 물론 여기에서 끝이란 이야기의 끝이 아니라 이야기의 완수(fulfillment)를 의미한다.

그건 이야기가 마냥 흘러가도록 놔두지 않고 뭔가 화려하게 보이게 하기 위하여, 강력한 작중 인물을 창조하려고 하면, 어떤 눈을 뗄 수 없는 장면이나 기발한 대화 몇 토막, 플롯의 놀라운 전환을 시도하면 그렇게 된다. 이야기의 속도를 줄이기 위해 디테일을 너무 많이 추가하면서, 그 반대로 속도를 높이기 위해 이것저것 잘라내면서 그렇게 되기도 한다.

글의 군살을 빼는 건 너무 힘든 일이다. 애써 쓴 걸 다시 지우

다니. 이걸 잘라버리면 그 장면은 의미를 잃어버릴 것이 아닐까. 이걸 뺀다고 더 좋아진다는 보장이 있는가. 고작해야 이야기를 더욱 초라하게 전락시키는 정반대의 결과를 초래하지 않을까. 그런 혼란스러운 과정에서 나도 모르는 새 이야기의 뼈대에 금이 가고 어이없는 실수를 저지르기도 한다. 글쓰기 과정에서 다시는 스스로를 함정에 빠지도록 내버려두지 않겠다고 매번 결심하지만 말이다.

나는 한 번도 마감시간에 쫓긴 적이 없는데도 그렇다. 누가 내게 원고를 청탁한 일이 있었던가.

그러나 무명작가인 것은 참으로 다행스러운 일이다. 아무도 나를 주목하지 않아서, 누구도 궁금해하지 않아서 목에 힘을 주면서 신경을 쓸 일이 없으므로 얼마나 마음 편한 일인가.

시도 마찬가지이지만 더욱 긴 산문에서는 단어의 배치는 물론이고 문장, 문단을 어떻게 만들어 배치하느냐가 중요하다. 의미 없는 단어는 없다. 하지만 불필요한 단어는 지워야 한다. 자기만의 독특한 목소리를 가지고 자기만의 특정한 스타일로 자기만의 뛰어난 문장을 만드는 일, 그게 작가에게는 가장 어려운 일 중 하나이지만 작가에게는 그것이 다른 모든 것보다 제일 중요하다.

문학에는 언어 자체가 필수불가결하다. 나 자신은 물론이고 애독자들이 언어에 깃들어 있는 독특함을, 산문의 즐거움을 느끼게 해주려면 자신만의 문장과 스타일이 필요한 것이다.

그게 작가 자신을 표현하는 방법이다. 그러면 작가의 모습이 그대로 드러난다. 다른 누군가의 목소리를 흉내 내는 것은 작가 되기를 포기하는 일이다. 그렇다. 자기만의 문장이 살아있어야만 독자들은 작중 인물이 누구인지 확실히 기억할 수 있을 것이고, 그 인물의 동기를 알 수 있을 것이고, 특별한 장면을 생생하게 구성하거나 여러 장면의 미묘한 차이를 묘사할 수 있을 것이다. 나는 그렇게 생각한다.

나는 그가 소설 속에서 아무리 사소한 역할을 맡은 경우에도 작중 인물 모두에게 입체성과 부피감을 부여하려고 노력한다. 그들은 나와는 별개의 주체인 타자로 탄생해서 독자적인 생명력을 갖고 있으므로 그들을 존중하고 사랑해야 한다. 그들은 자아의 주체성이 뚜렷하고 인간의 본성에 충실하며 윤리의식을 갖고 있다. 그러므로 그들은 치욕스러운 범죄자로 밑바닥까지 타락한 경우에도 인간으로 남는다.

여자의 복잡한 내면—여자의 갑작스러운 두려움, 여자의 비합리적인 변덕, 여자의 본능적인 걱정, 여자의 충동적인 대담함, 여자의 안달과 (거의 감지할 수 없을 만큼 미세한 감촉에도 반응하는) 여자의 향기로운 감수성까지 모두 갖춘 여자.

내 소설 속 작중 인물 중에서 어느 여자가 이와 같았을까. 마음 한 구석에 짚이는 사람이 있기는 하다. 나는 그 누구보다도 그녀를 정말 사랑했다.

그녀가 팜므 파탈이라고 할 수는 없다. 그녀는 밝고 건강했기 때문에 히스테리아 환자는 아니다. 그녀의 눈은 가끔 빛났지만 사악할 만큼 뇌쇄적이지는 않다. 그녀는 사치스럽고 변덕이 심했지만 옷차림새와 행동은 섹시하지 않다. 그녀는 관습과 심리적인 속박에서 해방된 자주적인 여성이었고 잡초 같은 생명력을 가졌을 뿐이다. 그리고 그녀는 현명하다. 소설은 그녀의 그런 성격을 구체적으로 보여주는데 성공했는지는 모르겠지만 말이다.

나는 그녀가 나이가 들면서 살이 찌고 몸집이 불어나고 얼굴이 쭈글쭈글해지는 모습을 도저히 상상할 수 없다.

아무리 멋진 작품이라고 해도 대부분의 초고는 정말 형편 없다. 그래서 세상의 모든 초고는 쓰레기라고 하는지 모르겠다. 작가는 그 초고를 잘 다듬어서 보석을 만들어내야 한다. 먼저 문장에서 쓸데 없는 접속사와 부사, 화려한 수식어부터 처내고 주어와 동사만 남겨야 한다. 그리고 문장, 문단을 다시 잘라내야 한다. 눈물을 머금고 핵심만 남기고 자르고 잘라내야 한다. 그렇게 할 비상한 용기가 필요하다.

열 번쯤 백 번쯤 고치고 또 고치면 그렇게 되지 않을까. 至誠이면 感天이다.

어떤 작가가 자기 작품에 자부심을 느끼고 자신이 선택한 단어와 단어의 배치, 문장과 문단이 하나하나 빠짐없이 정말 환상적이라고 생각하며 죽는 날까지 자기 작품을 옹호할 수 있을까. 그런 작가도 있을 수 있지만 나에게는 그런 자신감을 찾을 수가 없다. 나는 언제나 자신감이 심하게 부족했다.

나에게는 지금 글쓰기는 생존이 달린 문제는 아니다. 내가 매일 지속적으로 할 수 있는 일은 책을 읽는 일이다. 읽어야할 책들이 책장에 너무 많이 쌓여 있다. 평생 읽는다 해도 거의 전부 읽지 못할 것이다. (프랑스 국립 도서관이 1820년대 설립된 이래 지금까지 2백만 권이 넘는 책들이 한 번도 열람 신청이 되지 않았다.) 하지만 나는 독서에 중독되어 있다. 매일 눈이 짓무르도록 100쪽에서 150쪽을 훑어보는 것처럼 읽는다. 그렇지만 늙은 독자는 슬프다. 이제는 책 읽기에서 젊은 시절에 느꼈던 환희와 황홀을 더 이상 느낄 수 없기 때문이다. 그리고 책을 덮는 순간 그 내용을 까마득히 잊어버린다. 그래도 매일 책을 읽지 않으면 안 된다. 그것이 엄숙한 직업이기 때문이다. 그러므로 글을 너무 많이 읽다보면 그 부산물로서 불현 듯 나도 글을 써봐야겠다는 욕구가 생기는 것이다. 그럴 때마다 나는 글을 써야한다는 절박한 의무감에 사로잡힌다.

나는 책을 읽으면서 불면하는 밤을 보냈고 새벽이 되어 도시가 다시 기지개를 켜고 깨어나는 모습을 지켜본다.

독서란 자신을 발견할 수 있는 유일한 길이다. 그러면 나는 비록 무분별할 정도로 가리지 않고 이런 저런 책을 읽지만 책에서 무엇을 눈여겨보며 밑줄을 그을까. (나는 그 책을, 그 페이지를 읽었다는 증거로 연필로 열심히 밑줄을 그은다.) 그렇지만 여전히 나를 흥미롭게 하고 자극하는 것을 찾는다.

어떤 비밀이나 수수께끼.

무명 작가에게 대형 출판사는 너무나 멀리 떨어져 있다. 그들은 상업주의에 매몰되어 있기 때문에 유행에 너무 민감하고 시장에 끌려 다닌다. 그래서 잘 팔리는 유명 작가와 자기 작가에게만 눈길을 준다.

존 가드너는 말했다. '편집자들을 호의적으로 생각하려는 유혹에 맞서 필사적으로 싸워야한다. 그들은, 하나의 예외도 없이— 적어도 얼마 동안은—무능하고 제정신이 아니다. 직업상 그들은 너무 많이 잃기 때문에 글이라면 넌더리를 낸 나머지 재능을 알아볼 수 없게 된다. 그 재능이 눈앞에서 춤을 추더라도 말이다.'

(팔리지도 않을) 책을 내는 일은 항상 두렵다. 원고를 마무리했다고 그걸로 끝날 일이 아니다. 아무리 시간과 비용, 노력이 많이 들더라도 그걸 세상에 기어이 내놓아야만 한다는 단단한 확신이 필요한 일이다. 하지만 그 복잡한 과정이란 작가를 너무나 지치게 만든다.

작가는 훌륭한 편집자가 필요하다. 독자에게도 마찬가지이다. 편집자는 독자의 대변인이기 때문이다. 그러나 우리들에게는 (특히 나에게는) 그런 편집자가 없으니 자기 작품을 지켜내기 위해서 스스로 편집자가 되어야 한다. 그렇지만 출판된 책에 대한 궁극적인 책임은 결국 작가에게 있다. 그래서 두려운 것이다.

나는 죽는 날까지 계속 더 많은 글을 쓰고 싶다. 그러면 당연히 누가 사보지도 않을 책을 이 세상에 내놓아야 하지 않을까. 그러나 세상이 바뀌었으니 인터넷에 올려놓아도 충분하다는 생각이 든다.

장편소설 「사하라」는 언젠가는 정말 대단한 소설이 될 수 있을까. 그래서 오랜 세월을 견디면서 문학 세미나에서 주제로 등장해서 발표되고 대학에서 연구 논문이 쏟아져 나올 수 있을까.(그러기는커녕 제 갈 길을 잃고 흔적도 없이 사라지게 될 것이다.)

왜 하필 소설의 제목이 '사하라'인가. 아프리카 북쪽의 광대한 사막을 가리키는 지역 명칭에서 따온 것인가. Sahara는 원래 아랍어이고 사막 또는 불모지, 황무지를 의미한다. 그리고 가끔 사막의 색인 다갈색을 의미하기도 한다. 그러므로 Sahara는 여러 가지 해석을 이끌어낼 수 있는 많은 암시를 품고 있다 할 수 있다. 사막은 신들의 땅이고 순교자의 대지이기 때문이다.

(사막의 침묵과 고독. 오! 저 사막이 나의 안주지였더라면! 모래의 사막—거부된 생명, 거기에는 꿈틀거리는 바람과 더위밖에 없다. 죽음처럼 쓸쓸하고 그리고 달의 죽은 빛에 비치어 눈앞에 전개되어 있는 사막……. 바다같이 길 없는 무한한 사막의 황폐. 기름진 땅보다는 사막에서 신앙은 더 쉽고 깊게 뿌리를 내린다. 사막에는 인간의 사고나 욕망을 끌어당길 자연이나 인공의 사물들이 없기 때문에 영원에 대한 관조를 방해할 것이 전혀 없다. 사막에서 사는 사람들은 신을 두려워한다. 사막은 언제나 텅 빈 것 같고 침묵 뿐이다. 나는 고독을 배웠다. 이렇게 귀한 물, 포르테티엔에는 벌써 10년째 한 방울의 비도 내리지 않았다. 사하라 사막의 모래가 오아시스를 보호하고 있다. 소녀의 마음은 침묵

이 보호하고 있다. 사하라는 밤이면 완전히 빛이 사라진 거대한 죽음의 땅이 된다. 그들 육신의 밑바닥 창자 속까지 자리잡고 있는 것은 모래 언덕 위를 끊임없이 흘러가는 거대한 침묵이었다. 그것은 진정한 신비였다. 사막의 소녀 랄라의 몸에는 사하라 사막의 뜨거운 태양과 짙푸른 하늘이 새겨져 있다. 그 속에서 깨닫는 사막의 숭고함과 자유로운 삶에 대한 자각. 사막의 풍경은 나를 정화시켜 주었다. 아무것도 채우지 않은 그 무한한 광대함은 내 머릿속을 비워 주었다. 이 메마른 땅의 생물들은 허약해 보이지만 저토록 무한하고, 저토록 아름다우며, 저토록 강한 천상의 힘을 고스란히 반영하고 있었다.

사막의 석가모니를 생각해보라. 그는 여러 해 동안 그곳에서 하늘로 눈을 들고 꼼짝도 하지 않은 채 웅크리고 앉아 있었다. 신들조차도 그 지혜와 그 돌의 운명을 두려워했었으니.

위대한 알라신이시여! 알라 외에는 신이 없고 마호메트는 알라의 사자입니다……)

그 소설은 주제가 너무나 다양하고 방대해서 초점이 여러 곳으로 분산되어 있다. 그러니까(스토리가 직선적으로 나아가지 못 하고 스토리와 플롯이 어쩔 수 없이 어긋나게 되는 flash—back기법으로) 많은 작은 이야기들이 여러 갈래로 뻗어가면서 서사는 토막토막 나뉘어 있어서 온통 뒤엉켜 있다. 그러므로 주제와 이야기 그리고 구성이 다양하기는 하다. 그렇지만 우리 시대의 인간 삶의 본질적인 심층을 꿰뚫어 보는 내가 항상 추구했던 사회소설인 동시에 철학소설이라고 할 수 있을까. 그 소설에는 충분한 깊이와 함께 논리적 일관성이 있다고 할 수 있을까.

하지만 그 소설의 모티브와 테마는 다 소진되어서 끝난 것이 아니다. 그 행간에 숨어있는 정신은 여전히 살아있다. 그래서 은

연중 또는 공공연히 다른 소설로 에세이로 이어져 반복된다. 작중 인물들은 항상 내 마음속에 살아 있으므로 그들이 그 후 나름대로 어떻게 변모하고 어떤 삶을 살았는지가 매우 궁금한 것이다.

그렇지만, 존 가드너에 의하면, 많은 훌륭한 작가들이 일단 작품을 끝내고 나면 그것에 무관심해진다는 것이다. 그래서 교정지를 모두 확인하고 나면 그들은 그렇게나 많은 시간을 바쳤던 노동의 결과물에 눈길 한 번 주지 않는다는 것이다.

나는 그들을 도저히 이해할 수 없다. 어떻게 하여 자신이 창조한 인물들에게 그렇게 무관심할 수 있단 말인가. 사하라의 주인공 '김규현'은 사막의 남쪽에서 죽었지만 그는 끊임없이 부활하면서 내 의식 속에 살아있다. 그는 불사조이다.

아무것도 끝나지 않았다. 인간의 삶은 강물 같아서 끊이지 않고 흘러내리기 때문이다.

그 소설은 독자가 읽기에 결코 쉽지 않다고 생각한다. 작가와 독자 간에는 이야기가 친근감이 있어야만 살아있는 관계가 수립될 수 있다고 하는데, 우리 독자들에게는 처음 보는 너무나 낯선 뜬금없는 소설이 아니겠는가. 작가는 치밀하고 섬세한 하나의 세계를 창조하면서 추상적인 단어로 지적 담론을 풀어내려고 시도했기 때문에 너무 복잡해서 고통스러울지도 모른다. 독자들이 원하는 것과 달리 당의정을 바른 달콤한 이야기는 없다. 그래서 사람들이 그 소설을 별로 읽지 않으리라 생각한다. 그 소설을 오독하거나 오해하는 것이 그다지 놀랍지 않다.

독자들이 텍스트가 안고 있는 한계를 벗어날 수 있을까. 작가도 모르고 지나쳤던 부분을 독자들이 발견하고 반응할 수 있을까. 소설 속 허구와 현실을 잘 구분하지 못 하고 작중 인물을 실제 현실의 인물인 것처럼 진지하게 받아들일 수 있을까. (그렇다면 그 인물들은 피와 살을 가진 진정 살아있는 사람들로 태어난 것이다.) 해석자들이 제각기 제멋대로 해석할 수 있을까. 독자들은 자신만의 관점이 있으므로 작가의 의도를 무시하거나 오해할 자유가 있다.

그러나 나는 짜증스럽다. 독자의 존재를 느낄 수가 없으니까. (예술가는 너무 민감해서 누가 자신에게 무슨 말을 하는지 지나치게 신경을 쓰기 마련이다.) 그 책을 이해해 주는 사람이 있다는 것을 보여주는 어떠한 징후도 아직까지는 나타나지 않았다. 심지어 비난이나 경멸의 기미조차 없다. 그건 엄연히 살아있는 작가에게 상처를 입히는 일이다.

그런데, 한편 생각해보면, 내가 이 세상의(고질적인) 무관심에 대해 불평할 필요가 있을까. 그들이 내게 그걸 쓰라고 부탁하지도 않았고, 도대체 필요한 것도 아닌데 말이다. 그들은 지푸라기만큼도 신경 쓰지 않는다.

소위 말하는 대중소설과 정통 순수 문학소설은 그 한계가 정말 모호할 뿐만 아니라 변별하려는 시도 자체가 무의미한 일이다. 대중소설은 하급문화이고 순수문학 소설은 고급문화라고 할 수 있을까. 동전의 양면과 같은데 어불성설이라고 할 수 있다.

하지만 진지한 문학소설은 지금 거의 소멸하였거나 소멸 중에 있다. 그 대신 웹소설이 대세를 이루고 있으니. 그걸 소설 또는 문학으로 인정해야 할지…… 모르겠지만 말이다.

그럼에도 불구하고 스스로 다짐한다. 나는 어떻든 존 가드너가 말한 '진지한 소설'을 써야 된다고 다른 문학 작품과는 뚜렷이 구별되는 '고도의 진지성'이 충만한 소설을 써야 된다고 내용이 빈약한 '너무 사소한 것'은 고백을 위한 고백을 줄줄이 늘어놓는 일본의 전통 소설 양식인 '사소설'을 흉내 내는 작가들에게 맡겨야 한다고 그래서 내 소설이 사회적 또는 철학적 관점에서 더욱 심오해졌는지는 알 수 없지만 말이다.

문학 평론가는 스스로 도저히 작품을 쓸 수 없기 때문에 그러나 문학을 떠날 수는 없어서 문학 작품에 기생해서 평론가가 되었다. 그들은 너무 주관적이어서 편향성이 강하다. 그래서 뚜렷한 기준도 없이 '이 소설'은 반드시 읽어야 할 훌륭한 작품이라고, 또는 전혀 읽을 가치가 없는 쓰레기라고 평한다.

얼마나 어리석은 객담들인가! 조급하게 읽고 잘못 읽고 또 미처 이해하기도 전에 판단하려 하기 때문이다.

…… 쓰레기 그 자체. 두 번 다시 들여다볼 필요가 없다.

소설에서 특히 역사적 사실을 기반으로 하는 논픽션 소설에서 주석이 필요할까? 어떤 독자들은 주석이 필요 없다고 할 지도 모르겠다. 내용이 확실한지 여부가 핵심이라고 생각하기 때문이다. 이 경우 요즘은 인터넷이 발달했으므로 꼭 궁금한 독자는 인터넷을 통해서 스스로 확인할 수 있을 것이다. 그러나 논픽션 소설에서는 점점 중요한 사항에 대해서 그것의 진부를 확인할 수 있는 출처를, 더 나아가 원본 자료를 정확하게 보여주는 게 중요해지고 있다. 작가는 뭔가를 조작, 편집했다는 혐의를 벗고 싶어 하기 때문이다.

그렇다면 학술 논문처럼 상세하게 각주와 괄호, 참고문헌 목록, 부록 등을 덧붙이면 될 것인가. 더욱이 장편소설 「광화문 광장」에서처럼 소설의 본문에다 상세한 주석을 덧붙이면서 메타 서사로 쓰면, 신선한 시도로 인정받을 수 있을 것인가. 그런데 소설에서 각주 또는 본문 안에 괄호를 하고 출처를 밝히는 것은 일반 독자의 책읽기에 심각한 방해가 된다. 읽기의 흐름을 끊어버리기 때문이다.

그에 대한 해결책으로 제시된 것이 바로 책의 마지막에 주석 파트를 두는 것이다. 이 또한 진지한 독자에게는 각주를 보는 것 이상으로 귀찮은 일이 될 수 있기는 하다. 그래도 미주의 경우 이야기의 흐름을 방해하지 않으면서 각주에 들어가는 내용보다 더욱 상세히 담을 수 있으므로 그게 작가에게나 독자에게 제일 편리하다고 할 수 있다.

그러면 논픽션 소설이란 무엇인가. 우리나라에는 아직 생소한 것 같지만 미국에서는 이미 1960년대부터 트루먼 커포티, 톰 울프, 노먼 매일러 등 논픽션 작가들이 출현하였고, 그들의 작품이 진짜 이야기를 들려주는 내러티브 저널리즘 또는 문학적 저널리즘이라는 새로운 저널리즘과 맞물리면서 큰 흐름을 타고 지금까지도 유행하고 있다.

논픽션 소설은 역사적 사실 또는 팩트를 기반으로 하면서 소설의 형식을 빌려 관련 인물들을 장면과 무대에 올려놓고 그들이 행동하게 하면서 대화를 나누고, 이 과정에서 필연적으로 갈등을 겪게 되며 이윽고 클라이막스에 도달하여 종착역에 이르게 된다.

논픽션 소설이라는 장르를 확립한 것으로 평가 받는, **'일가족 살인사건과 수사과정을 다룬 진실한 기록'**이라는 부제가 붙은 'In Cold Blood'를 쓴 커포티는 '픽션 소설의 기술을 차용하되 그럼에도 불구하고 꼼꼼하게 사실적인 서사 형태'라고 하였다.

그러나 이런 소설은 팩트와 픽션 또는 픽션과 진실 사이에 놓인 경계선에서 아슬아슬하게 줄타기를 하면서 화자의 시각과 관점이 은연 중에 또는 노골적으로 노출된다. 작가는 사실들을 이야기 하지만 그것은 작가의 관점에서 여과된 사실이고 선택된 사실이다. 그리고 가끔(그래서는 절대로 안 되지만) 독자들의 반응을 불러일으키기 위해서 수정, 왜곡되는 방향으로 나아갈 수 있다. 그러면서 작가들은 조금더 높은 진실에 다가갈 수 있기 위해서는 어느 정도의 조작은 불가피하다고 자신을 변호한다.

작가에게는 상상력이 풍부하고 항상 그게 분출하는데, 아무리 논픽션이라고 하더라도 변용되고 각색되고 편집되기 마련이다.

그런데 작가가 논픽션 소설을 쓸 때 작가의 목적이 실제 일어난 사건의 완전한 재현에 있다고 하더라도 그는 결코 세세한 모든 것을 이야기할 수는 없다. 더욱이 완전한 재현은 불가능한 일이다. 그러므로 그가 발언하는 것은 항상 그가 많이 알고 있는 것에 비하면 훨씬 못 미친다. 빙산의 일각일 뿐이다. 언어란 원래 생략적인 것이고 침묵이 금이기 때문이다.

진짜와 가짜를 뒤섞으면 가짜보다 더한 가짜가 된다.

나는 최근 이런 논픽션 소설에 해당하는, 논픽션 소설에서 역사적 사실과 소설적 형식을 결합하기 위해서 메타픽션(metafiction)적 방법을 모색하면서—그런데 메타픽션이란 그 개념이 정립된 것이 아니어서 여전히 애매하다. 내가 이해하기로는 그것은 연극이 한창 진행 중인 무대위로 극작가가 뛰어 올라와 배우들의 행위를 잠시 중단시키면서까지 이 연극 대본은 자신이 썼음을 외치는 것과 같은 것이다—1987년 6월혁명과 2017년 촛불혁명에 관한 감각적 소설인 장편소설 「광화문 광장」을 이미 종이책으로 발표하였고, 또한 두 편의 중편소설, 고 마광수 교수의 '즐거운 사라'와 관련한 구속 기소와 기나긴 재판 과정, 그 이후 그의 극심한 우울증과 죽음에 이르게 한 험난한 인생역정에 관한 '2019 즐거운 사라'와 유신독재라는 엄혹한 시대에 일어난 민청학련과 (비극적인 도저히 용서할 수 없는 천인공노할) 인혁당 사법살인 사건, 내가 존경하는 강신옥 변호사님의 사상 초유의 변론과 관련한 구속 사건을 정리한 '차라리 피고인이 되고 싶다'를 써서 발표하였다.

우리들이 그들 사건을 희미하게나마 기억하고 있는 상황에서 나는 시대의 에피소드 또는 가십거리로 전락하여 흘러간 옛 이야기가 되어서는 안 된다는 절박한 심정에서 그걸 쓰게 되었다.

나는 내가 입수할 수 있는 한에 있어서 모든 자료(주로 공식적인 문서이거나 사건과 직접적으로 관련된 당사자들이 쓴 글들)를 모았으나 그러나 여전히 많이 부족하다는 생각을 떨쳐버릴 수가 없다.

그도 그럴 것이 취재가 전혀 없었다.

그래서 그들이 겪은 과거의 삶 속으로 들어가 그들의 생각이나 감정을 파악하지 못 했다. 그리고 세월이 흐르면서 시간의 풍화작용에 의해 그들의 기억이 어떻게 변모해 갔는지, 그 사건이 그들의 삶 속에서 어떤 의미를 갖는지에 관해 스스로 어떻게 해석을 하고 재해석을 하는지, 짧은 순간 그들의 얼굴에 스쳐 지나가는 분노와 후회, 슬픔, 안타까움, 용서, 체념 등 숨겨진 감정의 흔적을 살펴보았어야 했다.

(나는 오랫동안 문헌에 의존해서 많은 논문과 법학 전문 책들을 썼으므로 문헌학적 연구방법이 익숙하기는 하다.)

문제는 그나마 팩트를 아주 정확히 기술하면서 그것을 기반으로 하여 작가의 객관적 시각과 관점을 제시하였는지 여부이다. 나는 처음 쓰기 시작하면서 전통적인 소설의 형식을 파괴하면서까지 나의 방식대로 진실을 말해야겠다는 열정에 사로잡혔다. 그러기 위해서는 한 발 물러나서 그 사건에 매몰되지 않아야 한다. (그건 중립적 태도와는 다른 것이다.)

내 관점이 천편일률적이어서 뻔했는지, 어떤 편향에 사로잡혀 외눈박이 였는지, 선악의 대결로 몰고 가면서 납작했는지 알 수 없다. 나는 긍정적이거나 부정적인 관점에 서지 않으려고, 그래서 냉정하게 객관적인 관점에 서려고 노력했지만 불가피하게 주관적

이었고 선택적이었을 것이다. 어쨌거나 이제 그 소설에 대한 판
단은 독자의 몫이 되었다.

*'이젠 너무 늦었다'라는 말은 예술과 삶에서 가장 비극적인 말
이다.*

누군가는 말했다.
작가가 되는 사람들의 자아 의식은 물처럼 일정한 모양이 없고
정의하기 힘든 경향이 있다고 했다. 여러 가지 성격을 넘나든다
는 것이다. 때로는 자신이 여성인지 남성인지도 확신하지 못한다
는 것이다. 그래서 영국의 낭만주의 시인이자 비평가로서 '늙은
선원의 노래(the rime of the ancient mariner)'라는 시로 유명한 사무
엘 콜리지는 위대한 예술가의 마음은 양성적이라고 했다. 그리고
버지니아 울프는 '*글을 쓰는 사람이 자기 성을 생각하면 치명적
이라는 겁니다. 온전한 여성이나 온전한 남성이 되는 것은 치명
적입니다. 여성적 남성이거나 남성적 여성이 되어야 합니다.*'라고
말했다.

무수히 많은 작가들 중에 누가 과연 과소평가되었을까? 우리들
이 생각하기에 너무 경시당하고 간과된 작가, 더 많이 읽힐 자격
이 있는 작가들이 있을까.
21세기 포스트모더니즘, 구조주의, 탈구조주의 혹은 해체주의
시대인 지금에는 결국 모든 소설가가 과소평가되거나 충분히 읽

히지 않는다고 본다. 소설은 이야기를 쓰기 때문에 문학 작품 가운데서 가장 지배적인 장르인데도 그렇다. 현실이 소설을 훨씬 앞지른다. (잠재적) 독자들은 영화나 TV 드라마, 연극, 게임, 웹툰 등 재미있는 오락거리에 푹 빠져있다. 그러므로 어느 작가가 과소평가 받았다고 말하기보다 진지한 서사적 글쓰기 자체가 현저하게 과소평가되고 있다.

아주 옛날에는 작가라는 말만 들어도 그 작가는 이미 유명인사였다. 작가는 옛날에는 유명 인사였지만 보통 그들의 작품과는 하등 상관이 없었다.

그러면 우리나라에서 지금 과대평가된 작가가 있을까?

물론 그들의 허접한 작품과는 별개로 터무니없이 과대평가된 작가들이 있다. 문제는 자신이 과대평가된 사실을 모르는 채 또는 자신이 쓴 작품이 형편없다는 것을 스스로 잘 알면서도 그걸 애써 외면한 채 거들먹거리며 대단한 작가인 것처럼, 원로인 것처럼 행세하는 몇몇 작가가 엄연히 생존하고 있다는 사실이다.

작가가 자서전 혹은 회고록을 쓰고 독자가 그것을 읽는 행위는 소설을 쓰고 읽는 행위와 본질적으로 다를 것이 없다. 그런데 작가는 자기 자신을 소재로 한껏 과장과 미화를 해서 부풀린 이야기에 어떤 가치가 있다고 생각해서 발표하는 것이다. 어리석은 독자는 그 이야기에서 인생과 사회에 관한 어설픈 지식이나 가짜 교훈을 얻고 그것을 나름대로 반성의 계기로 삼으려고 할 수 있다. 자서전을 쓰는 사람은 자기 자신을 기만한다. 그것을 집필하게 된 특별한 동기가 있다고 생각한다. 무슨 비밀을 고백하거나 변명을 하거나 교훈을 전하는 것이 자기 인생에 있어서 매우 중요한 의미를 갖는다고 생각하는 것이다.

코난 도일이 지적했다.

영국인의 자서전치고 정직한 것은 하나도 없었다. 모든 문학 형태 중에서 그것은 이 나라의 진정한 천재에게 거의 채택된 적이 없었다.

조지 오웰이 말했다.

자서전 작가는 자신의 죄악과 범죄, 사기 행각, 약물 남용, 배신 방탕, 골반 안장 경련, 음부 경련에 이어 심지어 강간, 살인 약탈까지 털어놓으면서도 인생의 75퍼센트를 구성하는 굴욕에 대해서는 결코 언급하지 않는다.

하이네는 그 유명한 루소의 「참회록」을 읽고 나서, 루소는 '부분적으로는 특정한 의도 때문에, 부분적으로는 허영심 때문에' 거짓말쟁이라고 말했다.

도스토옙스키는 스스로에게 진실을 말할 수 있는지 회의적이었다. 자기 기만은 스스로에 대해 진실을 말할 수 있다고, 스스로에게 솔직해지고 그것을 용감하게 적어서 다른 사람들에게 보여 줄 수 있다고 생각하는 것이다. 그는 자신의 마음을 들여다보면서 글을 쓰는 것으로는 충분하지 않다는 것을 알고 있었다. 그 결과가 스스로에 대한 가차 없는 사실일 확률만큼이나 자신에게 유리한 거짓말일 확률도 높다고 생각한 것이다.

최근 전두환 전 대통령의 회고록(3권, 1904쪽)이 문제가 되어 광주지방법원에서 사자 명예훼손죄로 재판 중에 있다.(물론 틀림없이 대필작가가 집필했을 것이다. 그러나 나는 직접 쓴 게 아니고 대필작가가 후하게 돈을 받고 쓴 회고록이나 자서전은 진실과 생동감은 사라지고 어처구니없는 미화와 오해, 과장만이 난무하므로 그걸 제대로 인정하지 않는다.)

그는, 우리 모두가 알고 있는 바와 같이, 12·12 쿠테타의 주역이고 1980년 광주 학살의 장본인이다. 그래도 7년 동안이나 대통령이었으니 전 대통령이라고 부를 수밖에 없다. 우리는 그 당시 TV에서 지겹도록 그의 빛나는 대머리를 수없이 보아야 했다.

나는 가끔 쓸데없는 상상을 한다. 박정희 대통령이 비명횡사하지 않고 천수를 누리면서 독재자의 자리에서 은퇴하였다면 분명히 최고의 작가를 골라서 온갖 변명과 과장, 미사여구를 동원한 몇 권으로 된 두툼한 회고록을 썼을 것이다. 그가 인혁당 사건을 솔직하게 회고하면서 그건 명백히 살인행위이고 평생을 따라다니면서 자신의 양심을 괴롭혔다고, 죽을 때까지 무거운 짐을 지고 살게 될 것이라고 후회할 것인가? 아니면 뻔뻔하게도 불가피한 사형 집행이었다고 둘러댈 것인가. 그럴 가능성이 가장 높다고 할 수 있다. 그는 깊이 반성하는 도덕적 인간이 될 수 없으니까. 또는 시치미를 떼고 모른 척하고 넘어갈 것인가.

또 다른 사건의 경우에는 어떨까? 딸처럼 어린 수많은 젊은 여성을(김재규 장군의 재판 과정에서 2백 명이 넘는다는 증언이 나왔으니까) 성적 노리개로 농락한 건에 대해서는 무슨 염치로 어떤 변명을 늘어놓을 수 있을 것인가. 그래서 틀림없이 일언반구 없이 넘어갔을 것이다.

그러나 회고록은 유명 인사의 전유물이 아니다. 누구나 누추한 삶일지라도 자기만의 인생이 있으니까 그걸 쓸 수 있는 것이다.

그러면 나의 경우는 어떠한가. 나는 지금까지 자서전이나 회고록을 쓴다는 생각을 해본 적이 없다. 과장과 미화, 왜곡과 조작, 엉뚱한 거짓말 없이 솔직하게 쓸 자신이 없다면 그걸 쓸 수는 없다. 그건 자기 스스로에 대한 일종의 기망이 아니겠는가. 또한 독자에 대한 사기 행위가 아니겠는가. 그런데 정직하게 쓰기로 한다면(증오와 저주, 시련, 좌절감, 극도의 분노가 터져나올 수밖에 없는데) 왜 내가 스스로 낯뜨거운 과거를 까발릴 필요가 있겠는가.

작품과 작가를 완전하게 분리시킬 수 있을까.

그들(아마 롤랑 바르트의 '저자의 죽음' 또는 '독자 수용 이론'을 추종하는 사람들)은 말했다. *우리는 작가에게 관심이 없었어요. 절대 작가를 보지 않지요. 작가를 전혀 고려하지 않았습니다. 당시 우리가 말하고 다니던 것처럼 텍스트만 고려했어요. 하지만 작가들을 만나 보면 그들의 성품이 작품에 드러난 감성과 비슷해서 흥미로웠습니다.*

하지만 누가 뭐래도 작가와 텍스트는 서로 분리할 수 없다. 그러므로 둘의 관계는 정말 중요하다. 작가의 실존적 정체성과 작품은 교차하기 때문에 작가의 삶을 알고 나면 작품을 읽고 이해하고 공감하는데 확실히 도움이 된다.

하지만 '저자의 죽음'을 들먹이지 않더라도 작가보다는 텍스트가 우선이다. 그래서 움베르트 에코는 작가는 소설을 끝낸 뒤에는 죽어야 된다고 항상 말했다. (그 의미는 죽음으로써 그 작품의 해석을 가로막지 않아야 한다는 것이다.) 작가가 살아야 한다고 주장하는 사람은 출판업자 밖에 없다는 것이다. 다음 책을 내야 하니까.

D.H. 로렌스는 도대체 작가를 믿지 못했다.

예술가는 보통 빌어먹을 거짓말쟁이지만 그의 예술은(만약 그것이 예술이라면) 그가 살아가는 시대의 진실을 말할 것이다. 그리고 중요한 것은 오직 그것뿐이다. 영원한 진실 같은 것은 없다. 진실은 하루하루 지속되는 것이다.

절대로 예술가를 믿지 말라. 이야기를 믿어라. 비평가의 올바른 기능은 이야기를 창조한 예술가로부터 이야기를 구해내는 것이다.

낭만주의 시대에는 작가의 천재성 운운하면서 작가에 대한 관심이 높았고, 신비평이론에서는 텍스트에 대해서는 관심을 집중했지만 독자 수용 이론은 문학에서는 작가만큼이나 독자도 불가결한 요소라는 관점에서 독자에 대한 관심의 전환이 이루어졌다.

다시, 「사하라」로 돌아가 보면, 그 소설은 태어날 때 탯줄이 잘린 순간부터 작가와는 단절된 체로 홀로 이 거친 세상에 내 던져졌으니. 하지만 해체주의자들이 말하는 것처럼 그 텍스트에는 주제와 의미가 과잉이라고 할 만큼 너무 많이 포함되어 있으니. 독자들은(그 소설이 복잡하고 모호하고 명료하지 않고 의미가 투명하지 않음에도 불구하고) 작가의 의도와는 상관없이 '거기에 있는 것'을 찾아서 텍스트에 집중해야 할 것이다. 그러므로 작가가 과연 사막에 실제 갔다 왔었는지, 몇 번이나 갔다 왔었는지, 거기서 무얼

보았고 무얼 느끼고 생각했는지 등을 의심할 필요는 없을 것이다.

인생은 짧고 예술은 길다.

오르한 파묵은 말했다.
독자들은 늘 실험적인 기법에서 약간 어색함을 느낍니다. 그런 반응을 정말 많이 봤어요. 개가 말을 한다고? 이게 뭐야? 난 이 소설이 이해가 안가. 저는 그러한 이의를, 어쩌면 장난을 섞어서, 이의를 과장하면서 가지고 놀아야 했습니다.
의도적으로 밀도 높게 짜인 소설의 경우 처음 읽을 때는 전체 의미의 25퍼센트밖에 보이지 않습니다. 우리가 모든 단어를 대충 넘어가는 것은 아니지만 우리의 주의력과 기억력은 제한적입니다. 또, 어떤 책을 다 읽으면 그 책에 대해 특정한 시각을 갖게 됩니다. 그런 다음 두 번째로 읽어 보면 또는 다른 사람이 지적해 주면 다른 것들도, 다른 이야기들도 있음을 깨닫지요.

베르톨트 브레히트는 말했다. 독자여, 지나친 감상에 빠지거나 카타르시스의 즐거움을 쫓지 말고 더욱 이성적으로 생각하면서 분위기를 즐기기보다는 이야기를 판단하라.

에코는 말했다.
'타인'의 기분을 상하게 해서는 안 된다는 사실을 깨닫습니다. 우리는 타인이 필요하니까요. 타인의 시선이, 타인의 인정이 필요합니다. 심지어는 고문하는 사람도 고문당하는 사람의 존경이나 헌신이 필요합니다. 그렇지 않으면 가학적인 행위를 즐길 수 없지요. 타인의 인정을 바라는 이 심오한 욕구 때문에 우리는 스스로 존중받고 싶은 부분에 있어서 타인도 존중하도록 끌립니다. 이것이 모든 윤리학의 본질적인 핵심입니다.

진정한 작가는 진정한 독자를 위해서 쓴다. 작가는 독자들에게 많은 것을 요구할 수 있을까. 작가가 힘들게 썼으니 독자도 힘들어야 한다고 요구할 수 있을까. [여기에서 말하는 독자는 구조주의가 설정한 이상적 독자, 다시 말하면 비상한 독자(super reader)를 상정한 것이다.] 독자는 도저히 참을 수 없을 만큼 따분하고 느린 도입부를 감내할 수 있을까. 독자들이 작품을 읽고 또 읽지만 심연과도 같은 그 밑바닥까지 닿는 일이 가능할까. 작가는 비평가도 아닌 일반 독자에게 '문학의 문법'에 대한 이해력, 다시말하면 문학의 구조와 의미를 파악하는데 필요한 이해력을 요구할 수 있을까. 독자 역시 새로운 세계에 들어가려면 대가를 치러야 할까.

소설의 인물이 말하는 것과 작가가 스스로 말하고자 하는 바를 혼동해서는 안될 것이다. 그리고 또한 화자(narrater)와 작가를 혼동하지 말아야 한다. 하지만 화자가 작가의 머릿속에서 나온 것이라면 그 화자는 작가의 일부 또는 대리인이 아닐까.

몽테뉴가 말한 것처럼, (성실한) 작가는 누구에게도 말하지 않은 것을 자신의 책 속에서는 하는 법이다. 읽기란 작가와 독자 사이에서 맺어진 신사협정이다. 서로가 상대방을 존중하면서 신뢰하고, 상대방에게 기대하고, 자기 자신에게 요구하는 만큼 상대방에게도 요구한다. 서로 주고받는다.

왜 작가가 '독자의 눈길을 사로잡으려고', '독자의 호감을 얻고 멋있어 보이려고' 아첨할 필요가 있을까. 이건 상업주의와는 관계없는 것이다. 작가는 메시지를 발신해야하고 그걸 제대로 수신하는 일은 독자의 몫이다. 독자도 자기의 역할이 있고 그걸 충실히 이행해야만 한다. 작가를 비판하기 전에 자신이 끝까지 성실하게 읽어보았는지 되돌아보아야 한다.

책은 이해될 때 비로소 그 진수가 드러나는 법이다.

에코가 말한 모범 독자란 누구인가. (그는 경험적 독자와 모범 독자를 구별하였고 또한 경험적 작가와 모범 작가를 구별하였다.)

진지한 작가는 기존의 독자를 보지 않습니다. 독자를 만들어내고 싶어 하지요. 모범 독자가 되는 법은 책에 이미 포함되어 있습니다. 책을 통해 만족스러운 경험을 하고 마지막 장에 도달한 독자는 그 책의 모범 독자가 된 것입니다.

여기서 세르반테스가 말한 모범소설(Novelas ejemplares)과 모범 독자는 혼동되어서는 안 된다. 모범소설이란 1613년 세르반테스가 펴낸 열두 편의 중·단편 모음집이다. 작가는 유익한 교훈과 달콤하고 보람 있는 결실을 독자들에게 준다는 의미에서 '모범'이라는 제목을 붙였다.